KB199441

푸슈킨 선집

희곡 편·서사시 편

Александр Пушкин

세계문학전집 272

푸슈킨 선집

희곡 편
서사시 편

Александр Пушкин

알렉산드르 푸슈킨

최선 옮김

민음사

차례

희곡 편

서사시 편

일러두기

1. 외국어 고유 명사의 한글 표기는 개정된 외래어 표기법에 따르는 것을 원칙으로 하되, 일부 예외를 두었다.
2. 옮긴이의 주석은 본문 아래 각주로, 저자의 주석은 원전과 동일하게 해당 본문 뒤 미주로 처리했다.
3. 이어지는 두 사람의 대화를 한 행으로 세는 경우와 원전에서 한 행으로 되어 있으나 판면이 달라 행이 넘어가는 경우에는 두 행으로 처리하되 두 행의 앞뒤 끝을 맞추거나 둘째 행이 첫 행 중간에서 시작되게 했다.
4. 희곡 작품에서 산문으로 된 장은 행수를 따로 적지 않았다.

희곡 편

보리스 고두노프

1
크렘린 궁
(1598년 2월 20일)

슈이스키 공작과 보로틴스키 공작.

보로틴스키　우리 둘이 수도 관할의 임무를 맡았으나
관할될 사람이 아무도 없는 것 같소.
모스크바는 텅 비었소. 백성들은 모두
대주교의 뒤를 따라 수도원으로 가 버렸소.
이 소동이 어떻게 끝날 거라고 생각하오?
슈이스키　어떻게 끝나느냐고? 그거야 뻔한 일이오.
백성들은 좀 더 통곡하며 울부짖을 것이고,
보리스는 술잔을 앞에 놓은 술꾼처럼
아직은 약간 더 얼굴을 찡그릴 테지만,
결국에 가서는 자비를 베풀어 공손하게 10
왕관을 받아들이는 것에 동의할 것이오.
그러곤 그 자리, 그 자리에서 이전처럼 우리를

지배할 것이오.

보로틴스키 하나 그가 누이와
수도원에 틀어박힌 지 벌써 한 달이 지났소.
그는 모든 속세를 떠난 듯 보이오.
대주교도, 의회의 대귀족들도 아직까지
그의 마음을 움직이지 못했소.
그들의 눈물 어린 충고와 간원에도 막무가내,
모스크바 사람들 모두의 통곡에도
대의회의 결의에도 귀를 기울이지 않소. 20
보리스를 제국의 황제로 축복해 주십사고
그의 누이에게 애원해도 헛수고일 뿐이었소.
슬픔에 잠긴 수녀인 황후께서도 역시
보리스처럼 완강하여 애원해도 소용없소.
아마도 보리스 자신이 그녀에게
그런 마음을 심었겠지요.
만약 국가를 다스려야 할 지배자가 정말로
통치하는 어려움을 번거롭다 꺼려서
주인 잃은 옥좌에 오르기를 마다하면 어쩌겠소?
공은 뭐라 말하겠소?

슈이스키 그렇다면 쓸데없이
어린 황태자의 피가 흘렀다고 말하고 싶소. 30
그랬다면 디미트리가 살아 있을 것이오.

보로틴스키 끔찍한 범죄! 보리스가 황태자를
살해한 것이 전혀 틀림없나요?

슈이스키 아니면 누구겠소?

체프추고프*를 매수하려 했던 사람이 누구요?
누가 비탸고프스키 부자와 카찰로프**를
밀파했던가요? 나는 이 사건에 대한
현장 조사관으로 우글리치에 파견됐더랬소.
도착해서 난 생생한 증거들을 보았소.
온 도시가 범죄 행위의 증인이었고
모든 시민이 입을 모아 그것을 증언했소. 40
돌아온 후에 내 말 한마디로
감춰진 범인을 폭로할 수 있었소.

보로틴스키 그런데 어째서 범인을 파멸시키지 못했소?

슈이스키 솔직히 말하면 그때 보리스는 나를
태연함과 예기치 않은 뻔뻔스러움으로 당혹시켰소.
그는 죄 없는 사람처럼 내 눈을 들여다보며
이리저리 캐묻고 상세한 사항으로 들어갔소.
그리고 나는 그가 내게 속삭여 주는
헛소리를 그 앞에서 그대로 되풀이했소.

보로틴스키 깨끗하지 않네요, 공작.

슈이스키 그럼 내가 어째야 했소? 50
모든 것을 표도르 황제에게 보고했어야 했소?
폐하께서는 모든 것을 고두노프의 눈으로 보시고

---

* 푸슈킨은 보리스가 당시 고위 관리였던 체프추고프를 디미트리 살해에 매수하려 했다고 본 카람진의 견해를 따랐다.

** 비탸고프스키는 우글리치를 관장하던 관리로 가족과 함께 살고 있었는데 그가 아들과 처조카 카찰로프로 하여금 디미트리 황태자를 살해하도록 했다고 여겨졌다.

모든 것을 고두노프의 귀로 들으셨기 때문에
내가 설사 폐하께 진실을 말씀드렸다 해도
보리스는 당장 폐하의 생각을 돌렸을 거요.
그리고 곧 나를 감옥으로 보냈을 거요.
그러다가 때를 보아 내 숙부에게 했듯이
꽉 막힌 감옥에서 슬쩍 목 졸라 죽였겠지.
자랑은 아니지만, 필요한 경우에는
나 어떤 형벌도 물론 두려워하지 않소. 60
난 겁쟁이가 아니오, 그렇지만 바보도 아니오.
쓸데없이 올가미 속으로 기어오르겠다고 하진 않소.

보로틴스키 끔찍한 죄악 행위요! 아마 죄인은
양심의 가책으로 몹시 괴로워하고 있겠지요.
물론 죄 없는 어린 소년의 피가
그가 옥좌에 오르는 것을 방해하는 거지요.

슈이스키 뛰어넘을 거요. 보리스는 그렇게 소심하지 않소!
우리한테나 러시아에나 이게 무슨 명예요!
예전의 노예, 타타르 출신 말류타*의 사위,
도살자의 사위이며, 자기도 속으로는 도살자인 자가 70
황제의 왕관과 옷을 차지할 것이니…….

보로틴스키 그렇소, 천한 출생이오. 우리가 낫소.

슈이스키 그럴 거요.

보로틴스키 사실, 슈이스키나 보로틴스키는
간단히 말해서 태생이 공작이지요.

---

* 말류타 스쿠라토프는 이반 뇌제의 근위대장으로 잔혹한 일을 많이 저질렀다.

슈이스키 태생이 공작인 데다 류리크* 왕족의 혈통이지.

보로틴스키 그렇다면 공작, 우리야말로 페오도르의 뒤를 이을 권리가 있소.

슈이스키 그렇소, 고두노프보다 더 있소.

보로틴스키 맞소!

슈이스키 자, 어떻소?

보리스가 계속 교활하게 행동한다면
백성들을 교묘하게 부추겨서 80
그들이 고두노프를 저버리게 만듭시다.
자격 있는 공작들은 얼마든지 있으니,
백성들 스스로 황제를 선출하게 합시다.

보로틴스키 우리 바랴그**의 후예들이 적지는 않으나
고두노프의 적수가 되기는 쉽지 않소.
백성들은 우리들이 용맹스러운 옛 통치자들의
후예라는 걸 생각하지 않게 되었소.
이미 오래전에 우리는 영지를 상실하고
황제 밑에서 신하 역할을 하고 있지만,
그는 공포와 사랑, 그리고 명성으로써 90
백성들의 마음을 사로잡을 줄 알았소.

슈이스키 (창밖을 내다보며) 그는 대담할 따름이오,

* 스칸디나비아 출신의 러시아 왕.

** 8~9세기경 스칸디나비아인(노르만인)을 러시아인들이 부른 명칭. 연대기에 따르면 러시아인들의 청에 의해 류리크가 이들을 이끌고 와서 862년부터 러시아를 통치했다고 한다.

우리는…… 그만둡시다.

보시오. 백성들이 흩어져서 돌아오고 있소.

결정이 났는지 어서 알아보러 갑시다. 94

2
붉은 광장

백성들.

백성 1 거절당하고 말았어! 그는 최고 성직자들,
대귀족들, 대주교를 뿌리쳐 내쫓아 버렸어.
그들이 엎드려 빌었지만 아무 소용없었지.
그는 옥좌의 광채를 두려워하고 있어.

백성 2 오, 하느님, 누가 저희를 다스려 주나이까?
오, 비참한 우리네 신세!

백성 3 저기 의회 서기가
우리에게 결정을 알려 주려고 오는군.

백성들 가만! 가만히! 의회 서기가 말하고 있어.
쉬! 들어 봐!

셸칼로프 (크렘린의 정면 출입구에서) 대의회는
만장일치로

마지막으로 지배자의 비통한 영혼에 10
탄원의 힘을 시험해 보기로 하였다.
내일 아침 또다시 거룩하고 거룩하신 대주교께서
크렘린에서 비장하게 기도를 올린 후에
블라디미르와 돈의 마돈나 성상*을 든
거룩한 기수들을 앞세우고
움직이기로 하셨다. 원로들과 대귀족들,
궁정 귀족들, 황제를 선출할 백성 대표자들,
그리고 전 모스크바의 정교도 백성들,
우리 모두 황후께 다시 한 번 간원키로 하였다,
고아가 된 모스크바를 가엾게 여기사 20
보리스가 왕관을 쓰도록 축복해 주십사고.
그대들은 각자 집으로 돌아가 하느님께
기도 드릴지어다. 그러면 정교도들의 진심 어린
기도가 하늘을 향하여 날아오르리라. 24
(백성들 흩어진다.)

* 러시아에서 가장 유명한 두 성상화로서 국가를 위기에서 지킨다고 여겨졌다.

3
데비치 들판. 노보데비치 수도원.*

백성들.

백성 1　그들은 지금 황후께로 승방으로 들어갔어.
보리스와 대주교님도 귀족 무리와 함께 그리로
들어가셨어.

백성 2　　　　　　　뭐라고들 해?

백성 3　　　　　　　　　　　　　　아직도 여전히
고집은 부리는데 희망은 있대.

아낙　(어린애를 안고) 착하지! 울지 마, 울지 마. 귀신 온다,
귀신이 잡아간다! 착하지, 착하지! ……울지 좀 마라!

백성 1　몰래 담장을 넘어 들어가면 안 될까?

백성 2　그럴 수도 없어! 담장 안에도 꽉 찼어.

---

* 1831년 판에는 없는 장이다.(이하 1831년 판과 관련해서는 1996년 재출판본 참조.)

그곳뿐이 아니야. 쉽겠어? 모스크바 전체가
여기 다 모였는데. 보게. 담장과 지붕에도, 10
대성당 종루들의 모든 층계들,
교회의 지붕들과 심지어 십자가들도
사람들로 기울어질 지경이네.

백성 1 야, 대단한데!
저게 무슨 소란이지?

백성 2 들어 봐! 무슨 소란인지.
백성들이 파도처럼 쓰러지며 울부짖는 거야.
차례차례로…… 한 줄…… 한 줄……. 한데 여보게,
벌써 우리 차례야. 어서! 무릎을 꿇어!

백성들 (무릎을 꿇는다. 통곡과 울음.)
오, 아버지, 불쌍히 여기소서! 우리를 다스리소서!
우리 아버지, 우리 황제가 되소서!

백성 1 (조용히) 우린 왜 울지?

백성 2 우리가 어찌 아나? 귀족들이 알지, 20
우리와 다르니.

아낙 (어린애를 안고) 어찌된 거냐? 울어야 할 때
뚝 그치니! 에이, 혼날래? 귀신 온다!
울어라, 애물아!
(땅바닥에 어린애를 내던진다. 어린애가 자지러진다.)
옳지, 그래그래!

백성 1 다들 우네,
여보게, 우리도 우세.

백성 2 여보게, 애쓰네만

안 되네.

백성 1 나도 그래. 양파 없나?

눈 좀 문지르게.

백성 2 없네, 난 침을 바르겠네.

아니, 저긴 또 뭔가?

백성 1 알 게 뭔가?

백성들 왕관은 그의 것! 그는 황제다! 그가 동의했다!

보리스는 우리의 황제다! 보리스 만세! 29

4
크렘린 궁

보리스, 대주교, 대귀족들.

보리스 그대 대주교와 귀족 제공들,
그대들 앞에 내 마음을 다 보였소.
그대들은 내가 두려움과 겸손한 마음으로
위대한 권력을 받아들이는 것을 보았소.
오, 나의 책무는 얼마나 무거운고!
나 강력한 이반 황제들을 계승하고
천사 같은 황제를 계승하여 가노니…….
오, 정의로우신 분! 오, 제국의 아버지시여!
충직한 종의 눈물을 하늘에서 굽어보소서.
당신께서 사랑하셨고 또 당신께서 지상에서 10
그렇게도 훌륭하게 절찬해 주셨던 이 사람에게
권력에 대한 성스러운 축복을 내리옵소서.

이 몸 당신처럼 영광으로 백성을 다스리고,
이 몸 당신처럼 자비롭고 정의로우리다.
귀족 제공들, 경들의 협조를 구하오.
아직 백성들의 의사로 선출되지 못한 채
경들과 정사를 나누어 돌보았을 때
경들이 복무했듯 나에게도 복무하시오.

대귀족들 저희의 맹세는 변함없으오리다.

보리스 이제 잠드신 러시아 선황제들의 20
묘소로 가서 고개를 숙이며 참배합시다.
그리고 거기서 고관대작부터 눈먼 거지까지
우리의 백성들을 모두 잔치로 부릅시다.
누구나 환영하며 모두를 환대합시다.
(나간다. 귀족들이 그 뒤를 따른다.)

보로틴스키 (슈이스키를 멈춰 세우며) 공의 말이 맞았소.

슈이스키 뭐 말이오?

보로틴스키 얼마 전에 한 말,
기억나시오?

슈이스키 아니, 아무것도 생각나지 않소.

보로틴스키 백성들이 데비치 들판으로 몰려갔을 때
공이 한 말…….

슈이스키 지금은 기억할 때가 아니오.
때로는 잊어버리라고 충고하고 싶소.
그때는 내가 악담을 꾸며 내어 30
공의 마음을 떠본 거요.
공의 마음속 비밀을 확실하게 알고 싶었다오.

그러나 지금은 백성들이 황제를 축복하오.
내가 없는 것을 알아챌지도 모르오.
어서 쫓아가야겠소.

보로틴스키 교활한 간신배! 35

5
밤. 추도프 수도원의 승방
(1603년)

피멘 신부와 자고 있는 그리고리.

피멘 (등잔 앞에서 글을 쓰고 있다.)
이제 마지막 남은 이야기 하나만 더 쓰면
나의 연대기도 끝을 맺으니,
하느님께서 죄 많은 나에게 맡기신
의무가 완수되도다. 여러 해 동안
하느님께서 나를 목격자로 만드시고
저작 기술을 알려 주신 것은 다 까닭이 있었으니.
후일 언젠가 일을 좋아하는 수도승이 있어
내가 익명으로 정성 들여 쓴 것을 발견하고,
나처럼 등잔에 불을 지펴 밝히고
양피지에 수세기 동안 쌓인 먼지를 털고 10
여기 쓰인 진실한 이야기들을 옮겨 적으면

정교도의 후손들은 알게 되리라,
우리 조국의 지나간 운명을.
후손들은 위대한 황제들의 과업과
그들의 영광과 선행을 기억하고
그들의 죄와 검은 악행에 대해서는
구세주에게 겸허하게 용서를 빌리라.
나는 노년에 다시 한 번 사는도다,
과거가 눈앞을 스쳐가니.
과거가 대양처럼 사건들로 가득 차서 20
파도치며 내달리던 때가 오래전 일이었단 말인가?
지금 그것은 말이 없고 평온하니,
내 기억엔 몇몇 사람들만 남았고,
내 귀엔 몇몇 이야기들만 들려올 뿐,
나머지는 돌이킬 수 없이 사라져 버렸도다.
하나 이미 날이 밝아 오고 등잔도 꺼져 가니,
이제 마지막 이야기 하나만 더 쓰리라.
(쓴다.)

그리고리 (잠에서 깨어) 또 그 꿈이야! 이럴 수 있나? 세 번이나!
저주스러운 꿈! ……한데 노인은 여전히
등잔 앞에 앉아서 쓰고 있구나. 꾸벅꾸벅 30
조는 것을 보니 밤을 샌 모양이군.
영혼 가득히 과거에 잠겨서
연대기를 쓰고 있는 평안한 모습이
나 얼마나 좋은지 몰라. 가끔 그가
무슨 이야기를 쓰는지 추측해 보려 했지.

타타르 암흑시대에 대한 걸까?
이반 뇌제의 잔인한 처형에 관해서인가?
과격한 노브고로드 민회에 관해서인가?*
조국의 영광에 대해서일까? 헛수고였어.
그의 높은 이마와 시선 어디서도 40
그의 숨은 생각을 읽을 수 없으니.
언제나 겸허하고 위엄 있는 저 모습이야.
백발이 되도록 명령을 받들어 온 관청 서기가
연민의 감정도 분노의 감정도 없이
선과 악을 무심하게 받아들이며 평온하게
옳은 자들과 죄진 자들을 대하듯.

피멘 깨어났군, 형제.

그리고리 저를 축복해 주십시오,
의로우신 신부님.

피멘 그를 축복하소서,
주여, 오늘도, 항상 그리고 영원히.

그리고리 신부님은 내내 쓰시느라 잠드시지 않았네요. 50
악마 같은 꿈이 제 평온을 흔들었고
마귀가 저를 어지럽혔어요.
가파른 계단을 따라 탑 위에 오르는
꿈을 꾸었어요. 꼭대기에서 내려다보니
모스크바는 마치 개미집같이 작게 보였는데,

---

* 이상 언급한 세 가지는 러시아 역사 중 각각 몽골에 지배당한 것, 이반 뇌제가 친위대를 동원해 많은 사람들을 잡아들여 처형한 것, 노브고로드 지방에서 민주적인 의회가 소집된 것을 말한다.

발아래 광장에 들끓는 사람들이
껄껄 웃으면서 저를 손가락질해서
부끄럽기도 하고 무섭기도 했어요.
그러다 아래로 곤두박질하며 깨어났어요…….
그런데 같은 꿈을 세 번이나 꾸었으니 60
이상하지 않아요?

피멘 젊은 피가 뛰는 걸세.
기도와 단식으로 마음을 진정시키면
자네의 꿈도 편안한 형상들로
채워질 걸세. 아직까지도 나
쏟아지는 졸음을 이기지 못하고
밤에 긴 기도를 드리지 않으면,
내 늙은 꿈도 고요하고 무구하지 않다네.
어떤 때는 소란스러운 잔치들,
어떤 때는 전장의 진영, 병사들의 격투 같은
젊은 시절의 격렬한 오락들이 꿈에 보인다네. 70

그리고리 신부님의 젊은 시절은 얼마나 호쾌했습니까!
신부님은 카잔의 탑 밑에서 전투*를 하셨고
슈이스키** 휘하에서 리투아니아 군대를 물리쳤고
이반 황제의 궁전과 그 화려함을 보셨지요!
행복한 삶이었지요! 그런데 저는 어려서부터
수도원을 전전하는 불쌍한 수도승 신세!

* 이반 뇌제 시절 카잔을 지배하던 한을 물리친 전투.

** 이 극에 등장하는 바실리 슈이스키가 아니라 이반 뇌제의 장군인 이반 페트로비치 슈이스키를 말한다.

전 왜 전투에서 위안을 얻어서는 안 되며
황제가 베푸는 주연에 참석해서는 안 됩니까?
그렇게 살 수 있다면 노년에는
번잡하고 소란한 속세에서 도피하여 80
수도승이 될 것을 엄숙히 선서하고
고요한 수도원에 두말없이 은둔할 텐데요.

피멘 한탄하지 말게, 형제여, 일찍이 죄 많은 속세를
그대가 버린 것을, 하느님께서 그대를
시험에 들게 하지 않으심을. 내 말을 믿게.
영광과 영화와 여인의 간사한 사랑은
멀리서 볼 때 우리를 유혹하는 것들.
나 오랫동안 살며 많은 향락을 즐겼지.
하나 하느님께서 나를 수도원으로 인도하신
그날부터 비로소 행복을 아네. 90
아들이여, 위대한 황제들에 대해 생각해 보게.
그들 위에 누가 있나? 유일하신 하느님뿐이네. 감히
그들을 누가 거스르리? 아무도 못 하네. 그런데도
종종 그들은 왕관이 짓누르는 것을 느꼈고
왕관을 수도승의 두건과 바꾸었다네.
이오안 황제께서도 수도승의 고행을 따라하시며
마음의 평안을 찾으려 하셨네.
거만한 총신들로 가득 찼던 그의 궁전은
수도원 같은 새로운 모습을 띠었네.
고행자의 옷을 입고 두건을 쓴 친위대원들은 100
충직한 수도사의 모습이었고

무서운 황제는 온화한 수도원장 같았네.
나는 바로 여기, 이 수도원 승방에서
(당시 이 방에는 고행을 많이 쌓은 경건한
키릴 신부님이 살고 계셨네. 그때 이미
하느님께서 나에게 번잡한 속세의 허무함을
깨닫게 하셨네.) 격노에 지치고
처형하느라 지친 황제를 보았네.
뇌제는 생각에 잠겨 조용히 앉아 계셨고
우리가 그 앞에 가만히 서 있으니, 110
황제께서 조용히 우리와 이야기를 나누셨네.
그리고 수도원장과 형제들에게 이르셨네.
"사제들이여, 그날이 올 것이니
나 구원을 갈망하며 여기 서리라.
그대 니코딤, 그대 세르게이, 그대 키릴이여,
그대들은 모두 내 영혼의 맹세를 받으오.
이 저주받은 죄인은 그대들에게 와서
여기 그대들 발치에 무릎 꿇고 엎드려
의로운 고행의 계율을 받으리오."
이렇게 제국의 통치자는 말씀하셨네. 120
황제의 말은 입에서 달콤하게 흘러나왔고
그는 울었네. 우리는 눈물 흘리며 기도했네.
주께서 괴로움으로 들끓는 그의 영혼에
사랑과 평화를 내려 주십사고.
그의 아들, 페오도르는 어땠냐고? 그는 옥좌에서
침묵교파 수도승의 평화로운 삶을

동경하였네. 그는 황제의 궁전을
기도를 위한 승방으로 변모시켰네.
그 안에서는 제국의 힘겨운 근심거리들도
그의 성스러운 영혼을 괴롭히지 못했네. 130
하느님께서 폐하의 온유함을 어여삐 여기사
페오도르 시대에 러시아는 반란 없는 평화를
누리었고, 그가 임종을 맞았을 때에는
전대미문의 기적이 일어났네.
황제의 침상으로 그의 눈에만 보이는
신비하게 빛을 말하는 남자가 다가왔고
황제께서는 그와 말을 나누셨고
그를 대주교라 부르셨네. 그때
황제의 눈앞에 보이는 성스러운 사제는
궁전 안에는 없었기 때문에 140
천상의 환영이 나타난 걸 알아채고
주위의 사람들은 두려워 몸을 떨었네.
그리고 황제께서 임종하셨을 때
궁전은 그윽한 향기로 가득 찼고,
그의 얼굴은 태양처럼 빛을 발했네.
이제 우리는 그런 황제를 볼 수 없네.
오, 이 무시무시한 미증유의 고통이여!
우리의 죄가 하느님을 노하게 했네.
우리 스스로가 황제의 살해자를 군주로
뽑았으니.

그리고리 의로우신 신부님, 오래전부터 150

저는 신부님께 디미트리 황태자의 죽음에 대해
여쭤 보고 싶었습니다. 그 당시 신부님은
우글리치에 계셨다고 하던데요.

피멘 오, 기억하지!
하느님께서는 나로 하여금 그 흉악한 사건,
피비린 죄행을 보도록 인도하셨네. 당시 난
변방의 우글리치로 얼마동안 수도하러 보내졌지.
밤에 도착했네. 아침 예배 때
갑자기 호각 소리가 나고, 경종이 울리고,
비명에 아우성이 높아 황후 폐하의 궁으로 달려갔지.
급히 달려갔더니 이미 도시 사람 전부가 모였더군. 160
내 눈으로 왕자가 참살당해 쓰러져 있고
주검 위에는 황후 폐하가 실신해 있고
유모는 절망 속에 울부짖고 있는 것을 보았네.
그러자 백성들은 격노해서, 하느님을 모욕한
배반자 유모를 질질 끌고 갔는데……
그때 그들 사이에 광분한, 악의로 창백해진
잔인한 유대 놈 비탸고프스키가 돌연히 나타났지.
"저기 저놈이 범인이다!" 하는 외침 소리 드높더니
순식간에 목숨이 끊겼지. 백성들은
도주한 세 명의 살인범*을 뒤쫓아 갔지. 170
그리고는 숨어 있던 악당들을 붙잡아서
아직 온기가 남아 있는 시체 앞으로 끌고 왔지.

* 비탸고프스키 부자와 카찰로프.

이상하게도, 시체가 몸을 부르르 떨었다네.
"참회하라!" 하고 백성들이 그들에게 외쳤지.
치켜든 도끼에 겁을 먹은 악당들은
참회하고 보리스의 지시라고 자백했다네.

그리고리 살해당한 왕자는 몇 살이었습니까?

피멘 그래, 일곱 살이셨지. 지금 살아 계셨다면
(벌써 십 년 전 일이야……. 아니, 더 되지.
십이 년 전일 거야.) 자네와 동갑이셨을 거고. 180
황제가 되셨겠지. 그러나 하느님의 뜻은 달랐네.
이 비통한 이야기로 나는 내 연대기를
끝마치겠네. 그 일 후로 나는 거의
속세에 들어간 적이 없네, 형제 그리고리여.
자네는 글을 알아 지혜를 깨쳤으니
내 연대기를 자네에게 물려주겠네.
수도 생활 중 한가로운 시간에
교활하게 꾀부리지 말고
사는 동안 보고 들은 모든 것을 적게.
전쟁과 평화, 황제의 법령들, 190
은둔자들이 행한 성스러운 기적들,
그리고 예언들과 천상의 징후들을.
내겐 때가, 이제 등잔불을 끄고
쉴 때가 되었으니……. 그러나 벌써
아침 예배의 종이 울리니……. 주여, 축복하소서,
그대의 종들을……. 지팡이를 주게, 그리고리.
(나간다.)

그리고리　보리스, 보리스여! 만물이 그대 앞에서
공포에 떨고, 어느 누구도 감히 그대에게
불행한 어린애의 운명을 입에 올리지 못하도다.
하나 여기 수도원의 어두컴컴한 승방에서　　200
은자 한 명이 그대를 향한 무서운 고발을 적노라.
그대는 하느님의 심판을 피하지 못하듯이
이 세상의 심판도 피하지 못하리라.　　203

6
수도원 담장*

그리고리와 사악한 수도승.

그리고리 불쌍한 이 신세는 얼마나 지겹고 괴로운지요!
하루가 왔다 가고, 마냥 똑같은 것만 보고 듣고,
보느니 그저 검은 승복이오, 듣느니 종소리뿐이니
낮엔 하품하며 돌아다니고, 돌아다녀도
할 일은 없고 잠이나 자지요.
긴긴 밤엔 새벽까지 내내 이 수사는 잠이 안 와요.
잠들어 꿈이나 꿀까 하면 검은 망령들이
내 영혼을 짓눌러요.
종이 울리고 지팡이가 날 깨우는 게 기쁘게 되지요.

---

* 1831년 판에는 없는 장이다. 이 장에 사용된 율격은 강약 8보격으로, 약강 5보격의 운문으로 된 다른 장들보다 한 행의 길이가 긴데 번역문에서도 그렇다.

아니, 못 참겠어요! 버틸 힘이 없어요.
담 넘어 달아날 거예요.
세상은 넓고 난 사방으로 갈 수 있어요.
흔적 없이 사라질래요.

수도승 맞아. 자네 신세는 비참해. 10
자네들은 호탕하고 재치 있고 젊은 수사인데…….

그리고리 한(汗)이라도 침략했으면! 리트비아가
봉기라도 일으켰으면!*
그렇게 된다면! 칼을 휘두르며 한판 붙을 텐데.
우리 죽은 황태자가 무덤에서 갑자기 부활해서
"내 충실한 신하들아, 너희는 어디에 있느냐?
너희는 보리스, 내 악당을 향해 나아가서
내 적을 잡아 내게로 인도하라!" 외친다면…….

수도승 그만해, 헛소리 마. 죽은 자들을 부활시킬 수는 없어!
안 되지, 황태자에게는 필시 다른 운명이 정해진 거야.
하나 들어 보게, 일을 꾸며야 한다면 꾸며야지. 20

그리고리 무슨 일을요?

수도승 내가 만약 자네처럼 젊다면,
머리가 이렇게 하얗게 세기 시작하지만 않았다면…….
알겠나?

그리고리 아니요, 전혀.

수도승 들어 봐, 우리 백성은 어리석고

---

* 1571년 크리미아 한의 침략과 1569년 폴란드에 통합된 리투아니아의 봉기를 언급하며 국가에 위기가 생겨 명예로운 전공(戰功)을 세울 기회를 바라는 것이다.

쉽게 믿는 사람들, 기적이나 신기한 일에 감탄하지.
귀족들은 고두노프가 자기네와 동급이라고 생각해.
지금도 누구나 옛날 바랴그 왕통을 좋아하고.
자넨 황태자랑 동갑이야……. 만약 자네가
영리하고 강인하다면…….
알아듣겠나?
(침묵.)

그리고리 알아듣겠어요.

수도승 어쩔 셈인가?

그리고리 결심했어요,
나는 디미트리, 나는 황태자.

수도승 악수하세. 황제가 되게. 29

7
대주교 관저*

대주교와 추도프 수도원장.

대주교 그가 도망쳤단 말인가, 수도원장?

수도원장 도주했습니다. 대주교님. 이미 사흘 전 일이옵니다.

대주교 저주받을 망나니 같은 놈! 그 녀석의 출신 성분은?

수도원장 그는 갈리치야 귀족, 오트레피에프 가문 출신이옵니다. 어릴 때 어디선가 출가하여, 수즈달의 예피미에프 수도원에 있었사옵니다. 그 후 거기서 나와 이곳저곳 수도원을 돌아다니다가 결국 우리 추도프 수도원으로 왔던 것이옵니다. 저는 그가 아직 어리고 분별이 없음을 보고 그를 온화하고 겸허한 노신부 피멘에게 맡겼나이다. 그는 읽고 쓰기에 매우 능했고, 우리의 연대기도 읽고 찬미가도 지었사옵니다. 그런데

---

* 이 장은 산문으로 되어 있다.

알고 보니 그의 지식은 주 하느님에게서 받은 것이 아닌가 봅니다…….

대주교 이 식자들이란 골칫거리요! 생각하는 것 좀 보오! 모스크바의 황제가 되겠다고! 아, 그는 악마에 홀렸소! 그러나 이 문제를 황제께 보고할 필요는 없소. 공연히 폐하를 괴롭힐 이유가 없지 않소. 이것은 비서 스미르노프나 예피미에프에게 보고하는 것으로 족하오. 엄청난 이단자가 아닌가! 모스크바의 황제가 되겠다니! ……역적 놈을 붙잡아야 하오. 붙잡아서 솔로베츠키 수도원으로 보내 영원히 참회를 시켜야 하오. 이런 이단자가 어디 있는가, 수도원장.

수도원장 이단입니다, 대주교님, 순전한 이단이고말고요.

8
황궁

두 명의 궁정 고관.

고관 1　폐하께서는 어디 계시오?

고관 2　　　　　　　　　　　　　침소에 계시오.

어떤 점쟁이와 함께 두문불출이시오.

고관 1　그게 폐하께서 좋아하시는 대화요.

마법사, 점쟁이, 요술사 따위가 판을 치니.*

혼령기의 처녀처럼 내내 점만 치고 계시오.

알고 싶지 않소? 무슨 점을 치시는지…….

고관 2　저기 오시오. 여쭤 봐도 괜찮을 것 같소?

고관 1　어쩌면 저리도 우울해하실까!

---

* 이반 뇌제처럼 보리스 고두노프도 마법사들에게 귀를 기울이며 미신의 힘을 빌려 정적을 퇴치하려고 했다.

(두 사람 나간다.)

황제 (들어오며) 최고 권력을 쟁취하여
태평세월을 통치한 지 이미 여섯 해째.
그러나 내 마음엔 행복이 없구나. 이건 10
마치 어린 시절부터 사랑에 빠져
사랑의 즐거움을 그렇게도 열망해 오다가,
순간의 소유로 마음의 갈증을 해소하면
차가워져 지루해하고 괴로워하는 것과 같겠지? …….
마법사들은 동요 없는 권력의 긴 세월을
내게 점치지만, 아무 소용없구나.
권력도 삶도 나를 기쁘게 하지 못한다.
난 하늘의 벼락과 고통을 예감한다.
나에게 행복은 없다. 난 백성들을
풍요와 영광 속에서 평안하게 하고 20
인자함으로 그들의 사랑을 얻고자 했다.
그러나 그 소용없는 배려를 포기했다.
천민들은 현재의 권력을 증오하고
죽은 자들만을 사랑할 줄 아는 법,
백성들의 박수나 찢어지는 울부짖음이
우리 마음을 움직인다면 어리석은 일!
하느님께서 우리 땅에 기아(飢餓)를 보내셨을 때*
백성들은 고통 속에 죽어 가면서 신음했지,

* 보리스 고두노프가 황제로 있던 1601~1604년 사이에 심한 기근이 들어 인구 삼분의 일이 죽었다고 한다.

나는 그들에게 곡물 창고를 열어 주고
금화를 뿌렸으며 일거리를 찾아 주었어. 30
그러나 그들은 광분하여 나를 저주했지!
화재가 그들의 집을 태워 없앴을 때
난 그들에게 새 집을 지어 주었어.
그러나 그들은 화재가 났다고 나를 비난했어!
이것이 천민들의 심판이지. 그들의 사랑을 구하라고!
난 가족 속에서 기쁨을 찾으려 했다.
딸을 결혼시켜 행복하게 하려 했더니,
죽음이 폭풍처럼 신랑을 삼켜 버렸다…….*
그런데 소문은 교활하게 비방하길
공주가 홀로된 원인이 40
나, 나, 이 불행한 아버지라는 거야…….
누가 죽어도 항상 내가 숨은 살인자라니,
페오도르의 죽음을 부채질한 것도 나,
나의 누이인 황후, 신실한 수녀를
독살한 것도 나…… 항상 나라지!
아! 나는 느낀다, 지상의 슬픔 속에서
그 무엇도 우리를 달랠 수 없다고.
그 무엇도, 그 무엇도…… 오직 양심만이,
그래, 양심이 깨끗하면 양심만이
악과 검은 비방에 승리할 수 있지. 50

* 보리스는 딸 크세니아를 덴마크의 왕 크리스티안의 동생인 이오안 공과 약혼시켰다. 한데 이오안은 병이 났고, 보리스가 덴마크를 방문하여 자신의 의사에게 그를 맡기고 치료비에 쓰라고 돈도 많이 주었으나 결국 사망했다.

그러나 만약 양심 속에 우연히
단 하나의 오점이라도 생겼다면,
그때는 불행이야! 역병을 앓는 듯
마음은 타들어 가고, 심장에선 독이 흘러넘치고
비난은 망치처럼 귀를 때리고,
항상 구역질이 나고 현기증이 나며,
피투성이 소년들이 눈앞에 어른거리고……
도망가면 좋겠는데 갈 곳이 없고…… 끔찍해!
그래, 양심이 깨끗하지 못한 자는 가련한 법. 59

9
리투아니아 국경의 선술집*

방랑하는 수도승인 미사일과 바를람, 옷을 갈아입은 그리고리 오트레피에프, 술집 여주인.

여주인 뭘 올릴까요, 경건하신 신부님들?

바를람 있는 대로 주시오, 아줌씨. 술은 없소?

여주인 없기는요, 내 신부님들! 금방 내올게요.
(나간다.)

미사일 자네는 왜 표정이 어두운가, 친구? 여기가 바로 자네가 그렇게도 오고 싶어 하던 리투아니아 국경일세.

그리고리 리투아니아에 도착할 때까지는 마음이 놓이지 않아요.

바를람 뭘 그렇게 리투아니아를 좋아해? 미사일 신부와 죄 많은 나는 수도원에서 도망친 후로는 아무것도 생각하지 않는다

* 이 장은 산문으로 되어 있다.

네. 리투아니아든 러시아든, 구독이든 구슬리든* 우리한테는 매한가지라네. 술만 있으면 돼……. 저기 술이 나오는군! …….

미사일 말 잘했어, 바를람 신부.

여주인 (들어오며) 자, 신부님들. 건강을 위해 마시세요.

미사일 고맙소, 내 아줌마. 하느님의 축복을 받구려.

(수도승들이 술을 마신다. 바를람은 「그대 지나가네, 사랑스러운 여인아」** 등 노래를 부르기 시작한다.)

(그리고리에게) 자네는 왜 노래도 안 부르고 술도 안 마시나?

그리고리 그러고 싶지 않소.

미사일 사람마다 제 자유가 있는 법이고…….

바를람 취한 사람에겐 천국이 있는 법, 미사일 신부! 자, 주인 아줌씨를 위해 한잔 드세…….

(「착한 젊은이가 갇혀 있는 승방 옆을……」 등 노래를 계속한다.)

한데 미사일 신부, 난 술 마시는데 말짱하게 앉아 있는 사람이 싫어. 마실 땐 마시고 점잖을 땐 점잖으면 되는 거지. 우리처럼 살고 싶으면 이리 오고, 아니면 떠나, 꺼져 버리란 말이야. 유랑 광대와 수도승은 친구가 될 수 없어.

---

* 구독과 구슬리는 러시아의 현악기이다.

** 1831년 판에는 「옛날에, 어느 도시에, 카잔에……」로 되어 있다. 1825년의 초고에 적힌 위의 노래는 1831년에 출판이 금지된 노래였다. 젊은 수도승이 승방 곁을 지나가는 처녀에게 자신의 답답한 처지를 노래하며 자기의 두건과 승복을 벗기고 심장이 뛰는 것을 들어 달라고 하나, 처녀는 노인이 된 수도승을 동정하여 한다는 말이 승방에서 현세를 잊으라고 한다는 내용이다.(알렉산드르 포미초프가 1993년 판 『보리스 황제와 그리슈카 오트레피에프에 관한 희극』에 붙인 해설문 참조.)

그리고리 마시고 제 할 일이나 하세요, 바를람 신부님! 자, 봐요, 내 말도 종종 쓸 만하지요.

바를람 내 할 일? 뭐 어째?

미사일 내버려 두게, 바를람 신부,

바를람 그래, 자기가 무슨 수도승이라도 되나? 귀찮게 우리를 따라 다니는 주제에, 어디서 왔는지 정체도 모를 녀석이 건방지게 군단 말이야. 암말 냄새를 맡은 모양이야…….

(술을 마시며 노래를 부른다.*)

그리고리 (여주인에게) 이 길은 어디로 가는 거요?

여주인 리투아니아요, 귀여운 양반, 루요브 산 쪽으로요.

그리고리 여기서 루요브 산까지는 먼가요?

여주인 멀지 않아요. 보초병이나 순찰대만 없다면 서두르면 저녁 때까지는 당도할 수 있어요.

그리고리 아니, 보초병이라고! 그건 또 뭐요?

여주인 누가 모스크바에서 도망을 쳤대요. 모든 사람을 세워 조사하라는 명령이 내려왔대요.

그리고리 (혼잣말로) 흥, 유리의 날 좋아하네, 낭패야.**

바를람 이봐, 친구! 자네 여주인하고 한 살림 차렸군그래. 말하자면 보드카는 필요 없고, 젊은 여자가 필요하단 말이지. 좋지, 좋아, 친구! 사람마다 습관이 다른 법이지. 나와 미사일 신부가 마음 쓰는 건 단 하나, 바닥까지 마시고, 비우고 돌리고 술독을 끝장내는 거지.

---

* 1831년 판에는 뒤에 노래 제목 「젊은 수도승이 삭발을 했다네」가 들어가 있다.

** '유리의 날'에는 농노들의 자유 이전이 허락되었는데 보리스 고두노프가 이를 폐지했다. 해석하자면 마음대로 갈 수 있다고 생각한 것이 낭패였다는 뜻이다.

미사일 말 잘하네, 바를람 신부…….

그리고리 그래, 누굴 잡으려 한다 하오? 누가 모스크바에서 도망쳤소?

여주인 도적인지, 강도인지 알 게 뭐예요. 요즘은 죄 없는 사람들도 넘어가지 못하는 게 문제지요. 아, 그러면 뭐해요? 쥐새끼 한 마리도 잡지 못하는걸. 큰길 말고 리투아니아로 가는 길이 없다면 몰라도! 여기서 왼쪽으로 돌아서 오솔길 따라 소나무 숲을 지나면 체칸 강변의 작은 예배당에 닿고, 거기서 곧장 늪을 건너 흘로피노로 간 다음에 거기서 자하리예보로 나가면, 어떤 어린애라도 루요브 산까지 안내해 줘요. 보초들은 단지 행인들이나 못살게 굴고, 우리같이 가난한 사람들을 우려먹기나 하는 거예요. (왁자지껄한 소리가 들린다.) 저건 또 뭐야? 아이고, 그 녀석들이야, 저주받을 놈들! 순찰하러 오는 거예요.

그리고리 여주인, 이 집에 다른 방은 없소?

여주인 없어요, 귀여운 양반. 나도 함께 숨었으면 좋겠어요. 순찰만 다니면 얼마나 좋아요, 시도 때도 없이 술 내놔라, 빵 내놔라……. 또 뭘 내놓으라 할지요, 뒈져 버려라, 저주받을 놈들! 뒈져 버려…….

(보초들이 들어온다.)

보초들 잘 있었소, 여주인!

여주인 어서 오세요, 귀한 손님들, 잘 봐주세요.

보초 1 (다른 보초에게) 와! 여기는 술판이 벌어졌군. 뭐 좀 생기겠는데. (수도승들에게) 대체 당신들은 누구요?

바를람 우리는 신실한 수도승들이오. 수도원을 위해 마을들을 돌면서 헌금을 받고 있소.

보초 (그리고리에게) 자네는?

미사일 우리 친구요…….

그리고리 교외에서 온 속인이오. 수도승들을 국경까지 안내하고, 이제 돌아가는 길이오.

미사일 그러니까 자네 생각을 바꿨군…….

그리고리 (작은 소리로) 가만있어요!

보초 1 주인아줌마, 술 좀 더 가져와. 우리는 여기서 노인네들과 좀 마시고 얘기 좀 할 거야.

보초 2 (작은 목소리로) 젊은 녀석은 빈털터리로 아무것도 받아 낼 게 없겠지만 저 수도승들은…….

보초 1 입 다물게, 그들에게 가 봄세. 어떻소, 신부님들은 벌이가 잘되시나?

바를람 나빠, 아들이여, 아주 나빠! 요즘 기독교인들은 인색해. 돈을 좋아해서 돈을 숨기지. 하느님께는 거의 바치지 않아. 지상의 이교도들에게 큰 죄가 내렸도다. 다들 돈 벌고 돈 빼앗는 데 정신이 나가 지상의 부에 대해서만 생각하지, 영혼의 구원에 대해서는 생각하지 않도다. 발이 닳도록 걷고 걸으며 기도를 줄곧 올려도 어떤 때는 사흘에 서푼도 기돗값을 못 벌어. 이런 죄악이 있나! 한두 주일이 지나서 자루 속을 들여다보면, 아니, 너무 적어서 수도원에 얼굴 내밀기가 창피할 정도이니. 그러니 어쩌겠나? 홧김에 나머지를 다 마셔 버리는 거지. 재앙 그 자체야, 오, 나빠, 정말 말세가 온 것이도다…….

여주인 (운다.)

주여, 불쌍히 여기시고 구원하소서!

(바를람이 이야기를 계속하는 동안 보초 1은 미사일의 얼굴을 유심히 쳐다본다.)

보초 1　알레하! 자네 황제의 칙서를 가지고 있나?

보초 2　가지고 있지.

보초 1　이리 좀 꺼내 보게.

미사일　당신은 어째서 나만 그렇게 빤히 쳐다보는 거야?

보초 1　사실은 모스크바에서 그리슈카 오트레피에프라는 흉악한 이단자가 도망을 쳤어. 이 사건에 대해 들어 봤나?

미사일　금시초문.

보초 1　금시초문이라고? 좋아. 도주한 이단자 녀석을 붙잡아서 교수형에 처하라고 황제가 어명을 내렸는데, 그건 알아?

미사일　모르지.

보초 1　(바를람에게) 넌 글 읽을 줄 알아?

바를람　젊었을 때는 읽었는데, 지금은 다 잊어 먹었어.

보초 1　(미사일에게) 넌?

미사일　하느님이 가르치지 않으셨어.

보초 1　그럼 이건 네게 보내는 황제의 칙서구나.

미사일　그것이 무엇 때문에 내게 오는가 말이야?

보초 1　아무래도 바로 네놈이 그 도주한 이단자, 도적놈, 사기꾼인 것 같아.

미사일　나라고! 세상에! 대체 무슨 소릴 하는 거야?

보초 1　가만있어! 문 닫아. 이제 곧 조사를 할 테니까.

여주인　아이고, 저런 저주받을 놈들! 수도승들까지 가만두지 않네!

보초　여기서 누가 글을 읽을 줄 알지?

그리고리 (앞으로 나선다.)

제가 읽을 줄 아오.

보초 좋아! 그런데 누구한테 배웠지?

그리고리 교회 서기한테 배웠소.

보초 (그에게 칙서를 준다.)

그럼 소리 내어 읽어 봐.

그리고리 (읽는다.)

"오트레피에프라는 성을 가진 추도프 수도원의 추악한 수도승 그리고리는 악마의 교시를 받고 이단에 빠져, 온갖 유혹과 불법으로 신성한 수도승들을 선동한 죄를 범하였음. 정보에 의하면 저주받은 그리슈카는 리투아니아 국경으로 도주하였음……."

보초 (미사일에게) 어떻게 네가 아니란 말이냐?

그리고리 "황제께서 명령을 내리시니 그를 체포하여……"

보초 교수형에 처할 것.

그리고리 여기에는 "교수형에 처할 것."이라고는 쓰여 있지 않소.

보초 거짓말 마. 모든 게 다 쓰여 있으란 법은 없지. "체포하여 교수형에 처할 것."이라고 읽어.

그리고리 "교수형에 처할 것. 도적 그리슈카의 나이는…… (바를람을 보며) 오십을 넘겼고, 중키에, 대머리고 흰 턱수염에, 배는 불룩 나오고……."

(다들 바를람을 바라본다.)

보초 1 얘들아, 이놈이 그리슈카다! 묶어! 허, 이자가 그놈인지는 생각도 추측도 못 했어.

바를람 (종이를 빼앗아서) 저리 비켜라, 이 개자식아, 내가 무슨 그리슈카라고? 뭐가 어째, 쉰 살에, 흰 턱수염에, 배가 불룩 나왔다고! 이봐! 넌 나를 가지고 장난하기에는 아직 어려. 글을 읽은 지 하도 오래되어 잊어버리긴 했겠지만, 문제가 교수형까지 가는 거라면 해독해 보겠네. (한 자 한 자 읽는다.) "그-의 나-이-는…… 스-무-살." 어때, 친구? 어디 여기 쉰 살이라고 돼 있어? 보이지, 스무 살이다.

보초 2　그래, 기억난다, 스무 살이었어. 우리에게 그렇게 말했어.

보초 1　(그리고리에게) 아, 자네, 장난꾼이군.

(읽는 동안 그리고리는 머리를 숙이고 한 손을 품안에 넣고 서 있다.)

바를람　(계속해서 읽는다.)

"작은 키에 넓은 가슴, 한 팔은 다른 팔보다 짧고, 푸른 눈에 붉은 머리, 볼과 이마에 사마귀가 하나씩 있음." 아니, 이건 바로 자네 아닌가?

(그리고리가 갑자기 비수를 꺼낸다. 모두 그의 앞에서 물러선다. 그는 창문을 넘어 도망간다.)

보초들　붙잡아라! 붙잡아!

(다들 무질서하게 뛰어간다.)

10
모스크바. 슈이스키의 저택

슈이스키와 여러 명의 손님. 만찬.

슈이스키 한 잔 더 합시다.

(일어선다. 그를 따라 모두 일어선다.)

자, 친애하는 귀족 여러분,

마지막 잔이오! 사동아, 기도문을 읽어라.

사동 만물에 영원히 존재하시는 하늘의 황제시여,

당신의 종들의 기도를 들으시옵소서.

당신께서 선택하신 저희들의 군주,

모든 기독교도들의 신실하신 절대 군주를

위하여 기도드리옵나이다.

궁전에 계실 때도 전쟁터에 계실 때도

여행길이나 침소에서도 항상 그를 지켜 주시옵소서.

그가 적을 물리쳐 승리하도록 해 주시고 10

만천하에 영예를 누리도록 해 주시옵소서.
그의 가족들이 건강하게 꽃피어 나고
그 소중한 가지들이 지상의 온 세계를
덮도록 하소서. 그가 여태껏처럼 앞으로도 항상
그의 종들인 저희에게 은혜를 베푸시고
자애롭고 인자하도록 하소서,
그의 마를 줄 모르는 지혜의 샘물이
저희들 위로 흐르도록 하옵소서.
이를 위해 황제 폐하의 잔을 높이 올려
하늘의 황제이신 당신께 비옵나이다. 20

슈이스키 (마신다.)
위대하신 황제 폐하 만세!
안녕히 가시오, 친애하는 귀빈 여러분.
제 변변치 않은 대접을 멸시하지 않으심에
감사드립니다. 자, 안녕히, 좋은 꿈꾸시기를.
(손님들 나간다. 그는 그들을 문까지 배웅한다.)

푸슈킨* 겨우 쓸어 냈군. 바실리 이바노비치 공작, 난 공하고 얘기도 못 하겠구나 생각했소.

슈이스키 (하인들에게) 너희는 무얼 그리 입을 쩍 벌리고 섰어? 내내 주인 얘기를 엿들으려고. 식탁을 치우고 어서 물러가. 한데 왜 그러오, 아파나시 미하일로비치?**

푸슈킨 기적이라고 밖에는 할 수 없소. 30

* 푸슈킨이 자기 선조가 고두노프의 반대 세력이었다는 사실에서 만들어 낸 인물.
** 이상 푸슈킨과 슈이스키의 대화는 산문으로 되어 있다.

내 조카 가브릴라 푸슈킨이 내게
크라쿠프에서 오늘 전령을 보내왔소.
슈이스키 그래서요.
푸슈킨 조카가 이상한 소식을 써 보냈소.
뇌제의 아들이…… 잠깐.
(문가로 가서 주위를 살핀다.)
보리스의 지시로
살해된 왕자가…….
슈이스키 그건 뭐 새로울 것도 없소.
푸슈킨 들어 보시오,
디미트리가 살아 있다는 게요.
슈이스키 아니, 뭐요! 정말
굉장한 소식이오!
황태자가 살아 있다고! 정말 기적이로군!
그래서 그게 다요?
푸슈킨 끝까지 들으시오.
그가 누구이건 간에, 구원받은 황태자이건, 40
황태자의 모습을 한 귀신이건,
대담한 사기꾼이건, 수치를 모르는 참칭자(僭稱者)이건,
중요한 것은 그곳에 디미트리가 나타난 것이오.
슈이스키 불가능한 일이오.
푸슈킨 조카 푸슈킨이 직접 보았다오.
그가 궁전에 도착하자마자
리투아니아 귀족들 사이를 지나서 곧장
왕의 비궁으로 들어갔다오.

슈이스키 대체 그는 누구요? 어디서 왔소?

푸슈킨 아무도 모르오.

알려진 것은 그가 비슈네베츠키의
하인이었다는 사실과 병상에서 신부에게 50
모든 걸 고백했다는 것뿐이오.
그의 비밀을 알게 된 기세등등한 폴란드 귀족이
그를 보살펴 병상에서 일어나게 하여
그와 함께 시기즈문드 왕에게 갔다 하오.

슈이스키 대체 그 대담한 자에 대해 뭐라고들 하오?

푸슈킨 듣자 하니, 그는 영리하고 예의 바르고 민첩하며
누구에게나 호감을 준다 하오. 모스크바에서
도주한 자들의 환심을 샀다오. 가톨릭 신부들도
그의 편이라 하오. 왕은 그를 총애하고
그에게 원조를 약속했다고들 하오. 60

슈이스키 이 모든 게, 이보게, 너무 황당한 일이어서
저절로 머리가 핑핑 돌 지경이오.
그자가 참칭자인 것은 분명하오.
그러나 솔직히 말하오만 상당히 위험하오.
중대한 정보요! 게다가 만약 이 소문이
백성들의 귀에 들어간다면 엄청난 위협이 되오.

푸슈킨 황제 보리스가 영리한 머리 위에
왕관을 보전하지 못할 만큼 엄청난 위협이오.
자업자득이지요! 보리스가 우리를 통치하는 게
이반 황제와(밤에 기억나지 않기를.) 똑같소. 70
공개 처형이 없어져서 피투성이 형틀 위에서

만인 앞에서 찬송가를 부르지는 않게 되었지,
광장에서 화형할 때, 황제가 지팡이로 처형자에게
직접 불똥을 긁어모아 붙이지도 않소,
그러나 무슨 소용이오?
가련한 우리 생명이 언제 어떻게 될지 누가 알겠소?
실총, 감옥, 시베리아, 사제의 두건 아니면 족쇄가
매일같이 우리를 기다리고 있는 실정이오.
거기 벽지에서는 아사(餓死) 아니면 교수형.
우리 중 가장 높은 귀족들은 지금 어디 있소? 80
시츠키 공작들과 셰스투노프 일가는 어디 있소?
조국의 희망이었던 로마노프 일가는 또 어디 있소?
모두가 감옥 아니면 추방으로 고통당하고 있소.
두고 보시오, 이제 공도 같은 운명이 될 거요.
답답한 일이오! 우리는 집에서도 리투아니아 놈들같이
못 믿을 하인들에게 포위되어 있소이다.
모든 혓바닥은 권력에 매수되어
우리를 팔아먹으려 하고 있소.
우리가 벌해야 할 노예들이
우리의 운명을 쥐고 있소. 90
보시오, 유리의 날을 폐지하였으니
내 영지도 내 맘대로 할 수 없소,
게으른 놈들을 쫓아낼 엄두도 못 내오! 좋건 싫건
게으른 놈들을 먹여 살려야 하오. 남의 일꾼들을
꾀어 올 수도 없소! 위반하면 관청으로 호출되오.
이반 황제의 치하에서 이런 못된 일에 대해

들어 봤소? 백성들이 더 살기 편해졌소?
그들에게 물어보시오. 만약 그 참칭자가
그들에게 유리의 날을 다시 약속한다면
재미있게 될 거요.

슈이스키 공의 말이 옳소. 푸슈킨. 100

하나 아시겠소? 이 모든 것에 대해
때가 올 때까지 비밀로 해 둡시다.

푸슈킨 물론이지요,

비밀을 지켜야지요. 공은 지혜로운 사람,
공과 이야기하면 난 항상 기쁘오.
내 마음을 불안하게 하는 일이 생기면
공에게 말하지 않고는 참을 수가 없소.
게다가 공께서 내놓은 꿀과 부드러운 술이
오늘 밤 내 혀를 풀어 놓았소…….
그럼 안녕히 계시오, 공작.

슈이스키 안녕히 가시오. 또 봅시다. 109

(푸슈킨을 배웅한다.)

11
황실

황태자가 지도를 그리고 있다.
공주, 공주의 유모.

크세니아 (초상화를 들고 있다.)

그대의 두 입술
왜 말하지 않나요,
그대의 밝은 두 눈
왜 보지 않나요?
그대의 두 입술
닫혀 버렸나요,
그대의 밝은 두 눈
꺼져 버렸나요?
동생아, 내 동생아! 말해 보려무나,
내 그림이 왕자님과 비슷하지?

페오도르 정말 비슷해.* 10

크세니아 (초상화에 입을 맞춘다.)

사랑하는 약혼자, 훌륭하신 왕자님, 당신은 제게 오지 못하고 깜깜한 무덤 속으로, 낯선 세상으로 가 버리셨지요. 제 슬픔은 결코 가시지 않을 거예요. 영원히 당신이 그리워서 눈물 흘릴 거예요.

유모 아, 공주님! 처녀들이 우는 것은 아침 이슬이 내리는 것과 같습죠, 해가 뜨면 이슬이 마르지요. 공주님께도 이제 곧 훌륭하고 상냥한 새 신랑감이 나타나실 거예요. 그러면 우리 귀여운 공주님은 그를 사랑하게 될 거고 왕자님을 잊게 될 거예요.

크세니아 아니, 유모, 그가 죽었어도 난 정절을 지킬 거야.** 20

(보리스 들어온다.)

황제 어떠냐? 사랑스러운 내 딸, 크세니아,
약혼을 해 놓고 슬픈 과부가 되다니!
언제나 죽은 신랑 생각에 울고 있구나.
귀여운 내 딸아! 너희들에게 행복을 주려 했지만
운명은 내게 그것을 허락하지 않았다.***
왜 죄 없는 네가 그렇게 괴로워해야 하느냐?
아들아, 너는 뭘 하느냐? 무엇을 그렸느냐?

페오도르 모스크바 땅, 우리 제국의 지도입니다. 30

---

* 1831년 판에는 처음부터 여기까지의 대사가 빠져 있다.

** 크세니아와 유모의 대화는 산문으로 되어 있다.

*** 1831년 판에는 "아마도 내가 하늘을 노엽게 했는지/ 네 행복을 마련해 줄 수 없었구나." 하는 두 행이 덧붙어 있다.

끝에서 끝까지. 보십시오. 여기가 모스크바,
여기는 노브고로드, 여기가 아스트라한입니다.
여기는 바다, 이것이 울창한 페름 숲이고
이것이 시베리아입니다.

황제 한데 여기 뱀 무늬처럼
구불구불한 게 무엇이냐?

페오도르 볼가 강입니다.

황제 참 훌륭하도다! 학문의 감미로운 열매로다!
구름 위에서 내려다보는 것처럼 전 국토를,
국경과 도시, 강들을 한눈에 볼 수 있으니.
공부해라, 내 아들아. 학문은 우리에게
빠르게 흘러가는 인생의 경험을 축약해 주느니라.
언젠가, 혹 아마도 가까운 장래에 40
네가 지금 이 종이 위에
훌륭하게 그려 놓은 모든 땅들이
모두 너의 손 아래 들어오리라.
공부해라, 내 아들아. 그러면 너는
국정을 더 수월하고 명쾌하게 이해하리라.
(세묜 고두노프 들어온다.)
저기 고두노프가 보고하러 오는구나.
(크세니아에게) 얘야, 네 방에 가 있어라.
잘 가라, 얘야. 하느님이 너를 위로해 주시기를.
(크세니아, 유모와 함께 나간다.)
무슨 말을 하려는가, 세묜 일리치*?

세묜 고두노프 오늘

동트기 전에 제게 바실리 공작의 집사와 50
푸슈킨 공작의 하인이 밀고하러 왔나이다.

황제 그래서.

세묜 고두노프 푸슈킨의 하인이 먼저 밀고하기를,
어제 아침 크라쿠프에서 그 집으로
전령이 와서는 한 시간쯤 머물다가
서한도 없이 다시 돌아갔다고 하옵나이다.

황제 그 전령을 체포하라.

세묜 고두노프 이미 뒤쫓게 했나이다.

황제 슈이스키는?

세묜 고두노프 어제저녁 자기 집에서
두 밀로슬라브스키, 부투를린 형제, 미하일 살티코프,
푸슈킨 등 몇몇 친구들을 접대하였고, 60
밤이 늦어서야 헤어졌다 하나이다. 푸슈킨은
남아서 집주인과 단둘이 오랫동안
무슨 이야기인가를 나누었다고 하나이다…….

황제 당장 슈이스키에게 사람을 보내라.

세묜 고두노프 폐하!
그는 이미 여기 와 있나이다.

황제 그를 이리로 부르라.

(고두노프 나간다.)

황제 리투아니아와 내통을 해! 이 무슨 일인고? …….

---

* 1831년 판에는 세묜 니키티치로 되어 있다. 그는 보리스 고두노프의 먼 친척으로 비밀경찰을 맡고 있었다. 카람진은 『국가사』 11권 2장에서 그에 대해 "새로운 폭정의 주요 앞잡이, 새로운 말류타 스쿠라토프"라고 말한다.

반역적인 푸슈킨 일족은 내게 적대적이고
슈이스키 또한 믿을 수 없도다.
그는 겸손하면서도 대담하고 교활한 자로다…….
(슈이스키 들어온다.)
공작, 나는 경과 할 이야기가 있소. 70
한데 경도 또한 용무가 있어 온 것 같으니
경의 말을 먼저 듣고 싶소.

슈이스키 그러하옵니다. 폐하께 중대한 소식을 알리는 것이
제 의무이옵나이다.

황제 듣고 있소.

슈이스키 (조용히 표도르를 가리키며) 한데 폐하…….

황제 슈이스키 공작이 아는 일이면
황태자도 알아도 되오. 말하시오.

슈이스키 황제 폐하, 리투아니아에서 전갈이 왔나이다…….

황제 어제저녁 전령이 푸슈킨에게 전해 온 소식 말이오?

슈이스키 그는 다 아는군! ……폐하, 신은 이 비밀을
폐하께서 아직 모르고 계신다고 생각했나이다. 80

황제 아니, 개의치 마시오, 공작. 정보들을
비교해 보려고 하오. 그러지 않으면 우리는
진실을 알 수 없소.

슈이스키 신이 알고 있는 것은
크라쿠프에 참칭자가 나타났다는 것과
그곳의 국왕과 귀족들이 그의 편이라는 것뿐이옵니다.

황제 백성들은 뭐라고 하는고? 이 참칭자는 누구요?

슈이스키 모르옵나이다.

황제 한데…… 그가 어째서 위험하오?

슈이스키 황제 폐하, 폐하의 제국은 물론 강력하나이다.

폐하께서는 은총과 자비, 후의를 베푸시어

폐하의 종들은 폐하를 아버지로 여기나이다. 90

몸소 아시는 바이오나, 우매한 천민들은

변덕이 심하고 반항적이고 미신을 믿으며

헛된 희망에 쉽게 몸을 바치고

순간적인 사주에 따라가나이다.

그들은 진실에는 귀먹고 무관심하며

터무니없는 말을 믿고 살아가나이다.

그들은 뻔뻔스러운 모험을 좋아하니

만약 그 정체 모를 부랑자가

리투아니아 국경을 넘어 오면,

디미트리 황태자의 부활한 이름은 100

군중들을 그에게로 끌어당길 것이옵니다.

황제 디미트리의! ……뭐라고? 그 어린애의!

디미트리라고! ……황태자야, 물러가거라.

슈이스키 얼굴이 시뻘게졌어, 큰일 나겠는걸! …….

페오도르 폐하,

허락하여 주소서…….

황제 안 된다. 아들아, 가거라.

(페오도르 나간다.)

디미트리라고! …….

슈이스키 그는 아무것도 몰랐군.

황제 들으오, 공작. 지금 당장 조치를 취하오!

리투아니아와 러시아 사이에 관문을 설치하여
단 한 명이라도 국경을 넘어오지
못하도록 하오. 폴란드에서 토끼 한 마리 110
넘어오지 못하게 하오. 까마귀 한 마리
크라쿠프에서 날아오지 못하게 하오. 어서 가오.

슈이스키 가나이다.

황제 잠깐, 이 소식은 정말
교묘하지 않소? 죽은 자들이
무덤에서 밖으로 나와 황제들을,
그것도 온 백성이 선출하여 추대하고
대주교가 왕관을 씌워 준 적법한 황제들을
심문한다는 것을 들어 본 적이 있소?
우습지 않소? 어때? 왜 경은 웃지 않소?

슈이스키 신이, 폐하? …….

황제 들으오, 바실리 공작. 120
그 아이를…… 그 아이가
죽었다는 것을 내가 알았을 때
나는 경을 조사관으로 보냈소. 이제
나 십자가와 하느님의 이름으로 경에게
간곡히 부탁하노니 양심에 따라 진실을 말하오,
경은 죽은 소년을 확인하였는가, 아니면
죽은 자가 다른 사람이었나? 대답하오.

슈이스키 맹세하옵고……

황제 아니, 슈이스키. 맹세는 필요 없소.
대답만 하오. 죽은 자가 황태자였소?

슈이스키 예.

황제 잘 생각하오, 공작. 내 은총을 약속할 것이오. 130
지난날의 거짓말에 공연한 실총을 내려
벌하지 않을 거요. 하나 만약 경이 지금
나를 속인다면 아들의 목을 걸고
맹세하노니 심한 형벌이 경을 덮칠 것이오.
무덤 안의 황제 이반 바실리예비치까지도
공포에 몸을 떨 끔찍한 형벌로 경을 벌할 것이오.

슈이스키 형벌은 두렵지 않으나, 실총이 두렵나이다.
신이 어찌 감히 폐하께 거짓을 아뢰오리까?
또 신이 디미트리를 분간치 못할 정도로
잘못 보았겠나이까? 신은 사흘 내리 140
모든 우글리치 백성들과 함께하는
그의 시체가 누워 있는 성당을 찾아갔나이다.
황태자의 시체 주변에는 백성들이 참살한
열세 구의 시체가 누워 있었나이다. 그것들은
이미 부패하기 시작한 것이 확연했으나
황태자의 어린 얼굴만은 유독 맑았고,
마치 잠이 든 듯 생기 있고 고요했나이다.
깊은 상처는 아직 마르지 않았으나
얼굴 모습도 전혀 변함이 없었나이다.
단연코, 틀림없나이다, 폐하, 디미트리는 150
무덤 속에서 자고 있나이다.

황제 됐소. 물러가오.*

(슈이스키 나간다.)

아, 괴롭구나……. 숨을 좀 돌려야겠다…….
온몸의 피가 한꺼번에 얼굴로 몰렸다가
힘겹게 빠져나가는 느낌이 든다…….
바로 그래서 십삼 년 동안 끊임없이
살해당한 소년의 꿈을 꾸었구나!
그래, 그래……. 이 때문이다. 이제 알겠다.
그런데 나를 위협하는 적, 그는 대체 누구일까?
누가 나를? 실체 없는 이름, 그림자,
그림자가 설마 내 자색 황제 옷을 벗기겠는가? 160
이름 소리가 설마 내 자식들의 제위를 빼앗겠는가?
내가 미쳤구나! 뭣 때문에 겁이 났을까?
그런 허깨비는 한 번 불면 없어지는데.
두려운 빛을 보이지 않겠다고 결심한다.
그러나 무엇도 경시해서는 안 되지…….
오, 무거워라, 그대, 황제의 왕관이여! 166

---

* 1831년 판에는 앞에 "평정심을 되찾고"라는 지문이 있다.

12
크라쿠프. 비슈네베츠키의 저택

참칭자와 신부 체르니코프스키.

참칭자 아니오, 신부님. 어려운 일은 없을 거요.
나는 내 백성들의 마음을 잘 알고 있소.
그들의 신앙심은 광신적이지는 않소.
그들은 황제를 신성한 본보기로 삼소.
게다가 언제나 무심하게 관용을 가지오.
내가 보증하거니와 이 년 안에
내 모든 백성과 모든 북부 교회가
베드로의 대리인, 가톨릭 교황의 권력을 인정할 거요.
신부 새로운 시대가 도래하게 되면
성 이그나티우스*가 전하를 도울 것이오. 10

* 16세기 예수회를 건립한 신부.

당분간은 가슴속에, 황태자 전하,
하늘의 축복의 씨앗을 숨기시오.
성직의 의무는 때로 우리에게 명하오,
속세 앞에 위장하여 세인들을 속이라고.
세인들은 전하의 언행으로 판단하나
전하의 뜻은 오직 하느님만이 아시리.

참칭자 아멘. 거기 누구냐!

(하인이 들어온다.)

접견한다고 일러라.

(문이 열리고 러시아인과 폴란드인 무리들이 들어온다.)

동지들! 우리는 내일 크라쿠프에서
출발하오. 므니셰크 경, 나는 사흘 동안
산보르*에 있는 경의 성에 머물 거요. 20
우아하고 화려하게 빛나는,
손님을 환대하는 경의 성이
경의 딸, 젊은 안주인으로 유명하다고 알고 있소.
그곳에서 매혹적인 마리나 양을 만나기를
희망하오. 자, 그대들, 내 동지들이여,
그대들, 리투아니아와 러시아 사람들,
그대들, 우리의 적인 내 교활한 악당에 맞서
형제의 깃발을 치켜든 그대들,
슬라브의 자손들이여, 내 곧 대망의 싸움터로

* 1831년 판에는 실제 지명인 '삼보르'로 바뀌어 있다. 푸슈킨이 잘못 안 것인지, 창작물이라서 실제 지명과 좀 다르게 한 것인지 알 수 없다.

그대들의 용감무쌍한 무사들을 이끌리라. 30
한데 그대들 사이에 새로운 얼굴이 있구려.

가브릴라 푸슈킨 이 사람들은 경애하는 전하에게로
검과 봉직을 청하러 왔나이다.

참칭자 그대들을 기뻐하노라,
젊은이들. 내게로 오라, 동지들. 한데 이 미남은
누구인가, 푸슈킨?

푸슈킨 쿠릅스키 공작이옵니다.

참칭자 명성 높은 이름이로다!
(쿠릅스키에게) 그대는 카잔 영웅*의 친척인가?

쿠릅스키 신은 그의 아들이옵니다.

참칭자 그는 아직 살아 있는가?

쿠릅스키 아니옵니다, 돌아가셨사옵니다.

참칭자 위대한 지혜! 전투와 전략의 명인!
그러나 모욕을 갚으려 냉혹한 복수자가 되어
리투아니아 병사들을 이끌고 옛 도시 올긴에 40
나타나자, 그에 대한 소문은
뚝 그쳐 버렸느니라.

쿠릅스키 신의 부친께서는
볼리니아에서 여생을 보내셨나이다,
바토리 왕께서 그에게 하사한 영지에서
말입니다. 홀로 고요히 틀어박힌 채

---

* 안드레이 쿠릅스키는 1552년 카잔 포위 공격전의 영웅으로 한때 이반 뇌제의 측근이었으나 1564년 폴란드-리투아니아 연방으로 도주했다. 그는 이반 뇌제에게 서신을 보내 그의 폭정을 질타했다고 한다.

학문 속에서 기쁨을 구하셨으나
평화로운 일은 그를 위로하지 못했나이다.
부친께서는 젊은 시절의 조국을 기억하며
죽는 날까지 조국을 그리워하셨나이다.

참칭자 불행한 장군! 그의 명성 높고 열정적인 삶의 50
떠오름은 그 얼마나 선명하게 빛났던가.
위대한 가문의 용사여, 나는 그의 피가
이제 조국과 화해한 것을 기뻐하노라.
아버지들의 죄는 상기할 필요가 없노라.
그들 무덤에 평화를! 가까이, 쿠릅스키. 손을 주오!
이상하지 않은가? 쿠릅스키의 아들이 누구를
황제로 추대하는지가? 그래, 이반의 아들을…….
모든 것이 내 편이로다, 사람도, 운명도…….
그대는 누구인고?

폴란드인 폴란드 자유 귀족, 소반스키입니다.

참칭자 자유의 아들이여! 그대에게 찬미와 명예 있으라! 60
하사금 삼분의 일을 미리 그에게 주어라.
그런데 이들은 누구냐? 옷을 보니
고국의 것이로다. 우리 동포들이로다.

흐루쇼프 (머리 숙여 조아린다.)
그러하옵니다, 아버지 군주시여. 소인들은
추방당했던, 전하의 충직한 노예들이옵니다.
소인들은 은총을 잃고 모스크바에서 우리 황제,
전하께로 도망쳐 왔나이다. 전하를 위해서라면
목숨도 아끼지 않을 것이며, 시체가 되어

폐하께서 옥좌에 오르시는 층계가 되겠나이다.

참칭자 죄 없이 고통 받는 자들이여, 용기를 낼지어다. 70

내가 모스크바에 입성하게 되면 거기서

보리스는 나와 그대들에게 죗값을 치르리라.*

모스크바에 무슨 새로운 일이 있느냐?

흐루쇼프 그곳엔 모든 것이 아직 조용하나이다. 하나

백성들은 이미 황태자님의 구원을 알게 되었나이다.

어디서나 폐하의 글을 읽고 있나이다.

모두 폐하를 기다리나이다. 얼마 전

식탁에서 폐하께 몰래 건배했다고

보리스가 두 세습 귀족을 처형했나이다.

참칭자 오, 선량하고 불행한 귀족들이여! 80

피에는 피로다! 고두노프에게 고통 있으라!

그에 대해서는 사람들이 뭐라 하는가?

흐루쇼프 그는 홀로

황량한 황실에 틀어박혀 있나이다. 그는 험악하고

침울하나이다. 모두 떨며 처형을 기다리나이다. 하나 우울이

그를 갉나이다. 보리스는 겨우 목숨을 부지하고

그의 마지막 순간이 이미 가까웠다고

생각을 하나이다.

참칭자 관대한 적으로서

나는 보리스에게 빠른 죽음을 바라노라.

---

* 1831년 판에는 72행이 "보리스는 모든 죗값을 치르게 되리라."로 되어 있으며 이후 73행 "모스크바에 무슨 새로운 일이 있느냐?"부터 94행 "아마도 그는 계산을 잘못하는 게로다."까지가 빠져 있다.

악당에게 그건 불행이 아니노라. 한데 그는
누구를 후계자로 삼을 심산인가? 90

흐루쇼프 그는 자기 생각을 밝히지 않사오나
어린 아들 페오도르를 우리에게
황제로 선포할 속셈인 듯하옵니다.

참칭자 아마도 그는 계산을 잘못하는 게로다.
그대는 누구인고?

카렐라 돈 강에서 온 카자크이옵니다.
자유로운 병사들과 용맹스러운 대장들이*
전하의 황제다운 밝은 눈을 뵈옵고
목숨 바쳐 충성할 것을 맹세하라고 저를 보냈나이다.

참칭자 나는 돈 강 사람들을 알았노라. 우리 병사들 가운데
카자크의 깃발이 휘날릴 것을 의심치 않았노라. 100
돈 강의 우리 군대에게 감사하노라.
나는 요즈막에 카자크들이 부당하게 박해받고
압박당하고 있는 것을 알고 있노라.
그러나 만약 하느님께서 도우셔서
우리가 선조의 옥좌에 오른다면, 그때는 예전처럼
우리의 충직하고 자유로운 돈 지방을 아끼리라.

시인 (다가와서 몸을 깊이 숙여 절한 뒤 그리슈카의 옷자락을
붙잡고) 위대하신 황태자님, 찬란하신 왕자님이시여!

참칭자 그대는 무슨 일인고?

---

* 1831년 판에는 다음 행에 "그리고 돈 강 상류와 하류에 사는 카자크인들이"가 들어가 있다.

시인 (그에게 종이를 건넨다.)

호의로서 받아 주시옵소서,

지성을 바친 작업의 보잘 것 없는 열매를.

참칭자 내가 보는 게 무엇인가? 라틴어로 된 시로다! 110

검과 시의 결합은 더없이 신성한 것,

오직 월계관만이 그들을 의좋게 엮으리라.

나는 북방의 하늘 아래 태어났지만

라틴 뮤즈의 목소리를 알고 있고

파르나소스 산의 꽃들도 사랑하노라.*

(혼자서 읽는다.)

흐루쇼프 (푸슈킨에게 조용히) 누군가?

푸슈킨 시인이네.

흐루쇼프 칭호가 뭔가?

푸슈킨 어떻게 말해야 할지? 러시아 말로 악사

또는 유랑 광대라네.

참칭자 멋진 시로다!

나는 시인의 예언을 신뢰하노라.

결코 그들의 불타는 가슴속 열광이 120

헛되이 끓는 것이 아니노라. 공적은 축복될지니

시인들은 그것을 미리 찬미하였도다!

가까이 오라, 동지여. 나를 기억하라고

이 선물을 주니 받으라.

---

* 1831년 판에는 115행 뒤의 지문 "혼자서 읽는다."부터 118행 "멋진 시로다!"까지 가 빠져 있다.

(그에게 반지를 준다.)

나와 더불어

운명의 서약이 완수되고, 나 선조들의 왕관을
쓰게 될 때 다시 그대의 달콤한 목소리,
그대의 영감에 찬 찬가를 듣기 희망하노라.
뮤즈는 영광을 축복하고 영광은 뮤즈를 축복하노라.*
그러면 동지들, 내일 다시 보세.

일동 진군이다, 진군이다! 디미트리 만세!
위대한 모스크바 대공 만세! 131

---

* 이 행은 참칭자가 라틴어로 말한다.

13
산보르에 있는 므니셰크 장군의 성*

마리나의 탈의실.
마리나, 그녀에게 옷을 입히고 있는 루자, 하녀들.

마리나 (거울 앞에서) 어때? 준비됐어? 서두르지 못하겠니?
루쟈 그럴게요. 먼저 어려운 선택을 하셔야 해요.
어느 걸 다실 거예요? 진주 목걸이에요?
아니면 루비 반달이에요?
마리나 내 다이아몬드 관을 쓰겠어.
루쟈 멋져요! 기억하세요? 왕궁으로
마차 타고 가실 때 그걸 쓰셨더랬지요.
무도회에서 태양처럼 빛나셨다고들 하던데요.

---

* 1831년 판에는 없는 장이다. 이 장은 약강 6보격, 4보격, 5보격의 율격이 섞여 있다.

남자들은 입을 다물지 못했고 여자들은 소곤거렸지요…….
결투로 죽은 호트케비치*가 그때 10
처음으로 아씨를 본 것 같아요.
아씨를 본 사람은 누구나
정말 반해 버렸다고들 해요 .

마리나 빨리 못 하겠니.

루자 곧 다 돼요.
오늘 아버님께서 아씨에게 희망을 걸고 계세요.
황태자가 공연히 아씨를 본 게 아니지요.
그는 열정을 감출 수 없었던 거예요.
이미 상처 입었어요. 그러니 그를
결정적 타격으로 쓰러뜨려야 해요.
정말 그는 사랑에 빠졌어요. 20
크라쿠프를 떠나 벌써 한 달째,
전쟁도, 모스크바의 옥좌도 잊고
우리 집에 머물며 주연을 베푸니
러시아인들도 폴란드인들도 모두 성이 나 있지요.
오, 하느님! 그날을 볼 수 있을는지? …….
그렇게 하실 거죠? 디미트리가
모스크바 황후를 수도로 데려갈 때
저를 두고 가시지 않겠지요?

마리나 넌 내가 혹 황후가 되리라고 생각하니?

루자 아씨가 아니라면 누구예요? 누가 내 주인아씨와 30

* 폴란드-리투아니아 연방의 최고 귀족 가문.

감히 미모를 견줄 생각을 할까요?
므니셰크 가문은 어느 가문에도 뒤지지 않아요,
영리하기로 치자면 최고라고 칭송받으시지요…….
아씨의 시선을 받는 사람, 아씨 마음의 사랑을
제 것으로 하는 사람은 행복한 사람이지요,
그가 누구든 간에 말예요, 우리의 왕이든
아니면 프랑스 왕자든……
아씨의 그 가난뱅이 거지, 누군지도
어디서 왔는지도 모르는 황태자만이 아니라요.

마리나 그는 정말 황태자고 사람들이 다 그렇게 불러. 40

루자 그래도 지난겨울 비슈네베츠키댁 하인이긴 했지요.

마리나 가장한 거야.

루자 그것에 대해 시비하자는 게 아니에요…….
다만 아씨, 아세요,
백성들이 그에 대해 뭐라고 그러는지?
그가 모스크바에서 도망쳐 온 수도승이고
여기 도착했을 때부터 유명한 사기꾼이래요.

마리나 그런 헛소리를 하다니!

루자 오, 저도 믿지 않아요.
전 단지 아씨가 그를 다른 사람보다
진정으로 더 좋아한다면, 그가 당연히 자기의 운명을
축복해야 한다는 걸 말하는 것뿐이에요. 50

하녀 (뛰어 들어온다.)
손님들이 벌써 모였어요.

마리나 봐라, 네가 밤새도록

헛소리만 늘어놓으니
나는 아직 옷도 못 입었잖니…….

루자 자, 다 됐어요.

(하녀들이 수선을 떤다.)

마리나 모든 걸 알아내야겠어. 54

14
불을 밝힌 방들. 음악.*

비슈네베츠키와 므니셰크.

므니셰크 그는 내 마리나하고만 이야기하고
마리나에게만 열중하고 있구려…….
결혼식과 정말 다름이 없소.
자, 비슈네베츠키, 솔직히 말해 보오.
내 딸이 황후가 되리라고 생각이나 했소? 아?

비슈네베츠키 그렇소, 기적이오……. 므니셰크, 공도 내 하인이
모스크바 옥좌에 오르리라고 생각이나 했소?

므니셰크 한데 말해 보오, 우리 마리나가 어떻소?
나는 딸애에게 한마디만 했소, 자, 정신 차려라!

---

* 1831년 판에는 이 장의 제목이 '삼보르에 있는 므니셰크 장군의 성'으로 되어 있다.

디미트리를 놓치지 마! ……보아하니, 모든 것이 10
다 끝났소. 벌써 그는 그 애의 그물에 걸려들었소…….
나오오, 나오오……. 마리나 양과!*
(폴란드의 무도곡이 연주된다. 참칭자는 마리나와 선두 쌍으로 나온다.)

마리나 (작은 소리로 디미트리에게) 네, 저녁 늦게, 11시에
보리수 길 분수 가에서 내일 기다리겠어요.
(둘은 갈라지고 다른 쌍이 나온다.)

기사 디미트리는 그녀의 어디가 좋을까요?

귀부인 왜요! 그 여자는
미인이에요.

기사 그렇지요. 대리석으로 된 요정이지요,
생기도, 미소도 없는 눈, 입술…….
(새로운 쌍이 나온다.)

귀부인 그는 미남은 아니지만 좋은 인상이에요.
황제의 혈통임을 알 수 있지요.
(새로운 쌍이 나온다.)

귀부인 언제 출정이에요?

기사 황태자께서 명령을 하시면. 20
우리는 만반의 태세가 돼 있소. 그러나 므니셰크 양과
디미트리 왕자가 우리를 포로로 붙잡아 둘 모양이오.

귀부인 편안한 포로겠군요.

기사 물론이지요, 만약 당신이…….

---

* 1831년 판에는 없는 행이다.

(둘은 갈라진다. 방들이 빈다.)

므니셰크 우리 늙은이들은 이제 춤을 추지 않소.

마주르카의 커다란 울림도 우리를 동하게 하지 못하오.

사랑스러운 손을 잡지도 않고 키스도 하지 않소.

오, 난 옛날의 유희들을 잊지 않았소!

지금은 그전 같지 않아요. 전과 같지 않아요.

젊은이들도 전혀 전같이 용감하지 못하고

미인들 또한 그렇게 쾌활하지 못하오. 30

인정하시오, 친구, 모든 것이 어쩐지 우울한 것을.

젊은이들은 남겨 두고, 자, 갑시다, 친구,

술병에 이끼가 낀, 오래 묵은

헝가리 포도주를 뜯으라고 해서

별실에서 단 둘이 향기로운 흐름,

기름처럼 진한 액체를 마시면서

의견을 좀 나누도록 합시다.

자, 갑시다, 형제.

비슈네베츠키 좋소. 친구, 갑시다. 38

15
밤. 정원. 분수

참칭자 (들어온다.)

여기가 분수로구나. 그녀가 이리로 오겠지.
나는 분명 겁쟁이로 태어나지는 않았다.
죽음을 바로 내 앞에서 보았고
죽음 앞에서도 내 가슴 떨리지 않았다.
종신형의 위협을 받아도
추격당하면서도 내 정신은 당황하지 않았고
용감하게 부자유스러움을 피할 수 있었다.
그런데 지금은 무엇이 숨 막히게 하는 것일까?
이 억제할 수 없는 떨림은 무엇을 뜻하는가?
혹 긴장된 욕망에서 비롯된 떨림일까? 10
아니, 이것은 공포로다. 나는 무엇을 두려워하는가?
스스로도 모르겠다.* 하루 종일 나는
마리나와의 밀회를 기다렸다.

그녀에게 무슨 말을 할지,
어떻게 그녀의 거만한 머리를 유혹하고
모스크바의 황후라고 부를지 생각했는데.
막상 시간이 되니, 하나도 기억나지 않는구나.
닳고 닳은 말들도 떠오르지 않는다.
사랑이 내 상상력을 흐리게 하는구나…….
한데 뭔가 갑자기 가물거렸는데…….
사각거리네……. 가만……. 20
아냐, 이건 믿을 수 없는 달빛일 뿐,
미풍이 여기를 지나는 소리일 뿐.

마리나 (들어오며) 황태자님!

참칭자 그녀야! ……피가 온통 멎어 버리는구나.

마리나 디미트리! 당신이세요?

참칭자 매혹적이고 달콤한 저 목소리!
(그녀에게로 간다.)
드디어 왔군요? 고요한 밤 그늘 아래
나와 단둘이 있는 당신을 보는 것이 정말인가요?
지루한 낮이 얼마나 더디게 지나갔는지요!
저녁노을은 또 얼마나 더디게 사라졌는지요!
나 얼마나 오랫동안 밤의 어둠 속에서 기다렸는지요!

마리나 시간이 없어요. 시간이 아까워요. 30
전 연인의 부드러운 말이나 들으려고

* 1831년 판에는 11행 "나는 무엇을 두려워하는가?"부터 12행 "스스로도 모르겠다."까지가 빠져 있다.

여기서 당신과 만나자는 게 아니었어요.
말은 필요 없어요. 당신의 사랑을
믿어요. 제 말을 들어요. 전 결심했어요,
폭풍같이 불확실한 당신의 운명에
제 운명을 결합하기로. 그러니 디미트리,
당신에게 한 가지 요구할 만하지요.
요구해요, 당신의 마음속에 있는
은밀한 희망과 계획 그리고 위험에 대해
모두 말씀해 주세요. 유치하게 40
눈이 멀어서가 아니라, 또 남자의
경박한 욕망의 노예로서가 아니라
당신의 말없는 첩으로서가 아니라,
당신의 당당한 부인 자격으로
모스크바 황제의 내조자로서 제가
당신과 손잡고 용감하게 현실로 나가도록요.

참칭자 오, 한 시간만이라도 내 운명에 대한
염려와 불안을 잊게 해 주오!
당신 앞에 서 있는 것이 황태자라는 것을
스스로 잊어 주오, 마리나! 내게서 50
당신이 선택한, 당신의 단 한 번의 눈길로
행복해지는 연인을 봐 주오.
오, 사랑의 기원을 들어 주오.
가슴속에 가득 찬 모든 것을 말하게 해 주오.

마리나 그럴 때가 아니에요, 공작. 당신이 질질 끌면
당신을 추종하는 일당의 충성심이 식어 가지요.

시간이 흐를수록 위험과 곤란은
더 커지고 더 어려워지지요.
벌써 세상에는 의심하는 소문들이 돌아다녀요.
소문에 소문이 꼬리를 물고 있어요. 60
고두노프도 자기대로 조치를 취할 거예요…….

참칭자 고두노프가 무엇이오? 내 유일한 행복인
당신의 사랑이 고두노프의 영향력 아래 있단 말이오?
아니오. 지금 나는 무심한 마음으로
그의 옥좌와 권력을 바라보고 있소.
당신의 사랑…… 그것 없이 나에게 생명이,
찬란한 명예와 러시아 제국이 무엇이겠소?
황량한 사막, 가난한 지하 굴 속이라도
당신이, 당신이 왕관을 대신할 거요,
당신의 사랑은……

마리나 부끄러운 줄 아세요. 70
고귀하고 신성한 사명을 잊지 마세요.
지금 당신에게는 황제의 옥좌가
인생의 모든 기쁨과 매혹보다 귀중해요.
그것은 다른 무엇과도 비교할 수 없지요.
전 어리석게 제 아름다움의 포로가 된
젊은이에게가 아니라, 똑똑히 알아 둬요,
모스크바 제국 황제의 후계자이며
운명의 구원을 받은 황태자에게
엄숙하게 제 손을 맡기는 거예요.

참칭자 나를 괴롭히지 마오, 황홀한 마리나, 80

말하지 마오, 내가 아니라 제위를
선택했다고. 마리나! 당신은 모르오,
당신의 말이 얼마나 내 심장을 찌르는지.
어떨까! 만약…… 오, 이 끔찍한 의심!
말해 봐요, 만약 눈먼 운명이 나를
황태자로 태어나지 않게 했다면,
만약 내가 이반 황제의 아들이 아니라면,
오래전에 세상에서 잊힌 그 소년이 아니라면,
그렇더라도…… 그렇더라도 당신은 나를 사랑하겠소?

마리나 당신은 디미트리이고 다른 사람은 될 수 없어요. 90
저는 다른 사람을 사랑할 수 없어요.

참칭자 그만, 됐소.
나는 나만의 애인을 죽은 자와
나누어 가질 생각은 없소이다.
이제 거짓 행동은 지겹소! 모든 진실을
말하겠소. 잘 알아 두오, 당신의 디미트리는
오래전에 땅속에 묻혔소 — 부활하지 않을 거요.
그러면 내가 누군지 알고 싶소?
자, 말하리다. 나는 가난한 수도승,
수도원의 구속을 지겨워하여
두건 아래서 대담한 음모를 짜내며 100
세상에 기적을 보이려고 준비하고 있다가
마침내 때를 보아 수도원에서 도주하여
우크라이나의 용맹스러운 카자크들에게서
말 타는 법과 칼 쓰는 법을 배웠소.

당신들한테 와서 디미트리 황태자라고 칭하며
골 빈 폴란드인들을 속여 넘긴 것이오.
뭐라고 하겠소, 거만한 마리나?
내 고백이 당신 성에 차오?
왜 말이 없소?

마리나 오, 이 수치! 아, 이 슬픔! (침묵.)

참칭자 (혼잣말로)* 폭발한 분노가 나를 어디까지 끌고 갔나!
그렇게 힘들여 만들어 낸 행운을 111
나 아마도 영원히 망쳐 버렸나 보다.
무슨 짓을 한 건가?** ……알겠소, 알겠소.
황태자와의 사랑이 아니어서 창피해하는구려.
그러니 운명의 한마디를 내게 들려주오.
지금 나의 운명은 당신 손안에 있소.
결정하시오, 기다리오.
(무릎을 꿇는다.)

마리나 일어나요, 가련한 참칭자.
제가 남의 말을 쉽게 믿는 연약한 계집앤 줄 아세요?
무릎 꿇는 것으로 허영 높은 내 심장을
달랠 수 있다고 착각한 게 아닌가요? 120
잘못 아셨네요. 여보세요, 내 발아래
기사들과 지체 높은 백작들을 수없이 보았지요.
그러나 내가 그들의 애원을 차갑게

---

* 1831년 판에는 지문이 "조용히"이다.

** 1831년 판에는 이 대사 이후에 "소리 내어"라는 지문이 있다.

거절한 것은 도망친 수도승 따위하고……

참칭자 젊은 참칭자를 그렇게 멸시하지 마시오.*

그 사람 속에 모스크바의 제위에 어울리는,

그대의 고귀한 손에 어울리는

용기가 숨어 있을지도 모르는 일…….

마리나 치욕스러운 교수대에나 어울리겠죠, 뻔뻔한 인간!

참칭자 내 죄요. 나는 오만에 사로잡혀 130

하느님과 역대 황제들을 기만하였소.

나는 세상을 속였소. 그러나 마리나, 당신은

나를 벌하지 못하오. 난 당신 앞에 정당하오.

결코, 나는 당신을 속일 수 없었소.

당신은 내게 유일하게 신성한 것이었소

그 신성한 것 앞에 난 감히 가장할 수 없었소.

사랑이, 질투 많은 눈먼 사랑이,

오직 사랑이 나로 하여금 모든 것을

말하게 하였소.

마리나 뭘 잘난 체해요, 바보 같으니!

누가 당신의 고백 따위를 요구했나요? 140

만약 이름도 없는 부랑자인 당신이

기적처럼 두 나라 백성들을 눈멀게 했다면

적어도 당신은 자기의 성공에

걸맞은 행동을 보여야 해요.

그 대담한 사기를 확고하고 깊은

---

* 1831년 판에는 이 대사 앞에 "일어선다."라는 지문이 있다.

영원한 비밀로 보장해야 해요. 말해 봐요,
당신 자신이 스스로 그렇게 간단하게
그렇게 경솔하게 자신의 치부를 폭로하는데
제가 당신에게 헌신할 수 있을까요?
제 가문과 처녀의 수치를 잊고 150
제 운명을 당신의 것과 결합할 수 있을까요?
사랑 때문에 제게 다 말해 버렸다고요!
제 아버지 앞에서는 우정 때문에,
우리 국왕 앞에 서는 게 기뻐서,
아니, 일찌감치 비슈네베츠키 앞에서는
하인의 충직함 때문에, 어떻게 아직까지
자신을 드러내지 않았는지 놀랍군요!

참칭자 당신에게 맹세하오, 오직 당신만이
내 심장의 고백을 짜냈소.
당신에게 맹세하오, 언제, 어디서도, 160
광란의 술잔치를 벌이면서도
절친하고 은밀한 대화에서도
칼이 들어와도, 어떤 고문의 고통에도,
내 혀는 이 무거운 비밀을 내주지 않을 거요.

마리나 당신은 제게 맹세하는군요! 그러니
제가 믿어야지요. 오, 믿겠어요!
하지만 무엇을 걸고 맹세하나요?
알아야겠어요, 예수회의 경건한 신자처럼
신의 이름을 거나요? 고귀한 태생의 용사처럼
명예를 거나요? 황태자의 신분으로서 170

황제의 말을 거나요? 그렇지요? 그렇다고 말해요.

디미트리 (거만하게) 이반 뇌제의 혼령이 나를 아들로 삼아
무덤에서 나온 디미트리 황태자라 부르고
내 주위에 많은 백성들을 궐기시키고
보리스를 내게 제물로 지목하였소.
나는 황태자요. 이제 그만합시다, 수치스럽소,
오만한 폴란드 여인 앞에 자기 비하라니.
영원히 잘 있으오. 피투성이 전쟁의 승부와
내 운명의 큰 근심이 사랑의 고통을
제압할 거요. 내 희망사항이오. 180
수치스러운 열정의 불이 식었을 때, 오,
나 얼마나 당신을 증오하게 될 것인가!
나 이제 떠나니, 파멸 아니면 왕관이
러시아에서 내 머리를 기다리고 있소.
명예로운 전투의 용사처럼 죽게 되든
아니면 광장의 단두대에서 악당으로 죽게 되든
당신은 내 반려가 되지 않을 것이니
내 운명을 나와 나누지 못할 거요.
그러나…… 아마도 당신은 당신이 거절한
운명을 애석하게 여기게 될 거요. 190

마리나 만약 제가 당신의 대담한 기만을
미리 모든 사람들 앞에 폭로한다면?

참칭자 내가 당신을 두려워한다고 생각하오?
사람들이 러시아의 황태자보다
폴란드 처녀의 말을 더 믿을 것 같소? 또한

국왕도, 부친도, 귀족들도 내 말의 진실에 대해
생각하지 않는다는 걸 알아 두오.
내가 디미트리이건 아니건 그들에게 무슨 상관이오?
나는 반목과 전쟁의 구실일 뿐이오.
그들에게 필요한 것은 이것뿐이오, 믿어요, 200
당신은 폭도로 몰려 침묵을 강요당할 거요.
잘 있소.

마리나 기다리세요, 황태자님. 마침내
어린 소년이 아닌 진짜 남자의 말이 들리는군요.
그 말이, 대공, 당신과 저를 화해시켰어요.
저는 당신의 어리석은 열정을 잊고
다시 디미트리를 봅니다. 하나 들어 봐요.
때가 되었어요, 때가! 잠을 깨요. 더 이상
지체 말고 어서 군대를 모스크바로 이끌고 가세요…….
크렘린을 장악하고, 모스크바의 옥좌에 앉아요.
그때 저에게 청혼의 사절을 보내세요. 210
그러나 — 하느님이 증인이에요 — 저는
당신의 발이 옥좌의 층계를 밟기 전에는,
고두노프가 당신에 의해서 퇴위되기 전에는,
사랑의 말은 듣지 않을 거예요. (나간다.)

참칭자 아니, 고두노프와 전쟁을 하든가
궁중의 예수회 교도를 속이는 것이
여자와 상대하는 것보다 훨씬 쉽겠구나……. 제기랄.
힘이 다 빠졌네. 정신을 빼고, 휘감고, 미끄덩거리다,
손에서 빠져나와 쉭쉭거리며, 위협하고, 물어뜯는다.

뱀이야, 뱀! ……내가 공연히 떨었던 게 아니야.
그 여자가 나를 거의 파멸시킬 뻔했어.
그러나 결정됐다. 내일은 군대를 움직일 것이다. 222

16
리투아니아의 국경
(1604년 10월 16일)

쿠릅스키 공작과 참칭자, 둘 다 말을 타고 있다.
연대들은 국경으로 다가가고 있다.

쿠릅스키 (선두에서 말을 달리며) 여기, 여기다!
여기가 러시아의 국경이다!
신성한 러시아여, 조국이여! 나는 너의 것이다!
내 옷에서 타국의 먼지를 경멸하며 털어내고
탐욕스럽게 조국의 신선한 공기를 마신다.
내 혈연의 공기! ……오, 내 아버지시여,
당신의 영혼도 이제 위안을 받으시고
무덤 속의 은총 잃은 유골들도 기뻐하리!
우리 가문의 검이 다시 빛을 내리라.
이 영예로운 검, 암흑의 카잔을 위협한
이 훌륭한 검, 모스크바의 황제들의 종복! 10

이제 이 검은 이 검의 희망인 폐하를 위해
한바탕 잔치를 진탕 벌이리! …….

참칭자 (고개를 떨어뜨리고 조용히 말을 달린다.)
그는 얼마나 행복한가! 기쁨과 영광으로
뛰노는 저리도 순결한 그의 영혼!
오, 나의 용사여! 그대가 부럽다.
추방지에서 자란 쿠릅스키의 아들이
아버지가 받은 모욕을 잊고,
그의 죄를 사후에 갚기 위하여
이오안의 아들을 위해 피를 흘릴
태세를 갖추도다. 그대는 정통의 황제를 20
조국에 돌려주려 한다……. 그대는 옳다.
그대 영혼은 환희에 불타오름에 틀림없다.

쿠릅스키 폐하께서는 기쁘지 않으십니까? 여기는
우리 러시아이고, 이는 폐하의 것입니다, 황태자님.
폐하의 백성들의 심장이, 폐하의 모스크바가,
폐하의 크렘린이, 폐하의 제국이, 폐하를
기다리고 있나이다.

참칭자 오, 쿠릅스키, 러시아인의 피가 흐를 텐데…….
그대는 황제를 위해 검을 들었다. 그대는 순결하다.
나는 그대를 형제들에게 데려간다. 나는 리투아니아인을
러시아로 불러들여 아름다운 모스크바로 가는 30
성스러운 길을 적들에게 알려 주고 있구나! …….
그러나 내가 범한 죄행은 내가 아니라,
황제의 참살자, 보리스 그대가 짊어지리라!

앞으로!

쿠릅스키 앞으로! 고두노프에게 불행을! 34

(두 사람이 말을 달린다. 군대가 국경을 넘는다.)

17
어전 회의

황제, 대주교, 대귀족들.

황제 그럴 수가 있나? 파계승, 도망친 수도승이
우리에게 흉악한 군대를 몰고 와서는
감히 협박 편지를 보내다니! 이제 그만
미친놈을 다스릴 때가 왔소. 출정하오,
그대, 트루베츠코이 경, 그리고 그대, 바스마노프 경.
내 충성스러운 장군들에게 도움이 필요하오.
체르니고프는 반역자들에 의해 포위되었소.
성과 시민들을 구하오.

바스마노프 폐하,
지금부터 석 달이 지나기 전에
참칭자에 대한 소문도 잠잠해지리다. 10
바다 건너 온 짐승처럼 철창에 가두어

그를 모스크바로 끌고 오겠나이다, 하느님 앞에서
폐하께 맹세하나이다.
(트루베츠코이와 함께 나간다.)

황제 스웨덴 왕은 대사를 통해
내게 동맹을 제의해 왔소.
하나 우리는 타국의 원조가 필요 없소.
반역자와 폴란드인들을 물리치기에는
우리 군사만으로도 충분하오.
과인은 거절해 버렸소. 셸칼로프! 방방곡곡으로
장군들에게 칙령을 내려보내서
말을 타고 다니며 옛날처럼 20
사람들을 군대로 내보내도록 하오.
수도원의 하급 성직자들도 마찬가지로
군대로 보내도록 하오. 과거에는
조국이 재난의 위협을 당했을 때
은둔자들이 스스로 전투로 나섰소만,
지금은 그들을 동요시키고 싶지 않소.
그들이 우리 군대를 위해 기도하게 하오, 이것이
황제의 명령이며 귀족 회의의 결정이오.
지금 우리는 중대한 사안을 결정해야 하오.
그대들도 알다시피 파렴치한 참칭자는 30
도처에 간교한 소문을 무섭게 빨리 퍼뜨리고 있소.
그들이 도처에 살포한 문서들은
동요와 의혹을 뿌리고 있소.
광장에서는 반역의 속삭임이 떠돌고

민심은 들끓고 있으니……. 이를 가라앉혀야 하오.
과인은 처형으로 경고했으면 하오.
무슨 처형을 어떻게 할지? 지금 결정하기로 하오.
우선 그대, 대주교의 생각을 알리시오.

대주교 위대한 폐하, 폐하의 영혼 속에
자비와 부드러운 인내의 정신을 심으신 40
전능하신 하느님께 영광이 있으오리다.
폐하께서는 죄인의 파멸을 바라지 않으시옵고
미혹이 지나가기를 조용히 기다리시니
미혹은 사라지고 영원한 진리의 태양이
모든 사람을 비추오리다.
폐하의 충실한 사제는
속세의 일을 현명하게 판단하는 사람은 아니오나
감히 폐하께 소인의 생각을 아뢰옵나이다.
악마의 아들인 저주받은 파계승은 자기를
백성들 간에 디미트리라고 알려지게 하였나이다.
그는 파렴치하게도 황태자의 이름을 50
훔쳐 입은 옷처럼 입었나이다.
그러나 옷을 찢기만 하면, 그 스스로
벌거벗은 채로 창피를 당하리다.
하느님께서 친히 우리에게 방법을 보내셨나이다.
폐하, 알아 두시옵소서, 지금으로부터 육 년 전 —
주님께서 폐하께 제국을 통치하라고
축복하신 바로 그해, 어느 날 —
저녁 무렵 어느 평범한 늙은 목자가

소인의 처소로 찾아와서 소인에게
경이로운 비밀을 알려 주었나이다. 60
"소싯적부터 저는 장님이었습니다.
그때부터 저는 노인이 될 때까지
밤과 낮을 구별하지 못하였나이다.
약초와 주문으로 치료해 봤지만 소용없었습니다.
수도원으로, 기적을 행하는 자들에게로
예배를 다녔으나 소용이 없었고
신성한 우물에서 길어 올린 성수로
어두운 눈을 씻어도 소용이 없었습니다.
신께서는 저에게 치유를 내리시지 않았습니다.
그리하여 저는 희망을 잃었습니다. 70
또한 저도 암흑에 익숙해져, 전에 본
사물들조차 꿈속에 나타나지 않았습니다.
꿈속에서는 오직 소리만 들렸습니다. 한번은
깊은 꿈속에서 어린 아이의 목소리가
들려왔습니다. '일어나라, 노인이여. 그리고 우글리치의
프레오브라젠스카야 대성당으로 가서
내 작은 무덤 앞에 가서 기도하라,
하느님은 자비로우시니, 그러면 나 그대를 용서하리라.'
'당신은 누구십니까?' 하고 저는 물었습니다.
'나는 디미트리 황태자이니라. 하느님께서 80
나를 자신의 천사로 받아들이셔서
나는 기적을 행하는 위대한 성인이 되었다.
가라, 노인이여.' 저는 잠에서 깨어나 생각했습니다.

'어떻게 하지? 신께서는 아마도 정말로 느지막이
나에게 치유를 선사하시려나 보다.
가 보리라.' 그리하여 먼 길을 떠났습니다.
드디어 우글리치에 다다르자
대성당으로 가서 미사를 드리고는
성심으로 열렬히 불타올라 울었습니다,
마치 눈멂이 내 눈에서 눈물로 90
빠져나온 듯이 상쾌했습니다.
사람들이 성당을 나갈 때, 저는 손자에게
말했습니다. '이반아, 어서 디미트리 황태자의
무덤으로 나를 데려가 다오.' 그러자 손자가
저를 무덤으로 인도했습니다. 무덤 바로 앞에서
저는 조용히 기도를 드렸습니다.
그랬더니 저의 눈이 열리고, 저는
신성한 세상도, 손자도, 무덤도 보게 되었습니다."
폐하, 이것이 소인에게 노인이 알려 준 바이옵니다.
(모두 당황한다. 이 이야기가 진행되는 동안 보리스는 몇
차례 손수건으로 얼굴을 훔친다.)
그때 소인은 소견대로 우글리치로 사람을 보냈나이다. 100
알아보니 고통 받던 많은 자들이
죽은 황태자의 묘석 근처에서 이와 비슷한
구원을 받았다고 전하더이다.
그런즉 크렘린으로 그 신성한 유골을 옮겨다가
아르한겔스크 대성당에 안치하자는 것이
소인의 소견이옵니다. 그리하면 백성들은

불경스러운 악당의 사기를 명백히 알게 될 것이고
악마들의 위력은 먼지처럼 사라질 것이옵니다. (침묵.)

슈이스키 공작 대주교님, 그러나 누가 하느님의 길을
알겠습니까? 소인은 그것을 판단할 수 없나이다. 110
하느님께서 아마도 어린 유골에
불멸의 잠과 기적의 힘을 내리셨나 봅니다,
그러나 세간의 소문들은 부지런히
냉정하고 꼼꼼하게 조사해야 하옵니다.
소란하고 혼란스러운 시기에
그렇게 엄청난 대사를 고려해야 하옵니까?
우리가 성물(聖物)을 뻔뻔스럽게 속세의 일에
이용한다고 말이 많지 않겠나이까?
그렇지 않아도 백성들은 어리석게 동요하고
그렇지 않아도 이미 시끄러운 소문들이 많사옵니다. 120
지금은 갑자기 그렇게 중요한 새로운 일을 만들어
사람들을 동요시킬 때가 아니옵니다.
소인이 볼 때도 파계승이 퍼뜨린
풍문을 다스릴 필요는 있사옵니다.
그러나 다른 방법이 있나이다, 더 간단한 방법이.
폐하, 만약 폐하께서 허락하신다면
소인이 직접 백성들이 모이는 광장에 나가
그들을 설득하고, 어리석음을 훈계하여
부랑자의 사악한 모반을 폭로하겠나이다.

황제 맞소. 그렇게 하는 것이 좋겠소! 130
대주교, 그대는 궁궐에 남기 바라오.

오늘은 내게 그대와의 대화가 필요하오.

(나간다. 귀족들이 그 뒤를 따른다.)

귀족 1　(작은 목소리로 다른 귀족에게) 공은 폐하의

안색이 창백해지고

굵은 땀방울이 얼굴에서 떨어지는 것을 보았소?

귀족 2　솔직히 나는 눈을 들 엄두를 못 냈소.

몸을 꼼짝하기는커녕 숨조차 쉴 수 없었소.

귀족 1　슈이스키 공작이 구해 줬소. 정말 수완가요! …….　137

18
모스크바의 대성당 앞 광장*

백성들.

백성 1　황제께서 곧 대성당에서 나오실까?
백성 2　미사는 끝나고 지금은 기도를 드리고 있다네.
백성 1　뭐? 그럼 이미 그를 저주했단 말인가?
백성 2　나는 성당 입구에 서서, 보제(補祭)가 "그리슈카 오트레피에프 — 저주받을 놈!" 하고 크게 외치는 걸 들었네.
백성 1　저주하라고 해, 황태자님은 오트레피에프와 무관하니.
백성 2　다들 지금 황태자의 명복을 기원하고 있다네.
백성 1　산 사람에게 명복이라니! 어디 두고 봐라, 무신자들!
백성 3　조용히 해 봐, 시끄러운 걸 보니, 황제가 아닌가?

* 1831년 판에는 이 장과 다음 장의 차례가 바뀌어 있다. 이 장은 산문으로 되어 있고, 바보 성자의 노래만 민요조의 운문으로 되어 있다.

백성 4　아니, 저 사람은 바보일세.

(바보 성자*가 철모를 쓰고 쇠사슬을 두른 채 아이들에게 둘러싸여 들어온다.)

아이들　니콜카, 니콜카. 철모! ……뜨르르…….

노파　성자를 풀어 주어라, 이 새끼 악마들아. 니콜카, 죄 많은 나를 위해 기도해 주렴.

바보 성자　한 푼 줍쇼, 1코페이카만 줍쇼.

노파　여기 있다, 1코페이카. 나를 잊지 마라.

바보 성자　(땅에 앉아 노래 부른다.)

달이 떠가고,
고양이가 운다,
바보여, 일어나,
가만, 가만, 가만……
하느님께 기도해라!**

(아이들 또다시 그를 둘러싼다.)

소년 1　안녕, 니콜카. 너는 왜 항상 모자를 벗지 않니?

(그의 철모자를 두드리며) 야, 소리가 울린다!

바보 성자　나 1코페이카 있어.

소년　거짓말! 보여 줘.

---

* 바보 성자는 근대 러시아에서 농부나 황제 들이 외경하는 대상이었다. 초기 동방교회 은둔자들의 후예로, 자기를 낮춤으로써 기독교적 겸허에 도달하려는 의도에서 몸에 쇠사슬을 두르고 누더기를 걸치고 거의 벗다시피 한 모습에 맨발로 돌아다녔다. 이반 4세 시절 실제로 니콜카라고 불리는 성자가 있었다.

** 1831년 판에는 “달이 빛나고/ 고양이가 운다,/ 바보여, 일어나,/ 하느님께 기도해라!”라고 되어 있다.

(돈을 빼앗아 달아난다.)

바보 (울면서) 내 코페이카 빼앗아 갔어, 니콜카를 놀려.

백성 황제다, 황제가 오신다.

(황제가 대성당에서 나온다. 귀족 한 사람이 맨 앞에서 걸인들에게 돈을 나누어 준다. 귀족들 등장.)

바보 성자 보리스, 보리스! 아이들이 니콜카를 놀려.

황제 그에게 적선해라. 어째서 우느냐?

바보 성자 아이들이 니콜카를 놀려……. 네가 어린 황태자를 벤 것처럼 저 아이들을 베라고 명령해.

귀족들 저리 비켜라, 바보야! 바보를 붙잡아라!

황제 내버려 둬라. 불쌍한 니콜카, 나를 위해 기도해 다오. (퇴장.)

바보 (그의 뒤에다 대고) 안 돼, 안 돼! 헤롯 왕을 위해서 기도할 수 없어, 성모님이 금하셔.

19
북노브고로드 부근의 평야*
(1604년 12월 21일)

전투.

병사들 (어지럽게 도망친다.)

큰일이다! 황태자다! 폴란드인들이다! 저기 왔다!

(마르제레와 발터 로젠 두 대위가 들어온다.**)

---

* 이 장은 산문으로 되어 있다. 이 장에서 프랑스인 부대장 마르제레는 대부분 당시 구어체 프랑스어에 간혹 어색한 러시아어를 섞어 말하며 로젠은 독일어로 말한다.

** 마르제레와 로젠은 1600년부터 황제 보리스의 서유럽 출신 용병들을 지휘했다. 보리스가 죽은 후 마르제레는 위장 디미트리 아래서 일하다가, 슈이스키가 황제가 된 이후 프랑스로 돌아가 1607년 앙리 4세의 명으로 러시아에 대한 책 『러시아 제국과 모스크바 공국에 대한 기록(Estat de l'Empire de Russie et Grand Duche de Moscovie)』을 발표했다. 이 책은 러시아에 대한 최초의 프랑스어 자료로서 러시아 근대사를 아는 데 매우 중요하다. 카람진에 의해 수차례 인용되었다.

마르제레　어디로, 어디로? 자……. 도라가이*!

도주병 1　원하면 네놈이나 '도라가이.' 이 저주받을 이교도야!

마르제레　꽈? 꽈?**

도주병 2　꽉! 꽉! 이 외국 개구리야, 너희들은 마음대로 러시아의 황태자께 꽉꽉거리지만 우리는 정교도들이다.

마르제레　정교도가 대체 뭐 하는 거야? ……더러운 거지발싸개, 이 저주받을 상놈들! 이런 빌어먹을 것들. 이것 보오, 로젠 경. 정말 화가 나는군. 저놈들은 싸울 손은 없고 도망칠 발만 있는 게 아닌가.

로젠　수치스럽군.

마르제레　제기랄 것! 난 여기서 한 발짝도 안 움직일 거야, 일단 시작했으면 끝을 봐야지. 어떻게 생각하쇼, 독일 양반?

로젠　당신 말이 옳소.

마르제레　제기랄! 답답할 노릇이네! 사람들이 말하는 그 참칭자라는 놈, 아주 몹쓸 악당인가 보오. 어떻게 생각하쇼, 독일 양반?

로젠　오, 맞소!

마르제레　아니! 저기를 좀 보시오, 저기를! 적군의 배후를 치는구먼. 아마도 용맹스러운 바스마노프가 돌격한 모양이오.

로젠　나도 그렇게 생각하오.

(독일병들이 들어온다.)

---

* 마르제레가 пошел назад('돌아가.'라는 뜻)라고 할 것을 пошоль назад라고 잘못 말한 것이다.

** 다음 대사와 자연스럽게 연결되도록 '뭐'라는 뜻의 프랑스어 Quoi를 소리나는 대로 적었다.

마르제레 아! 우리 독일병들이 왔소! ……제군들! ……대위, 모두 정렬하라고 명령하시오. 제기랄, 돌격합시다!

로젠 좋소, 모두 정렬!

(독일병들이 정렬한다.)

전진!

독일병들 (전진하며) 주여, 은총을 내리소서!

(러시아군은 또다시 패주한다.)*

폴란드병들 승리! 승리다! 디미트리 황제에게 영광을.

디미트리 (말 위에서) 퇴각 신호를 울려라! 우리가 승리했노라. 이것으로 충분하다, 러시아인의 피를 소중히 여겨라. 퇴각!

(나팔을 불고, 북을 친다.)

* 1831년 판에는 "전투. 러시아군은 또다시 패주한다."라고 되어 있다.

20
세프스크

부하들에게 둘러싸여 있는 참칭자.

참칭자　포로는 어디 있느냐?

폴란드인　여기 있습니다.

참칭자　내 앞으로 불러라.

(러시아인 포로가 들어온다.)

그대는 누구인가?

포로　모스크바의 귀족, 로쥬노프요.

참칭자　복무한 지 오래되었나?

포로　한 달이 다 되었소.

참칭자　로쥬노프, 나에게 맞서서 검을 든 것이
가책되지 않는가?

포로　내 뜻이 아닌 걸 어쩌겠소.

참칭자　그대는 세프스크 전투에 참가했나?

포로 그 전투가 끝난 지
이 주일쯤 후에 모스크바에서 왔소.
참칭자 고두노프는 어떠한가?
포로 그는 전투의 패배와
므스티슬라프스키의 부상으로 몹시 불안해하며
바실리 슈이스키를 총사령관으로 명하여 10
파견하였소.
참칭자 그런데 보리스는 무슨 이유로
바스마노프를 모스크바로 소환하였는가?
포로 황제께서는 그의 공을 영예와 황금으로
보상했소이다. 바스마노프는 지금 어전 회의에서
자리를 차지했소.
참칭자 그는 군대에 더 필요한 인물인데.
모스크바는 어떠한가?
포로 다행히 모든 것이 조용하오.
참칭자 어떤가? 나를 기다리는가?
포로 누가 알겠소? 거기서는
지금 당신을 입에 올릴 엄두도 못 내오.
어떤 사람은 혀를 자르고, 또 어떤 사람은
목을 치지요……. 정말 알 수 없는 일이오! 20
매일같이 처형이고, 감옥은 미어터지오.
광장에 사람 셋만 모이면
어느새 곧바로 밀정이 따라붙고
황제 자신은 시간이 날 때마다
밀고자를 직접 심문하기도 하오.

까딱하면 불행이 닥치니 침묵하는 게 낫소.

참칭자 보리스의 백성들은 부러운 생활을 하는군!
그래, 군대는 어떠한가?

포로 잘 있소. 잘 입고, 배부르고,
모두가 만족하오.*

참칭자 그래, 군사들의 수는 많은가?

포로 그걸 어찌 알겠소?

참칭자 병사가 삼만쯤 되는가? 30

포로 다 합치면 한 오만쯤 되리다.
(참칭자 생각에 잠긴다. 둘러선 부하들은 서로 쳐다본다.)

참칭자 그래! 그대의 진영에서는 나에 대해 뭐라 하는가?

포로 당신에 관해 말하기를,
(화내지 마시오.) 당신은 도적이지만 대단한
사람이라고들 하오.

참칭자 (웃으며) 그러면 실제 나를
그들에게 보여 주리라. 동지들, 우리는
슈이스키를 기다리지 않을 거요. 축하하오.
내일은 전투요.
(나간다.)

일동 디미트리 만세!

폴란드인 1 내일은 전투다! 적군은 오만,
아군은 다 해서 겨우 만 오천, 40
정신이 나갔군.

---

* 포로의 대답은 당시의 실제 상황과 다를 수 있다.

폴란드인 2 친구, 별 거 아니야.

폴란드인은 모스크바인과 견주면 일당 오백이지.

포로 그래, 상대해 보시지. 막상 싸움이 벌어지면

한 명도 못 당하고 도망갈 거다, 이 허풍쟁이야.

폴란드인 1 이 건방진 포로 녀석, 네가 칼만 차고 있다면

내가 네놈을

(자기 칼을 가리키며) 이걸로 굴복시킬 텐데.

포로 우리 러시아인들은 칼이 없어도 해낸다.

이건 어떠냐,

(주먹을 쥐어 보이며) 이 골 빠진 놈아! 48

(폴란드인이 거만하게 그를 바라보다가 말없이 나간다. 전부 웃는다.)

21
숲

위장 디미트리와 푸슈킨.
좀 떨어진 곳에 숨이 넘어가는 말이 누워 있다.

위장 디미트리　내 불쌍한 말! 오늘 마지막 전투에서
　　얼마나 용감하게 질주했던가, 부상을 입고도
　　얼마나 빨리 나를 태우고 달렸던가.
　　내 불쌍한 말!

푸슈킨　(혼잣말로) 뭣 때문에 슬퍼하나 했더니?
　　말 때문이로군! 아군이 모두
　　풍비박산된 마당에!

참칭자　들어 보오. 이 말은
　　상처를 입고 고통스러워서
　　푹 쉬려나 보오.

푸슈킨　무슨 말씀! 숨을 거두는 것입니다.

참칭자 (자기 말에게 간다.)

내 불쌍한 말! ……어찌한단 말인가?
굴레를 벗기고 안장을 풀어 자유롭게 10
숨을 거두도록 해야지.
(말의 굴레를 벗기고 안장을 내려놓는다. 폴란드인 몇 명 이 들어온다.)
안녕하시오, 경들.
쿠릅스키가 보이지 않으니 어찌 된 일이오?
나는 오늘 그가 적군 속으로
돌진하는 것을 보았소. 바람에 나부끼는
이삭들처럼 수많은 창검들이 그를 에워쌌소.
그러나 그의 검이 가장 높이 솟았고
우레 같은 그의 외침 소리가 가장 크게 울렸소.
어디 있나, 나의 용사는?

폴란드인 그는 죽음의 들판에 누웠나이다.

참칭자 용맹한 장군에게 영예를, 그의 영혼에 평화를!
전투에서 살아남은 군사가 얼마 안 되는구나. 20
배반자들! 망할 놈의 카자크 놈들*,
저주받을 놈들! 네놈들이 우리를 파멸시켰어.
단 삼 분의 공격도 견뎌 내지 못했지!
두고 보자! 열 명당 한 명꼴로 목을 매달 테다.
사기꾼 같은 놈들!

푸슈킨 거기서 누가 잘못했건

---

* 디미트리는 카자크인들이 먼저 겁을 먹고 후퇴하여 도망갔다고 생각한다.

우리가 깨끗이 분쇄되어 전멸했다는 것은
어쩔 수 없는 사실입니다.

참칭자 처음에는 우리가 유리했소.
난 맨 앞에 있는 부대를 다 뭉개 버릴 참이었소.
그런데 독일군이 우리를 된통 타격했소.
훌륭한 군대요, 정말 훌륭한 놈들이오! 30
정말 좋더군. 나 기필코 그들 중에서 선발하여
명성 높은 군대를 편성하겠소.

푸슈킨 오늘 밤은 어디서 숙영을 하오리까?

참칭자 여기 숲 속에서. 여기도 숙영지가 안 될 것은 없지요?
동트기 전 행군해서 점심때쯤 릴스크에 도착할 거요.
잘들 주무시오.
(눕는다. 안장을 베개 삼아 잠든다.)

푸슈킨 좋은 꿈 꾸십시오, 황태자 폐하.
군대가 풍비박산되고, 겨우 도망쳐서
목숨을 구하고도 철부지처럼 만사태평이군.
물론 운명이 황태자를 보호할 것이오.
자, 동지들. 우리도 비참하지 않게 될 것이오. 40

22
모스크바. 황실

보리스와 바스마노프.

황제 그가 패배했지만 그게 무슨 소용이 있는가?
우리는 헛된 승리를 거두었을 뿐이로다.
그는 다시금 흩어진 군사들을 모았고
푸티블 성벽에서 우리를 위협하고 있노라…….
한데 그동안 우리 장군들은 뭘 하고 있는가?
그들은 크로미 부근에 머물러 있고, 포위된 카자크들이
썩은 울타리 밑에서 그들을 쳐다보며 조소하고 있소.*
영광이라고! 아니, 나는 그들이 불만스럽소.
장군들을 통솔하라고 그대를 보내노라.

---

* 참칭자는 패배했고 그의 군대는 크로미 부근 푸티블에 포위되어 있으나 민심을 얻어 항복하지 않고 있다. 이에 보리스가 장군들을 질책하니 신하들의 불만이 높아진다.

가문이 아니라 그대의 지혜에 사령관직을 맡기는 거요. 10
족벌을 내세워 콧대를 세우며 불평하라지.
귀족 무리들의 불평을 무시하고
치명적인 관습을 타파할 때가 왔노라.

바스마노프 아, 폐하, 관등 위계 족보*가
모든 알력과 오만함과 더불어
불에 삼켜지는 그날은 수백 번
축복받으리다.

황제 그날은 머지않았도다.
다만 과인은 우선 백성들의 소요를
진압하여야 하도다.

바스마노프 심려하실 것 없나이다.
백성들은 항상 몰래 소요로 기우는 법이옵니다. 20
그것은 사나운 말이 고삐를 물어뜯는 것과 같고
아버지의 권위에 자식이 대드는 것과 같사옵니다.
하나 무슨 소용입니까? 기사는 여유롭게 말을 다루고
아버지는 자식에게 명령하옵니다.

황제 때로는 말이 기수를 떨어뜨리고
자식이 언제나 아버지 뜻대로 되는 것은 아니지.
우리는 오직 가차 없는 엄격함으로만
백성들을 통제할 수 있도다. 소요의 진압자였던
현명한 전제 군주 이오안이 그리 생각했고

* 출생 신분에 따른 관리, 귀족, 군인의 직무와 위계를 표시한 책. 초고에는 대문자로 출판본에는 소문자로 쓰여 있다.

잔인한 그의 손자 또한 그리 생각했다. 30
결코, 백성들은 자비를 느낄 줄 모르도다.
선행을 베풀어도 그들은 감사하지 않을 것이고
착취와 처형이 더 나쁠 것도 없도다.
(귀족 한 명이 들어온다.)
무슨 일인고?

귀족 외국 사절들을 데려왔나이다.

황제 접견하러 가겠소. 바스마노프, 기다리시오.
여기 머물러 있으오. 경과는 좀 더
할 이야기가 남아 있소.
(나간다.)

바스마노프 제왕다운 드높은 생각이로다.
하느님께서 그가 저주받을 오트레피에프를
정복하게 하시길, 그는 아직 더욱더 많은
선정(善政)을 러시아에 베풀 것이다. 40
그의 머릿속에 중요한 생각이 생겨났으니,
그 생각을 식어 버리게 해서는 안 되지.
그가 세습 귀족들의 뿔을 꺾어 준다면
내겐 얼마만큼 광활한 활동 무대가 펼쳐질 것인가!
전쟁터에선 내게 적수가 없으니
나는 옥좌에서 제일 가까운 사람이 되리라…….
그래서 혹…… 한데 이 무슨 이상한 소리인가?
(소동. 대귀족, 궁정 관리들이 무질서하게 뛰어다니고 서로 만나 속삭인다.)

귀족 1 의사를 부르러 사람을 보내오!

귀족 2 먼저 대주교한테로!
귀족 3 황태자를, 황태자를 부르신다!
귀족 4 사제를!
바스마노프 도대체 어찌된 일이오? 50
귀족 5 폐하께서 쓰러지셨소.
귀족 6 운명하시려 하오.
바스마노프 오, 하느님!
귀족 5 옥좌에 앉아 계시다가 갑자기 쓰러지셨소.
입과 귀에서 피가 쏟아져 나왔소.*
(황족과 귀족 일동이 황제를 의자에 앉힌 채로 옮긴다.)
황제 다들 물러가라……. 황태자만
나와 함께 남으라.
(모두 물러간다.)
나는 이제 죽는다.
자, 안아 보자. 잘 있어라, 내 아들아. 곧
너는 통치를 시작할 것이다……. 오, 하느님! 하느님!
곧 당신 앞에 서리다……. 한데 제게는 참회로써
영혼을 정화할 겨를이 없나이다.
그러나 내 아들, 너는 내게 영혼의 구원보다도 60

* 외국 사절을 맞이하는 자리에서 보리스는 뇌출혈을 일으킨 후 피를 쏟은 듯하다. 그는 건강이 좋지 않았던 것 같다. 양심의 가책으로 항상 속이 답답하고 귀에서 소리가 났으며 죽은 디미트리 황태자로 자처하는 자가 나타났다는 말을 들을 때 얼굴이 시뻘게졌고 황태자의 무덤에 기도드린 장님이 눈을 떴다는 이야기를 들을 때 얼굴이 창백해지고 굵은 땀방울이 흘렀다. 보리스는 1605년 4월 13일에 죽었다.

더 소중하게 느껴지니…… 어쩔 수 없도다!
나는 신하로 태어났으니 또한
암흑 속의 신하로 죽어야 마땅했으리라.
그러나 나는 최고의 권력을 얻었다……. 무엇으로?
묻지 마라. 그만두자. 너는 죄가 없고,
너는 이제 합법적으로 통치하게 될 것이다.
내가 홀로 신 앞에 모든 것을 책임지리라…….
오, 사랑하는 아들아, 거짓 아침에
속지 말며 스스로 눈멀지 마라.
혼란한 시기에 네가 제국을 물려받을 것이니. 70
그 이상한 참칭자, 그는 위험하다.
그는 무서운 이름으로 무장하고 있다…….
나는 오래전부터 통치에 숙련되어
소요와 반란을 진압할 수 있었느니라.
그들은 내 앞에서 무서움에 떨었느니라.
감히 반란은 목소리를 높이지 못했느니라.
그러나 너는 젊고 경험 없는 지배자,
어찌 혼란 속의 나라를 다스리며
반란을 진압하고 반역을 동여매겠느냐?
그러나 신은 위대하다! 신은 젊은이를 지혜롭게 만들고 80
약한 것에 힘을 베푸노니……. 내 말을 들어라.
첫째로, 믿음직하고 냉철하며 나이 지긋한,
백성들에게는 사랑받고
귀족들 간에 가문이나 명예로써
존경받는 슈이스키 같은 사람을

자문관으로 발탁해라. 지금 군대에는
노련한 장군이 필요하니 바스마노프를 파견하고
귀족들의 불평을 단호하게 물리쳐라.
너는 어릴 때부터 나와 귀족 회의에 참석했으니
제왕의 통치 방법을 알고 있을 것이다. 90
사물의 흐름을 거스르지 마라. 관습은
국가의 혼이니라. 나는 실총과 처형을
부활시킬 수밖에 없었으나 너는 그것을
철폐할 수 있을 것이다. 그러면 네 숙부가
이반 뇌제의 왕위를 계승했을 때
백성들이 그를 축복했듯이 너를 축복할 것이다.
시간이 지나면 다시 조금씩 조금씩
통치의 고삐를 조이고 잡아당겨라.
그러나 지금은 풀어 주되, 손에서 놓지는 마라…….
자비를 베풀 것이며, 외국인들에게도 관심을 보여, 100
그들의 복무를 신뢰하며 받아들여라.
엄격하게 성당의 계율을 수호하고
말을 삼가라. 황제의 목소리는 결코
헛되이 허공 속에 사라져서는 안 되느니라.
마치 신성한 울림처럼 그것은 오직
커다란 슬픔과 커다란 축제만을 알려야 한다.
오, 사랑하는 아들아! 너는 여자의 모습에
피가 설레는 남자의 나이가 되었다.
몸을 삼가서 동정(童貞)의 신성한 순결성과
자존심 높은 수줍음을 간직하고 또 간직해라. 110

젊은 시절 방탕한 감각적 쾌락에 빠지는 데
습관이 된 사람은 성인이 되어
음험하고, 피에 굶주리게 되며
그의 지혜는 때 이르게 어두워지느니라.
가족 안에서는 영원히 가장이 되어라.
어머니를 존경하고 자기 자신을 다스려라.
너는 남자이고 황제이니라. ……누이를 사랑하라.
너만이 누이의 유일한 보호자로 남으리니.

페오도르 (무릎을 꿇고) 아니, 아니 되옵니다.
살아 계시어 영원히 지배해 주소서.
백성들이나 저희는 아버님 없이는 파멸입니다. 120

황제 모든 것이 끝났노라. 내 눈은 어두워지고,
무덤의 한기를 느끼노라…….
(대주교와 사제들이 들어오고, 그 뒤를 모든 귀족들이 따른다. 팔을 부축하여 황후를 데려오고, 공주는 흐느낀다.)
거기 누구인고?
아! 수도사들…….* 성스러운 삭발식…….
황제가 수도승이 되는 시간이 왔노라.
어두운 무덤이 내 승방이 되리라…….
잠깐 기다리오, 그대, 대주교,
나는 아직 황제요. 귀족 제공들, 잘 들으오,
내가 제위를 물려줄 사람은 이 사람이니,
페오도르의 십자가에 입을 맞추오……. 바스마노프,

* 1831년 판에는 이 문장 뒤에 "그렇지!" 하는 감탄사가 들어가 있다.

친지들…… 무덤 가까이에서 애원하니, 130
성심과 진실로써 그를 섬겨 주오!
그는 아직 저리도 젊고 죄악을 모르나니.
맹세하겠소?

귀족들 맹세하옵니다.*

황제 나는 만족하오.
나의 미혹과 죄악을 용서하시오.
알게 모르게 행한 모욕들도…….
사제, 가까이 오오, 나는 준비되었소. 136
(황제의 삭발 의식이 시작된다. 사람들이 기절한 여인들을 들어 내간다.)

---

* 귀족들은 이러한 맹세를 하고도 이미 디미트리의 군대에 맞서 페오도르를 보호할 생각을 하지 않았고, 1605년 6월 1일 고두노프 왕조는 망했다.

23
군영

바스마노프가 푸슈킨을 데리고 들어온다.

바스마노프 이리로 들어와 자유롭게 말씀하시오.
그러니까 그가 공을 내게 보냈단 말이오?
푸슈킨 황태자께서는 당신에게 우정과 그의 휘하
모스크바 제국의 최고위직을 제의했소.
바스마노프 그러나 이대로도 난 페오도르 황제에 의해 이미
높은 자리로 승진되었소. 나는 총사령관이며,
폐하께서는 나를 위해 관등과 귀족들의 분노도
무시하셨소. 나도 폐하께 충성을 맹세했소.
푸슈킨 당신은 적법한 왕위 계승자에게 선서했소.
그러나 만약 다른, 더 적법한 자가 10
살아 있다면? …….
바스마노프 내 말 들어요, 푸슈킨, 그만 됐소.

내게 쓸데없는 말 마시오. 난 알고 있소,
그가 누구인지.

푸슈킨 러시아와 리투아니아는
오래전에 그를 디미트리로 인정했소.
그러나 나는 이를 주장하지는 않소.
아마도 진짜 디미트리일지도 모르고
아마도 참칭자일지도 모르오. 내가 아는 것은
조만간에 보리스의 아들이 그에게
모스크바를 넘겨주리라는 것뿐이오.

바스마노프 내가 젊은 황제를 지지하는 동안은, 20
그가 옥좌를 떠나는 일은 없을 것이오.
다행히 아군의 숫자는 충분하오!
나는 승리로써 아군의 사기를 진작할 거요,
공은 내게 대항해 누구를 보낼 셈이오?
카자크인 카렐라요? 아니면 므니셰크요?
게다가 군사나 많은가, 기껏해야 팔천이지.

푸슈킨 잘못 생각했소. 그만큼도 채 안 되오.
내가 직접 말하리다. 우리 군대는 쓰레기요.
카자크들은 마을들을 정신없이 약탈할 뿐이고,
폴란드군은 허풍만 치고 술이나 마실 뿐이오. 30
그리고 러시아인들은…… 말해 무엇하겠소…….
당신 앞에서 속이고 싶지 않소.
그러나 우리가 무엇으로 강한지 아오, 바스마노프?
군대가 아니오, 또 폴란드의 원조도 아니오.
여론, 그렇소! 백성들의 여론이오.

당신은 디미트리의 승리와
평화로운 정복을 기억하오?
가는 곳마다 총도 쏘지 않았는데
그에게 도시들이 항복하고
군중이 저항하는 장군들을 묶는 것을? 40
당신네 병사들이 그와 기꺼이 싸우는 것을
당신도 본 적이 있지요? 그게 언제였소?
보리스 치하에서였소!
그런데 지금은? ……아니오, 바스마노프.
반론을 일으키고
전투의 식어 버린 재를 불러일으키기에는
이미 때가 늦었소.
당신의 모든 지혜와 굳은 의지를 가지고도
버티지 못할 거요. 당신이 첫 번째로
분별 있게 솔선수범하여,
디미트리를 황제로 선포함으로써
그와 영원히 친교를 맺는 것이 더 좋지 않겠소?
어떻게 생각하오?

바스마노프 내일까지 알려 주겠소. 50

푸슈킨 결심하오.

바스마노프 잘 가시오.

푸슈킨 생각 좀 해 보오, 바스마노프.

(나간다.)

바스마노프 그가 옳지, 옳아. 도처에서 배반이 무르익고 있다.
나는 어찌 해야 하는가? 반란군들이 나를 묶어서

오트레피에프에게 넘겨줄 것을
기다려야 한단 말인가? 차라리
사태가 험하게 흐르다가 사납게 폭발할 것을
미연에 방지하는 게 낫지 않을까?
그리고 나 자신은……. 그러나 서약을 배반하다니!
자손 대대로 불명예를 얻게 되다니!
젊은 황제의 신임을 무서운 배신으로 갚다니……. 60
실총으로 추방된 자들은
반역과 음모를 꾀하기가 쉬워.
그러나 내가, 폐하의 총신인 내가 어찌…….
하나 죽음…… 하나 권력…… 하나 백성들의 불행…….
(생각에 잠긴다.)
이리 오라! 누구 있느냐?
(휘파람을 분다.)
말을 내라! 집합 나팔을 불어라. 65

24
고대(高臺)

푸슈킨이 백성들에게 둘러싸여 나온다.*

백성들　황태자께서 우리에게 귀족을 보내셨다.
들어 보세, 귀족이 무슨 말을 하는지.
들어 보세.**

푸슈킨　(연단 위에서) 모스크바 시민들이여,
황태자께서 그대들에게 인사를 올리라 명하셨다.
(머리를 숙인다.)
그대들은 하느님의 섭리가 어떻게
황태자를 참살자의 손에서 구했는지 알고 있다.
황태자께서는 자기의 원수를 처벌하기 위해 오셨으나

* 1605년 6월 1일에 일어난 일이다.
** 1831년 판에는 "이리! 이리로!"라고 되어 있다.

신의 심판은 이미 보리스를 쓰러뜨렸다.
러시아는 디미트리에게 항복했다.
바스마노프도 스스로 진심으로 후회하며 10
군대를 그에게 서약시키려 데려왔다.
디미트리께서는 사랑과 평화를 품에 안고
그대들에게 오고 계시다. 그대들은
고두노프 일가를 위해, 정통적인 황제,
모노마흐의 손자에게 반항하려는가?

백성 분명 아니오.

푸슈킨 모스크바 시민들이여!
냉혹한 떠돌이의 세도 아래 그대들이
얼마나 많은 것을 견뎠는지 세상이 알고 있다.
실총, 처형, 능멸, 세금,
부역과 기아 등 그대들은 모든 것을 겪었다. 20
디미트리께서는 귀족들과 관리들, 병사들
외국인들과 상인들 그리고
모든 정직한 백성을 사랑하고자 하신다.
그대들은 어리석게 고집을 피우고
불손하게 황태자의 자비를 피하려는가?
그러나 황태자께서는 삼엄한 무장 보호 속에서
선조들의 옥좌에 오르실 것이다.
황제를 노엽게 하지 말고, 신을 두려워할지어다.
적법한 군주의 십자가에 입을 맞추라.
순종하라, 그리고 당장 대주교의 처소로 30
디미트리 황태자께 귀족들, 서기들,

그리고 백성들의 대표를 보내라.
아버지 군주께 머리를 조아리리라.
(내려온다. 백성들이 웅성거린다.)

백성들 무슨 말이 더 필요한가? 귀족이 진실을 말했어.
우리들의 아버지, 디미트리 만세!

연단 위의 한 남자 백성들이여! 백성들이여!
크렘린으로! 황궁으로!
가자! 보리스의 개자식 놈들을 묶으러!

백성 (무리 지어 질주한다.)
묶어라! 묶어라!* 디미트리 만세!
보리스 고두노프 일가를 파멸케 하라! 39

* 1831년판에는 "묶어라! 파멸시켜라!"라고 되어 있다.

25
크렘린. 보리스의 황실. 입구의 보초병.*

페오도르가 창가에 서 있다.

거지 그리스도의 이름으로 적선하소서!

보초병 저리 비켜. 갇힌 자들과 얘기하는 건 금지되어 있어.

페오도르 저리 가시오, 노인, 나는 그대보다도 불쌍한 신세,
그대는 자유의 몸이니.
(크세니아, 베일을 쓰고 역시 창가로 다가온다.)

백성 1 누이와 동생! 새장에 갇힌 새들같이 불쌍한 아이들.

백성 2 동정할 게 뭐 있어? 저주받은 혈족이야!

백성 1 아버지는 악한이었지만 아이들은 죄가 없어.

백성 2 사과는 사과나무 근처에 떨어지는 법이네.

크세니아 동생아, 얘야, 우리에게로 귀족들이 오는구나.

---

* 이 장은 산문으로 되어 있다.

페오도르 저들은 골리친과 모살스키고 다른 이들은 모르는 사람들이야.

크세니아 아, 얘야. 심장이 굳는 것 같아!

(골리친, 모살스키, 몰차노프, 셰레페디노프. 그 뒤를 소총병 세 명이 따른다.)

백성들 길을 비켜라, 비켜라. 귀족들이 온다.

(귀족들은 집으로 들어간다.)

백성 1 그들은 뭘하러 왔지?

백성 2 페오도르 고두노프에게 충성을 맹세시키려고 왔을 거야.

백성 3 정말? ……들리지, 집 안에서 큰 소리가 나고 있어! 난리군. 서로 싸우는데…….*

백성들 들어가 보세! — 문이 닫혔군 — 들리나? 비명!

여자의 목소리야. — 비명 소리는 멈추었어 — 소란은 계속되는데.**

(문이 열린다. 모살스키가 층계 위에 나타난다.)

모살스키 백성들이여! 마리아 고두노바와 그의 아들 페오도르는 음독자살했소. 우리는 이미 죽어 있는 그들의 시체를 발견했소.

(백성들은 경악 속에 침묵한다.)

어째서 그대들은 침묵하고 있는가? 외쳐라, 황제 디미트리

---

* 페오도르 고두노프는 살해되기 전에 힘껏 싸웠다고 한다. 그러나 살해자들이 그를 때려 눕히고 결국 그와 그의 어머니를 밧줄로 목 졸라 죽이고는 약을 먹고 자살한 것으로 선포했다.

** 1831년 판에는 "들리나? 비명! — 여자의 목소리야 — 들어가 보세! — 문이 닫혔군 — 비명 소리는 멈추었어."라고 되어 있다.

이바노비치 만세!

백성들　황제 디미트리 이바노비치 만세!

1825년 11월 7일
보리스 고두노프 황제가 주인공인
희극의 끝.

성부, 성자, 성신께 영광 있으라,
아멘.*

* 1831년 판은 "백성들, 침묵을 지키고 있다. 끝."으로 마무리된다.

희곡 편

『파우스트』의 한 장면

바닷가.
파우스트와 메피스토펠레스.

파우스트 권태롭구나, 악마여,
메피스토펠레스 어쩌랴, 파우스트?
그것이 너희들에게 주어진 한계이니
아무도 그것을 넘지 못하네.
이성을 가진 동물은 모두 권태를 느끼는 법이니.
혹자는 한가해서, 혹자는 분주해서 권태로워하네.
믿음을 가진 사람도, 믿음을 잃어버린 사람도,
즐길 수 없었던 사람도,
도가 지나치게 즐긴 사람도,
모두가 하품하며 살고 있고
무덤은 너희 모두를 하품하며 기다리고 있지. 10

자네도 하품하게.

파우스트　　　　　　시시한 농담!

어디 기분 전환할 방법을 생각 좀

해 보게나.

메피스토펠레스　　자넨 이성의 증거를 대야만

만족하는 사람이지?

자네 공책에다 쓰게나,

페스티디움 에스트 키에스(Fastidium est quies) — 권태는

영혼의 휴식이라.

난 심리학자…… 오, 이런 게 학문이렷다! …….

말해 봐, 자네가 권태를 느끼지 않은 적이 있었나?

생각하고 찾아봐. 자네가　　20

베르길리우스를 읽다 잠들 때였나?

채찍이 자네 이성을 일깨울 때였나?

호의를 보이며 기쁨을 선사하는 여인들에게

장미 화관을 씌우고

꽤나 요란한 광포함으로 그들에게

주연의 뜨거운 취기를 바칠 때였나?

혹 자네가 위대한 꿈에

혹 학문의 아득한 심연에

푹 빠질 때였나?

하나 그때 — 기억나네 — 자네는 권태로워하며　　30

결국 나를 어릿광대를 부르듯이

불에서 불러냈지.

나 작은 악마로 따르며

자네 기분을 풀어 주려 했지.
마녀들과 영들에게까지 자네를 이끌고 갔지.
그런데 모든 것이 허사로다!
자넨 영광을 원했고 영광을 얻었도다.
사랑하길 원했고 사랑을 했도다.
자넨 삶으로부터 가능한 공물은 다
취했는데 자네 행복했던가?

파우스트 그만하게, 40
내 감춰진 상처를 건드리지 말게.
깊은 지식 속에 삶은 없어.
나 지식의 거짓된 빛을 저주했어.
그리고 영광…… 그 우연한 빛은
붙잡기 어려워. 속세의 영예는
꿈처럼 의미 없는 것……. 존재하는 건 오로지
진정한 행복, 즉 두 영혼이
결합하는 것이지.

메피스토펠레스 또 첫 번째 밀회지.
그렇지 않나? 자네가 누구를 기억하는지
알아선 안 된단 말인가? 50
그레트헨 아닌가?

파우스트 오, 멋진 꿈이었지!
사랑의 순수한 불길! 아!
그곳, 나무 그늘, 나무가 속삭이는 곳,
달콤하게 울리는 강물이 있는 곳,
그곳에서 그녀의 매혹적인 가슴에다

혼란한 머리를 진정시키며 참으로
나 행복했지.

메피스토펠레스　　맙소사!
파우스트, 자네 대낮에 무슨 잠꼬대인가!
자넨 친절하신 회상으로
자신을 속이는 거야. 60
내가 애써서 자네에게
미인의 기적을 주었잖은가?
내가 깊은 밤 그녀를 자네에게
맺어 주었잖은가? 그때 나
내 노력의 결실을 보며
혼자서 꽤나 즐거워했지.
둘이 어땠는지 나 모든 걸 기억하네.
자네의 미인이 환희를 느끼고
감동에 떨었을 때, 바로
자네는 불안한 영혼으로 70
이미 생각 속에 빠졌지.(오,
생각이란 권태의 씨앗이라,
이 사실을 우리는 증명했도다.)
자네 알지 않나? 내 철학자,
자네가 무얼 생각했는지 말해 볼까,
아무도 아무것도 생각하지 않는
그런 순간에.

파우스트　　말해, 그래 뭔가?

메피스토펠레스　　자넨 생각했지. '내 온순한 희생양이여!

나 얼마나 그대를 탐했던가?
소박한 처녀 속에 나 얼마나 교활하게 80
심장의 몽상을 불러일으켰던가?
그녀는 저절로 우러나는, 계산 없는 사랑에
무구하게 자신을 바쳤지…….
한데 왜 내 가슴은 슬픔과 정말
혐오스러운 권태로 가득 차 있을까? …….
나 쾌락을 실컷 맛보고 나서 정말
이제 참을 수 없이 혐오스럽게
내 변덕의 재물을 보네,
마치 못된 짓을 할 결심을 하고
숲 속에서 거지를 죽이고 90
베어진 시체를 보며
욕하는 무분별한 바보처럼.
성급하게 실컷 맛보고 난 후
창녀를 바라보는 것처럼
악덕을 두렵게 바라본다.'
그리고 이 모든 것들로부터 여기
자네가 이끌어 낸 결론은 하나…….

파우스트 사라져, 지옥의 악마, 여기
내 눈앞에서 꺼져라!

메피스토펠레스 그러지. 하나 내게 과제만 주게. 100
알잖아, 일없이 자네에게서
떨어질 생각은 못 하네.
난 공연히 시간을 버리진 않아서.

파우스트 저기 희끄무레한 게 뭐지? 말해 보게.

메피스토펠레스 돛이 세 개 달린 스페인 범선,

홀란트*로 정박할 예정이군.

배 위에 악당들 한 300명.

원숭이 두 마리, 금이 가득 담긴 통,

초콜릿도 한 짐이군,

흠, 유행병, 얼마 전 110

자네들에게 주어진 병이군.

파우스트 모든 걸 빠뜨려.

메피스토펠레스 당장 하지. (사라진다.) 112

* 12세기 초 신성 로마 제국의 봉토로 건립된 나라. 현재 네덜란드 중서부 지역.

희곡 편

인색한 기사

—첸스톤의 희비극 『인색한 기사』에서 몇 장면

1장

옥탑방 안.

알베르와 이반.

알베르　무슨 일이 있더라도 나 꼭 시합에
　　나갈 거야. 내 투구를 보여 다오, 이반.
　　(이반은 그에게 투구를 준다.)
　　구멍이 뚫려 못 쓰게 됐군. 그걸
　　쓸 수는 없겠어. 새 걸 구해야겠어.
　　굉장한 일격이었지, 저주받을 델로르쥬 백작!

이반　그리고 주인님도 그에게 만만찮게 갚았지요.
　　등자를 디디고 선 채 그를 내리치셨지요.
　　그는 하루 종일 정신 잃고 누웠다가 겨우
　　일어났지요.

알베르　　　그래도 그는 손해 본 게 없지.

그의 베니스제 가슴 갑옷은 온전하니까. 10
가슴이야 돈 한 푼 안 드는 것이고.
다른 것을 사지 않아도 되지.
왜 내가 그의 투구를 벗겨 오지 못했을까?
귀부인이나 영주에게 부끄럽지만 않았다면
투구를 벗겨 왔을 텐데. 저주받을 백작 같으니!
차라리 내 머리를 뚫지.
그리고 옷도 필요해. 지난번에도
모든 기사들이 좋은 옷들을 입고
앉았지. 나만 갑옷을 걸치고
영주님의 식탁에 앉았어. 그때 20
난 시합에 우연히 갔었다고 둘러댔지.
이제는 뭐라고 한단 말인가? 오, 가난, 가난!
가난은 우리의 가슴을 얼마나 비하하는가!
델로르쥬가 그의 무거운 창으로
내 투구를 내리치고 옆으로 말달려 갔을 때
난 맨머리로 내 말 에미르에
박차를 가해 돌풍처럼 달려가
백작을 어린 사병 내던지듯
스무 보나 내던졌지. 모든 귀부인들이
자리에서 일어나고, 클로딜다까지도 30
얼굴을 가리고 저도 모르게 소리치고
의전관들이 내 일격을 찬양했을 때
그때 아무도 내 용맹과 경이로운 힘의
원인에 대해 생각하지 않았지!

난 망가진 투구 때문에 몹시 화가 난 거야.
영웅스러움의 원인이 뭐냐고? — 인색함이야 —
그래! 내 아버지와 한 지붕 밑에 살면서
인색함이 전염되는 게 어려운 일은 아니지.
내 불쌍한 에미르는 어때?

이반 아직 여전히 절어요.
아직 타고 나가실 수 없어요. 40

알베르 그러면, 할 수 없지, 그네도이*를 사야겠어.
그리 많이 요구하지 않아.

이반 비싸지 않지요. 그래도 돈이 없어요.

알베르 무위도식자 솔로몬은 뭐래?

이반 그는 더 이상 담보 없이
돈을 꿔 주지 않겠다고 해요.

알베르 담보? 한데 어디서 내가 담보를 구해, 악마!

이반 제가 얘기했죠.

알베르 뭐래?

이반 웅크리고 죽는 소리 하네요.

알베르 그러면 내 아버지가 부자고 나도 유대인처럼
조만간 모든 것을 물려받으리라고 50
얘기해 보지 그랬니.

이반 말했어요.

알베르 그런데?

이반 웅크리며 죽는 소리 하네요.

---

* 밤색 털이 난 구렁말.

알베르 　　　　　　　　　　　　　　　　　아, 비참해라!

이반 　그가 직접 오겠대요.

알베르 　　　　　　　　　　　그럼 다행이군.

돈을 안 주면 그를 내보내지 않을 거야.

(문 두드리는 소리가 난다.)

거기 누구요?

(유대인이 들어온다.)

유대인 　　　　　　　당신의 천한 하인입죠.

알베르 　　　　　　　　　　　　　　　　어, 친구!

저주받을 유대인, 존경하는 솔로몬,

어서 이리 와 봐. 듣자 하니 넌 빚을

주려 하지 않는다고.

유대인 　　　　　　　　　　　아, 친애하는 기사님,

맹세코 드리면 기쁘겠습니다만…… 정말 못하겠어요.

어디서 돈을 구해요? 내내 기사들을 　　　　　　　　60

열심히 돕느라 완전히 망했어요.

아무도 갚지를 않아요. 조금이라도

갚아 주실 순 없나 청하고 싶었지요…….

알베르 　　　　　　　　　　　　　　　　　　도적놈!

내게 만약 돈이 있다면

내가 너와 관계하겠느냐? 그만해.

내 사랑하는 솔로몬, 고집 피우지 말고

고액권 좀 다오. 뒤져 보기 전에

100장만 쏟아 놔.

유대인 　　　　　　　　　100장을요!

제게 100장이 어디 있어요!

알베르 들어 봐,

네 친구들이 어려울 때 돕지 않는 게 70

부끄럽지 않나?

유대인 맹세코…….

알베르 그만둬, 그만해.

담보가 필요해? 무슨 말도 안 되는 소리야?

내가 뭘 줄 수 있나? 내 돼지 살가죽을 줄까?

내게 잡힐 게 있었으면, 벌써

팔았을 거야. 기사의 언약은

부족하단 말이지, 개새끼야?

유대인 당신의 언약은

당신이 살아 계시는 한 많은 의미가 있지요.

당신의 언약은 플랑드르 부호들의 모든 금고를

부적처럼 열 수 있을 거예요.

그러나 당신이 불쌍한 유대인인 제게 80

언약하신다 해도 당신이

죽는다면(신이여, 용서하소서.) 그때

내 손에 있는 그 언약은 바닷속으로

던져진 궤짝의 열쇠와 같지요.

알베르 아버지가 나보다 오래 산단 말이야?

유대인 어찌 알아요? 수명은 우리가 정하는 게 아니니까요.

한 청년이 어제 바로 한창 꽃피었는데 오늘 죽었지요.

그런데 그를 네 명의 노인이

굽은 어깨에 메고 무덤으로 가져갔지요.

남작은 건강하세요. 신이 아마 한 십 년, 이십 년, 90
한 이십오 년이나 삼십 년도 더 살게 할 거예요.

알베르 거짓말을 하는구나, 유대인아, 삼십 년 후면
내가 쉰 살이 되는데, 그때 내게
돈이 무슨 필요가 있니?

유대인 돈이요? 돈은 항상
필요하지요. 돈은 어느 나이에나 필요해요.
젊은이들은 돈 속에서 민첩한 하인을 찾고
여기저기 보내는 걸 아끼지 않지요.
노인은 이미 돈 속에서 믿을 만한 친구를 보고
눈알처럼 그걸 아끼지요.

알베르 오, 우리 아버지는 돈 속에서 하인을 보지도 않고 100
친구를 보지도 않아, 주(主)를 보고 그를 섬기지.
어떻게 섬기느냐고? 알제리의 노예처럼
묶인 개처럼 섬겨. 불 때지 않은 짐승 우리에서 살고
물만 마시며 말라비틀어진 빵 껍질을 먹고
밤새 자지 않고 내내 돌아다니며 짖어 대지.
그런데 금은 평온하게 궤짝 안에
누워 있으니. 닥쳐! 언젠가 금이 나를 섬기게 되고,
스스로 누워 있는 것을 잊게 될 거야.

유대인 그래요, 남작의 장례식에는
눈물보다 돈이 더 많이 흐르겠죠. 110
신께서 빨리 유산을 보내시기를.

알베르 아멘!

유대인 이러면 어때요…….

알베르 뭘?

유대인 그러니까, 생각해 봤어요,

그런 약이 있는데…….

알베르 무슨 약?

유대인 그러니까,

제가 아는 노인이 있는데,

유대인인데요, 가난한 약사지요…….

알베르 너 같은

고리대금업자냐, 아니면 좀 더 정직하냐?

유대인 아니에요, 기사님, 토비는 다른 장사를 해요,

그는 물약을 만들어요……. 정말로, 효과가,

기가 막히지요.

알베르 그게 나와 무슨 상관이야?

유대인 물 한 잔을 붓고…… 세 방울만 넣으면, 120

맛도 없고 색도 없지요,

그리고 복통도 없이,

구역질도 없이 고통도 없이 죽지요.

알베르 네가 아는 노인이 독을 파는군.

유대인 그래요,

독도 팔아요.

알베르 그래서? 돈을 빌려 주는 대신

독 200병을 병당 10루블에 주겠다고

제안하는 거냐? 그런 거야, 뭐야?

유대인 비웃고 싶으면 비웃으시지요.

아니에요. 전…… 아마도, 당신이…… 전 생각했죠,

남작은 죽을 때가 됐다고요. 130

알베르 뭐? 아버지를 독살하라고! 감히 아들에게…….
이반! 이놈을 잡아라. 네가 감히 내게! …….
유대인의 영혼은 개이고 뱀이라는 걸
알겠구나! 난 널 성문에
당장 매달겠다.

유대인 잘못했습니다요!
용서하세요. 농담이었어요.

알베르 이반, 밧줄을 가져와.

유대인 제, 제가 농담을 했어요. 당신께 돈을 가져왔어요.

알베르 꺼져라, 개자식아!
(유대인 나간다.)
생부의 인색함이 나를
어디까지 몰고 가는 건지! 유대인이 감히
내게 그런 제안하다니! 포도주를 한잔 다오, 140
온몸이 떨린다……. 이반, 그래도 내게
돈이 필요하구나. 저주받을 유대인을 따라가
그의 지폐를 받아 와라. 그리고 내겐
잉크를 가져와. 그 사기꾼에게
수령증을 써 주게. 그 유대 놈을 이리로
데려오지 마……. 아니, 안 돼, 그만둬,
그의 지폐에서는 독 냄새가 날 거야,
그의 조상 유다의 은화처럼…….
내가 포도주를 청했잖아.

이반 포도주가 없어요,

한 방울도 없어요.

알베르 스페인에서 레몬*이 150

선물로 보낸 건 어떻게 됐어?

이반 어제저녁에 병든 대장장이에게

마지막 병을 주었잖아요.

알베르 그래, 기억난다, 알아…….

그러면 물을 다오. 이 지긋지긋한 생활!

아니야, 마음먹었어 — 영주에게 가서 선처를

부탁할 거야. 아버지로 하여금

나를 마루 밑에서 태어난 쥐가 아니라

아들로서 대하게 만들 거야. 158

* 그의 이름을 딴 포도주가 현재까지도 존재한다.

2장

지하실.

남작　젊은 난봉꾼이 어떤 교활한
바람둥이 여자와의 만남 또는
그가 속여 넘긴 바보 계집과의 만남을 기다리듯
나는 온종일 내 비밀 지하실의 충실한 궤짝들로
가는 때를 기다렸다.
운 좋은 날이었다. 오늘 난 여섯 번째
궤짝에(그 궤짝은 아직 다 차지 않았다.)
모은 금을 한 움큼 집어넣었다.
얼마 안 돼 보이지만, 그러나 조금씩
보물들이 자라난다. 어디선가 읽었는데 10
황제가 어느 날 자기 병사들에게
한 움큼씩 흙을 가져와 모으라 명했더니

자랑스러운 산이 솟아올랐다고 한다. 황제는
꼭대기에 올라 기쁜 마음으로
하얀 천막으로 덮인 골짜기와
배들이 다니는 바다를 바라보았다지.
그렇게 나도 얼마 안 되지만 한 움큼씩
이곳 지하실에 으레 몫을 가져오니
내 산이 솟았다. 그리고 그 꼭대기에서
나는 내 휘하에 있는 모든 것을 볼 수 있다. 20
내게 속하지 않은 게 있으랴? 난 무슨 악마처럼
여기서부터 세상을 다스릴 수 있다.
원하기만 하면 궁전이 지어질 거고
내 웅장한 정원에
님프들이 즐겁게 노래하며 몰려들 거야.
뮤즈들은 내게 자기의 공물을 바칠 것이고
자유로운 천재는 내 노예가 되겠지.
그리고 선행과 밤을 지새운 작업이
공손히 나의 보상을 기다리겠지.
내가 휘파람만 불면 30
공손히 수줍게
피투성이 악이 내게로 기어 들어와
내 손을 핥겠지. 그리고 내 뜻을 읽으려고
내 눈을 들여다보겠지.
모든 것이 내게 굽히지만, 나는 무엇에도 굽히지 않지.
나는 어떤 욕망보다도 위에 있어. 나는 평온해.
나는 내 힘을 알지. 나에게는

이런 생각만으로도 충분해…….

(자신의 금을 보며) 얼마 안 돼 보이지만

얼마나 많은 인간의 근심과

기만과 눈물과 간청과 저주를 무겁게 말해 주는가! 40

여기 옛날 동전이 들었다…… 저거구나. 오늘

과부가 내게 주었지. 그런데 그전에

아이 세 명과 함께 반나절을 창 앞에서

무릎 꿇고 울부짖었지.

비가 오다가 그쳤지. 그리고 또 왔어.

위선자인 그녀는 움직이지 않았어. 나는 그녀를

쫓을 수도 있었지, 그러나 무엇인가가 내게 속삭였지.

남편의 빚을 그녀가 가져왔고

내일 감옥에 가는 것을 원하지 않는다고.

한데 이건? 이건 티보가 내게 가져왔지. 50

게으름뱅이 사기꾼이 어디서 이걸 구했을까?

물론 훔쳤지. 아니면 아마도

거기, 대로에서, 밤에, 숲 속에서…….

그래! 만약 여기 보존된 것을 위해 흘린

모든 눈물과 피와 땀이

땅속 깊은 곳에서부터 갑자기 솟는다면

다시 한 번 홍수가 일어날 거고 난 내 충실한

지하실에서 익사하겠지. 그러나 이제 시간이 되었다.

(궤짝을 열려고 한다.)

난 매번 내 궤짝을 열려고 할 때마다

열이 나고 떨린다. 60

공포심은 아닌데, (아니야, 내가 무엇을 무서워해?
내겐 검이 있어. 명예의 검이 금을
책임지지.) 그런데 가슴을 죄어 오네,
어떤 알 수 없는 감정이…….
의사들은 우리에게 단언하지,
살인하며 기쁨을 느끼는 사람들이 있다고.
내가 열쇠를 자물쇠에 꽂을 때 난 아마
그들이 희생물에 칼을 꽂을 때 느끼는 것과
똑같은 것을 느껴. 좋기도 하면서
무서운 기분을 동시에 느껴.
(궤짝을 연다.)

여기 나의 행복이 있다! 70

(돈을 흩뿌리며) 들어가시오, 인간의 정열과 필요에

봉사하느라

이 세상을 돌아다니는 것은 이제 그만,
여기서 권력과 평안의 꿈을 꾸며 잠드시오.
신들이 하늘 깊은 곳에서 잠들듯이…….
오늘 내게 잔치를 베풀고 싶구나.
궤짝마다 앞에 촛불을 켜고
모든 궤짝을 열고
그 안의 번쩍이는 덩어리를 살펴볼 거다.
(촛불들을 켜고 궤짝들을 하나하나 연다.)
나는 황제다! ……이 얼마나 매혹적인 광채인가!
내 왕국은 내게 복종하고 내 왕국은 강력하다. 80
이 안에 행복이 있고 이 안에 명예와 영광이 있다!

나는 황제다……. 한데 누가 내 뒤를 이어
이 왕국을 소유할 것인가? 나의 후계자!
어리석은 젊은 낭비자,
방탕한 패륜아 나부랭이!
내가 죽자마자 그가, 그가! 이리로,
평화롭고 고요한 이 지붕 밑으로
궁정의 탐욕스러운 아첨꾼 무리와 함께 와서
내 시체에서 열쇠를 훔쳐
웃으면서 궤짝들을 열겠지. 90
그러면 나의 보물들은
구멍 난 공단 주머니로 흘러들어 가겠지.
그는 성스러운 그릇들을 깨고
그 더러운 놈들을 이 황제의 향유로 취하게 하겠지.
그는 탕진할 거야……. 한데 어떤 권리가 있어서?
내가 이 모든 것을 공짜로 얻었나?
주사위를 던져 돈 무더기를 긁어모은
도박꾼처럼 장난으로 얻었나?
그 누가 알랴? 얼마나 쓰디쓴 금욕과
열정의 절제와 무거운 생각들, 100
근심스러운 나날들, 잠 못 이루는 밤을
이것을 얻느라 치렀는지? 어쩌면 아들은
내 심장이 이끼로 덮였고
내가 욕망을 모르며,
심장을 할퀴는 발톱 달린 짐승인 양심,
초대하지 않은 손님, 지겹게 쫓아다니는 동반자인 양심,

난폭한 빚쟁이, 달빛을 흐리고
무덤을 요동하여 죽은 자들을
내보내게 하는 이 마귀할멈인 양심이
나를 갉은 적이 없다고 말하겠지? ……. 110
아니야, 우선 고생해서 스스로 돈을 벌어야 해,
그리고 거기서 살펴보자, 불행한 그 인간이
피로 얻은 것을 낭비하는지.
오, 내가 그럴 가치 없는 사람들의 시선으로부터
이 지하실을 감출 수 있다면! 오, 내가 무덤에서 나와서
감시하는 망령이 되어
궤짝 위에 앉아서 지금처럼 산 자들로부터
내 보물들을 지킬 수 있다면! ……. 118

3장

궁전.

알베르와 영주.

알베르 폐하, 믿어 주십시오. 쓰디쓴 가난의 수치를
오래 참아 왔지요. 그 정도가 극단적이 아니라면
제 소원을 들으시게 되지 않았을 겁니다.

영주 믿네, 믿어. 자네처럼 고결한 기사가
극한 상황이 아니면 아버지를
고발할 리가 없지. 그런 패륜은 드물거든…….
마음을 가라앉히오. 자네 아버지를
조용히 따로 불러 경고하겠네.
나는 그를 기다리고 있네. 우리는 오래 못 만났네.
그는 우리 할아버지의 친구였지. 나는 기억하네, 10
내가 아직 어린애였을 때,

그가 나를 자기 말에 앉히고
자기의 무거운 투구로 덮어
종처럼 만든 것을.
(창밖을 내다본다.)
저 사람 누군가?
그인가?

알베르 네, 그입니다. 폐하.

영주 어서 저쪽 방으로
가시오. 내가 그대를 부르겠소.
(알베르는 나가고 남작이 들어온다.)
남작,
활기차고 건강한 경을 보니 기쁘오.

남작 폐하, 폐하의 명을 받고
올 수 있는 힘이 있어서 행복합니다.

영주 오랫동안, 남작, 오랫동안 격조했소. 20
날 기억하시오?

남작 제가요? 폐하? 전 지금도
옛날의 폐하를 보는 것 같습니다. 오, 폐하는
활기찬 어린아이였지요. 돌아가신 영주님께서
항상 말씀하셨지요. "필립,(그는 저를
항상 필립이라고 부르셨지요.) 무슨 말을 하려나? 아?
한 이십 년 후면 정말로, 그대와 나,
우리는 이 어린애 앞에서 바보가 되겠지……."
폐하 앞에는, 즉…….

영주 이제 우리 다시 친분을

새로이 합시다. 그대는 내 궁전을 잊었소.

남작 폐하, 전 이제 늙었습니다. 궁정에서 30
제가 할 일이 뭐가 있습니까? 폐하는 젊으십니다.
폐하는 시합이나 향연을 좋아하시지요. 그러나 전
이미 그런 것에 어울리지 않습니다. 전쟁이 나면
전 다시 끙끙대면서도 말 위에 오르겠지요.
아직 떨리는 손으로 폐하를 위하여
낡은 칼을 뽑을 힘은 있습니다.

영주 남작, 경의 성실은 잘 압니다.
경은 할아버지의 친구이셨죠. 부친께서는
경을 존경하셨습니다. 그리고 나도 경을 항상
신뢰할 만한 용감한 기사로 여기고 있습니다. 40
남작, 자식이 있나요?

남작 아들이 하나 있습니다.

영주 그런데 왜 아들은 함께 오지 않았나요?
경에겐 궁정이 따분하겠지만, 아들의 나이에는
궁정에서 이름을 내는 것이 멋있지요.

남작 제 아들은 시끄러운 사교계 생활을 싫어합니다.
그는 사람들을 꺼리고 성격이 음울하지요.
성 주변의 산속으로 내내 돌아다닙니다.
망둥이, 어린 사슴처럼.

영주 사람들을 꺼리는
것은 좋지 않아요. 우리 그에게 당장
즐거움과 무도회와 시합을 가르쳐 줍시다. 50
아들을 제게 보내요, 아들에게 그의 신분에

부끄럽지 않은 실속을 갖춰 주시오…….
왜 찌푸리시오? 오느라 피곤하신
모양이지요?

남작 폐하, 전 피곤하지 않습니다.
그런데 폐하께서 저를 당혹하게 하셨습니다.
폐하 앞에서 인정하고 싶진 않지만
폐하께서 제게, 아들에 대해 폐하께 감추고
싶은 것을 말하도록 하시는군요.
폐하, 그는 불행하게도, 폐하의 은총도
관심도 받을 가치가 없습니다. 60
그는 난폭한 행동과 천한 악덕 속에서
자신의 젊음을 보내고 있습니다…….

영주 그건, 남작,
그가 혼자 있기 때문이오. 고독과
무료함이 젊은이들을 망치지요.
우리에게 그를 보내시오. 그는 문화가 없는 곳에서
만들어진 습관들을 잊게 될 것이오.

남작 죄송합니다만, 정말 저는 폐하,
그것에 동의할 수 없습니다…….

영주 한데 이유가 뭡니까?

남작 늙은이를 용서하세요…….

영주 경이 거절하는 이유를 밝히기를 70
요구하오.

남작 아들에게 화가
나 있습니다.

영주 무엇 때문이오?

남작 사악한 범죄 때문이지요.

영주 말해 보오, 무슨 범죄를 저질렀소?

남작 영주님, 용서해 주십시오…….

영주 매우 이상하오,
그가 부끄럽소?

남작 예…… 부끄럽습니다…….

영주 도대체 그가 무슨 일을 저질렀소?

남작 그는…… 그는 나를
죽이려 했습니다.

영주 죽인다고! 사악한
악당으로 그를 재판에 넘기겠소.

남작 비록 그가 바로 제 죽음을
갈망하는 것을 알긴 하지만 80
증명하지 않겠습니다. 또 그가 획책한 것도
알지만…….

영주 뭘 말이요?

남작 강탈을요.

(알베르가 방으로 뛰어든다.)

알베르 남작, 거짓말하시네요.

영주 (아들에게) 어떻게 감히…….

남작 네가 여기 있구나! 내게 감히! …….
넌 아비에게 그런 말을 할 수 있는 사람이구나…….
내가 거짓말한다고! 그것도 우리의 폐하 앞에서! …….
내게, 내게…… 내가 이미 기사가 아니란 말이냐?

알베르 당신은
거짓말쟁이입니다.

남작 아직 천벌이 내리지 않았습니다,
공정하신 신이시여! 자, 받아, 칼이 심판할 거다!
(장갑을 던진다. 아들은 성급히 장갑을 집어 든다.)

알베르 고맙군요. 이게 아버지가 주신 최초의 선물이니.

영주 내가 무엇을 보는 건가? 내 앞에서 이 무슨 일인가? 90
아들이 늙은 아버지의 결투 신청을 받아들이다니!
나는 어떤 시대에 영주라는 직책의 사슬을
감은 것인가! 입 다물라, 그대, 미친 사람아,
그리고 너, 호랑이 새끼야! 그만둬.
(아들에게) 그걸 버려.
그 장갑을 이리 내놔.
(장갑을 빼앗는다.)

알베르 (방백) 유감인걸.

영주 저렇게 손톱으로 꽉 움켜쥐었군! 악당 같으니!
물러가라. 내가 직접 자네를 부르기 전까지는
내 눈앞에 감히 나타날
엄두를 내지 마라.
(알베르 나간다.)
그대, 불행한 노인이여,
부끄럽지도 않은가…….

남작 용서하소서, 폐하……. 100
설 수가 없구나……. 무릎에 힘이 빠졌어…….
숨을 못 쉬겠네! 답답해! 열쇠가 어디 있지?

열쇠, 내 열쇠! …….

영주　　그는 죽었다. 맙소사!

끔찍한 시대, 끔찍한 마음이여! 104

희곡 편

모차르트와 살리에리

1장

방.

살리에리　모든 사람이 말하지, 지상에 정의는 없다고.
그러나 정의는 천국에도 없어. 내게는 이 사실이
기본음처럼 너무나도 명백해.
나는 예술에 대한 사랑을 지니고 태어났지.
어린애였을 때 유서 깊은 우리 교회의
오르간이 높은 곳에서 울리면
나는 듣고 또 들었고, 달콤한 눈물이
저절로 솟아나 흘러내렸지.
일찌감치 나는 쓸데없는 장난들을 버렸고
음악과 관계없는 학문들은　　10
내게 지루했지. 고집스럽고 거만하게
나는 그것들을 버리고 음악에만 온몸을

바쳤지. 첫 번째 발걸음은 어려웠고
첫 번째 길은 지루했지. 초기의 고난을
극복했어. 난 내 기예를
예술 밑에 받침대로 놓았지.
난 장인이 되었어. 손가락에는
자유자재의 틀림없는 민첩함을, 귀에는
정확한 청음 능력을 부여했지. 소리들을 죽여
음악을 시체처럼 해부했어. 화음을 20
대수로서 따졌지. 그때 나 이미
숙련된 기예로 창조적 꿈의 달콤함에
감히 몸 바치게 되었지.
나는 창작하게 되었어. 그러나 가만히, 몰래,
아직 명성에 대해서는 생각할 엄두도 못 내고.
적막한 방에서 자지도 않고 먹지도 않고
이삼 일 꼬박 앉았다가 환희와 영감의 눈물을
맛본 후, 나 내 작업을 태워 버리며
내 생각과 내가 만든 음들이
가벼운 연기로 사라지는 것을 30
차갑게 바라보았지.
더 무슨 말을 해야 할까? 위대한 글루크*가
나타나 우리에게 새로운 비밀들을
(깊고 매혹적인 비밀들을) 알려 주었을 때

---

* 크리스토프 글루크(1714~1787)는 독일의 작곡가로, 오페라를 음악적 기교나 화려한 연출에서 벗어나 깊은 감정과 체험을 예술적으로 표현하는 진정한 드라마로 개혁하고자 했다. 「오르페우스와 에우리디케」(1762년 초연)로 유명하다.

이전에 알았던, 그렇게도 사랑했고 그렇게도
뜨겁게 믿었던 모든 것을 던져 버리지 않았던가?
그러곤 곧 군말 없이 열심히
그의 뒤를 따르지 않았던가,
마치 길을 잃고 헤매다가 귀인을 만나
다른 방향으로 보내진 사람처럼? 40
끊임없는 긴장 속에 열심히 노력하여
나 드디어 끝없는 예술에서
높은 경지에 다다랐네. 영예가 나에게
미소 지었고 나는 사람들의 가슴속에서
내 창작의 반향을 발견했지.
나는 행복했어. 나 내 일과 성공과 영광을
평화로이 즐겼고, 경이로운 예술의 동지들 —
내 친구들의 일과 성공 역시 즐겼네.
결코! 난 한 번도 질투를 느껴 본 적이 없어.
오, 결코 한 번도 없어! 피치니*가 50
조잡한 파리 청중의 귀를 사로잡을 수 있었을 때도,
처음으로 「이피게니에」**의 첫 음들을 들었을 때도
결코 질투를 느끼지 않았어.
자존심 강한 살리에리가 언젠가 경멸받을 만한
질투자였고, 사람들에게 밟혀 꿈틀거리며

* 니콜로 피치니(1728~1800)는 글루크와 같은 성향의 오페라 작곡가였으나 글루크의 심각한 오페라보다 대중으로부터 더 큰 인기를 끌었다.

** 프랑스어로 된 글루크의 첫 오페라(1774년 초연)로, 그리스 신화 속 라신의 비극을 소재로 삼았다. 마리 앙투아네트의 굉장한 찬사를 받은 유명한 작품이다.

모래와 먼지를 무력하게 갉는
배이었던 적이 있다고 그 누가 말하랴?
아무도 못 한다! ……그런데 지금 스스로 말한다,
내가 질투자라고. 나는 질투하고 있다,
몹시도 고통스럽게 질투한다. ……오, 하늘이여! 60
신성한 재능이, 불멸의 천재가
불타는 사랑과 자기희생과
노동과 성실과 기도의 대가로 주어지지 않고
어리석은 바보, 허랑방탕한 자의
머리를 비춘다면 어디에
정의가 있나요? ……오, 모차르트, 모차르트!

모차르트 아하! 날 알아봤군! 예기치 않은 농담으로
자네를 좀 대접하려고 했는데!

살리에리 자네 왔군! ……오래됐나?

모차르트 방금. 자넬 보러 왔어,
자네에게 뭘 좀 보여 주려고. 70
술집 앞을 지나는데 갑자기
바이올린 소리가 났지……. 맙소사, 내 친구, 살리에리!
살면서 그보다 더 우스운 것을
들어 본 적 없을 거네……. 눈먼 악사가 술집에서
'보이 케 사페테'*를 연주하고 있었지. 정말 우스웠어!
참을 수 없어서 나는 그 악사를 데려왔네,

* Voi Che Sapete. 모차르트의 오페라 「피가로의 결혼」에 나오는 케루비노의 아리아 혹은 「돈 조반니」에 나오는 레포렐로의 아리아인 카탈로그의 노래.

자네를 그의 예술로 대접 좀 하려고.
들어와!
(눈먼 노인이 바이올린을 들고 들어온다.)
모차르트 중에서 아무거나 해 봐!
(노인은 「돈 조반니」 중에서 아리아를 연주한다. 모차르트는 큰 소리로 웃는다.)

살리에리 한데 자넨 웃을 수 있나?

모차르트 아하, 살리에리!
자넨 이게 우습지 않단 말이야?

살리에리 그래. 80
난 우습지 않아. 엉터리 칠장이가
라파엘의 마돈나를 망칠 때
천한 익살꾼이 알리기에리를 흉내 내며*
모독할 때 난 우습지 않아.
꺼져, 늙은이.

모차르트 잠깐, 자, 여기
내 건강을 위해 마셔.
(노인은 나간다.)
자네, 살리에리,
오늘 기분이 좋지 않은 모양이군.
다음번에 오지.

살리에리 내게 가져온 게 뭔가?

---

* 당시 프랑스 문학에서 이탈리아의 시인 알리기에리 단테(1265~1321)를 패러디하는 조류가 있었다.

모차르트　아니, 그냥. 별 거 아니네. 지난밤에
잠이 안 와서 혼났거든. 90
한데 두세 가지 생각이 떠올랐어.
오늘 나 그걸 써 봤지. 자네 의견을
듣고 싶었네. 한데 지금은 날 만날
기분이 아닌 것 같군.

살리에리　아하, 모차르트, 모차르트!
내가 언제 자네를 만나기 싫어한 적이 있나? 앉게,
들을게.

모차르트　(피아노 앞에서) 상상해 보게……. 누가 좋을까?
뭐, 나라도 좋고. 약간 더 젊은 사람을 상상해 보게.
사랑에 빠진 사람인데 심하게는 아니고, 약간만,
아름다운 여자, 혹은 자네 같은 친구와 함께
즐거워하는데…… 갑자기, 무덤의 환영이, 100
갑작스러운 암흑이나 그런 어떤 것이…….
자, 들어 보게.
(연주한다.)

살리에리　자네 이것을 가지고
내게 오면서 술집에 머물러
눈먼 악사의 연주를 들었단 말이지! 맙소사!
자네, 모차르트, 자네는 자네 자신만큼 값어치가 없네.

모차르트　어때? 좋나?

살리에리　얼마나 심오한가!
얼마나 대담하고 얼마나 조화로운지!
자네, 모차르트, 자넨 신이야, 한데 자신은 그걸 모르지.

내가 알아, 내가.

모차르트 야! 정말? 그래, 아마도……

그러나 내 신성이 배가 고파 죽겠다네. 110

살리에리 내 말 좀 들어 보게. 우리 함께

황금 사자 식당에서 식사하세.

모차르트 그러세.

기쁘네! 그래도 집에 가서 아내에게

저녁 먹고 올 테니 기다리지 말라고

이야기하고 오겠네.

(나간다.)

살리에리 기다리겠네. 조심하게.

결코! 난 더 이상 나의 운명을

거스를 수 없다. 난 그를 멈추게 하기 위해

선택되었어. 아니면 우리 모두가 파멸해,

음악의 신봉자이고 봉사자인 우리 모두가.

나만이 명성이 희미해져서 죽는 것이 아니지……. 120

무슨 소용인가, 모차르트가 살아남아

새로이 더 높은 경지에 오른다 한들?

그가 그것으로 예술을 고양하나? 아니지,

예술은 그가 사라지자마자 다시 떨어지지.

그는 우리에게 후계자를 남기지 않을 거야.

그가 무슨 소용이 있어? 무슨 천사처럼

그는 우리에게 천상의 노래를 몇 곡 들려주고

덧없는 먼지의 아들인 우리 안에 있는

날개 없는 욕망을 흔들고는 날아가 버리지!

그러니 날아가라! 빠를수록 더 좋아. 130

여기 독이 있다, 내 이조라가 준 마지막 선물.
십팔 년 동안이나 난 이것을 지녀 왔지.
그때부터 내게 삶은 견딜 수 없는 상처로 보였으나,
걱정 모르는 적과 함께
같은 식탁에 자주 앉았어도
한 번도 유혹의 속삭임에 굽히지 않았지,
비록 나 겁쟁이도 아니고,
모욕을 깊이 느꼈어도, 삶을 거의
사랑하지 않았어도. 여전히 나는 끌어 왔다.
죽음의 갈망이 나를 괴롭혔을 때, 140
죽으면 뭐해? 아마도 삶이 내게
갑작스러운 선물을 가져오리라 생각했다.
아마도 환희와 창조의 밤과
영감이 나를 찾으리라고,
아마도 새로운 하이든*이 위대한 것을
창조하리라고, 그리고 나는 그것을 즐기리라고…….
내가 증오하는 손님과 잔치할 때
나는 생각했다, 가장 사악한 적을 발견하고
아마도 가장 심한 모욕이
거만한 높은 곳으로부터 내 안으로 울릴 때, 150
그때 네가 헛되지 않으리라고, 이조라의 선물이여.

---

* 1732~1809. 오스트리아 작곡가로 빈 고전파의 원조 중 하나.

그리고 내가 옳았다! 드디어 나는
나의 적을 발견했고, 새로운 하이든은
나를 열광으로 경이롭게 취하게 한다!
이제, 시간이 되었다! 너, 사랑의 신성한 선물이여,
오늘 우정의 술잔으로 들어가거라. 156

2장

술집의 별실, 피아노.
모차르트와 살리에리가 식탁에 앉아 있다.

살리에리 자네 오늘 왜 우울한가?
모차르트 내가? 아니야!
살리에리 자네 분명, 뭔가 기분이 언짢은 게지, 모차르트?
좋은 식사에 유명한 포도주,
한데 자넨 말없이 얼굴을 찌푸리고 있으니.
모차르트 고백하자면
내 진혼곡이 나를 불안하게 한다네.
살리에리 아!
자네 진혼곡을 만들고 있나? 오래전부터?
모차르트 오래됐어, 한 세 주. 그런데 이상한 일이…….
내가 자네에게 이야기했나?

살리에리 아니.

모차르트 그러면 들어 보게.

한 세 주 전인가, 내가 늦게
집에 갔더니 내게 그러는 거야, 10
누가 날 찾아왔었다고. 왜인지는, 나도 몰라.
난 밤새도록 생각했네, 그가 누굴까?
그가 내게서 무엇을 원할까? 그다음 날도
같은 사람이 왔는데 나를 또 못 만난 거야.
세 번째 날 난 내 딸과 마룻바닥에서
놀고 있었거든. 나를 부르기에 나갔네.
검은 옷을 입은 사람이
공손히 인사를 하면서 내게 진혼곡을
주문하고는 사라졌어. 나는 당장 앉아서
쓰기 시작했지. 그때부터 내 검은 사람은 20
나를 찾아오지 않네.
그리고 나도 기뻐. 나도 내 작업과
이별하기가 아쉽거든, 진혼곡이 완전히
준비되긴 했지만. 하나 그러는 동안 난…….

살리에리 뭐야?

모차르트 고백하기가 마음에 걸리네…….

살리에리 뭔데?

모차르트 밤낮으로 그 검은 사람이 내게
평안을 주지 않네. 어딜 가나 그림자처럼
그가 나를 쫓네. 지금도 여기에 그가
제삼자로 우리와 함께 앉아 있는 것

같네.

살리에리　자, 그만해! 무슨 어린애같이 무서워하기는?　30

헛된 망상을 좇아 버려. 보마르셰*가

내게 얘기했지. "들어 봐, 여보, 살리에리,

검은 생각이 다가오면

샴페인 병을 따거나

『피가로의 결혼』을 읽게."

모차르트　그래! 보마르셰는 자네 친구였지.

자넨 그를 위해 「타라레」**를 작곡했지,

멋있는 작품이었어. 거기 하나의 주제가 있었는데……

내가 행복할 땐 난 항상 그것을 되풀이하지…….

라라라라……. 아하, 살리에리, 보마르셰가　40

누군가를 독살했다는 게 사실이야?

살리에리　난 그렇게 생각하지 않아. 그는 그런 일을

하기엔 너무나 우스운 사람이야.***

모차르트　그래도 그는 천재네,

자네나 나처럼. 그런데 천재와 악은

동시에 존재할 수 없는 두 가지지. 그렇지 않나?

살리에리　자넨 그렇게 생각하나?

(모차르트의 잔에다 독을 넣는다.)

---

* 1732~1799. 프랑스의 극작가로 「피가로의 결혼」을 썼다.

** 글루크의 영향이 많이 보이는 오페라로 1787년 7월 8일 파리에서 초연되었다.

*** 보마르셰가 자기 부인 둘을 죽였다는 소문에 대해 볼테르가 1771년에 "보마르셰는 독살자가 되기에는 너무 우스웠다."라고 썼는데, 푸슈킨은 이를 읽은 것 같다.

자, 마시게.

모차르트 자네의 건강을

위해, 친구, 화음(和音)의 두 아들,
모차르트와 살리에리를 결합하는
진정한 유대를 위해.
(마신다.)

살리에리 멈춰,

멈춰, 멈춰! 자네, 다 마셨군! 나 없이? 50

모차르트 (냅킨을 식탁 위로 던진다.)

됐네, 배가 부르네.
(피아노로 간다.)
들어 보게, 살리에리,
내 진혼곡*이네.
(연주한다.)
자네 우나?

살리에리 이 눈물, 나 처음으로

흘리네. 가슴 아프기도 하고 기분 좋기도 하네,
마치 내가 어려운 의무를 이행한 것처럼.
마치 수술칼로 아픈 데를 잘라 낸
것처럼! 친구 모차르트여, 이 눈물은……
신경 쓰지 말게. 계속하게, 어서
내 영혼을 음으로 채워 주게…….

---

* 러시아에서 모차르트의 진혼곡은 1805년 초연 이후 1823년, 1825년 등 여러 차례 연주되어, 푸슈킨은 이 작품을 쓸 당시 이들 공연을 관람할 수 있었다.

모차르트　모두가 그렇게 화음의 힘을

느꼈으면! 그러나 그래서도 안 되지. 그러면　60

이 세상이 존재하지 않을 거야, 아무도

지상의 삶에 필요한 것들은 걱정하지 않고

모두가 자유로운 예술에만 종사하게 될 테니.

선택된 자는 정말 소수지, 한가한 운 좋은 사람들이야,

경멸스러운 유용성을 무시하고

오직 아름다운 것 하나만을 섬기니.

그렇지 않나? 그러나 오늘 난 아파.

왠지 힘들어. 가서 자겠네.

잘 있게!

살리에리　잘 가게.

(홀로 남아) 넌 오래도록 잠들 거다,

모차르트! 한데 그의 말이 맞고　70

내가 천재가 아니라면? 천재와 악은

동시에 존재할 수 없는 두 가지라고! 틀려.

부오나로티*는? 아니면 그건 바보 같은

어리석은 군중이 꾸며 낸 얘길까? 바티칸을

세운 사람도 살인자가 아니었나?　75

---

* 이탈리아의 조각가, 화가, 건축가인 미켈란젤로 부오나로티(1475~1564). 푸슈킨이 익히 알았던 18세기 프랑스 문학, 예컨대 사드의 소설 『쥐스틴 또는 도덕의 재앙』(1791)이나 르미에르의 서사시 「그림」(1769) 등은 미켈란젤로가 십자가에 박힌 예수를 사실적으로 그리려 사람을 죽여 모델로 썼을 거라는 소문을 다루었다. 「그림」에는 "미켈란젤로가 그걸 했다고! 범죄와 천재라! (중략) 말도 안 되는 소문이야!"라는 구절이 있다.

희곡 편

석상 손님

오, 위대한 기사장님의
최고로 경애하옵는 석상이여! ……
……아, 주인님![*]

—「돈 조반니」 중 레포렐로의 대사

* 원문은 "O statua gentilissima / Del gran' Commendatore! …… / ……Ah, Padrone!"(이탈리아어)이다.

1장

돈 구안과 레포렐로.

돈 구안　여기서 밤이 될 때까지 기다리자. 아, 마침내
　　마드리드 성문에 다다랐구나! 이제 곧
　　낯익은 거리를 따라 나 달려가리.
　　수염은 망토로 가리고, 눈썹은 모자로 가리고.
　　어떻게 생각하니? 날 알아보지 못하겠지?
레포렐로　아무렴요, 돈 구안을 어떻게 알아봐요!
　　그와 똑같이 생긴 사람들이 얼마나 많은뎁쇼!
돈 구안　　　　　　　　　　　　　　　　　놀리냐?
　　한데 도대체 누가 날 알아본단 말이지?
레포렐로　　　　　　　　　　　　　　첫 번째 순찰,
　　집시 여자, 아니면 술 취한 악사,
　　아니면 겨드랑에 칼을 차고 망토를 입은　　10

주인님 형제, 방자하신 기사님이 알아보겠죠.

돈 구안 알아본들 큰일 날 것 없어. 왕만
마주치지 않으면 되지. 게다가 난
마드리드에서 아무도 무서워하지 않아.

레포렐로 그래도 내일이면 왕도 다 알게 되지요
돈 구안이 유배지에서 제멋대로
마드리드로 들어왔다는 걸요. 그가 주인님께
어떻게 할는지 말씀 좀 해 보세요.

돈 구안 되돌려 보내시겠지.
아마도 이제 내 목을 베지는 않으실 거야.
나는 정말이지 국사범이 아닌걸. 20
나를 사랑하시어 나를 멀리 보내신 거야.
피살자의 가족이 나를 건드리지
못하게 말이야.

레포렐로 바로 그래요!
그러니 그곳에 조용히 앉아 계셔야 했지요.

돈 구안 사양하지, 난 싫어! 난 그곳에서
권태로워 죽을 뻔했어. 무슨 사람들이 그런지,
무슨 땅이 그런지, 원! 하늘은? ……뿌연 연기 같지.
여자들, 너 알아듣겠니, 내 바보 레포렐로야?
그곳의 미인들 중에서 가장 예쁜 여자들도
안달루시아에서 제일 못생긴 시골 여자와 30
바꾸지 않겠어, 진심이야.
그 여자들도 처음에는 내 마음에 들었지.
푸른 눈에 하얀 피부, 그리고 조신한 태도가,

아니, 무엇보다도 새로움이 나를 사로잡았지.
하나 다행스럽게도 난 곧 알아챘어, 그들과
알고 지내는 것조차 죄악이라는 것을.
그들 속엔 생명이 없어. 모두 똑같은 밀랍 인형 같아.
반면 우리 여자들은 정말…… 근데 여기 좀 봐라,
여기 아는 데 같지? 너 여기를 알아보겠니?

레포렐로 어찌 모를까요? 안토니오 수도원을 어찌 40
잊나요. 주인님께서 이곳에 자주 오시곤 했지요.
전 이 숲 속에서 말을 지키고 있었지요.
고백하자면 정말 저주스러운 임무였어요. 주인님은
여기서 저보다 더 멋지게 시간을 보내셨지요.
제 말이 맞지요.

돈 구안 (생각에 잠겨) 불쌍한 이네자여!
그녀는 이미 이 세상에 없지. 나 얼마나 그녀를
사랑했는지!

레포렐로 이네자! 검은 눈동자…… 오, 그래요, 기억나요.
석 달 동안 꽁무니를 쫓아다니셨지요.
악마도 간신히 도왔지요.

돈 구안 7월…… 밤에. 난 그녀의 50
슬픈 시선과 핏기 없는 입술에서
이상한 쾌감을 느꼈지. 이상한 일이었지.
너는 그녀를 미인이라고
여기지 않는 것 같구나. 맞았어.
그녀에게 정말 아름다운 데는 별로 없었지. 눈,
단지 눈만이 아름다웠어. 그 시선…… 그런 시선은

아무 곳에서도 본 적이 없었어. 그녀의 목소리는
약하고 힘이 없었지. 병자처럼.
그녀의 남편이 잔혹한 못된 놈이었다는 걸
난 나중에야 알았지……. 불쌍한 이네자! ……. 60

레포렐로 뭐, 그 뒤로 다른 여자들이 있었지요.

돈 구안 맞아.

레포렐로 우리가 살아 있는 한 또 다른 여자들을 만나겠지요.

돈 구안 그것도 맞아.

레포렐로 이제 마드리드에서
누구를 찾아내게 되나요?

돈 구안 오, 라우라를!
나 곧장 그녀에게로 달려갈 테다.

레포렐로 좋지요.

돈 구안 그녀의 방문으로 곧장, 만약 누가 이미
그녀 방에 있으면, 창문으로 뛰어내리라고 요구해야지.

레포렐로 물론입죠. 이제 우리 기분이 좀 풀리는군요.
죽은 여자들이 우리를 오래 우울하게 하지 못하죠.
누가 우리에게로 오고 있나요?
(수도사가 등장한다.)

수도사 곧 그녀가 올 텐데. 70
거기 누구십니까? 돈나 안나의 사람들이신가요?

레포렐로 아니요, 우리는 누구의 사람들이 아닙니다.
여기서 산책하는 겁니다.

돈 구안 한데 누구를 기다리시나요?

수도사 곧 돈나 안나가 남편의 무덤으로

올 것입니다.

돈 구안 돈나 안나 드 솔바!

어떻게! 살해당한 기사장의 부인이……

기억이 안 나네요. 누가 살해했지요?

수도사 방탕하고

양심 없고 신을 모르는 돈 구안이지요.

레포렐로 오, 설마 했더니! 돈 구안에 대한 소문이

평화로운 수도원까지 스며 들어왔군요, 80

수도사들까지도 그에게 찬가를 부르는군요.

수도사 당신들은 그를 아는 모양이지요?

레포렐로 저희요? 전혀요.

한데 그가 지금 어딘가에 있는 거죠?

수도사 여기엔 없어요.

멀리 유배 갔지요.

레포렐로 그건 다행이군요.

멀리 있을수록 좋지요. 그런 방탕자들은 모조리

자루 하나에 넣어서 바다로 던져야지요.

돈 구안 뭐, 무슨 헛소리냐?

레포렐로 가만 계세요. 전 일부러…….

돈 구안 그래, 여기다 기사장을 매장했단 말이지요?

수도사 여기에요. 아내가 그에게 기념비를 세웠고

매일 이리로 그의 영혼의 90

평안을 기도하고

눈물을 흘리러 온답니다.

돈 구안 무슨 기이한 과부인가요?

한데 예쁜가요?

수도사 우리 은둔자들은 여인의 아름다움에
마음을 팔 수 없지요. 그러나 거짓말을
하는 것은 죄입니다. 성자라도 그녀의 기적 같은
아름다움을 인정하지 않을 수 없지요.

돈 구안 고인이 공연히 질투심이 많은 것은 아니었군요.
그는 돈나 안나를 집 안에 붙들어 놓았지요.
우리 중 아무도 그녀를 본 사람이 없지요.
나 그녀와 이야기 좀 했으면 싶네요. 100

수도사 오, 돈나 안나는 결코 남자와
이야기하는 법이 없어요.

돈 구안 당신과는요? 사제님?

수도사 저와는 경우가 다르지요. 저는 수도사니까요.
자, 저기 그녀가 오는군요.
(돈나 안나가 등장한다.)

돈나 안나 사제님, 문 열어 주세요.

수도사 곧 열지요. 세뇨라. 당신을 고대하고 있었어요.
(돈나 안나는 수도사를 따라간다.)

레포렐로 어때요, 어떤 여자예요?

돈 구안 이 검은 상복 베일 때문에
그녀는 전혀 보이지 않았어.
겨우 날씬한 발뒤꿈치만 보았을 뿐이야.

레포렐로 주인님에겐 충분하지요. 순식간에
나머지를 그려 낼 상상력을 가지고 계시니까요. 110
화가보다 더 능숙한 상상력을요.

주인님에게는 어디서 시작하든지 매한가지지요.
눈썹에서도 좋고, 발에서도 좋지요.

돈 구안 들어 봐, 레포렐로.
나 그녀와 사귈 거야.

레포렐로 한술 더 뜨시네요.
꼭 그래야만 하나요? 남편을 죽이고
그 과부를 울리려고 하다니요.
양심도 없군요!

돈 구안 한데 벌써 어두워졌구나.
우리 위로 달이 떠올라
어둠을 밝히기 전에
마드리드로 들어가자.
(떠난다.)

레포렐로 스페인의 귀족이 도둑처럼 120
밤을 기다리고 달을 꺼리다니 — 오, 하느님!
저주스러운 신세여. 오랫동안 그와 함께
지내야 하나? 정말 이제 힘이 없구나. 123

2장

방 안.
라우라 집의 만찬.

첫 번째 손님 라우라, 맹세컨대 그대가 이렇게
완전무결한 노래를 들려준 적이 없었소.
그대의 역을 얼마나 진정으로 이해했는지…….
두 번째 손님 얼마나 그 역을 잘 펼쳤는지! 그렇게 강한 힘으로!
세 번째 손님 그렇게 훌륭한 기교로!
라우라 그래요, 오늘은
동작 하나하나, 대사 하나하나가 다 잘되네요.
오늘 전 자유로이 영감을 따랐어요.
노예 같은 기억이 아니라 심장이 탄생시킨 것처럼
노랫말이 흘러나오네요…….
첫 번째 손님 정말 그렇소.

그리고 지금도 그대의 두 눈이 빛나고 10
뺨은 불타는구려. 그대 안의 황홀감이
지나가지 않는구려. 라우라, 그 황홀감이
쓸데없이 굳어 버리게 하지 마오. 노래해요, 라우라,
아무 거라도 노래해요.

라우라 기타를 주세요.

(노래한다.)

일동 오, 브라보! 브라보! 굉장해, 비할 데 없어!

첫 번째 손님 고마워요, 여마술사님. 그대는 우리의 심장을
사로잡는구려. 삶의 즐거움 중에서
음악이 따르지 못하는 것은 아마 사랑뿐일 거요.
하나 사랑 또한 멜로디라……. 봐요,
카를로스까지 감동했소, 그대의 침울한 손님 말이오! 20

두 번째 손님 얼마나 아름다운 소리인지! 얼마나
영혼이 가득한지!
누구의 가사요, 라우라?

라우라 돈 구안이에요.

돈 카를로스 뭐, 돈 구안이라고!

라우라 나의 진정한 친구이자
나의 믿지 못할 연인인 그가 언젠가 지었지요.

돈 카를로스 그대의 돈 구안은 신을 모르는 악당이야.
그리고 그대, 그대는 바보야.

라우라 정신이 나갔어요?
당장 하인들에게 당신을 베라고 할 거예요.
당신이 스페인 귀족이라도 말이에요.

돈 카를로스 (일어나서) 하인들을 불러 봐.
첫 번째 손님 라우라, 그만해요,
돈 카를로스, 화내지 말게. 그녀는 잊었나 보네……. 30
라우라 뭘요? 돈 구안이 결투에서 명예롭게
그의 친형을 죽였다는 걸요? 정말 유감이네요,
그를 죽이지 않은 것이.
돈 카를로스 화를 내다니 내가 어리석었소.
라우라 아하, 그대가 어리석다는 것을 스스로 고백하는군요.
그러니 화해해요.
돈 카를로스 내가 잘못했소, 라우라,
나를 용서하오. 그러나 내가 그 이름을 무심히
들을 수 없다는 것을 그대도 알지 않소…….
라우라 그러면 그 이름이 매 순간 내 혀 위에
떠오르는 것이 내 잘못인가요?
손님 자, 라우라, 그대 화가 다 풀렸다는 표시로 40
한 곡 더 불러 줘요.
라우라 그러죠, 작별 인사로 부르죠,
벌써 밤이니까요. 한데 무슨 노래를 불러야 할지요?
아, 들어 보세요.
(노래한다.)
일동 멋있소, 정말 비할 데 없소!
라우라 그럼 안녕히 가세요, 신사분들.
손님들 잘 있소, 라우라.
(나간다. 라우라는 돈 카를로스를 붙잡는다.)
라우라 당신, 격렬한 남자! 저한테 머물러요,

당신이 마음에 들어요. 나를 욕하며
이를 부드득 갈 때 당신은
돈 구안을 연상시켰어요.

돈 카를로스 행복한 남자로군.
그래, 그대는 그를 사랑했군.
(라우라는 그렇다고 몸짓한다.)
몹시?

라우라 몹시요.

돈 카를로스 지금도 역시 사랑하나?

라우라 지금 이 순간에요? 50
아니요, 사랑하지 않아요. 동시에 두 사람을
사랑할 수 없어요.
지금은 당신을 사랑해요.

돈 카를로스 말해 봐요, 라우라,
지금 몇 살이지?

라우라 열여덟이에요.

돈 카를로스 그대는 젊군……. 그리고 앞으로도
오륙 년은 아직 젊겠지. 그대의 주위에
아직 한 육 년은 남자들이 모여들어
그대를 안아 주고 얼러 주고 선물을 주고
밤의 세레나데를 부르고
밤에 대로에서 그대 때문에 서로
죽이고 하겠지. 그러나 세월이 가고 60
그대의 두 눈이 움푹 꺼지고
눈꺼풀도 주름져 검어지고

그대의 머리 타래가 희뜩희뜩해지고
사람들이 그대를 노파라고 부르게 되면,
그때, 그대는 뭐라고 할 거요?

라우라 그때요? 무엇하러
그런 것에 대해 생각해야 하나요? 무슨 말이 그래요?
당신은 항상 그런 생각만 하나요?
이리 와요, 발코니를 열어요. 하늘이 얼마나 고요한가요.
따뜻한 공기는 미동도 없고 밤은 레몬과
월계수 냄새가 나고, 밝은 달은 70
짙푸른 하늘에 비치고, 야경꾼들은
길게 늘여 외치네요, "쾌청!* ……."
그런데 멀리, 북쪽에, 파리에는
아마도 하늘이 구름으로 덮였고
차가운 비가 오고 바람이 불겠지요.
그러나 무슨 상관이에요? 내 말 들어요, 카를로스,
제가 요구해요, 미소를 지으세요…….
자, 바로 그렇게!

돈 카를로스 사랑스러운 악마!

(노크 소리가 난다.)

돈 구안 어이! 라우라!

라우라 누구세요? 이게 누구 목소리지?

돈 구안 문 열어…….

라우라 설마! ……하느님! …….

---

* ясно! '아무 일 없다.'라는 뜻에서 야경꾼들이 외치는 말이다.

(문을 여니 돈 구안이 들어온다.)

돈 구안　　　　　　　　　　　　　　　　안녕…….

라우라　　　　　　　　　　　　　　　　　　　　　돈 구안!　　　　80

(라우라는 그의 목에 몸을 던진다.)

돈 카를로스　뭐! 돈 구안! …….

돈 구안　　　　　　　　　　　　　　　라우라, 사랑스러운 친구! …….

(그녀에게 키스한다.)

방에 누가 있소, 내 라우라?

돈 카를로스　　　　　　　　　　　　　　나요,

돈 카를로스.

돈 구안　　　　　　　　　여기서 우연히 만나네!

내일 자네에게만 시간을 내지!

돈 카를로스　　　　　　　　　　　　　　　안 돼!

지금, 당장.

라우라　　　　　　　　돈 카를로스, 그만둬요!

당신은 길거리가 아니라, 내 방에 있어요.

당장 나가 주세요.

돈 카를로스　　　　　　　　(그녀의 말을 듣지 않고) 나

기다리고 있소. 자, 어때,

자네는 칼을 차고 있잖소.

돈 구안　　　　　　　　　　　　　　　만약 자네가

참을 수 없다면, 좋소.

(싸운다.)

라우라　　　　　　　　　　　　　아이! 아이! 구안! …….

(침대로 몸을 던진다. 돈 카를로스 쓰러진다.)

돈 구안 일어나, 라우라, 끝났어.

라우라 거기 어떻게 됐어요? 90

죽었어요? 잘하네! 내 방에서!

이제 나더러 어쩌라는 거예요? 이 망나니, 악마!

그를 어디다 내던지란 말예요?

돈 구안 아마 아직

살아 있을지 몰라.

라우라 (시체를 살펴보며) 그래요!

살아 있어요! 봐요, 이 저주받을 사람.

심장을 곧장 찔렀네요. 십중팔구 정통이군요.

그래서 삼각형의 상처에서 피 한 방울 흐르지 않아요.

벌써 숨이 끊긴 것 같네요. 어쩌죠?

돈 구안 어쩌긴, 뭐.

그가 스스로 원한 일이야.

라우라 에이, 돈 구안,

안됐어요, 정말, 끝없이 망나니짓을 하지만

항상 죄는 없는데도…… 근데 어디서 오는 거예요? 100

여기 온 지 오래됐나요?

돈 구안 지금 막 왔어.

그것도 몰래. 풀려난 게 아니야.

라우라 그런데 당장 라우라를 기억했다고 하는 거예요?

좋은 게 좋은 거니까. 그만 됐어요.

난 믿지 않아요. 당신은 우연히 지나가다가

집을 보았겠죠.

돈 구안 아니야, 내 라우라,

레포렐로에게 물어 봐. 나 성문 밖에,
저주받을 여인숙에 묵어. 라우라를
찾으러 마드리드로 온 거야.
(그녀에게 키스한다.)

라우라 당신은 내 친구! …….
멈춰요……. 시체 앞에서! ……그를 어떻게 하지요? 110

돈 구안 내버려 둬. 날이 밝기 전에, 일찍,
내가 긴 망토 아래 그를 밖으로 내가서
십자로에 눕혀 놓을게.

라우라 다만 조심해요,
사람들이 당신을 알아보지 못하도록.
일 분 늦게 나타나길 얼마나
잘했는지 몰라요! 당신 친구들이 여기서
만찬을 했거든요. 지금 막 나갔어요.
그들을 만났으면 어쩔 뻔했어요!

돈 구안 라우라, 그를 사랑한 지 오래됐어?

라우라 누구를요? 무슨 헛소리예요?

돈 구안 자, 고백해 봐, 120
나 없는 동안 몇 번이나
나를 배반했지?

라우라 당신은요, 바람둥이?

돈 구안 말해 봐……. 아니, 나중에 얘기하자. 123

3장

기사장의 기념비.

돈 구안 모든 것이 다 잘돼 가네. 우연히
돈 카를로스를 죽이고 나서 평화로운 은둔자로서
나 여기 숨어서, 매일 내 매혹적인 과부를
바라본다. 그리고 그녀도 내가
그러는 걸 아는 모양이야. 이제까지
서로서로 점잔을 빼 왔지. 그러나 오늘
그녀와 이야기할 거야. 때가 됐어.
어떻게 시작할까? "감히 제가……." 또는, 아니야,
"세뇨라." ……에이! 사랑을 노래하는
즉흥시인처럼 미리 준비 안 하고 10
머리에 떠오르는 대로 그냥 말할 거야.
그녀가 올 시간인데. 그녀 없이는

— 내 생각에 — 기사장이 권태로워 해.
그가 여기 얼마만한 거인으로 세워져 있는지!
저 넓은 어깨 하며! 무슨 헤라클레스 같아.
그런데 고인 자체는 키가 작고 말랐지,
여기서 발끝으로 서도 손으로
자기 코를 만질 수 없을 정도였지.
에스쿠리알 성 밖에서 우리가 만났을 때
그는 내 칼에 맞아 죽었지. 20
마치 침에 꽂힌 잠자리처럼 — 그래도
자존심 강하고 용감했지 — 엄격한 정신을 가졌더랬지.
아, 저기 그녀가 온다.
(돈나 안나가 등장한다.)

돈나 안나 그가 또 여기 있네. 내 사제님,
명상하고 계시는데 방해한 걸
용서해 주세요.

돈 구안 용서를 구해야 하는 사람은 접니다,
세뇨라. 그대가 그대의 슬픔을 마음껏
쏟아 놓는 걸 아마도 제가 방해하니까요.

돈나 안나 아니에요. 사제님. 제 슬픔은 제 안에 있어요.
당신이 계시면 제 기도가 평화로이
하늘로 올라갈 수 있을 거예요 — 제 기도와 30
당신의 목소리가 합해지기를 소청합니다.

돈 구안 제가 그대와 기도하다니요, 돈나 안나!
저는 그런 운명을 가질 만한 가치가 없습니다.
이 죄 많은 입술로 그대의 신성한 기도를

감히 따라하지 않겠습니다.
저는 그저 멀리서 그대를 경배하며
바라보겠습니다. 그대가 조용히 몸을 굽히고
검은 머리채를 창백한 대리석 위해 흩을 때,
제게는 천사가 몰래 이 무덤을
찾아오는 것처럼 여겨집니다. 40
그러면 당혹한 마음에서 저는
기도를 할 수 없습니다. 저는 말없이
경탄하며 생각했지요 — 그의 차가운 대리석이
그녀의 하늘같은 숨결로 데워지고,
그녀의 사랑의 눈물로 적셔지는 그는 행복하도다…….

돈나 안나 어머, 이상한 말씀을 하시네요!

돈 구안 세뇨라?

돈나 안나 전…… 잊으셨군요.

돈 구안 뭘요? 제가 자격이 없는
은둔자라는 거요? 제 죄 많은 목소리가
여기서 이렇게 크게 울려서는 안 된다는 거요?

돈나 안나 전 당신이…… 전 이해하지 못하겠어요……. 50

돈 구안 아, 전 압니다. 그대는 모든 것을 다 알고 계시지요!

돈나 안나 제가 뭘 알죠?

돈 구안 그래요, 전 수도사가 아니에요.
그대의 발아래 용서를 간청합니다.

돈나 안나 오, 하느님! 일어나세요, 일어나세요.
당신은 대체 누구세요?

돈 구안 희망 없는 열정의 불행한 희생물입니다.

돈나 안나 오, 내 하느님! 게다가 여기서 이 무덤 앞에서!
썩 물러가세요.
돈 구안 일 분만, 돈나 안나,
일 분만이라도!
돈나 안나 누군가가 나타난다면! …….
돈 구안 울타리는 잠겼어요. 일 분만!
돈나 안나 자, 뭐죠? 뭘 요구하는 거예요?
돈 구안 죽음이지요. 60
지금 그대의 발아래서 죽게 해 주세요,
제 가련한 유골이 바로 여기에 묻히게 해 주세요.
그대에게 소중한 유골 곁이 아니라,
이 자리가 아니라 — 가까이 말고 — 어디 좀 더 멀리
저기 — 문 부근에 — 바로 문턱에요,
그대가 이리로, 이 거만한 무덤으로
고수머리를 드리우고 울러 오실 때
가벼운 발이나 옷자락으로
제 묘석을 스치도록 말이오.
돈나 안나 당신 제정신이 아니군요.
돈 구안 혹 종말을 원하는 것이, 70
돈나 안나, 미친 증거인가요?
제가 미친 사람이라면 전 살고 싶습니다, 그러면
부드러운 사랑으로 그대의 심장을
건드릴 희망이 있을 테니까요.
제가 미친 사람이라면 그대의 발코니 아래
세레나데를 불러 그대의 잠을 설치게 하며

밤을 보낼 수 있을 테고
몸을 숨기지도 않을 테고, 반대로
어디서나 그대 눈에 띄도록 애쓸 텐데,
제가 미친 사람이라면, 저는 침묵 속에 80
괴로워하지도 않을 겁니다…….

돈나 안나 그래서 당신은
침묵하고 있나요?

돈 구안 우연, 돈나 안나, 우연이
저를 이렇게 만들었습니다. 그렇지 않았다면
그대는 영원히 제 슬픈 비밀을 몰랐을 겁니다.

돈나 안나 한데 당신은 이미 오래전부터 저를 사랑하셨나요?

돈 구안 오래전부터인지 아닌지, 저도 잘 모르겠습니다만,
제가 아는 것은 다만 그때부터 비로소 찰나적 삶의
가치를 알았고, 그때부터 비로소 행복이라는 단어가
무엇을 의미하는지 깨달았다는 겁니다.

돈나 안나 물러가세요. 당신은 위험한 사람이에요. 90

돈 구안 위험하다니! 뭐가요?

돈나 안나 당신 말을 듣기가 두려워요.

돈 구안 말을 않을게요. 그대를 보는 것이 유일한 기쁨인
이 사람을 쫓지만 말아 주세요.
저는 전혀 무슨 딴 무례한 생각을 하지 않아요.
전 아무것도 요구하지 않습니다. 다만 전 그대를
보아야 합니다, 제가 살아 있도록
선고받은 동안은요.

돈나 안나 물러가세요, 여기는 그런 말을,

그런 미친 말을 할 장소가 아닙니다. 내일
제게 오세요. 만약 당신이 제게 지금과
똑같은 존경을 유지하겠다고 맹세하신다면, 100
전 당신을 받아들이겠어요. 하나 저녁, 좀 늦게요.
전 과부가 된 그 순간부터 아무도
만나지 않았어요…….

돈 구안 천사, 돈나 안나!
신이 그대를 위로하시기를, 그대가 오늘
불행한 수난자를 위로하셨듯이.

돈나 안나 이제 정말 물러가세요.

돈 구안 일 분만 더.

돈나 안나 안 돼요, 그럼 제가 가겠어요……. 게다가 기도가
머리에 들어오지 않네요. 당신은 속세의 말로
저를 홀렸어요. 제 귀는 그런 말을 듣던
습관을 끊은 지 정말 오래됐어요. 내일 110
당신을 맞을게요.

돈 구안 아직 난 감히 믿을 수 없소.
내 행복에 감히 몸을 맡길 수 없소…….
내가 내일 그대를 만나다니! 그것도 여기서가 아니고
또 몰래도 아니고!

돈나 안나 그래요, 내일, 내일.
당신 이름이 뭐예요?

돈 구안 디에고 드 칼바도.

돈나 안나 안녕, 돈 디에고.
(퇴장한다.)

돈 구안 레포렐로!

(레포렐로 등장한다.)

레포렐로 뭘 할까요?

돈 구안 사랑하는 레포렐로!

나 행복하다! "내일 — 저녁, 좀 늦게……."

내 레포렐로, 내일 — 준비해…….

나 행복해, 어린애처럼!

레포렐로 돈나 안나와 120

이야기하셨어요? 아마 그녀가 주인님께

한두 마디 다정한 말을 했거나

주인님이 그녀를 축복하셨겠지요.

돈 구안 아니야, 레포렐로, 아니야, 그녀가 밀회를,

밀회 시간을 내게 정해 줬는걸.

레포렐로 설마!

오, 과부들이여, 그대들은 다 그래.

돈 구안 난 행복해!

노래가 나오려 해, 온 세상을 껴안고 싶을 만큼 기뻐.

레포렐로 그런데 기사장은요? 그가 뭐라고 할까요?

돈 구안 넌 그가 질투라도 할 거라고 생각하니?

이제 정말 안 그럴 거야. 그는 현명한 사람이니 130

죽은 후에는 잠잠해졌음에 틀림없어.

레포렐로 아니에요. 그의 석상을 보세요.

돈 구안 도대체 왜?

레포렐로 석상이 주인님을 바라보며

화를 내는 것 같아요.

돈 구안 자, 어서, 레포렐로,

석상을 우리 집으로 초청해라.

아니, 우리 집 말고, 돈나 안나네로, 내일.

레포렐로 석상을 손님으로 청하다니! 뭣 때문에요?

돈 구안 그녀와

이야기하라고 그러는 것은 이제 정말 아니고,

내일 저녁 좀 늦게 돈나 안나에게로 와서

문에서 보초를 서라고 140

청하여라.

레포렐로 농담이 하고 싶으시군요,

그것도 누구와 하려는 건지!

돈 구안 자, 어서.

레포렐로 하지만…….

돈 구안 어서 해.

레포렐로 고명하시고 훌륭하신 석상이시여!

제 주인 돈 구안님이 공손히 청하는

바이니…… 에이, 하느님, 못 하겠어요,

무서워요.

돈 구안 겁쟁이! 가만 안 둔다! …….

레포렐로 허락해 주세요.

제 주인 돈 구안님이 내일 저녁 늦게

당신 부인의 집으로 오셔서

문에 서 계시기를 청합니다…….

(석상은 동의하는 표시로 머리를 끄떡인다.)

아이!

돈 구안 왜 그래?

레포렐로 아이, 아이! …….

아이, 아이…… 나 죽어요!

돈 구안 너 어찌된 거냐? 150

레포렐로 (고개를 끄덕이며) 석상이…… 아이! …….

돈 구안 인사하냐!

레포렐로 아니요,

제가 아니라 석상이!

돈 구안 무슨 바보 같은 소리냐?

레포렐로 직접 와 보세요.

돈 구안 그럼 봐라, 이 게으름뱅이야.

(석상에게) 기사장, 내일 내가

가 있을 자네 과부의 집으로 와서

문에서 보초 서기를 청하네. 어때? 오겠나?

(석상은 다시 고개를 끄덕인다.)

오, 하느님!

레포렐로 어때요? 제가 말했잖아요…….

돈 구안 가자. 157

4장

돈나 안나의 방.
돈 구안과 돈나 안나.

돈나 안나　저는 당신을 맞아들였어요, 돈 디에고. 다만
제 슬픈 이야기가 당신을 지루하게 할까 봐
두렵군요. 가련한 과부인 저는 항상
저의 상실을 기억하지요. 4월처럼
눈물을 미소와 섞으면서요.
왜 침묵하세요?
돈 구안　　　　　　　　말없이 나는
돈나 안나와 둘이만 있다는 생각을
속 깊이 음미하고 있소. 그것도 여기서
— 죽은 행복한 자의 무덤이 있는 그곳이 아니라 —
그리고 대리석의 남편 앞에 이미 무릎 꿇지 않은　10

그대의 모습을 보고 있소.

돈나 안나 돈 디에고,

당신 질투하고 있군요. 제 남편이 무덤 속에서도

당신을 괴롭히나요?

돈 구안 나는 질투하면 안 되오.

그는 그대가 선택한 사람이니 말이오.

돈나 안나 아니, 우리 어머니가

제게 돈 알바르에게 시집가라고 했어요,

우리는 가난했고, 돈 알바르는 부자였거든요.

돈 구안 행복한 사람. 그는 여신의 발아래

공허한 보물들을 가져갔군, 바로 그것으로

그는 천국의 행복을 맛보았다니! 내가 예전에

그대를 알았다면 얼마나 큰 환희로 20

나의 작위며, 부며, 모든 것을 바쳤을까,

모든 것을 단 한 번의 따뜻한 눈길을 위해서.

나는 신성한 그대 의지의 노예가 되었을 것이고

그대의 모든 세세한 요구까지 다 알아내어

먼저 그것들을 해 놓아 그대의 삶이

끊임없는 마술처럼만 되도록 했을 것을.

오호라! 운명은 내게 다른 것을 예정하였으니.

돈나 안나 디에고, 그만하세요. 당신 말을 들으며 저는

죄를 짓고 있어요. 저는 당신을 사랑하면 안 돼요,

과부는 무덤 앞에도 정절을 지켜야지요. 30

돈 알바르가 저를 얼마나 사랑했는지 당신이

아신다면! 오, 돈 알바르는 홀아비가 되었다 해도

정말이지 자기 방에 사랑에 빠진 여인을
들이지 않았을 거예요. 그는 부부의 사랑 앞에
정절을 지켰을 거예요.

돈 구안 돈나 안나, 남편을 영원히
추억하면서 내 마음을 괴롭히지
마시오. 아마도 내가 벌 받을 만하다 해도,
그대는 나를 충분히 벌했소.

돈나 안나 왜 그렇죠?
당신은 아무와도 신성한 약속으로 맺어져 있지
않아요. 안 그래요? 저를 사랑하시면서 40
저와 하늘 앞에서 정당하시지요.

돈 구안 그대 앞에서 정당하다니! 맙소사!

돈나 안나 당신은 제 앞에
죄가 있나요? 대체 뭔지 말해 보세요.

돈 구안 안 되오!
결코 안 되오.

돈나 안나 디에고, 무슨 말이에요?
당신이 제 앞에 정당하지 않나요? 뭔지, 말할 거죠?

돈 구안 안 되오, 무슨 일이 있어도!

돈나 안나 디에고, 이상하네요.
당신에게 청하고 요구해요.

돈 구안 안 되오, 안 되오.

돈나 안나 아! 그래, 당신 제 의지에 잘도 복종하시는군요!
그런데 방금 제게 뭐라고 하셨지요?
당신이 저의 노예가 되겠다고요? 50

저 화내겠어요, 디에고. 대답하세요.
제 앞에 당신은 무슨 죄가 있나요?

돈 구안 엄두가 안 나오.
그대는 나를 증오하게 될 거요.

돈나 안나 아니에요, 아니에요. 저는 미리 당신을 용서해요.
그러나 알고 싶어요…….

돈 구안 끔찍하고
몸서리나는 비밀을 알려고 하지 마오.

돈나 안나 끔찍한 비밀이라니요! 당신은 저를 괴롭히네요.
지독하게 호기심이 나네요. 뭐예요?
당신이 어떻게 저를 모욕할 수 있나요?
전 당신을 몰랐어요. 제게는 적이 없고 60
과거에도 없었지요. 남편의 살인자가
유일한 적이지요.

돈 구안 (혼잣말로) 이제 결말로 가는군!
말해 봐요, 불행한 돈 구안을
그대는 모르시오?

돈나 안나 아니요, 태어난 후 그를
한 번도 본 적이 없어요.

돈 구안 그대는 그에게
적개심을 품고 있소?

돈나 안나 명예의 의무에 따라서지요.
그러나 당신은 제 질문을 피하려고
제 주의를 다른 데로 돌리시는군요, 돈 디에고…….
전 요구해요…….

돈 구안　　　　　　　그대가 돈 구안을 만난다면
　　어쩌겠소?
돈나 안나　　　그러면 전 그 악당의 심장을　　　　　　70
　　단도로 찌를 거예요.
돈 구안　　　　　　　　돈나 안나,
　　그대의 단도가 어디 있소? 내 가슴이 여기 있소.
돈나 안나　　　　　　　　　　　　　　　　디에고!
　　뭐 하는 거예요?
돈 구안　　　　　　　나는 디에고가 아니라 구안이오.
돈나 안나　오, 하느님! 아니, 그럴 리 없어요, 믿지 않아요.
돈 구안　난 돈 구안이요.
돈나 안나　　　　　　　거짓이에요.
돈 구안　　　　　　　　　　　　난 그대의
　　남편을 죽였소. 그리고 그것에 대해
　　애석해하지 않고, 또 후회도 없소.
돈나 안나　내가 무슨 말을 듣는 거지? 아니야, 아니야,
　　　　　　　　　　　　　　　　그럴 리 없어.
돈 구안　난 돈 구안이고 난 그대를 사랑하오.
돈나 안나　(쓰러지며) 난 어디 있지? ……어디야?
　　　　　　　　　　　　　나 어지러워, 어지러워.
돈 구안　　　　　　　　　　　　　　하늘이여!　　80
　　무슨 일이지? 돈나 안나, 웬일이오?
　　일어나요, 일어나, 깨요, 정신 차려요. 그대의 디에고,
　　그대의 노예가 이렇게 발아래 엎드리오.
돈나 안나　　　　　　　　　　　　　저리 가요!

(힘이 빠져) 오, 당신은 제 적, 제게서 모든 걸
다 빼앗아 갔어요, 제가 인생에서……
돈 구안 사랑스러운 것!
내 살인을 모든 것으로 만회할 준비가 되어 있소,
그대의 발아래 명령만 기다리오,
명령만 하오, 죽으리다. 명령만 하오, 그대만을
위해 숨 쉬리다…….
돈나 안나 그래, 바로 돈 구안이군요…….
돈 구안 그가 악당이고 냉혈한이라고들 90
말하는 게 맞지요, 오, 돈나 안나,
소문은 아마도 완전히 옳은 것은 아닐 거요,
지친 양심에 아마 많은 죄가
내리누르고 있을 거요. 그래요, 난 오랫동안
방탕의 충실한 제자였소,
그러나 그대를 보고 난 이후부터
난 완전히 다시 태어난 것 같소.
그대를 사랑하면서 난 선행을 사랑하게 됐소.
그리고 처음으로 선행 앞에 겸허하게
떨리는 무릎을 굽히오. 100
돈나 안나 오, 돈 구안은 말을 잘하지요. 전 알아요,
그렇게 들었어요. 그는 교활한 유혹자예요.
당신은 신을 모르는 방탕자이고
순전히 악마라고들 말해요. 불행한 여자들을
몇이나 파멸시켰나요?
돈 구안 그들 중 한 명도

여태껏 사랑한 적이 없소.

돈나 안나 돈 구안이 처음으로

사랑에 빠졌고 제게서 새로운 희생물을

찾지 않는다는 걸 저더러 믿으라고요!

돈 구안 내가 그대를 속이고 싶었다면,

진실을 고백하고 그대가 차마 110

들을 수 없는 이름을 말했겠소?

여기 어디 사기와 속임수가 있단 말이오?

돈나 안나 누가 당신을 알아보지 않나요? 여기 어떻게

올 수 있었나요? 여기 사람들이 당신을 알아보게 되면,

당신은 죽음을 피할 수 없어요.

돈 구안 죽음이 뭐요? 밀회의 달콤한 순간을 위해서 난

군소리 없이 목숨을 바치겠소.

돈나 안나 한데 어떻게 여기서

빠져나가실 거예요, 조심성 없는 사람 같으니!

돈 구안 (그녀의 손에 키스하며) 그대도 불쌍한 구안의 목숨을

걱정하는군요! 그대의 천상의 영혼 속에 120

증오는 없단 말이군요, 돈나 안나?

돈나 안나 아, 제가 당신을 미워할 수만 있다면!

하지만 이제 헤어질 시간이에요.

돈 구안 언제 다시 만날 수 있소?

돈나 안나 모르겠어요.

언젠가.

돈 구안 내일 어떠오?

돈나 안나 어디서요?

돈 구안 여기요.
돈나 안나 오, 돈 구안, 제 심장이 얼마나 약한지요.
돈 구안 용서의 표시로 고요한 키스를……
돈나 안나 가셔야 돼요, 가세요.
돈 구안 한 번만, 차갑고 고요한……
돈나 안나 당신은 집요하군요! 자, 여기 이렇게.
거기 무슨 노크 소리예요? ……오, 숨어요, 돈 구안. 130
돈 구안 안녕, 내일 만나요, 내 사랑스러운 친구.
(퇴장하다가 다시 달려 들어온다.)
아! ……
돈나 안나 무슨 일이에요? 아! ……
(기사장의 석상이 등장한다.)
(돈나 안나 쓰러진다.)
석상 불러서 왔네.
돈 구안 오, 하느님! 돈나 안나!
석상 그녀를 그냥 두게,
모든 게 끝났어. 자네 떨고 있군, 돈 구안.
돈 구안 내가? 아니, 난 자넬 불렀고, 자넬 보니 기쁘네.
석상 손을 주게.
돈 구안 자, 여기……. 오, 돌로 된
손아귀 힘이 무척도 세군!
놓아 줘, 놓아 줘, 내 손을 놓아……
나는 죽는다 — 끝났어 — 오, 돈나 안나! 139
(땅 밑으로 꺼진다.)

희곡 편

페스트 속의 향연

—윌슨의 비극 『페스트의 도시』 중에서

거리. 차려진 식탁.
향연을 하는 몇 명의 남녀.

젊은이 존경하는 의장님! 저는 우리가
아주 잘 아는 사람을 기억하고 싶습니다.
농담, 우스운 이야기,
날카로운 답변과 그 재미있는 당당함 속에
그렇게도 신랄한 관찰로
식탁의 대화에 생기를 불어 넣어,
지금 우리의 손님인 전염병이
가장 빛나는 정신 위로 보내는 어둠을
쫓아내던 그 사람을 말입니다.
이틀 전만 해도 우리는 함께 웃으며 10
그의 이야기를 칭송했지요. 우리는

우리의 즐거운 향연에서
잭슨을 잊을 수는 없지요! 여기 그의 의자들은
비어 있어요, 마치 유쾌한 사람을
기다리듯이. 그러나 그는 벌써 떠났어요,
차가운 지하의 집으로…….
그 달변의 혀가 아직
관의 재 속에서 멈추지 않았을지 몰라도.
그러나 우리 중에 많은 사람은 살아 있으니
슬퍼할 이유가 없지요. 그러니 20
그를 기억하며 잔을 부딪쳐
즐거운 소리를 내며 그가 살아 있는 것처럼
환호하며 잔을 들기를 제의합니다.

의장 그가 처음으로
우리 모임에서 나갔지요. 말없이 그를
기리어 마십시다.

젊은이 자, 그렇게 합시다!
(다들 말없이 마신다.)

의장 사랑스러운 메리, 그대 목소리는
고향의 노래들을 굉장한 완성미로 부르오.
노래를 불러요, 메리, 우리가 슬프고 우울하니
노래를 듣고 나서 무슨 환영을 보고
지상과 멀어진 사람처럼 30
더 미치도록 즐거워질 수 있도록.

메리 (노래한다.)
우리 나라가 세상에서

번성하던 때가 있었다오.
주일엔 신성한 교회가
가득 차곤 했고
우리 아이들의 목소리가
떠들썩한 학교에서 울렸지.
밝은 들판에선
호미가 빛났고 낫이 날랬지.

지금은 교회가 텅 비었고 40
학교는 적막하게 닫혀 있네.
들판의 곡식은 공연히 너무 영글었고
울창한 숲도 텅 비었네.
마을과 타 버린 집들이
서 있을 뿐…….
모든 것이 고요한데, 묘지만이
북적거리고 시끄럽네.

끊임없이 죽은 자들을 날라 오고
산 사람들은 탄식하며
겁에 질려 신에게 50
그들의 영혼을 달래 주길 청하네!
계속 장소가 필요하고
무덤들은 그들대로
놀란 짐승 무리처럼
빽빽하게 줄지어 비좁게 놓여 있네.

만일 때 이른 무덤이
나의 봄날에 예정되었다면
내가 이토록 사랑하는 그대,
그대의 사랑은 나의 기쁨이었건만,
그대, 애원하니, 그대의 제니의 60
시체 가까이로 오지 마요.
죽은 입술을 건드리지 말고
멀리서 그녀 뒤를 따라요.

그리고 마을을 떠나세요.
어디로든 떠나세요,
그대가 영혼의 고통을 달래고
쉴 수 있는 곳으로.
전염병이 지나가면
제 불쌍한 유해로 찾아와 줘요.
제니는 하늘에서도 70
에드먼드를 떠나지 않을 거예요!

의장 우리 모두 감사하오. 생각에 잠긴 메리의
슬픈 노래에 대해 감사하오!
예전에도 페스트가 마찬가지로 그대들의
언덕과 계곡을 찾아왔고
그대들 고향 땅의 진짜 천국을 따라
지금은 즐겁고 평화롭게 흐르는
강과 시냇가마다

비통한 탄식 소리가 울렸군요.
그렇게도 용감하고 선량하고 아름다운 희생자들이 80
많이 쓰러진 그 암흑의 해는
자신에 대한 기억을 그 어느 소박한,
슬프고도 듣기 좋은 목가에
겨우 남겼소……. 결코! 그 무엇도
애타는 가슴으로 반복하는 소리만큼
즐거움 가운데 우리를 슬프게 하지 못하오!

메리 오, 제가 부모님의 작은 집 밖에서
노래를 부르지 않았더라면!
부모님은 메리의 노래를 듣기 좋아했지요.
전 지금 부모님 댁 문턱에서 90
노래하는 제 목소리를 듣는 것 같아요.
제 목소리는 그때 더 달콤했지요. 목소리는
순진무구했어요…….

루이자 지금 그런 노래는
유행이 아니야! 그런데도 여전히
소박한 사람들이 있으니. 여자의 눈물에
기쁘게 마음이 녹고 눈멀어 그들의 말을 믿지요.
그녀는 자기의 눈물 어린 시선을 거부하지
못한다고 확신하나 봐요. 그녀가 자기의
웃음에 대해서도 그렇게 생각한다면
필시 내내 웃기만 할걸요. 월싱엄은 100
징징대는 북쪽 미인들을 칭송했어요.
그녀는 충분히 징징댔어요. 나는

스코틀랜드 여자들의 노란 머리칼이 미워요.

의장 들어 봐, 바퀴 소리가 들린다!

(시체를 가득 실은 마차가 지나간다. 흑인이 고삐를 쥐고 있다.)

아, 루이자가 어지러워하오. 말투로 보아 그녀 안에
남자의 심장이 있다고 생각했는데. 하나 그렇군요.
무자비한 사람이 부드러운 사람보다 약하군요.
열정으로 고통 받는 영혼 속에 공포가 살았군요!
메리, 그녀의 얼굴에 물을 끼얹어요. 나아질 테니.

메리 내 슬픔과 치욕의 자매여, 110
내 가슴에 기대 누워요.

루이자 (정신이 돌아오며) 무서운 악마가
꿈에 나타났어요. 온통 검은 색인데 눈만 하얀…….
그는 나를 자기 수레로 불렀어요. 그 안에는
죽은 사람들이 누워 있었는데,
알 수 없는 무시무시한 말을 중얼거렸지요…….
말해 줘요, 이게 꿈이었지요?
아니면 수레가 지나갔나요?

젊은이 자, 루이자,
기분 좀 풀어요. 우리의 거리 전체가
죽음의 말없는 피난처이고
아무도 방해할 수 없는 향연의 집이라 해도, 120
알지요? 이 검은 수레는 어디로나
지나갈 권리가 있다는 것을.
우리는 마차를 지나가게 해야 해요!

내 말 들어 봐요, 월싱엄, 말다툼과
여자들의 기절 소동을 말끔하게 지울
자유롭고 생생한 노래를 우리에게 불러 줘요.
스코틀랜드의 우울한 영혼이 깃든 노래 말고
끓어오르는 술잔을 위해 태어난
바쿠스를 찬미하는 힘찬 노래를 말이오.

의장 그런 노래는 난 몰라요, 그러나 그대들에게 130
페스트를 기리는 찬가를 부르겠소. 나는 이것을
지난밤 우리가 헤어지자마자 썼소.
내게 난생처음으로
시를 쓰고 싶은 마음이 생겼더랬소! 자, 들어 주오.
내 쉰 목소리가 노래에 썩 어울린다오.

여러 사람들 페스트에 대한 찬가라니! 들어 봅시다!
페스트에 대한 찬가! 멋져! 브라보! 브라보!

의장 (노래한다.) 모진 겨울이 기운찬
장수처럼 손수
우리에게 얼음과 눈, 140
그 털북숭이 부하들을 몰고 오면,
그에 맞서 벽난로는 불타고
향연의 겨울 열기는 즐거워라.

무서운 여황제 페스트가
지금 손수 우리에게 오셔서
풍성한 수확을 즐기시니
우리의 창을 낮이나 밤이나

무덤의 삽으로 두드리시니…….
우린 어쩌지? 무슨 수가 없을까?

겨울, 그 장난스러운 여자를 멀리하듯이 150
페스트에게서 우리를 지키자!
불을 지피고 술잔을 부어
즐겁게 영혼을 데우고
향연과 무도회를 준비하여
페스트의 지배를 찬미하자.

투쟁 속에
암흑의 심연의 경계에
분노한 대양,
그 무서운 파도와 폭풍의 암흑 속에
아라비아의 돌풍 속에 160
휘몰아 오는 페스트 속에 기쁨이 있는 것.

파멸을 위협하는 모든 것이, 모든 것이
그 속에 필사의 존재인 인간의 심장에게
형언할 수 없는 즐거움을 감추고 있네.
그건 아마도 불멸의 저당물인가 봐!
불안 가운데 그 즐거움을
찾아서 알아낸 자는 복되도다.

그러니, 페스트여, 그대를 찬미하노라,

우리에겐 무덤의 암흑이 무섭지 않다,
너의 초대에도 끄떡없다! 170
우리는 우정 어린 술잔에 거품을 올려
처녀-장미의 숨결을 마신다,
아마도 페스트로 가득 찬!
(늙은 사제가 들어온다.)

사제 신성 모독의 향연, 정신 나간 신성 모독자들!
그대들은 타락의 잔치와 노래로
죽음이 사방에 펼쳐 놓은
암흑의 고요를 욕하고 있소!
공동묘지에서, 슬픈 장례식의 공포 가운데
창백한 얼굴들 가운데 나 기도하오.
그대들의 가증스러운 광희는 180
무덤의 고요를 방해하고
죽은 시체 위의 흙을 흔드오!
노인들과 여자들의 기도가
공동의 죽음의 구덩이를 비추지 않는다면
지금 악마들이 신을 모르는 자의
파멸한 영혼을 찢어 암흑의 어둠 속으로
웃으면서 끌고 간다고 생각할 지경이오.

몇몇 목소리 훌륭하게 지옥에 대해 묘사하는군!
자, 노인장, 제 갈 길을 가시오!

사제 우리를 위하여 십자가에 못 박히신 190
구세주의 신성한 피로써 나 그대들을 저주하오.
그대들이 사랑한 잃어버린 사람들을

하늘에서 만나고 싶으면
이 흉측한 향연을 중지하시오…….
각자 집으로 돌아가시오!

의장 우리 집들은
비참하오. ……젊음은 기쁨을 사랑하지요.

사제 월싱엄, 그게 바로 그대였소? 그대가 바로
세 주 전에 무릎을 꿇고 흐느끼며
어머니의 시체를 껴안고 통곡하며
그녀의 무덤 위에 쓰러지던 그 사람이오? 200
그녀가 잔치하는 아들, 타락의 향연을 보고
신성한 기도와 무거운 한숨 소리 가운데
광란의 노래를 부르는
그대의 목소리를 듣고
지금 울지 않는다고, 하늘나라에서
슬피 울지 않을 거라 혹 생각하오?
어서 나를 따르시오!

의장 무엇 때문에 나를
괴롭히러 왔소? 나는 그대를 따를 수도 없고
따라서도 안 되오. 절망과 무서운 기억과
나의 불법에 대한 인식과 210
내가 집에서 마주칠
죽음의 공허에 대한 공포로 인하여
또 이 광란의 기쁨의 새로움으로 인하여
이 잔의 복된 독 때문에
그리고 죽은 사람의, 그러나 사랑하는 사람의

애무 때문에(하느님, 용서하소서.)
여기에 머물러 있는 거요.
나를 부르는 건 어머니의 망령이 아니오,
여기로부터 — 이미 늦었소만 — 나를 부르는
그대의 목소리 들려요. 나를 구원하려는 그대의 220
노력을 알아요……. 노인장! 평화가 함께하기를,
그러나 그대를 따르는 자는 저주받으리니!

여러 사람들 브라보, 브라보! 의장 자격이 있어!
자, 설교를 들으셨으니 가시오! 가!

사제 마틸다의 순수한 영혼이 자네를 부르네!

의장 (일어나서) 하늘을 향해 시들고 창백한 손을 들어
나에게 맹세해요,
무덤 속에서 영원히 침묵한 이름을 내버려 두겠다고.
오, 그녀의 불멸의 눈으로부터
이 광경을 감출 수 있다면!
언젠가 그녀는 나를 순수하고 자존심 강하고 230
자유로운 사람으로 여겼지요.
내 품에서 천국을 맛보았지요.
내가 어디 있지? 세상의 신성한 아이! 그곳에 있는
그대를 보오, 내 파멸한 영혼이
이미 닿을 수 없는 곳에 있는 그대를.

여자 목소리 그는 미쳤어요.
파문은 아내에 대해 헛소리를 하네요!

사제 갑시다, 갑시다…….

의장 아버지, 제발

저를 내버려 두세요!

사제 신의 구원이 있기를!

안녕, 아들아. 239

(나간다. 향연은 계속된다. 의장은 깊은 생각에 잠겨 남아 있다.)

서사시 편

가브릴리아다

진정으로 내게 소중한 일은
젊은 유대 처녀의 영혼을 구원하는 것이오.
내 매혹적인 천사여, 내게로 오오!
와서 평화로운 축복을 받으오, 나는
지상의 미인을 구원하고 싶소!
사랑스러운 두 입술의 미소에 만족하여
천상의 황제와 주 예수께 바치려
나 경건한 리라를 타며 노래하오.
성가의 가락 온유하게 울려, 아마,
끝내는 그녀를 사로잡게 되리라. 10
성령이 그녀 가슴에 내리게 되리라.
성령이 모든 생각과 감정을 사로잡게 되리라.

열여섯 살, 순결한 온유함,

짙은 눈썹, 옷깃 아래 움직이는, 아이!
두 봉우리 팽팽한 처녀의 가슴,
사랑의 발, 진주알 같은 가지런한 이……
그런데 처녀여, 왜 그대는 방그레
미소 짓고 부끄러이 홍조를 띠오그래?
아니오, 사랑스러운 처녀여, 그대는 정말 잘못짚었소,
난 그대가 아니라 마리아를 묘사한 거였소. 20

예루살렘에서 멀리 떨어진 깊은 들판에
오락이나 젊은 유혹자들(악마가 파멸의 도구로
간수하고 있는 이들이오.)과는 멀리 떨어진 곳에
아직 누구의 눈에도 띄지 않은 미인이
소박하고 평온하게 살아가고 있었소.
그녀의 남편은 존경할 만한 사람이자
머리 센 노인으로, 서투른 목공이자 목수이나
마을에서는 유일한 노동자라 할 수 있었소.
그래, 밤이나 낮이나 일이 많아서
대패나 말 잘 듣는 톱이나 30
망치를 손에 들고 일만 하면서
숨은 꽃이 지닌 매혹덩어리들을 별로
쳐다보지 않았다오. 그 꽃에겐 운명에 의해
다른 영예가 정해져 있었소.
줄기에서 꽃이 필 엄두도 못 낸 것은 바로
게으른 남편이 자신의 낡은 물뿌리개로
아침 녘에 물을 주지 않았던 때문이라오.

그는 순결한 유태 처녀와 마치 부녀간처럼 살았다오,
그녀를 먹여 살렸을 뿐 그 이상 아무것도 안 했다오.

그러나 공정한 하늘에선 그때 40
지고의 신이 자기 종의 예쁘고
날씬한 몸매와 처녀다운 품에
다정한 시선을 기울이고
타오르는 열정을 느끼면서
그 깊은 지혜로 보물 같은 과수원, 오,
이 잊힌 외로운 과수원을 축복하기로 하였다오,
비밀스러운 보상들을 후하게 내려서.

이미 들판은 밤의 정적에 휩싸이고
마리아는 제 방에서 달콤하게 잠잔다.
지고의 신이 말씀하시니 마리아의 꿈속에 50
갑자기 그녀 앞에 하늘 끝이 열리고
하늘의 아득한 심연 속에
광채와 눈부신 영광 속에
셀 수 없이 많은 보통천사들이 웅성거리고 들끓고
여섯 날개 천사들도 수많이 날아다니고
지품천사들은 하프를 매만지고
대천사들은 청람빛 날개로써
머리를 가리고 말없이 앉아 있고
그들 앞에 오색영롱한 구름에 휩싸여서
개벽 이전 그대로의 신의 옥좌가 놓여 있다. 60

갑자기 눈앞에 밝게 빛나며 신께서 나타났다…….
모두 엎드렸다……. 하프 소리도 멈추었다.
마리아는 머리를 숙이고 숨도 못 쉬고
나뭇잎처럼 떨면서 신의 목소리를 들었고.
"지상의 사랑스러운 딸들 중에서 가장 아름다운 여인이여,
이스라엘의 젊은 희망이여!
사랑으로 불타 너를 부르노라,
내 영광의 동참자가 되어라.
미지의 운명을 맞이할 준비를 하여라.
신랑은 오리라, 자신의 종에게로 오리라." 70

다시 신의 옥좌는 구름으로 휩싸였다.
날개 달린 정령들의 군단은 활기를 띠었고
천상의 하프 소리가 울렸다…….
입을 벌리고 살며시 가슴에 두 손을 모으고
마리아는 하늘을 대하고 서 있다.
그런데 무엇이 그토록 그녀의 주의 깊은 시선을
설레게 하여 끄는 것일까?
궁정의 젊은이들 중에서 그녀의 푸른 눈을
떼지 못하게 하는 이 사람은 도대체 누구일까?
깃털 달린 투구, 화려한 의관, 80
빛나는 날개와 금빛 고수머리,
훤칠한 몸매와 애타 하며 부끄러워하는 시선 — 모든 것이
말없이 서 있는 마리아의 마음에 들었다.
그만이 눈에 들었고, 그만이 가슴에 사랑스러웠다.

자랑스러워하라, 자랑스러워하라, 천사 가브리엘이여!
모든 것이 사라졌다, 마술의 불빛 속에 나타난
영상들이 어린애들의 불평에도 아랑곳없이
장막 위에서 사라져 버리듯이.
미인은 아침노을이 붉을 때 깨어났으나
게으름 피우며 지친 듯 침대 위에 나른하게 누워 있었다. 90
그러나 경이로운 꿈, 사랑스러운 가브리엘은
그녀의 기억에서 떠나지 않았다.
천상의 황제를 사랑하고자 했고
그의 말이 그녀 마음에 들었고
그 앞에서 경건하게 기도했지만
가브리엘이 그녀에게 더 사랑스러웠으니…….
그렇게 장군의 부인이 가끔
탱탱한 근육이 드러나는 부관에게 끌리는 법. 음,
어쩌란 말인가? 운명이 그리 명하노니.
이 점에는 무식자도 현학자도 동의한다. 100

사랑의 야릇함에 대해 좀 이야기해 보겠소.
(나는 다른 이야기는 모른다오.)
불타는 시선을 받아 우리
피가 끓는 것을 느낄 때
그 믿지 못할 희망의 애처로움이
우리를 둘러싸고 영혼을 짓누를 때
또 어디서나 우리를 뒤쫓고 괴롭히는
생각과 고통의 대상이 바로 그 하나뿐일 때,

맞지요? 젊은 또래들 사이에서 우리는
친구를 찾아내지요. 그와 함께 우리는 110
고통스러운 열정의 비밀스러운 목소리를
열광적인 표현으로 번역하지요.
우리가 천상의 기쁨의 날아갈 듯한 순간을
잠깐 움켜쥐었을 때도
쾌락의 침대에서 환희를 나누려고
부끄러워하는 아름다운 연인을 눕힐 때도
또 우리가 사랑의 고통을 잊고
더 이상 욕망에 불타지 않을 때도
생생한 회상을 위하여 우리는
친구와 이야기하기를 좋아하지요. 120

그리고 신이여, 당신은 그녀의 설렘을 아셨소.
그리고 당신도, 오, 신이여, 우리처럼 불탔소.
창조주에게는 모든 창조가 지겨워졌고
천상의 기도도 지겨워졌던 것이라오.
그는 사랑의 찬가를 지어
큰 소리로 노래했다오. "마리아를 사랑하네, 사랑하네,
나 우울 속에 불멸의 삶 질질 끌고 간다네.
날개는 어디에 있나, 마리아에게 날아가
아름다운 그녀의 가슴 위에서 잠들리라!"
등등…… 생각나는 모든 것을 다 노래했다오. 130
참, 창조주는 동방의 현란한 표현을 즐겨 썼다오.
그러고 나서 총신 가브리엘을 부르고

자신의 사랑을 산문으로 설명했다오.
그들의 대화를 교회는 우리에게 감추었고
복음주의자들은 오류를 범했어도
아르메니아의 전설은 말한다오,
천상의 황제가 대천사 가브리엘의
지혜와 재능을 알아보시고
칭찬을 아끼지 않고 사자로 뽑아
저녁 좀 늦게 마리아에게 보냈다고. 140
그런데 대천사는 다른 영예를 원했다오.
사신으로서 운이 좋은 적도 많았다오.
쪽지와 소식을 전해 주는 것도
이로운 일이기는 했지만 자기애가 강한
명예의 아들인 그는 자신의 속마음을 감추고
마지못해 천상의 황제의 충실한 종복이,
지상에서는 뚜쟁이라 불리는 종복이 되었던 것이니.

그러나 숙적 사탄은 자고 있지 않았다오.
사탄은 온 세상을 떠돌아다니며
신이 유대 처녀에게 눈독을 들이고 있으며 150
그 미인이 우리 인간을 지옥의 영원한 고통에서
구원하게 된다는 말을 들었다오.
교활한 사탄은 크게 마음이 상해서
서둘러 일을 꾸몄다오. 그러는 동안 천상의 황제는
온 세상을 잊고 아무것도 다스리지 않으며
하늘에서 달콤한 우울 속에 빠져 있었다오,

물론 그 없이도 모든 게 잘 돌아갔소.

도대체 마리아는 뭘 하고 있냐고?
그녀, 요셉의 슬픈 아내는 어디 있냐고?
정원에서 슬픈 상념으로 가득 차서 160
죄악을 짓지 않은 채 한가한 시간을 보내면서
다시 매혹적인 꿈이 나타나기를 기다리고 있다오.
그녀의 마음에서 사랑스러운 모습이 떠나지를 않고
우울한 마음은 대천사에게로 날아간다오.
종려나무 그늘 아래, 시냇물의 속삭임을 들으며
나의 아름다운 여인은 생각에 잠겼다오.
꽃들의 향기도 달갑지 않고
맑은 물의 졸졸거림도 즐겁지 않았다오…….
그런데 갑자기 멋진 뱀이
현란한 비늘을 번쩍이며 170
그녀 위 나뭇가지들 속에서 흔들거리며
그녀에게 말하오. "하늘이 사랑하는 여인이여!
도망가지 마오, 나는 그대의 공손한 포로요……."
이런 일이 있을 수가? 오, 기적 중에서도 기적이로다!
누가 순진한 마리아에게 그렇게 말했을까? 오,
그게 누구였을까? 오호라, 물론, 악마였다오.

뱀의 형형색색 아름다운 자태,
상냥한 인사, 교활한 두 눈의 화염에
마리아는 첫눈에 반했다오.

젊은 심장의 공허를 달래려고 180
사탄에게 평온하고 부드러운 시선을 던지고
그와 함께 위험한 대화를 나눴다오.

"너는 누구냐, 뱀아? 네 애교스러운 가락을 보니,
미태나 번쩍임이나 눈을 보니 네가
바로 우리 이브를 금단의 나무로 유혹해서
불행한 여자를 죄 짓게 한 자라는 걸 알겠구나.
너는 경험 없는 처녀를,
그녀와 함께 우리 아담의 모든 종족을,
우리를 파멸시켰어.
우리는 불행의 심연에 어쩔 수 없이 빠지게 되었어. 190
부끄럽지도 않니?"

"사제들이 그대를 속인 거요,
그리고 나는 이브를 파멸시킨 것이 아니라 구원한 것이오."
"구원했다고! 누구로부터?"

"신으로부터"

. "위험한 적 같으니!"
"그는 사랑에 빠졌더랬소……."

"조심해, 그런 말을 하다니!"
"이브를 향해 불탔더랬소."

"닥쳐!"

"열정적인 사랑 때문에
그녀는 무서운 위험에 처해 있었소. 그래서 내가……."
"뱀아, 거짓말 마!"

"신에게 맹세하오."

"맹세하지 마."

"하나 좀 들어봐……"

―마리아는 속으로 생각했다―

'정원에서 단둘이만 있으면서 비밀스레 저따위
뱀의 중상모략을 듣는 것은 좋지 않아, 200
그런데 사탄의 말을 믿을 수 있을까?
하늘의 황제는 나를 보호하고 사랑하시니,
은총도 높으시니 아마도 자기의 종을 뭐,
파멸시키진 않겠지. 뭐 때문에? 이야기 좀 했다고?
게다가 나를 모욕하게 놔두지 않겠지, 뭐,
게다가 뱀도 보기에는 상당히 점잖아 보이고.
이게 무슨 죄악이야? 죄악이 어디 있어? 엉터리 헛소리야!'
이런 생각을 하며 마리아는 한참이나
사랑과 가브리엘을 잊고 귀를 기울였다.
교활한 악마는 뻰뻰스럽게도 210
쩔렁이는 꼬리를 펴고, 목을 활처럼 구부리고
가지에서 미끄러져 내려와, 그녀 앞으로 떨어져서
욕망의 불을 그녀의 가슴에 불러일으키면서
말한다.

"내 이야기는 모세가 하는
이야기와 똑같지 않아. 그는
지어낸 이야기로 유태인들을 사로잡으려고
점잔 빼며 거짓말을 했고 사람들이 그 말을 믿은 거야.
신은 그의 말과 그의 복종하는 지혜에 대해 보상했고

모세는 유명한 사람이 되었지,
그러나 난 믿지 않아, 난 궁정 역사가가 아니야, 220
난 예언자라는 잘난 칭호가 필요 없어!

그들, 다른 미인들은
그대 두 눈의 불을 부러워하겠지.
오, 소박한 마리아여, 그대는
아담의 자식들을 놀래려고
그들의 가벼운 심장을 정복하려고
미소로서 그들에게 행복을 선사하려고
두세 마디 말로 그들을 홀리려고
마음 내키는 대로 사랑하든지 말든지 하려고……
태어난 거야. 이것이 그대의 운명이지. 230
그대처럼 젊은 이브도 그녀의 정원에서 소박하고 현명하고
사랑스러웠어. 하나 사랑을 모르고 우울 속에 꽃폈지.
남편과 아내는 에덴의 밝은 강변에서
항상 둘이서 눈을 마주하고
평화로이 죄 없는 생애를 보내고 있었지.
그들의 단조로운 일상은 지루했지.
숲 그늘도 젊음도 한가함도
아무것도 그들 안에 사랑을 불러일으키지 못했지.
손에 손을 잡고 산책하고 마시고 먹고
낮에는 하품하고 밤에는 정열의 유희도 240
생생한 기쁨도 없이 살았지…….
할 말이 없지, 뭐. 불의의 독재자,

음울하고 질투심 많은 유대의 신이
아담의 여자를 사랑하사
자기를 위하여 고스란히 지킨 것이니…….
그런 명예에 무슨 기쁨이 있겠어!
하늘에 있는 것은 감옥에 있는 것과 같아.
그의 발밑에서 기도하고 또 기도하고
그를 칭송하고 그의 아름다움에 감탄하고 해야지.
감히 다른 사람을 몰래 쳐다봐도 안 되고 250
대천사와 살짝 말을 나눠도 안 되지.

이런 게 바로 신이 결국 자신의 여자로
데려갈 여인의 운명이지.
그리고 그다음엔 어떻게 되느냐? 흥,
권태와 고통의 대가로 주어지는 것은
시시한 사제들의 목쉰 찬송 소리, 촛불,
노파들의 지겨운 기도 소리, 피어오르는 향,
어떤 성상 화가가 그린 보석 박힌 성상화,
기쁘기도 하겠다! 우웩! 얼마나 부러운 운명이야!

나는 매혹적인 이브가 불쌍하게 느껴졌지. 260
그래, 창조주의 뜻을 거슬러 청년과 처녀의
꿈을 깨기로 마음먹은 거야.
어떻게 모든 일이 일어났는지 들었지?
신비의 나무에 매달려 있는 사과 두 알
(행복의 표시, 사랑을 부르는 상징)이

그녀에게 어렴풋한 생각을 열어 주었지,
어렴풋한 욕망이 깨어났지.
그녀는 자신의 아름다움,
감정의 부드러움, 심장의 설렘,
그리고 젊은 알몸의 남편을 의식하게 된 거야! 270
나는 그들을 보았어! 내 전공인 사랑의
몹시 아름다운 시작을 난 보았어.
깊은 숲 속으로 나의 한 쌍은 떠나갔지…….
그곳에서 그들의 시선과 손들이 서두르며 더듬거렸고
젊은 아내의 사랑스러운 두 다리 사이에서 몹시
긴장하여 아담은 서투르지만 말없이
환희의 감동을 찾으면서 끝도 없이
꺼질 줄 모르는 열기로 가득 차서
기쁨의 원천을 찾아갔고 곧바로
열기로 들끓는 영혼으로 그 안에 빠져 버렸어. 280
이브도 신의 분노를 두려워하지 않고
온몸이 불타면서 머리카락을 뒤로 젖히고
입술만 겨우 달싹 움직이면서 바로
아담을 포옹하며 답하고 난 후엔,
야자수 그늘 아래 사랑의 눈물을 흘리면서
정신을 잃고 누워 있었지. 젊은 대지는
사랑하는 사람들을 꽃들로 덮어 주었어.

행복한 날! 성혼한 남편은 내리
아침부터 깊은 밤까지 아내를 애무했고

깜깜한 밤에도 거의 눈을 붙이지 않았지. 290
그늘의 한가한 시간은 얼마나 아름답게 채색되었는지!
그대는 알지, 신이 그 기쁨을 중단시키고 내 한 쌍을
천국에서 영원히 추방한 걸.
그는 그들을 사랑하는 곳에서 쫓아 버린 거야,
아무 일 않고 그렇게 오래 살았던, 아,
게으른 고요의 품에서
죄 없는 나날들을 보낸 곳으로부터.
그러나 난 그들에게 달콤한 정열의 비밀, 또
청춘의 즐거운 권리들,
감정의 고통, 환희, 행복의 눈물, 300
키스, 그리고 사랑스러운 말들을 알려 주었지.
말해 봐요, 이제, 내가 배반자인가?
아담이 나 때문에 불행한가? 천만에, 난
그렇게 생각하지 않아! 내가 아는 건 다만
나와 이브가 친구로 남았다는 거야."

악마가 말을 그쳤다. 마리아는 가만히
교활한 사탄의 말을 죄다 들었다.
그녀는 속으로 생각했다. '아마, 악마가 옳을 거야. 그렇지!
사람들이 말했어, 명예로도 영광으로도
황금으로도 행복을 살 수 없다고, 310
또 사랑해야 한다고들 했어…….
사랑이라! 하나 어떻게, 뭣 때문에, 그게 뭘까?
그러는 사이 사탄이 이야기한 모든 것이

그녀의 젊은 주의력을 사로잡았다, 이들
여러 사건들, 신기한 동기들, 대담한 표현들,
분방한 장면 묘사들…… 이 모든 것이……
(우리 모두는 항상 새로운 것을 좋아하는 법이지.)
위험한 생각의 어렴풋하던 원칙이
시간이 갈수록 그녀에게 분명하게 되었다.
그런데 갑자기 뱀이 없었던 것처럼 사라졌고 320
그녀 앞에 다른 현상이 나타났다.
마리아는 자신의 발아래 아름다운 청년을
보았다. 그는 아무 말 없이 그녀를
눈에 이상한 광채를 띠며 응시하고
아름다운 말로써 무엇인가를 청한다.
한 손으로는 그녀에게 꽃을 바치며
다른 손으로는 소박한 옷을 구기며
서둘러 옷 주름 밑으로 기어든다. 가벼운 손가락들
장난스레 사랑스러운 비밀의 장소들까지 건드리고…….
모든 것이 마리아에게는 경이로웠고 330
모든 것이 그녀에게는 새로웠으며 기묘했다.

어느새 부끄러움을 모르는 붉은 기가
처녀의 두 뺨에 떠돌고
애타는 열기와 초조한 숨으로
처녀의 젊은 젖가슴이 부풀어 올랐다.
말 잃은 그녀가 갑자기 힘이 빠져서
겨우 숨을 쉬면서 애타는 두 눈을 감고

악마의 가슴에 머리를 기대고서
아! 소리 지르며 풀밭에 쓰러졌다.

오, 내 희망과 욕망의 첫 번째 꿈을 340
바친 내 사랑스러운 벗이여,
나를 사랑했던 아름다운 여인이여,
내 회상과 내 젊은 날의 죄와 장난들을,
또 나 그대의 가족에게 둘러싸인 채
귀찮고 엄격한 어머니와 함께 있었을 때
비밀스러운 동요로 그대를 괴롭히고
순결한 그대의 아름다운 육체를 일깨운
그 저녁들을, 그대, 용서해 주겠소?
나 말 잘 듣는 그녀에게
슬픈 이별을 속이는 법을 가르쳤고 350
침묵의 시간들을, 잠 못 이루는 처녀의
고통을 위로하는 법을 가르쳤지.
그러나 그대의 청춘은 가 버렸고
가련한 두 입술의 미소도 날아갔다.
그대의 꽃피던 아름다움도 죽었구려…….
나를 용서해 주겠소, 오, 사랑하는 여인이여?

죄악의 아버지, 마리아의 교활한 적이여,
너는 여기서도 그녀 앞에 죄가 있구나.
그녀의 타락이 네겐 즐거움이었다.
그래서 넌 죄스러운 장난을 행하여 360

지고의 신의 아내를 일깨웠고
뻔뻔스러움으로 순결한 여자를 놀랜 거고.
자랑스러워하라, 자랑스러워하라, 네 저주받을 영광을!
서둘러 잡아라……. 그러나 때가 가깝다, 때가 가깝다!
이제 날이 저물어 가고 석양빛도 꺼졌다.
모든 것이 고요하다. 갑자기 지친 처녀 위를
날개 달린 대천사가 날개를 푸드득거리며 빙빙 돈다.
사랑의 사도, 하늘의 빛나는 아들 가브리엘이다.

가브리엘을 보고 놀라서
아름다운 여인은 얼굴을 가렸다. 370
그 앞에 기분이 상한 악마가 서서
당황하여 말하길 "자존심 높은 행운아여,
누가 그대를 불렀나? 그대는 어찌하여
하늘 궁정, 높은 천공을 떠났나?
왜 침묵의 위안을, 감각에 젖은
한 쌍의 일을 방해하는 거냐?"
그러나 가브리엘은 질투로 찌푸려진 시선으로
뻔뻔스럽고 장난스러운 질문에 답하여 말하길
"천상의 아름다움의 어리석은 적아,
사악한 건달, 가망 없는 추방자, 380

마리아의 사랑스러운 육체를 유혹한 주제에
감히 내게 질문을 던지다니!
당장 꺼져라, 수치를 모르는 놈, 반란하는 노예야,

그렇지 않으면 널 벌벌 떨게 해 주마!"
"난 너희들 궁정이나 드나드는 나부랭이,
지체 높은 자의 온순한 추종자들,
하늘의 황제의 뚜쟁이들 때문에 떨어 본 적 없다!"
저주받을 자는 분노에 불타서,
이마에 갈지자를 긋고서,
째려보며 입술을 깨물면서 말했다. 390
비명 소리가 울리더니, 가브리엘이 비틀거리며
왼쪽 무릎을 꿇었지만 갑자기 일어나
새로운 열기로 가득 차
악마에게 예기치 않은 일격을 가하고
관자놀이를 움켜쥐었다. 악마는 신음하며 창백해졌다.
그러더니 둘은 서로를 부둥켜안고 공격하였다.
가브리엘도, 사탄도 이기지 못한 채
서로 엉켜서 빙빙 돌며 들판으로 갔다,
상대의 가슴에 턱을 들이대고
다리와 팔이 서로 엉긴 채 400
힘으로나 기교의 교활함으로
서로를 자기에게 끌어당기려 하면서.

우리도 그랬지? 그대들 그 풀밭을
기억하겠지, 친구들이여, 봄이 되면
교실을 빠져나와 바깥에서 놀면서
용감한 싸움으로 마음을 풀던 것을.
욕설도 말도 다 잊은 채 지치도록

그렇게 천사들도 서로 싸운다오.
지하의 황제, 어깨가 넓은 난폭자가
민첩한 적을 맞아 헛되이 끙끙거리다가 410
마침내 단번에 끝을 보고자
대천사의 깃털 달린 투구,
금강석으로 장식된 황금 투구를 내리치고 다짜고짜
적의 부드러운 머리칼을 움켜쥐고
힘센 손으로 축축한 땅 위로
가브리엘을 뒤에서 사정없이 내리누른다.
마리아는 대천사의 젊은 육체를 보고
말없이 그의 편을 들며 떨고 있다.
이미 악마가 이겼고, 지옥이 승리의 환호로 춤춘다…….
그러나 다행히도, 재빠른 가브리엘이 악마의 그 420
치명적인 부위를(거의 모든 싸움에서 그
전혀 필요 없는 부위를) 공격했다,
악마가 바로 그것으로 죄를 짓는 그 거드름스러운 부분을.
악마는 쓰러져 봐달라고 애걸하다
깜깜한 지옥으로 겨우 돌아갔다.

이 경이로운 싸움, 이 무시무시한 소동을
미인은 바라보았다, 숨도 못 쉰 채.
하나 자신의 영웅적 행위를
완수한 대천사가 상냥하게 그녀에게 향했을 때
그녀의 얼굴에는 사랑의 불이 넘쳐흘렀고 430
마음은 부드러움으로 가득 찼다.

아, 유대 여자는 얼마나 아름다웠는고! …….

사신은 얼굴을 붉히며 색다른 감정을
신성한 말로써 다음과 같이 표현했다.
"오, 순결한 마리아여, 기뻐하라!
사랑이 그대와 함께하니, 여인들 중 가장 아름답도다.
그대의 은총 받은 열매는 백배 복 받을지니,
그는 세상을 구원하고 지옥을 부술 것이다…….
그러나 솔직한 심정으로 고백할지니
그의 아버지가 백배 더 복 받았도다!" 440
그러고는 그녀 앞에서 무릎을 꿇으며
어느새 그녀의 손을 부드럽게 쥐었다.
아름다운 여자는 시선을 떨어뜨리고 한숨을 쉬었으며
가브리엘은 그녀에게 키스하였다.
당혹하여, 그녀는 얼굴을 붉히며 말이 없었다.
그는 이제 그녀의 가슴을 함부로 건드렸다…….
"이러지 마세요!" 마리아는 속삭였다.
바로 그 순간 애무로 뒤덮여 버렸다,
순결한 처녀의 마지막 외침과 신음이…….

그녀는 어쩌나? 질투쟁이 신이 뭐라고 할지? 450
근심하지 마요, 내 미인들이여,
오, 여인들이여, 사랑의 동반자들이여,
그들은 복 받은 교활함으로
신랑의 눈을 속일 수가 있으니.

달콤한 죄의 흔적을
위장된 순결로 가릴 수가 있으니.
장난치는 딸은 엄마에게서
순진하게 부끄러워하는 법,
아픈 척, 수줍은 척하는 법,
이 모든 방법들을 배워 익혀서 460
결정적인 밤에 연극을 하고
아침이 되어 겨우 몸을 추스르며
창백한 안색으로 거의 걷지도 못하게 아파하면
남편은 환호하고, 엄마는 속삭인다. “하느님, 감사합니다!”
그러나 옛 친구는 창문을 두드린다.

벌써 가브리엘이 좋은 소식을 가지고
하늘을 날아 돌아간다.
초조한 신은 축복의 인사로
정부(情夫)를 맞이한다.

“무슨 소식이냐?” “할 수 있는 일을 다 했나이다, 470
알려주었나이다.” “그래, 그녀는?” “준비되었나이다!”
그러자 하늘의 황제는 아무 말 없이
옥좌에서 일어나 눈썹으로 명령하여
모든 사람을 물리쳤다, 마치 고대 호머의 신이
많은 아이들을 달랠 때 그랬듯이.
그러나 그리스의 신앙은 영원히 꺼졌으며
제우스는 없고, 우리는 더 현명해졌다.

마리아는 생생한 기억에 도취되어서
고요한 자기 방에서
구겨진 시트 위에 쉬고 있다. 480
심장이 애정과 욕망으로 불탄다.
새로운 불길이 젊은 가슴을 설레게 한다.
그녀는 조용히 가브리엘을 불러서
그의 사랑에 비밀의 선물을 주려 한다.
그녀는 발로 이불을 차 버리고서
미소 띠며 만족스러운 시선을 내리깔며
매혹적인 알몸으로 행복을 느끼며
자신의 아름다움에 스스로 놀란다.
매혹적이고 지친 모습으로 그녀는 사랑스럽게
생각에 잠겨 속으로 다시 죄를 지으면서 490
평온한 기쁨의 잔을 들이켠다.
교활한 사탄아, 너 비웃는 거냐?
그런데 이건 뭐지? 갑자기 하얀 털북숭이 날개가
달린 사랑스러운 비둘기가 창문 안으로 날아 들어와
그녀 위를 이리저리 날며 빙빙 도네.
기쁨의 노래를 하는가 싶더니, 에,
갑자기 사랑스러운 처녀의 무릎 사이로 날아와
장미 위로 내려앉아 몸을 부르르 떨더니
쪼고 푸드득거리며 몸을 돌려 가며
부리와 발로 안간힘을 쓰네. 500
그야, 바로 그야, — 마리야는 알았다,
그녀는 비둘기로 변장한 다른 남자를 받아들인 것이다.

유대 여인은 무릎을 조이고 소리를 지르며
한숨을 쉬고 몸을 떨며 기도하기 시작했으며
울음을 터뜨렸으나 비둘기는 승리하여
사랑의 열기에 떨며 목구멍을 골골거리며
아래로 쓰러졌다, 가벼운 잠에 빠져
꽃을 사랑의 날개로 가리며.

그는 날아갔다. 피곤한 마리아는 잠시
생각했다. '도대체 이게 웬 소동인가? 510
한 명, 두 명, 세 명! 그들은 꺼리지도 않나?
난 잘 참아 냈다고 말할 수 있어,
난 같은 날 하루 동안에 연이어
사탄과 대천사와 신의 것이 되었으니…….'

지고의 신은 항상 그랬듯이 나중에 물론
유대 처녀의 아들을 자신의 아들로 인정했으나
가브리엘은(부러워할 만한 운명이다!)
그녀 앞에 몰래 나타났다, 멈출 줄 모르고.
많은 사람들처럼 요셉도 위로를 받았으니,
아내 앞에 예전처럼 아무 죄도 저지르지 않은 채, 520
예수를 자신의 아들처럼 사랑했다.
그것에 대해서도 신은 그에게 보상했다.

아멘, 아멘! 나 어떻게 이야기를 끝낼고?
영원히 예전의 장난질들을 잊고

날개 달린 가브리엘이여! 그대를 찬양하여
온유한 현에 성실한 구원의 노래를 지어
그대에게 바쳤으니, 오!
나를 보호하고 내 기도를 들어 다오!
여태껏 사랑의 이단자로 살아온 나,
젊은 여신들을 정신 나갈 지경으로 섬겨 왔으나 530
악마의 친구이고 난봉꾼이자 배반자였으나……
나의 후회를 축복해 다오.
나 신성한 뜻을 받아들이고
나를 변화시키려 하오, 나 옐레나를 보았으니.
그녀는 사랑스러운 마리아처럼 내게 소중하오.
내 영혼은 영원히 그녀의 것이니
내 말에 매혹의 힘을 주오.
그녀의 맘에 드는 법을 가르쳐 주오.
그녀의 가슴에 사랑의 불을 지펴 주오.
그렇지 않으면 나 사탄에게 기도하러 가겠소! 540
그러나 날이 가고 시간이 내 머리카락을
어느새 백발로 물들이게 되리라.
그때 거창한 혼인식이 친애하는 아내와
나를 제단 앞에서 결합하게 하리라.
요셉의 훌륭한 위안자여!
그대에게 무릎 꿇고 기도하니, 오,
오쟁이 진 남편들의 옹호자여, 후원자여,
나 기도하니, 그때 날 축복해 주고
또 내게 복된 참을성을 주고

나 기도하니, 언제나 내게 주오, 550
평온한 꿈을 주고 또 주고, 아내에 대한 믿음과
가족의 평화와, 이웃에 대한 사랑을 주오. 552

서사시 편

집시

집시들이 시끌벅적한 무리를 이루어
베사라비아 지방*을 유목하며 떠도네.
오늘 그들은 강기슭에 머물러
낡아 빠진 천막 아래 밤을 보내네.
그들의 잠자리는 자유처럼 유쾌하네.
하늘 아래 태평한 잠이 주어지네.
양탄자로 반은 가려진 마차들,
그 바퀴들 사이에 타는 모닥불.
식구들이 둘러앉아 늦은 식사를
준비하네. 넓은 들판에 10
말이 풀을 뜯고 천막 뒤에는

* 흑해의 북동 연안에 위치하며, 그리스, 로마, 제노바, 터키 등에 지배되어 오다가 터키 전쟁의 결과로 1812년 러시아에 귀속되었다. 현재는 몰다비아, 루마니아, 우크라이나 세 국가에 포함되어 있다.

길들인 곰이 자유롭게 누워 있네.
초원 가운데 모든 것이 생생하네,
아침이 오면 길 떠날 채비하는
식구들의 태평스러운 잔소리,
여인들의 노래들, 아이들의 울음소리,
행군의 모루 쩔렁이는 소리.
하나 이제 유목민의 무리 위로
잠의 침묵이 내려앉으니
초원의 적막 속에 들리는 것이라곤 20
개 짖는 소리와 말의 힝힝거림뿐.
모든 곳에 불이 꺼졌고,
모든 것이 고요하다. 오직 달 하나,
하늘 높은 곳에서 빛나며
고요한 무리를 비춘다.
오직 한 천막 안에만 노인이 깨어 있다,
그는 숯덩이 앞에 앉아서
다 꺼져 가는 불을 쬐면서
밤안개가 깔린
저 먼 들판을 바라본다, 30
그의 새파랗게 젊은 딸이
산책 나간 인적 없는 들판을.
그녀는 발랄한 자유에 익숙하니
돌아올 것이다. 하나 벌써 밤이고
곧 달은 먼 하늘의
구름들을 떠날 텐데

젬피라는 아직 돌아오지 않는다.
노인의 초라한 식사도 식어 간다.

이제 그녀가 온다. 그녀 뒤를 따라
젊은이가 초원을 달려온다. 40
집시 노인이 전혀 모르는 젊은이다.
"아버지, — 처녀가 말한다 —
손님을 데리고 오는 거예요.
무덤 언덕 너머 황야에서 발견했어요.
그래서 숙소로 와서 밤을 보내라고 청했어요.
그는 우리처럼 집시가 되고 싶어 해요.
법이 그를 쫓고 있어요.
그렇지만 전 그의 여자가 되겠어요.
그의 이름은 알레코예요.
그는 나를 따라 어디든 갈 준비가 되어 있어요." 50

노인 기쁘네. 우리 천막 아래
아침까지 머물게.
아니, 원한다면 더 있어도 좋네.
빵과 지붕을 자네와 함께
나눌 준비가 되어 있네.
우리 사람이 되려거든 우리 몫의 삶에,
가난한 방랑 생활과 자유에 익숙해지게.
내일 동이 트면 함께
마차를 타고 떠나세.
아무 일거리나 하나 맡게, 60

쇠를 두드리거나 노래를 부르거나
곰을 데리고 마을을 돌거나.

알레코 머물겠어요.

젬피라 그는 제 사람이 될 거예요,
대체 누가 그를 내게서 쫓아낼 수 있단 말예요?
늦었어요……. 초승달이 졌어요.
들판에 안개가 깔렸어요.
잠이 절로 쏟아지네요…….

__________*

날이 밝았다. 노인은 가만히
죽은 듯 고요한 천막 주위를 서성인다.
"일어나, 젬피라. 해가 떴으니. 70
내 손님도 깨어나시게! 떠날 시간이야! …….
얘들아, 이제 사랑의 침대를 떠나라!"
사람들이 시끌벅적하니 쏟아져 나온다.
천막들은 걷혔다, 마차들은
길 떠날 채비가 되어 있다.
모든 것이 한꺼번에 움직인다. 집시 무리는
이제 휑한 들판으로 몰려 나왔다.
당나귀들이 등에 매달린 바구니 속에
장난하는 어린애들을 태우고 간다.

* 푸슈킨이 시간의 경과를 나타내기 위해 쓴 기호.

남자들, 청년들, 아낙네들, 처녀들, 80
늙거나 젊거나 모두 뒤를 따른다.
외침 소리, 떠드는 소리, 집시 노래,
곰의 으르렁 소리, 곰을 맨 사슬이
못 견디게 쩔그렁거리는 소리,
울긋불긋 누더기 천들,
벗은 아이들과 노인들,
개들 짖는 소리와 우는 소리,
피리 소리, 바퀴 소리,
모든 것이 초라하고 거칠고 엉성하나,
모든 것이 이리도 생생하게 살아 움직이네, 90
우리네 죽은 안일과는 전혀 다르네,
공허한 우리네 삶,
노예들의 노래처럼 단조로운 삶과는 전혀 다르네!

젊은이는 인적 없는 들판을
우울하게 바라보며 스스로가
자기 슬픔의 비밀스러운 이유를
알아볼 엄두를 못 낸다. 왜일까?
검은 눈의 젬피라가 그와 함께 있고
이제 그도 평화의 자유로운 거주자,
남국의 태양도 그들 위에서 밝고 100
아름답게 빛나고 있다.
한데 왜 젊은이의 심장이 떨고 있나?
그는 어떤 근심으로 괴로워하나?

세상모르는 작은 새는
근심도 노동도 모르고
단단한 보금자리를 애써서
부산스레 만들지 않는다.
밤새 가지에 앉아 잠자다
붉은 해가 솟으면
신의 목소리 듣고는 110
기지개 켜고 노래한다.
자연의 자랑인 봄이 가고
뜨거운 여름도 지나고
늦가을이 안개와 지겨운
궂은 날씨를 가져오면
사람들은 권태와 슬픔을 느끼지만
새는 푸른 바다 건너
저 멀리 따뜻한 나라로 날아갔다가
봄이 되어서야 돌아온다.

근심 모르는 작은 새 같아라, 120
철새 신세 추방자인 그도
단단한 보금자리를 모르고
무엇에도 뿌리박지 않았다.
모든 곳이 길이었고
모든 곳이 잠자리였다.
아침에 일어나면
신의 뜻에 하루를 바쳤으니

불안한 세상사도
한가로움의 진정을 방해할 수 없었다.
가끔은 매혹적인 명예의 130
별이 멀리서 그를 유혹했다.
사치와 오락이 가끔
예기치 않게 그에게 어른거렸다.
고독한 머리 위에
자주 천둥이 울리긴 했지만
그는 폭풍우 아래서도
맑은 날씨에도 태평하게 잠들었고
교활하고 눈먼 운명의 힘을
인정하지 않고 살았다.
오, 맙소사, 열정들이 어찌나 140
그의 온순한 영혼을 가지고 놀았던지!
그의 고통에 지친 가슴속에서
어찌나 요동치며 들끓었던지!
오래전에, 오래도록 평온해졌나?
열정들은 다시 깨어날 것이다, 두고 보라!

젬피라 말해 봐, 당신, 애석하지?
영원히 버리고 온 것들 말이야.
알레코 내가 도대체 뭘 버렸지?
젬피라 무슨 말인지

알면서. 고향 사람들, 도시들 말이야.

알레코 애석할 게 뭐 있어? 숨 막히는 도시, 150
그 부자유를 네가 알 수 있다면,
네가 상상할 수 있다면!
그곳 사람들은 울타리 안에 모여 살지.
아침의 신선한 공기도
초원의 봄 향기도 들이마시지 못하고
사랑을 꺼리고, 생각을 쫓아내고
자유를 사고팔지.
우상 앞에서 고개 숙이며
돈과 사슬을 청하지.
내가 뭘 버렸지? 배반의 파도, 160
편견들의 심판과 선고,
군중의 어리석은 박해 아니면
영예로운 수치 따위지.

젬피라 그래도 거긴 거대한 궁전들에
오색영롱한 양탄자들에
오락들에, 떠들썩한 향연들에, 아,
여자들의 장식품도 정말 화려하잖아!

알레코 도시의 쾌락의 헛소동이 뭐가 좋아?
사랑이 없는 곳엔 쾌락도 없어.
여자들…… 값비싼 옷이 없어도 170
진주 보석 목걸이가 없어도
네가 그 여자들보다 훨씬 예뻐.
배반하지 말아 줘, 내 예쁜 사랑!

나는…… 내가 원하는 것은 오로지
사랑과 한가로움 그리고
자발적 유배를 너랑 나누는 것이야!

노인 자네는 비록 부유한 사람들 가운데
태어났으나 우리를 사랑하네.
하나 안일에 길든 사람에게
자유가 항상 좋은 것은 아니네. 180
우리에게 전해 오는 한 이야기가 있네.
언젠가 남국 사람*이 황제로부터 멀리
유배당해 우리에게 보내졌지.
(나 그의 기이한 이름을 예전에는
기억했네, 지금은 잊었네만.)
그는 이미 나이가 꽤 많았네만
착한 마음은 젊고 활기찼지…….
놀랄 만한 노래의 재능이 있었고
목소리는 파도 소리 같았네…….
모두가 그를 좋아하게 되었고 190
그는 도나우 강변에서 살게 되었네.
그는 아무도 모욕하지 않았고
이야기로 사람들의 마음을 사로잡았네.

* 로마의 시인 푸블리우스 오비디우스(BC43~AD17)를 말한다. 그는 『사랑의 기교』를 썼다는 이유로 도나우 강 하류(몰다비아 베사라비아 지방)로 유배당했다. 키시뇨프(현 키시너우) 시절 푸슈킨은 자신을 '영광에서는 뒤지지만' 오비디우스와 같은 운명을 가진 시인이라고 생각했다. 그는 키시뇨프에 있는 리프란디의 서재에서 오비디우스를 빌려 읽었고 오비디우스의 무덤을 찾으려 했다.

그는 아무것도 몰랐고
여리고 수줍기가 어린애 같았지.
다른 사람들이 그를 위해 그물을 놓아
짐승과 물고기를 잡아 주었지.
빠른 강물이 얼어붙고
겨울 눈보라가 일어나면
부드러운 털가죽으로 200
성스러운 노인을 덮어 주었네.
하나 그는 결코 가난한 삶에
익숙해지지 못했고 쇠약해져서
창백한 모습으로 방랑했네.
그는 노한 신이 자기 죄를
벌하신다고 말했네…….
그는 사면이 행여 올까 기다리며
내내 도나우 강변을 헤매면서
내내 그리움에 슬퍼하며
먼 고향 도시를 회상하며 210
쓴 눈물 흘렸다네.
그리고 죽어 가며 유언했네,
죽음으로도 평온해지지 않는
이 땅의 낯선 손님을,
그리움에 슬퍼하는 자기 유골을
남쪽 나라로 보내 달라고.

알레코 오, 로마여, 거대한 제국이여,
이것이 네 아들들의 운명이로다! …….

사랑의 가인(歌人), 신들의 가인이여,
말해 다오, 영광이란 무엇인가? 220
입에서 입으로 전해 내리는 소리,
무덤에도 울리는 칭찬의 소리인가?
아니면 연기 뿌연 천막의 지붕 아래
미개한 집시의 이야기인가?

이 년이 흘렀다. 여전히 집시들은
평화로운 무리를 이루어 방랑한다.
아무 곳에서나 아무 때나
환대와 잠자리를 찾아낸다.
문명의 족쇄를 경멸하는
알레코는 그들처럼 자유롭다. 230
그는 근심도 유감도 없이
유목의 나날을 살아간다.
그도 여전하고 가족도 여전하다
그는 옛 시절을 기억하는 일조차 없이
집시의 생활에 익숙해졌다.
그는 그들의 잠자리, 보금자리를,
영원한 한가로움의 황홀을,
그들의 초라하고 낭랑한 언어를 사랑한다.
제 굴에서 도망친 곰,
그의 천막의 털북숭이 손님은 240

초원길 따라 마을로 내려와서
몰다비아 궁전 부근에서
조심스레 구경하는 무리들 앞에서
춤을 추고 으르렁거리기도 하고
지겨운 사슬을 물어뜯기도 한다.
노인은 지팡이를 짚고 기대서서
한가하게 북을 치고
알레코는 노래하며 짐승을 끌고 다니고
젬피라는 사람들 사이를 돌아다니면서
주는 대로 돈을 모아들인다. 250
밤이 되면, 그들 셋이 함께
추수하다 남은 귀리를 모아 죽을 끓여 먹는다.
노인이 잠들고 모든 것은 평온하다.
천막 속은 고요하고 어둡다…….

노인이 이미 식어 버린 피를
봄볕에 쬐고 있다.
요람가에서 딸이 사랑 노래를
부르니 알레코는 듣다 창백해진다.

젬피라 늙은 서방아, 무서운 서방아,
칼로 찔러 봐, 불로 태워 봐, 260
나 꿈쩍 안 해. 칼도 불도

나 무섭지 않아.

당신을 증오해.
당신을 경멸해.
다른 사람을 사랑해.
죽어도 사랑해.

알레코 그만, 나는 그 노래가 역겨워.
난 거친 노래가 싫어.

젬피라 싫어? 무슨 상관이야!
나 혼자 부르는 거야. 270

칼로 찔러 봐, 불로 태워 봐.
나 아무 말 안 하리.
늙은 서방아, 무서운 서방아,
그이가 누군지 죽어도 모르리.

봄보다 더 신선하고
여름날보다 더 뜨거운 그이
얼마나 젊고 용감한지!
얼마나 나를 사랑하는지!

어떻게 나 그를 애무했던지
고요한 밤에! 280
어떻게 우리 둘이 그때
당신의 센머리 비웃었던지!

알레코 입 다물어, 젬피라, 됐어…….

젬피라 그래, 내 노래 뜻 알아들어?

알레코 젬피라!

젬피라 당신이 화내는 건 당신 자유야,

난 당신을 노래하는 거야.

(나가면서 「늙은 서방아」 등등 노래한다.)

노인 그래, 기억난다, 이 노래 기억나,

우리 시절에 만들어진 거네.

연인을 즐겁게 하느라

널리 불린 지 꽤나 오래되었네. 290

카굴*의 초원에서 유목하던 시절에

겨울 밤 난로 앞에서

딸의 요람을 흔들어 주면서

내 마리울라가 부르곤 했지.

내 머릿속에서 지난 세월이

하루하루 점점 까마득해지지.

하나 이 노래는 깊이

내 마음속에 남아 있네.

온통 고요하다, 밤. 달이 뜬

청람빛 남쪽 하늘이 아름답다. 300

* 도나우 강의 지류로 1770년 러시아가 정복했다.

젬피라가 노인을 깨운다.
"오, 아버지! 알레코가 무서워요.
들어 봐요. 악몽을 꾸는지
무슨 신음도 하고 흐느끼기도 하네요."

노인 그를 건드리지 마라. 아무 말 마라.
러시아 전설을 들은 적이 있다.
지금 같은 한밤중에 집 귀신이
자는 사람의 숨통을 누른단다.
아침노을이 뜨면 귀신이
물러간단다. 내 옆에 앉아라. 310

젬피라 아버지! 그가 "젬피라!" 하고 속삭이네요.

노인 그는 꿈속에서도 너를 찾는 거야,
그에게 너는 세상보다 더 소중하니까.

젬피라 그의 사랑이 싫어졌어요.
지겨워요. 제 심장이 자유를 원해요.
이미 전…… 하지만 가만! 들려요? 그가
다른 이름을 부르네요…….

노인 누구의 이름이냐?

젬피라 들려요? 목메어 신음하다
성이 나서 이를 가네요! ……아이, 무서워요! …….
그를 깨울래요…….

노인 소용없어, 320
밤 귀신은 쫓을 수 없어.
그냥 스스로 물러가지…….

젬피라 그가 깼어요,

일어나네요, 나를 불러요……. 그가 깼어요.
그에게로 갈게요. 안녕히 주무세요.

알레코 어디 갔었어?

젬피라 아버지와 앉아 있었어.
어떤 귀신이 당신을 괴롭혔어.
꿈속에서 당신 마음은 고통 받고 있었어.
난 당신이 무서웠어.
잠자는 당신은 이를 갈고
나를 불렀어.

알레코 네 꿈을 꾸었어. 330
꿈속에서 마치 우리 사이에……
정말 무서운 꿈이었어!

젬피라 그런 쓸데없는 꿈은 믿지 마. 응?

알레코 아, 난 아무것도 안 믿어. 흥,
꿈도, 달콤한 고백도, 약속도,
네 마음조차도.

노인 뭣 때문에, 정신 나간 젊은이야,
뭣 때문에 줄곧 한숨 쉬나?
여기 사람들은 자유롭고, 하늘은 밝고
여자들도 아름답기로 유명하네. 340
울지 말게. 슬퍼하다 죽겠네.

알레코 아버지, 그녀가 절 사랑하지 않아요.

노인 진정하게, 이 친구야. 그녀는 어린애야.
자네 슬픔은 말도 안 되네.
자네는 슬프고 고통스럽게 사랑하네만
여자의 심장은 장난으로 사랑하네.
보게……. 저 멀리 하늘 아래
자유로운 달이 돌아다니네.
달은 스쳐 가며 모든 자연 위로
똑같이 빛을 흘려보내네. 350
아무 구름 속이나 들여다보며
구름을 화려하게 빛내 주다가
금세 다른 구름을 들여다보고
그 구름도 잠시만 방문할 뿐이야.
누가 달에게 하늘 속 한 자리를 가리키며
말할 수 있겠나, 거기 머물라고!
누가 젊은 처녀의 심장에게 말할 수 있겠나,
한 사람만 사랑하고 배반하지 말라고.
진정하게.

알레코 그녀가 얼마나 절 사랑했는지요!
얼마나 사랑스레 제게로 몸을 기대고 360
인적 없는 고요한 곳에서
함께 밤을 보냈는지요!
어린애 같은 쾌활함으로 가득 차서
얼마나 자주 애교스러운 콧소리로
또 숨 막히는 뜨거운 애무로
제 깊은 고민을 순식간에

날려 버려 주었는지요! …….
근데 뭐예요? 젬피라는 지조가 없네요.
제 젬피라가 차가워졌어요! …….

노인 들어 보게. 자네에게 얘기하겠네, 370
나 자신에 대해서 말일세.
모스크바 사람들*이 아직
도나우 강을 위협하지 않았을 적에
(자, 보게, 알레코, 내가 얼마나
오래된 슬픔을 기억하는가.)
우리는 술탄을 무서워했다네.
부자크 터키 총독이 그때
아케르만**의 높은 성탑에서 통치했네.
나는 젊었고 그 시절 내 마음은
기쁨에 넘쳐 들끓었네. 380
내 고수머리 속에는
아직 흰 머리카락 한 올도 없었네,
젊은 미녀들 가운데 한 여자가
있었네……. 오랫동안 난
그녀를 태양처럼 숭배했네, 그러다
드디어 내 것이라 부르게 되었네…….

* 폴란드인들은 모스크바 사람들을 경멸적으로 지칭할 때 'Moskal'이라는 표현을 썼는데, 노인은 여기서 이 표현을 썼다.

** 드네프르 하구의 터키 요새. 1806~1812년 러시아-터키 전쟁 초기에 러시아가 정복했다.

아, 내 청춘은 유성처럼 반짝하고
빨리도 지나가 버렸지!
하나 너, 사랑의 시간은 더 빨리
지나가고 말았지. 마리울라는 390
고작 일 년 나를 사랑했다네.

한번은 카굴 강 가까이에서
우리는 다른 무리를 만났네.
그 집시들은 우리 가까이
언덕 아래 천막을 치더니,
이틀 밤을 함께 보내고
사흘째 밤에 떠났네.
그런데 어린 딸을 버리고
마리울라가 그들을 따라 가 버렸네.
난 태평하게 자고 있었네. 날이 밝았네. 400
깨어 보니 내 여자가 없었네!
찾고 부르고 해도…… 흔적도 없었네.
젬피라가 슬퍼하며 울었고
나도 울음을 터뜨렸네. 그때부터
세상 모든 처녀들이 싫어졌고
한 번도 내 시선이 그들 중에서
애인을 골라 본 적 없었고
독신의 한가로운 시간을
아무와도 나누지 않게 되었네.

알레코 그런데 왜 그 배은망덕한 여자를 410

당장 서둘러 뒤쫓아 가서
도적놈들과 간교한 여자의
가슴에 단검을 찌르지 않았어요?

노인 무엇하러? 젊음은 새보다도 자유롭네.
그 누가 억지로 사랑을 잡아 둘 수 있겠나?
기쁨은 차례로 누구에게나 주어지는 법,
또 지나간 것은 다시 오지 않는 법.

알레코 난 달라요. 아니, 말할 필요도 없어요.
내 권리를 포기하는 일 없을 거예요!
아니면 복수로라도 분풀이할 거예요. 420
오, 아니요, 심연 위 바위에서
자고 있는 적을 발견한다 해도
내 발로 당장 그 악당 놈을
밀어 버리는 데 맹세코 주저하지 않을 거예요.
난 얼굴빛 하나 안 변하고 파도 속으로,
아무것도 모르고 자는 놈을 차 넣을 거예요.
갑자기 깨어나 무서워하는 그를
성난 웃음으로 꾸짖으면서요.
그가 빠지는 것이 오래도록 고소할 거고
울부짖는 소리는 달콤할 거예요. 430

젊은 집시 남자 한 번 더…… 한 번 더 키스해 줘…….

젬피라 가 봐야 해. 내 서방 질투가 많고 무서워.

집시 남자 한 번 더…… 좀 더 길게! …… 작별이잖아.
젬피라 또 만날 때까지 잘 있어.
집시 남자 말해 봐, 도대체 언제 또 만나?
젬피라 오늘, 달이 뜨면,
거기서, 언덕 너머 무덤 위에서…….
집시 남자 속이는 거야! 저 여잔 안 올거야!
젬피라 저이 좀 봐! 가! ……올게, 내 사랑.

알레코가 자고 있다. 그의 머릿속에서 440
희미한 환영이 장난을 친다.
그는 어둠 속에서 비명을 지르며 깨어나서
열심히 손을 뻗어 본다.
그러나 그의 손이 두려움에 떨다
잡는 것은 차가운 이불뿐이다.
그의 여자가 멀리 있다…….
그는 떨며 일어나 귀를 기울인다…….
온통 고요하다……. 두려움이 그를 휩싸고
온몸에 열이 올랐다 찬 땀이 흘렀다 한다.
그는 일어서서 천막에서 나와 이리저리 450
마차들 주위를 무섭게 돌아다닌다.
모든 것은 평온하고 들판은 말이 없다.
어둡다. 달이 안개 속으로 들어갔고
별이 못 믿을 빛으로 보일락 말락 반짝이고

이슬 위에 보일락 말락 옅은 발자국이
멀리 언덕으로 나 있다.
불길한 발자국이 이끄는 곳으로
초초하게 그는 걸어간다.

멀리 길 끝에 있는 무덤이
그 앞에 하얗게 보인다……. 460
예감에 괴로워하면서 그는 그리로
힘이 빠지는 다리를 끌고 간다.
입술이 떨리고 무릎이 떨리는 채로
걸어가는데…… 갑자기…… 아니, 이게 꿈인가?
갑자기 엉겨 있는 두 그림자를 본다.
친밀한 속삭임이 들려온다,
모욕당한 무덤 위에서.
첫 번째 목소리 가야 해…….
두 번째 목소리 있어…….
첫 번째 목소리 가야 해, 내 사랑. 어서.
두 번째 목소리 안 돼, 안 돼, 있어, 날 밝을 때까지 기다려.
첫 번째 목소리 벌써 늦었어.
두 번째 목소리 당신 사랑 얼마나 소심한지! 470
일 분만 더!
첫 번째 목소리 당신이 날 죽게 할 거야.
두 번째 목소리 일 분만 더!
첫 번째 목소리 만일 나 없이
내 서방이 깨어나면? …….

알레코 나 깨어났다.

어딜 가! 둘 다 서두르지 마,

여기 무덤 옆이 좋잖아.

젬피라 내 사랑, 도망 가, 도망 가…….

알레코 서라!

어딜 가려고, 젊은 미남자?

누워!

(그에게 칼을 꽂는다.)

젬피라 알레코!

집시 남자 나 죽는다…….

젬피라 알레코, 당신이 그를 죽였어!

봐, 당신 온몸에 피가 튀었어! 480

오, 무슨 짓을 한 거야?

알레코 상관없어.

이제 그의 사랑을 들이마셔 보시지.

젬피라 아니, 됐어. 당신이 무섭지 않아!

당신의 위협을 경멸해,

당신의 살인을 저주해…….

알레코 자, 너도 죽어라!

(그녀를 찌른다.)

젬피라 사랑하며 죽으리…….

동녘이 아침노을로 물들어

빛났다. 언덕 뒤 묘석 위에
피투성이 알레코가
두 손으로 칼을 쥔 채 앉아 있었다. 490
두 사체가 그의 앞에 놓여 있었다.
살인자는 무서운 얼굴을 하고 있었다.
불안해진 집시들은 무리를 지어
겁을 내며 그를 둘러쌌다.
한쪽 옆에서 무덤을 팠다.
여자들이 줄지어 애도를 표하며
죽은 이들의 눈에 입을 맞추었다.
늙은 아버지는 홀로 앉아서
슬픔으로 말 잃은 채 꼼짝 않고
죽은 딸을 바라보았다. 500
사체들을 들어 옮겨서
젊은 한 쌍을 땅속의
차가운 품 안으로 눕혔다.
알레코는 멀리서 모든 것을 다
보았다……. 마지막 삽의 흙이
그들을 마저 덮었을 때
그는 천천히 몸을 숙이더니
묘석에서 풀밭 위로 쓰러졌다.

그때 노인이 다가와 말했다.
"우리를 떠나게, 거만한 사람아! 510
우리는 미개인이네. 우리에겐 법이 없네.

우리는 찌르지도 않고 벌하지도 않네.
피도 신음 소리도 우리에겐 필요 없네.
하나 살인자와 살기는 원하지 않네…….
자네는 미개인 팔자로 태어나지 않았네.
자네는 자신의 자유를 원할 뿐이네.
자네 목소리는 우리를 두렵게 할 걸세.
우리네 마음은 겁이 많고 착해,
자네는 사납고 대담하지 — 우리를 떠나게,
잘 가게, 자네에게 평화가 있기를 바라네." 520

말을 마치고 나니 유랑족은
시끌벅적한 무리를 이루어
무서운 숙소였던 강기슭에서
올라가더니 곧 모두 초원 멀리로
자취를 감췄다. 마차 한 대만이
초라한 양탄자로 덮인 채로
운명의 들판에 서 있었다.
마치 겨울을 앞두고
때늦은 기러기 떼가 날아올라
끼룩거리며 멀리 남쪽으로 순식간에 530
날아가 버리는 안개 낀 새벽에
죽음의 총탄에 관통되어
상처 입은 날개를 늘어뜨리고
기러기 한 마리 홀로
슬프게 남아 있듯이.

밤이 왔다. 어두운 마차 속에서는
아무도 불을 지피지 않았다.
아무도 유랑 마차 지붕 아래
아침까지 잠자지 않았다.

에필로그

노래의 마술적인 힘으로 540
내 안개 낀 기억 속에
밝은 날들 또 슬픈 날들의 환영이
이렇게 생생하게 되살아나누나.

오래, 오래도록 전쟁의 포효가
그치지 않았던 곳,
러시아가 강제적인 국경을
터키에게 명령했던 곳,
우리의 옛 쌍두 독수리*가
아직 지나간 명성으로 소리 내던 곳,
그곳 초원 가운데서, 550
옛 진지들의 경계 너머에서 만나곤 했다,
집시들의 평화로운 마차들을,
소박한 자유의 자식들을.

---

* 쌍두 독수리는 옛 러시아 황실의 문장이었다.

그들 느릿한 무리들을 따라
나 자주 황야를 헤매었고
그들의 소박한 음식을 함께 나누어 먹고
그들의 불 앞에서 잠들었다.
천천히 행군하며 부르는
그들 노래의 흥겨운 울림을 사랑했고
오래도록 소중한 마리울라의 560
사랑스러운 이름을 되뇌었다.

하나 그대들 사이에도 행복은 없다,
자연의 가난한 자식들이여! …….
낡아 빠진 천막 아래에도
고통스러운 꿈들이 살아 있으니,
황야의 유랑의 보금자리도
불행을 막을 수 없으니,
모든 곳에 운명적인 열정이 있고
또 운명은 피할 수 없어라. 569

서사시 편

눌린 백작

자, 곧 떠날 시간이네! 호각 소리 들리네.
사냥개지기들 사냥 도구 다 챙겨 갖추고
동도 트기 전 벌써 말 위에 올라앉았고,
보르조이 개들도 끈에 묶여 뛰노네.
현관에 나와 뽐내는 주인 나리,
뒷짐 지고 젠체하며 모든 것을 점검하네.
그 만족스러운 얼굴 어지간히
기분 좋은 자신감으로 빛나네,
멋진 캅카스 셔츠 찰싹 달라붙게 입고
허리띠에 터키 검 꼬나 차고　　　10
품속엔 럼주 한 병 질러 꽂고
구리줄에 호각 달아 목에 걸고.
아내는 아직 잠에 취해서
침실 모자 쓴 채로 얇은 잠옷만 걸치고

뽀로통 심통이 나서 창가에서
마당의 사냥개, 사냥개지기들의 법석을 바라보고……
저기 보니 남편에게로 말을 끌고 가네.
남편이 말갈기를 붙잡고 등자에 발을 얹어
바로 길 떠나며 아내에게 소리치네.
나 기다리지 마! 어! 20

9월의 마지막 날들에는
(경멸스러운 산문으로 말하자면)
시골 살기가 지겹지, 진창에, 사나운 날씨에
가을 찬바람에, 싸락눈에,
늑대 울음소리. 하나 바로 이게
사냥꾼에겐 행복인걸! 편안을 모르고
멀리 떨어진 들판에서 말을 몰고
아무 데서나 되는 대로 자고
욕설을 퍼붓고, 흠뻑 젖고
싹 쓸어버린 습격을 축하하고. 30

근데 도대체 아내는 남편 없이
하루 종일 혼자 뭘 하지?
아내가 할 일이 얼마나 많은지!
소금물에 버섯 절이기, 거위 모이 주기,
점심, 저녁 메뉴 정하기
곳간이나 움막 돌아보기 —
안주인 눈은 어디나 필요하지,

순식간에 모든 걸 알아챌 수 있으니.

하나 불행하게도, 우리의 여주인공은……
(아, 그녀의 이름을 말하는 걸 잊었네. 40
남편은 그녀를 그냥 나타샤라 부르지만
우리는 그녀를 이제 나탈리야 파블로브나라
부르기로 하세.) 근데 불행하게도
나탈리야 파블로브나는 전혀
안주인 몫을 안 하는데,
그 이유는 그녀가 전혀
우리 나라 법식대로가 아니라
외국 여자 팔발 부인이 운영하는
귀족 여학생 기숙사식대로만
교육받았기 때문이라네. 50

창가에 앉아 있는 그녀.
그녀 앞에 펼쳐져 있는 건
감상주의 소설책 제4권
『엘리자와 아르망의 사랑,
또는 두 가족의 서신 교환』이라.
소설은 고전주의적이고 구식인 데다
너무 너무 너무 길고, 길고 또 길어라.
온통 교훈적이고 행동 방정하고
낭만적인 생각도 행동도 전혀 없는 책.
나탈리야 파블로브나는 처음엔 60

소설을 집중해서 읽었지만,
금방 싫증이 나서
창 앞에서 염소와 마당개가
벌인 싸움에 정신이 팔려서
숨죽이고 열심히 지켜보니
아이들은 둘러서서 웃고 떠들어 대고,
창밑에서는 칠면조의 암컷들이
소리 높여 울어 대면서
젖은 수탉 뒤를 슬프게 따라다니고,
오리 세 마리가 마당의 웅덩이에서 철벅거리고, 70
아줌마가 진창 마당을 건너가서
빨래를 울타리에 죽 널고.
날씨는 더 나빠지고,
눈이 올 것 같은데……
갑자기 방울 소리 울리네.

지겨운 시골구석에 오래 산 사람이면,
여보게들, 정말이네, 겪어 봐서 잘 알지,
어쩌다 멀리서 마차 방울 소리 울려오면
얼마나 가슴이 두근두근하는지.
늦게 친구가 찾아오는 걸까, 80
용감했던 젊은 시절의 동지가? …….
혹 벌써 그녀가 온 것일까? ……오, 하느님, 제발!
점점 더 가까이 다가오고…… 가슴은 쿵쿵…… 하나 웬걸,
방울 소리 비껴서, 비껴서 지나가며 약해지더니

그만 산 뒤로 사라지고 마네, 에이!

나탈리야 파블로브나,
방울 소리에 기뻐서 화들짝 쏜살같이
발코니로 달려가 바라보니
강 건너 방앗간 부근에 마차가 달려간다.
이제 다리 건너 바로 우리에게로 오나? ……. 90
하나 웬걸, 왼쪽으로 방향을 바꾸네.
마차 뒤를 바라보며 그녀는 울음이 터질 지경이다.

한데 갑자기…… 웬 행운! 비탈길이라,
마차가 옆으로 쓰러지네. "필카, 바스카!
누구 없니? 서둘러라! 저기 마차로 가 봐,
당장 마차를 마당으로 끌어와,
어서 나리에게 식사를 권해라!
근데 참, 그가 살았니, 죽었니? 달려가 알아봐!
서둘러, 서둘러!"

하인이 달려가고
나탈리야 파블로브나는 서둘러 손으로 100
탐스러운 고수머리를 부풀리고, 숄을 걸치고
커튼을 가지런히 하고 의자를 바로 놓고
기다리는데. "오, 하느님, 이제 곧?"
드디어 그들이 온다. 근데 이건
긴 여행길 먼지를 그대로 뒤집어 쓴 채로

겨우 겨우 끌려오는 다 부서진 초라한 마차라니,
저 한심한 꼴 좀 보라지!
그 뒤를 젊은 귀족이 절뚝거리며 따르고
프랑스 하인은 태평하게 제 나라말로
지껄이네, 알롱 쿠라지!* 110
이제 현관으로…… 이제 복도로 들어오네.
자, 그러면 이 젊은 양반을 위해
특별히 꾸민 별실의 문이
활짝 열릴 때까지
프랑스 하인 피카르가 수선 떨며 법석대고
젊은 양반이 옷 갈아입는 동안 잠깐
그가 어떤 사람인지 여러분께 말해 볼까?
눌린 백작은 만날 외국 여행하고
유행 타는 데 완전히 정신 파느라 어느덧
장래 수입까지 다 말아먹은 주제에 120
기이한 짐승 같은 자기 꼴을 여보란 듯,
프록코트 여러 벌과 색색 조끼들에
모자, 부채, 레인코트, 코르셋에
넥타이핀, 커프스단추, 시곗줄하고
색색의 머플러들, 레이스** 양말들로 한 짐 꾸리고,
진보주의 역사가 기조가 쓴 그 공포의 책***,

---

* allons courage! 프랑스어로 '자, 용기를 내세요!'라는 뜻.

** 원문에는 á jour라고 프랑스어로 쓰여 있다.

*** 프랑수아 기조(1787~1874)는 프랑스 역사가로 왕정복고 시기에 극단적 왕정주의자 빌랭이 편 반동 정책에 반대하는 책자를 써서 퍼뜨렸다.

심술궂은 풍자화집,
월터 스콧*의 새로 나온 소설책,
그리고 파리 궁정의 재담집**,
베랑제***의 최신 노래에다 130
로시니****, 페라*****의 악보,
이하 등등, 이하 등등******을 꿰차고
페테르부르크로 가는 사람이다.

벌써 식탁이 차려지고, 하기야 저녁때도 지난걸,
주부는 초조하게 기다리는데
문이 열리고, 백작이 들어오네.
나탈리야 파블로브나 살짝 일어나서 한결
예의 바르게 인사하며 묻는다,
괜찮으세요? 다린 좀 어떠세요?
백작이 대답한다, 괜찮습니다. 140
둘은 식탁에 다가앉고
그는 자기 접시를 옆으로 밀어서
그녀 가까이로 다가앉아 대화를 시작한다.

---

* 1771~1832. 영국의 계관 시인이자 소설가.

** 원문에는 bon-mots라고 프랑스어로 쓰여 있다.

*** 1780~1857. 프랑스의 풍자시인으로 파리 노동자 계급의 희망을 노래했다. 당시 전 유럽에 널리 알려져 있었고, 러시아의 진보적 지식인들로부터 사랑받았다.

**** 1792~1868. 이탈리아 오페라 작곡가. 푸슈킨은 오데사에 있을 때 극장에서 그의 오페라를 즐겨 들었다.

***** 당시 파리에 있던 이탈리아 극장의 감독.

****** 원문에는 et cetera, et cetera라고 라틴어로 쓰여 있다.

신성한 러시아를 욕하고, 그 눈 더미 속에서
어찌 살 수 있는지 의아해하다
파리를 몹시 아쉬워한다.
"극장은 어때요?" "오, 불쌍할 지경입니다,
세 비엥 모베, 사 페 피티에.*
탈마**는 완전히 귀가 먹었고 쇠약해졌고요.
여배우 마르스***도 늙어 가는 게 가슴 아파요. 150
대신 포티에가 있지요, 르 그랑 포티에!****
그만이 아직 사람들 간에
예전의 명성을 유지하고 있지요."
"어떤 작가가 유행인가요?"
"여전히 다를랭쿠르*****와 라마르틴******이지요."
"여기서도 그들을 모방하고 있어요".
"아니, 그게 정말인가요? 그렇다면 여기서도
이제 정신이라는 것이 발달하기 시작하는군요,

---

* C'est bien mauvais, ça fait pitié." 프랑스어로 '아주 나빠요, 형편 없어요.'라는 뜻.

** 1763~1826. 프랑스 혁명 당시 유명했던 비극 배우.

*** 1779~1847. 프랑스 희극 배우.

**** le grand Potier! 프랑스어로 '위대한 포티에!'라는 뜻. 샤를 포티에(1775~1838)는 가벼운 희극, 보드빌에서 매우 성공한 프랑스 배우이다.

***** 샤를 다를랭쿠르(1789~1856)는 당시 유행하던 공포와 모험을 주로 다룬 역사 소설가이다. 원문에는 d'Arlincourt라고 프랑스어로 되어 있다.

****** 알퐁스 드 라마르틴(1790~1869)은 1820년 등단한 뒤 『시적 사고』라는 시집으로 프랑스 낭만주의의 대가가 된 시인이다. 푸슈킨은 유럽에서 인기를 누리던 그의 작품에 대해 부정적으로 생각했고 그를 낭만주의자라고 부르는 것을 못마땅해했다.

전 우리 나라도 계몽되기를 간절히 바랍니다."
"허리선은 어떻게 입나요?" "아주 내려 입지요, 160
거의 여기 바로 여기까지랍니다, 요즈음엔 말입니다.
당신 옷차림을 좀 보여 주세요!
자, 리본, 주름, 무늬 다 그대로네요.
모든 것이 유행에 잘 맞춰져 있군요."
" 우리도 《텔레그라프》*를 받아 보거든요."
"아, 재미난 보드빌 한 곡조
들어 보실래요?" 백작이 한 곡조
뽑는다. "자, 백작님, 좀 드세요, 어서."
"저는 그냥도 배가 부릅니다."
식탁에서
일어날 때, 젊은 안주인은 극도로 170
유쾌한 기분에 젖었고
백작은 파리에 대해서 잊고
그녀가 얼마나 사랑스러운지 놀랐고.
저녁은 어느새 지나가고
백작은 얼이 빠졌네. 안주인의 시선에서
신호가 오는 듯하더니
갑자기 뚝 끊어져 도통 아무 반응 없으니……
마당을 내다보니 벌써 한밤중이고.
문간방에서 하인은 벌써 코를 골고
옆집 닭은 벌써 울었고. 180

* 당시 외국 패션까지 그림으로 실어 보여 주던 러시아의 인기 문학잡지.

파수꾼의 야경 소리 들리고
응접실에는 초가 다 탔고.
나탈리야 파블로브나 일어나 말하길,
"이제 작별 시간이에요, 침대가 기다려요,
좋은 꿈 꾸세요! ……." 반쯤 사랑에 빠져
부들부들해진 백작, 유감스럽게 일어나
그녀 손에 입 맞추네. 근데 글쎄,
이게 웬일? 이 무슨 교태인가요?
이 장난스러운 안주인이 — 오, 하느님 용서하세요! —
말없이 백작의 손을 꼭 쥐는 거예요, 글쎄. 190

나탈리야 파블로브나의 옷을 벗기고 나서
파라샤는 그녀 앞에 앉았네.
여보게들! 이 파라샤는 모든 일에서
여주인과 똑같은 생각을 하는 짝짜꿍이라네.
바느질하고 설거지하고 소문을 전해 오고
낡은 외투를 달라 하기도 하고
주인 나리와 장난하기도 하고
주인 나리에게 소리 지르기도 하고
안주인 앞에서 용감하게 거짓말도 하고.
이제 그녀는 건방을 떨면서 200
백작에 대해, 그의 처지에 대해
빠짐없이 말하네, 참내,
어디서 주워들었는지 신통하기도.
그러나 안주인은 마침내

"그만해, 듣기 싫어!" 하더니
잠옷과 침실 모자를 달래서
드러눕더니 나가라고 명하네.

그사이 프랑스 하인 무슈 피카르,
백작의 옷을 벌써 다 벗겼다.
백작이 누워서 시가를 청하자 210
무슈 피카르는 그의 머리맡으로
은잔, 목이 긴 물병,
청동제 램프, 시가,
용수철이 달린 집게, 자명종,
그리고 뜯지도 않은 소설책을 대령한다.

침대에 누워, 눈으로는
월터 스콧을 읽지만
마음은 딴 데 가 있으니
사그라지지 않는 고민이
백작을 산란하게 한다. 그는 생각한다, 220
'내가 정말 사랑에 빠진 걸까?
그렇다면? 만약 가능하다면? ……그것 재미나겠는데,
그렇지만 그건 멋져야 돼.
보아하니, 내가 안주인 마음에 든 것 같아.'
그리고 눌린은 촛불을 껐다.

참을 수 없는 열기가 그를 둘러싸고

백작은 잠이 들 수 없다. — 악마가 자지 않고
죄스러운 상상을 일으켜 그의 감각을
자극한다. 불타는 우리 주인공은
아주 생생하게 그려 본다. 230
안주인의 의미심장한 시선을,
꽤 풍만한, 둥그스름한 몸을,
천생 여자의 그 편안한 목소리를,
시골 여인다운 장밋빛 얼굴을,
— 건강보다 더 좋은 연지는 없어라 —
사랑스러운 발들을 기억했다.
아, 정말 정말 그랬던 것을,
그녀가 조심성 없이 그의 손을 꼭 쥐었던 것을
그는 기억했다. 바보였어,
그녀와 함께 있어야 했어, 그래, 240
그 순간을 잡아야 했어.
그러나 아직 늦진 않았지. 그래,
물론 문은 지금 열려 있을 거야.
벌떡 일어나 서둘러서
어깨에 현란한 비단 가운을 걸치고
어둠 속에서 의자를 넘어뜨려 가면서
달콤한 보상의 희망 속에서
신(新)타킨은 루크레티아에게로
향한다, 모든 것을 무릅쓰고서.*

* 셰익스피어의 서사시 「루크레티아의 강간」을 염두에 둔 것. 기원전 6세기 경 제

마치 이따금 교활한 고양이, 250
하녀의 귀염둥이 새침데기가
잠자리에서 일어나 살금살금
도둑처럼 쥐 잡으러 다가가듯이,
게슴츠레한 눈으로 다가가서
몸을 웅크리고 꼬리로 장난하다가 갑자기
교활한 앞발의 발톱을 벌려서
불쌍한 놈을 잡아먹듯이.

사랑에 빠진 백작은 어둠 속을 돌아다니면서
더듬더듬 길을 찾는다.
불같은 욕망으로 괴로워서 260
숨이 막힐 지경이다.
발밑에서 갑자기 마룻바닥이 삐걱거리자
덜덜 떨며 여기로 그가 온다,
금단의 문으로 다가선다,
청동제 문손잡이를 살짝 누르자
문이 슬며시, 슬며시 열리고
바라보니, 희미하게 타는 등잔이
창백하게 침실을 비추고 있고
안주인은 평화롭게 자고 있고,

정로마 마지막 황제의 아들인 타킨(타르퀴니우스)이 콜라티누스의 아내 루크레치아를 강간한다. 루크레치아는 모멸감에 자살하고 이에 분노한 민중이 봉기를 일으켜 로마 공화국을 탄생시켰다는 내용이다. 「눌린 백작」과의 연관성에 관해서는 작품 해설을 참고할 것.

혹은 자는 척하는 건지도. 270

방 안으로 들어가, 천천히 다가가다가, 물러서다가
갑자기 그녀의 발치에 몸을 던진다…….
그녀는…… 저, 실례입니다만서도
페테르부르크의 귀부인들께
우리 나탈리야 파블로브나가 깨었을 때
느낄 그 공포를 상상해 보시기를, 그리고 그녀가
어쩨야 할지 말씀 좀 해 주시기를 청하옵니다.

그녀가, 커다란 두 눈을 뜨고
백작을 바라보니, 우리의 주인공이
과장되게 감정을 쏟아내며 손으로 280
함부로 이불을 건드리니
처음에 그녀는 정말로
정신이 아득했다네.
하나 정신을 차리고
분노로 가득 차서 위엄스레,
아마도 또 무섭기도 했겠고,
팔을 크게 휘둘러 냅다
타킨의 따귀를 올려붙였다, 정통으로.
정말 된통 굉장한 따귀였다.

눌린 백작, 그런 모욕을 당하고 290
수치심으로 타오르고, 그래도

애석한 마음 아직 활활 타오르고,
그가 어째야 할지 나도 모르겠고,
갑자기 털북숭이 개가 짖어 대고,
단잠에서 깨어난 파라샤, 총총하니
달려오고, 발걸음 소리 들은 백작, 아따,
망할 놈의 집, 변덕쟁이 미인 같으니,
저주하며 수치스럽게 곧장
도망할 수밖에. 젠장.

그가, 안주인이, 또 파라샤가, 300
나머지 밤을 어찌 보냈을까
마음대로 상상해 보게!
상상을 도와줄 생각은 없네.

아침에 말없이 일어나,
백작은 심드렁히 옷 입고,
하품하며 대충 되는 대로
장밋빛 손톱을 손질한 후,
넥타이도 되는 대로 매고
솔을 적셔 곱슬머리를 곱게
빗어 넘기지도 않네. 310
그가 뭘 생각하는지 나도 모르겠네.
그런데 차 마시라고 부르시네.
어쩔 거나? 백작은 불편스러운
수치심과 속에 감춘

화를 달래며 간다네,

젊은 장난꾸러기 여인이
장난 섞인 시선을 내리깔고
붉은 입술을 깨물면서 웃음을 겨우 참고
공손하게 대화를 이리저리
끌어가니, 처음엔 당황했던 백작도
점차 용기를 얻어서 320
웃음 띠며 답하고
반시간도 채 못 가서
벌써 다시 사랑스레 농담하고
또다시 사랑에 빠질 지경이 되고.
갑자기 현관에 소리 나며 누군가 들어온다. 누굴 거나?
"나타샤, 잘 있었소?"
"아, 맙소사!
백작님. 이이가 제 남편이에요, 여보,
이분은 눌린 백작이세요."
"진심으로 반갑소…….
얼마나 궂은 날씨인지! 어,
대장간 부근에서 당신 마차가 다 330
고쳐져 있는 걸 보았소.
나타샤! 거기 채소밭 근처에서
우리가 토끼를 잡아 죽였거든……. 어,
어이, 보드카 가져와! 백작, 맛 좀 보오.
멀리서 보내온 거라오.

우리와 함께 식사하려오?"
"모르겠어요. 제가 정말 바빠서요."
"백작, 사양하지 마시오.
나와 내 아내는 손님을 좋아하오,
안 되오, 백작, 머무시오!"
하나 유감이 쌓이고 340
이제 모든 희망을 잃어버린
불쌍한 백작은 고집 피우며 사양하네.
벌써 한잔 들이켜 기세 오른 피카르는
앓는 소리 하며 짐 궤짝을 따라오네.
하인 두 명이 궤짝을 들고 마차에
벌써 다가와 조이기 시작하네.
현관 앞에 마차가 대기하고
피카르는 모든 걸 다 챙기고
백작이 떠나가네……. 이로써 이야기를
끝낼 수 있겠네만, 여보게들, 350
한마디만 덧붙이겠네.

·

마차가 떠나간 뒤에
아내는 남편에게 모든 것을 말했고
우리 백작의 모험에 대해
온 이웃에게 떠벌렸네. 그건 그렇고
한데 나탈리야 파블로브나와 함께
가장 많이 웃은 사람은 누굴 거나?
여러분들은 모를 거요. 왜 모르냐고? 안다고? 아,

남편이라고? — 바로 그게 아니네! 전혀 남편이 아니네.
남편은 이 사건을 굉장한 모욕으로 여겨서 360
그 바보 새끼, 젖내 나는 백작 놈을 족쳐서
빽빽 울게 하겠다고
개한테 물게 하겠다고
펄펄 뛰었을 뿐이고
웃은 사람은 바로 그들의 이웃 지주인
스물세 살의 리딘이었네.

이제 우리는, 우리 시대에는
남편에게 정조를 지키는
아내가 전혀 드물지 않다는 것을
정당하게 말할 수 있게 됐네, 여보게들. 370

서사시 편

폴타바

전쟁의 기세와 영광은
그것의 허망한 추종자, 백성들처럼
승리한 황제에게로 지조 없이 옮겨 가는군.

— 바이런

헌사

그대에게 — 하나 슬픈 시혼의 목소리,
그대 귀에 닿으려나?
그대 소박한 영혼으로
내 마음이 향하는 곳 알 수 있을까?
아니면 시인의 헌사도 언젠가
그의 사랑처럼 받아들여지지 못하고
그대에게서 아무 대답 못 듣고
또다시 지나가 버리려나?

적어도 알아차려 주오, 그대에게
종종 사랑스러웠던 이 소리만큼은. 10
그리고 생각해 주오, 내 변덕스러운
운명과 헤어짐의 나날들 속에
그대의 쓸쓸한 황무지,

그대의 마지막 말소리,
이들만이 오직 보물이고 신성이고
내 영혼의 사랑인 것을 말이오.

첫 번째 노래

코추베이[1]는 부자이고 명성이 높네.
한없이 넓은 그의 초지,
그곳에서 수많은 말들이
자유로이 방목되네. 20
폴타바의 모든 후토르[2]들은
어디나 그의 영지로 둘러싸였고
보이는 것이나 잠가 둔 것이나
수많은 보석, 털가죽, 비단, 은…… 막론하고
헤아릴 수없이 많은 재산을 가졌으나
코추베이가 부자이고 자랑스러워하는 것은
긴 갈기의 말들이나 금이나,
크리미아 사람들의 공물이나
조상의 집들 때문이 아니네,
늙은 코추베이가 자랑스러워하는 것은 30

자신의 아름다운 딸이네.[3)]

한마디로 폴타바에는 마리야에
견줄 수 있는 미인이 없네.
그녀는 떡갈나무 그늘 아래
귀염 받는 봄꽃처럼 신선하고
키예프 언덕들의 백양나무처럼
늘씬하네. 그녀의 움직임은
때로는 인적 없는 호수에
백조들이 헤엄쳐 가듯 하고
때로는 사슴이 달음질하듯 하네. 40
그녀 가슴은 포말처럼 희네.
높은 이마 주위로
고수머리가 짙은 먹구름 같고
두 눈은 별처럼 빛나네.
하나 어디서나 사람들이
소리 높여 칭송한 것은
젊은 마리야의 아름다움(한순간에
지는 꽃!)만이 아니네.
그녀는 어디서나 겸손하고
현명하다고 명성이 드높았네. 50
우크라이나와 러시아는
선망받는 구혼자들을 그녀에게 보내네.
하나 혼례관을 굴레처럼
겁먹은 마리야는 마냥 피하네.

모든 구혼자들을 거절하니 이제
게트만 자신이 그녀에게 중매인을 보내네.[4)]

그는 늙은 남자. 세월과 전쟁과
근심과 노동으로 고난을 많이 겪었으나
그 안에 감정은 불타고 있었던 것.
마제파는 새로이 사랑을 느꼈던 것. 60

젊은 심장은 순간적으로 불타다
꺼지지. 그 속에 사랑은
지나가고 다시 또 오지.
그 속의 감정은 매일 달라지지.
오랜 세월에 굳어진
늙은 심장은 그렇게 마음대로,
그렇게 가볍게 그렇게 순간적으로
열정의 불이 타오르지 않지.
늙은 심장은 줄기차게 천천히
열정의 불 속에서 담금질되지. 70
하나 늦은 열정은 차가워질 줄 모르지,
생명이 끝날 때만이 늙은 심장을 떠나지.

산양이 바위 밑으로 피하지 않으면
독수리 무겁게 날아오르는 소리 들려오고
신부는 홀로 현관 마루에서 서성이면서
파랗게 떨며 결정을 기다리고.

온통 분노에 가득 차서
어머니가 그녀에게로 와서
몸을 떨며 그녀의 손을 잡고 말한다.
"파렴치한! 늙은 불한당! 80
어떻게 그럴 수가? ……안 돼, 우리가 살아 있는 한
안 돼! 그는 죄를 짓지 못 할 거다.
그는 순진한 자기 대녀에게
아버지나 친구가 되어야 마땅하지…….
미치광이! 황혼 길에 들어서서
그녀의 남편이 되겠다고 생각하다니!"
마리야는 부르르 떨었다. 무덤 같은 창백함이
그녀의 얼굴을 덮었다.
죽은 사람처럼 차가워져서
처녀는 현관 계단으로 쓰러졌다. 90

그녀는 정신을 차렸으나, 곧
다시 두 눈을 감고는 한 마디 말도
하지 않았다. 아버지와 어머니는 줄곧
그녀의 마음을 평안하게 하고
두려움과 슬픔을 몰아내고
혼란한 생각들의 동요를 진정시키려 애썼다…….
하나 소용이 없었다. 꼬박 이틀을
말없이 울거나 신음하며
마리야는 먹지도 마시지도 않았고
망령처럼 창백해져 서성대며 100

잠이 들지 못했다. 사흘 째 되는 날
그녀의 방은 비어 버렸다.

언제 어떻게 그녀가 자취를 감췄는지
아무도 몰랐다. 어부만이
그날 밤 말발굽 소리와
카자크어와 여인의 속삭임을 들었다.
아침에 여덟 개의 말발굽이
초원의 이슬 위에 흔적을 남겼다.

두 뺨의 첫 솜털과
젊은이의 아맛빛 고수머리만이 아니라 110
가끔은 늙은 남자의 엄격한 모습,
이마의 상처들, 반백의 머리카락도
미인의 상상 속으로
열정적 꿈들을 쏟아 넣는 법이다.

곧 코추베이의 귓가로
치명적인 소식이 들려왔다.
그녀가 부끄러움과 명예를 잊고
악당의 품속에 있다고!
이 무슨 치욕인가! 아버지와 어머니는
소문을 이해할 엄두를 못 낸다. 120
이제야 진실이 그 끔찍한 알몸으로
만천하에 드러났다.

이제야 젊은 여죄인의 감춰진
영혼의 비밀이 밝혀졌다.
이제야 비로소 명백해졌다,
왜 그녀가 제멋대로
가족의 굴레로부터 달아났는지,
왜 그녀가 몰래 괴로워하며 한숨 쉬고
신랑감들의 인사에도
거만한 침묵으로 답했는지. 130
기쁜 대화가 넘치고
포도주잔이 거품을 낼 때
왜 그녀가 말없이 식탁에 앉아
게트만의 말에만 귀 기울였는지,
왜 그녀가 언제나
그가 가난하고 젊은 시절
사람들 입에 오르내리지 않았을 때
지은 노래들[5]만 불렀는지,
왜 부드러운 영혼을 가진 그녀가
기마대와 전쟁의 북소리, 그리고 140
소아시아 지배자의
깃발과 철퇴[6] 앞에서 지르는
경례의 함성들을 사랑했는지…….

코추베이는 부유하고 지체가 높네.
그에게는 친구들도 상당히 많네.
그는 자신의 명예를 깨끗이 할 수 있네.

그는 폴타바를 혼란에 빠트릴 수 있네.
아버지의 정당한 복수로써
악당의 궁정 한가운데서
갑자기 거만한 악당을 덮칠 수도 있네. 150
틀림없는 손으로 속 시원히
그를 찌를 수도 있네……. 하나 다른 계획이
코추베이의 심장을 흔들었네.

때는 젊은 러시아가
전투에 온 힘을 기울이며
표트르의 정신과 함께
성숙해 가던 혼란의 시기였으며
명예의 학업에서 러시아에게
주어진 선생은 엄격했다. 스웨덴의 용사가
러시아에게 예기치 못한 피의 교훈을 160
한두 번 준 것이 아니었다.
그러나 긴 보복의 유혹 속에서
운명의 타격들을 견디면서
러시아는 강해져 갔다, 무거운 망치가
유리를 깨뜨리며 검을 벼르듯이.

무익한 영광의 관을 쓰고
용감한 카를은 심연 위에서 미끄러지고 있었다.
그는 회오리바람이 계곡의 먼지를 불어 대어
먼지투성이 풀들을 쓰러지게 하듯

러시아 무사들을 쓸어 내며 170
옛 모스크바를 향해 나아갔다.
우리 시대의 새로운 강적,
운명의 남자*가 자신의 후퇴의 걸음을
파멸이라 선언했을 때 흔적을 남긴
그 길을 따라서 그는 오고 있었다.[7)]

우크라이나는 소리 없이 흔들렸다.
일찍이 그 안에 불꽃이 지펴져 있었던 것.
피 흘린 지난날의 동지들은
민족의 전쟁을 고대하고
게트만이 그들의 속박을 끊어 줄 것을 180
거들먹거리며 요구하며 불평했고
그들의 경솔한 열광은
초조하게 카를을 기다리고 있었다.
마제파 주위에 반란의 외침이
울렸다, 때가 왔다, 때가 왔다!
그러나 늙은 게트만은
표트르의 공손한 신하로 남았다.
평소의 엄격함을 지키며 그는
평화롭게 우크라이나를 다스렸다.
사람들의 말을 듣지 못하는 듯 190
태평하게 잔치만 하였다.

* 나폴레옹을 말한다.

"게트만은 도대체 뭐야? — 젊은이들은
되뇌었다 — 그는 쇠약해졌어. 너무 늙었어.
고생과 나이가 예전의 그의 행동하는
열정을 다 꺼뜨려 버렸어.
무엇 때문에 떨리는 손으로 아직
권표(權標)를 쥐고 있는 거지?
이제 증오하는 모스크바를 향하여
전쟁을 일으킬 때가 됐어!
늙은 도로셴코[8)]나 200
젊은 사모일로비치[9)]나
우리 팔레이[10)]나 고르데옌코[11)]라면
전투력을 가졌을 텐데. 그러면
카자크인들은 먼 이국 만 리
눈 속에서 죽지 않았을 텐데…….
비참한 소러시아의 연대는 이미
해방되고도 남았을 텐데…….[12)]"

그렇게 방자하게 열이 올라서
대담한 청년들은 투덜거렸다,
위험한 변화를 고대하면서 210
조국의 오랜 포로 상태를 잊고
보그단*의 성공적 담판도 잊고

---

* 보그단 흐멜니츠키(1595~1657)는 1648년 폴란드에 반기를 든 카자크 대장으로, 이후 이 지역은 모스크바의 보호를 받으며 게트만이 통치하게 되었다.

신성한 전투들, 조부들 시대의
조약과 명예도 다 잊고.
하나 노인은 조심스레 발을 디디며
의심스레 쳐다본다.
무엇을 해서는 안 되고 무엇을 할 수 있는지
노인은 갑자기 결론 내지 않는다.
누가 얼음으로 덮인
바다 밑으로 내려가겠는가? 220
누가 예민한 정신으로
교활한 영혼의 숙명적인 심연을
들여다볼 수 있겠는가? 그 속의
생각들, 억눌린 열정의 열매들은
깊이 묻힌 채 감춰져 있다.
오래전부터의 계획은
홀로 익어 가고 있었을 것이다.
하나 어찌 알 수 있으랴? 마제파가 악당일수록
그의 마음이 교활하고 거짓될수록
겉보기에 그는 더 조심성 없고 230
행동거지도 더 자연스러웠으니.
얼마나 그가 자유자재로
심장을 유혹하고 꿰뚫어 볼 줄 알았는지,
민심을 안전하게 이끌어 가고
다른 사람의 비밀을 열어 낼 줄 알았는지!
잘 믿는 체 가장하며 잔치에서
노인들과 함께 옛 시절에 대해

이 말 저 말 지껄이며 애석해하기,
제멋대로 구는 자들과 함께
자유를 찬양하기, 불만을 가진 자들과 함께 240
위정자들 욕하기, 학대받은 자들과 함께
눈물 흘리기, 바보와 함께 영리한 대화하기,
이 모두를 얼마나 잘해 냈는지!
그의 영혼이 길들여지지 않는다는 것,
그가 명예스럽게건 불명예스럽게건
자기의 적들을 해치는 것을 기뻐한다는 것,
그가 모욕당한 일은 살아 있는 한
절대로 잊지 않는다는 것,
거만한 노인이 멀리 내다보고
사악한 계획을 펼치고 있다는 것, 250
그가 신성을 모르고
은혜를 기억하지 못하며
아무것도 사랑하지 않고
물처럼 피를 쏟을 태세이며
자유를 경멸한다는 것, 또
그에게는 조국이 없다는 것,
이 사실을 아는 사람은 거의 없었다.

오래전부터 흉악한 노인은
가슴속에 끔찍한 계획을 남몰래 맘껏
키우고 있었다. 하나 위험한 시선은, 260
적의에 찬 시선은 그것을 간파했던 것.

"세상에, 뻔뻔스러운 맹수, 파괴자! —
코추베이는 이를 갈며 생각한다 —
너의 방, 내 딸의 방을
내 손으로 보호해 주리라.
너는 불에 타 죽지도,
카자크의 대검에 죽지도
않을 것이다. 못된 놈, 너는 저
모스크바 형리들의 손 밑에서
피를 흘리며 헛되이 변명하며 270
형틀 위에서 고통으로 못 견뎌 하며
몸을 웅크리게 될 거고, 그때,
너는 대녀에게 세례 주던 그날, 그때를,
또 내가 너에게 명예를 기리는 잔에
술을 가득히 부었던 향연을,
또 너, 늙은 매가 우리의 비둘기를
꽉꽉 쪼아 먹던 그 밤을 저주하게 될 것이다! ……."

그렇다! 한때는 마제파가 코추베이의
친구이던 시절이 있었다. 그때의
둘은 소금과 곡식과 향유를 나누듯 280
감정도 나누었다. 말을 타고 둘은 밥 먹듯
불속을 뚫고 이리 저리 승리의 전장을
누비며 나란히 달렸다.
그들이 둘이서만 긴 대화를
나누는 일도 자주 있었다.

음험한 게트만도 코추베이 앞에서는
반란의 게걸스러운 영혼의
심연을 조금은 열어 보였는데
불분명한 말 속에
다가올 변화에 대해 290
조약들에 대해, 반란에 대해 암시했다.
그렇다, 코추베이의 심장은 그때
마제파에게 바쳐져 있었다.
그러나 지금 쓰디쓴 분노로
광분하는 그 심장은 오직 한가지로만
살아간다. 밤이나 낮이나 그가 품는
한 가지 생각, 그건 바로 스스로
파멸하거나 아니면 파멸시키거나
딸의 치욕을 복수하리라는 것이다.

그러나 그는 복수의 원한을 가슴 깊은 곳에 300
감추고 있었다. 겉으로는 누구나
'힘없는 슬픔 속에서 이제
그의 생각은 무덤을 향하는구나.
그는 마제파가 불행하기를 바라지 않아,
모든 죄가 오직 딸에게 있다고.
그래도 그는 딸도 용서하는구나,
하늘도 법도 잊고 가족을 치욕으로
덮은 딸이라 스스로 하느님 앞에 책임지라고.'
하고 생각하도록 행동했다.

그러면서 그는 독수리 같은 310
시선으로 자기 주변에서 언제나
흔들림 없고 매수당하지 않는
용감한 동지들을 찾았다.
모든 것을 그는 아내에게 밝혔다.[13)]
오래전에 깊은 적막 속에서
이미 무서운 밀고를 준비해 왔다고.
여자 특유의 분노로 가득 차서
인내심 없는 아내는 대고
적의에 찬 남편을 재촉한다.
밤의 고요 속에서, 침대 속에서 320
그녀는 무슨 귀신처럼 그에게
복수에 대해 속삭이고 야단하고
눈물 흘리고 부추기고
맹세를 요구했다. 결국 코추베이는
침울하게 그녀에게 맹세했다.

공격이 준비되었다. 코추베이와 함께
두려움을 모르는 이스크라[14)]가 한편이 되었다.
둘은 생각했다. '해낼 수 있다. 이제
적의 파멸은 결정되었다.
하나 대체 누가 열의에 불타며 330
공공의 선을 선망하면서
권세 높은 악당에 대한 밀고를
편견을 가진 표트르의 발아래

머뭇거리지 않고 행할 것인가?'

불행한 처녀가 무시한
폴타바의 카자크 청년들 가운데
어렸을 적부터 그녀에 대해
열정적인 사랑을 품어 온 사람이 있었다.
저녁에도, 새벽녘에도
고향의 강변에서 340
우크라이나 벚나무 그늘 아래
그는 마리야를 기다리곤 했으며
기다림으로 괴로워하다가
잠깐의 만남으로 위로받았다.
그는 희망 없이 그녀를 사랑했으며
애원으로 그녀를 지겹게 하지 않았다,
거절을 견디지 못할 것 같았기에.
그녀에게 신랑감들이 떼 지어
다가왔을 때, 그는 그들 행렬에서
우울하고 고독하게 멀어졌다. 350
카자크인들 사이에 갑자기
마리야의 치욕이 널리 알려졌을 때
가차 없는 소문이 비웃음과 함께
그녀를 경악시켰을 때
이때도 마리야는 그에게
예전의 권리를 보전하고 있었다.
하나 누군가 우연이라도

그 앞에서 마제파를 입에 올리면
그는 창백해지며 몰래 괴로워하면서
시선을 땅으로 떨어뜨렸다. 360
. . . .*

별이 빛나고 달이 뜨는 밤에, 오,
누가 그리도 밤늦게 말달리는가?
드넓은 초원에 지칠 줄 모르고
달리는 말은 누구의 것인가?

카자크는 계속 북쪽을 향해 달린다.
카자크는 쉬려 하지 않는다.
들판에서도 참나무 숲에서도
위험한 여울목에서도.

유리처럼 그의 다마스쿠스 검은 번쩍이고
품속에서 작은 주머니가 덜렁인다. 370
준마는 말갈기를 휘날리며
거침없이 달린다.

파발꾼에게 금화가 필요하고
청년에게 장검이 소중하고
준마 또한 소중하나

---

* 푸슈킨이 한 행을 생략한다는 의미로 쓴 기호.

모자는 그에게 더 귀중하다.

모자를 위해서는 말도, 금화도,
검도 기꺼이 다 버릴 것이다.
그러나 모자만은 싸움 없이는, 그것도
물불 안 가리는 싸움 없이는 내주지 않을 것이다. 380

무엇 때문에 그가 모자를 소중히 할까?
그건 코추베이가 표트르 황제에게 보내는
악당 게트만에 대한 밀고가
그 속에 꿰매져 있기 때문이다.

반면 무엇으로도 놀라지 않는
마제파는 위험을 느끼지 못하고
음모를 계속하고 있었고,
함께 민중의 봉기를 꾀하는
제수이트 전권 대리인[15]은
그에게 위대한 권좌를 약속한다. 390
밤의 어둠 속에서 그들은
도적처럼 담판을 진행한다.
그들만의 반역을 존중하고
우니베르살[16]의 조문들을 만들고
황제의 목을 거래하고
신하들의 맹세를 거래한다.
어디서 왔는지 모르는 거지 한 사람이

궁정으로 들락거린다.
게트만의 부하 오를릭[17]이
그를 데리고 왔다가 데리고 나간다. 400
그가 보낸 하인들이
온 곳에 몰래 독을 뿌린다.
그들은 불라빈[18]과 함께 돈 강 유역에서
카자크 부대들을 괴롭히고,
야만족들의 용맹을 일깨우며
드네프르 여울목 뒤에서는
표트르의 전제 정치를 보라며
거친 방랑족을 겁준다.
마제파는 온 곳에 시선을 던지고
나라 끝에서 끝까지 편지들을 보낸다. 410
교활한 협박으로 그는 바흐치사라이로 하여금
모스크바에 대항하도록 부추긴다.
바르샤바에서는 왕이, 오차코프 성벽에서는 총독이,
양 진지에서는 카를과 황제가
그의 말을 경청한다. 그의
교활한 머리가 깨어 있었던 것이다.
그는 생각에 생각을 거듭하며
좀 더 확실한 타격을 준비한다.
그의 사악한 의지는 약해질 줄 모르며
범죄의 열정은 지칠 줄 모른다. 420

그러나 그의 앞에 갑자기

천둥이 내리치며 울렸을 때, 그에게,
바로 러시아의 적인 그에게
러시아의 고관들[19]이
폴타바에서 온 밀고장을 보냈을 때
그리고 정당한 위협 대신에 그에게 마치
희생물을 대하듯 넘치게 사랑을 베풀었을 때
그가 얼마나 몸을 떨며 눈을 부릅떴는지!
전쟁으로 시름에 젖은 황제도
그런 거짓된 모함을 증오하면서 430
밀고장에 관심을 기울이지 않고
몸소 유다* 놈을 위로하면서
대대적인 징벌로써 악의를
오래도록 진정시키리라 약속하였다!

마제파는 가장한 슬픔 속에서
황제에게 공손한 목소리를 높인다.
"하느님이 아시고 세상이 보옵니다.
이 불행한 게트만은 이십 년 동안 계속해서
충성스러운 영혼으로 폐하께 봉사하였나이다.
폐하의 한량없는 은혜를 한껏 입으면서 440
놀랄 만큼 고귀한 신분이 되었나이다…….
오, 눈멀고 정신 나간 악의! 이제 와서
그가 무덤의 문가에서

* 예수를 배신한 가롯 유다에 마제파를 빗댄 것.

배반의 학업을 시작해서
신성한 영예를 어둡게 해야 하나이까?
스타니슬라브[20] 돕기를
분노하며 거절한 그가 아니었나이까?
우크라이나의 왕관을 수치로 여기고
계약과 비밀 편지를 의무에 따라
폐하께 보낸 그가 아니었나이까? 450
칸[21]과 차르그라드 술탄의 사주에도
귀 기울인 적 없던 그가 아니었나이까?
열성으로 검붉게 불타며
하얀 황제의 적들과
지략으로나 검으로 싸우기를 기뻐했고
노력과 생명을 아끼지 않았나이다.
그런데 이제 사악한 적이 감히
그의 센 머리카락을 모욕하나이다!
누가 그러나이까? 이스크라, 코추베이!
그렇게 오랜 그의 친구들이옵니다! …….” 460
피에 굶주린 눈물을 흘리며
냉혹하고 뻔뻔스럽게
악당은 그들의 처형을 요구한다.[22]

누구의 처형을? ……고집 센 늙은이 같으니!
누구의 딸이 그의 품속에 있나?
그러나 심장의 희미한 투덜거림을
그는 차갑게 누른다.

그는 말한다. "무엇 때문에 이 미친놈이
턱도 없는 싸움에 발을 들여 놓는가?
자존심 높은 자유인인 그 자신이 470
스스로에게 도끼날을 갈다니.
눈을 감고 어디로 달리는가?
어디에 희망을 두는 건가?
혹시…… 그러나 딸의 사랑이
아버지의 목을 살 수는 없다.
연인은 게트만에게 지고 말 것이다,
그렇지 않으면 내 피가 흐르리라."

마리야, 불쌍한 마리야,
체르케스의 딸들 중 으뜸가는 미인이여!
너는 네 가슴 위에 어떤 뱀을 480
애무하는지 모르는구나.
너는 어떤 알 수 없는 힘에 의해서
흉포하고 방탕한 영혼에게
그토록 강하게 끌렸단 말이냐?
너는 누구에게 희생물로 주어진 것이냐?
그의 센 고수머리,
그의 깊게 팬 주름살,
그의 번뜩이는 움푹 꺼진 시선,
그의 교묘한 이야기들,
모든 것이, 모든 것이 네게 더 소중했지. 490
너는 그것들을 위해 어머니를 잊을 수 있었고

유혹의 잠자리를 편 침대를
아버지의 집보다 더 좋아했지.
기이한 두 눈으로
노인은 너를 현혹하였고
은근하고 나직한 말로
네 양심을 잠재웠다.
너는 공경심을 가지고
눈먼 시선을 그에게로 쳐들었고
감동하며 그를 위무했지. 500
너의 모욕은 너에게 편안했으며
너는 미친 황홀경 속에서
모욕을 순결처럼 자랑스러워했다.
너는 너의 파멸 속에서 잃어버렸다,
부끄러움이라는 사랑스러운 매력을…….

마리야에게 수치란, 소문이란 다 무엇인가?
그녀에게 세상의 질책들이 무슨 의미가 있나?
늙은 게트만이 무릎을 꿇은 채
자존심 높은 머리를 그녀에게로 기울이고
그녀와 함께 자신의 운명의 510
고생도 소란도 다 잊은 채
대담하고 무서운 생각의 비밀을
수줍은 처녀인 그녀에게 털어 놓는데?
그녀는 무구하던 시절이 아쉽지 않았다.
간혹 슬픔이 그녀의 영혼을

먹구름처럼 어둡게 했을 뿐이다.
그녀는 눈앞에 우울한
아버지와 어머니를 그린다.
눈물 사이로 자식 없이
홀로 사는 그들을 보니 520
그들의 질책이 들리는 듯하다…….
오, 만약 이미 우크라이나 전체가
알고 있는 것을 그녀가 알게 된다면!
그러나 아직 그녀에게
살인적인 비밀은 알려지지 않았다. 525

두 번째 노래

마제파는 음울하다. 그의 영혼은
잔혹한 생각들로 들끓는다.
마리야는 사랑스러운 눈으로
자신의 노인을 바라본다.
그녀는 그의 무릎을 안고 530
사랑의 말을 그에게 되풀이한다.
소용없어라. 그녀의 사랑도
검은 생각들을 물리치지 못한다.
불쌍한 처녀 앞에서 아무것도 듣지 못하고
그저 차갑게 눈을 내리깔고
그녀의 사랑스러운 비난에 대해서
침묵으로만 답할 뿐이다.
놀라서 어쩔 줄 모르는 채
모욕감으로 숨이 막힌 채

일어나서 분노하며 말한다. 540

"들어봐요, 게트만. 당신을 위해
저는 세상의 모든 것을 잊었어요.
한번 영원히 사랑하게 된 후에
오직 당신의 사랑만이
저의 목적이었지요. 그 사랑을 위해
저는 자신의 행복을 망쳤어요.
그러나 저는 조금도 애석해하지 않아요…….
당신은 기억하지요, 무서운 정적 속에서
그날 밤 제가 어떻게 당신의 것이 되었는지.
당신은 저를 사랑하기로 맹세했어요. 550
그런데 어째서 저를 사랑하지 않나요?"

마제파 내 사랑, 당신은 부당하오.
말도 안 되는 생각이오.
의심으로 심장을 망치겠소.
아, 열정이 당신의 불타는 영혼을
흔들고 눈멀게 하는 거요.
마리야, 믿소, 나는 당신을
명예보다 권력보다 더 사랑하오.

마리야 거짓이에요. 당신은 저를 속이네요.
우리가 함께한 지 오래되었나요? 560
지금 당신은 제 애무를 피해요.
지금 제 애무가 귀찮아진 거죠.
당신은 하루 종일 장수들과 함께

연회를 하거나 여행을 다니죠. 전 잊혔어요.
당신은 긴 밤에도 혼자이거나 거지와 함께
제수이트 교도 방에 가지요.
당신은 내 온순한 사랑에
차갑고 엄격하게 대할 뿐이에요.
당신이 얼마 전에 둘스카야에게
축배를 든 것을 알아요. 새 소식이죠. 570
이 둘스카야가 누군가요?

마제파 당신도
질투를 하는 거요? 이렇게 나이 든 내가
자기애 강한 미인의 거만한 인사를
구한다는 게 말이나 되오?
엄격한 노인인 내가
할 일 없는 젊은이처럼 한숨을 쉬면서
수치의 족쇄들을 고통스레 끌면서
짐짓 여자들을 유혹한단 말인가?

마리야 아니, 변명하지 말고 해명해 줘요.
그리고 쉽게 직접적으로 대답해 줘요. 580

마제파 당신 영혼의 평안은 내게 소중하오.
마리야. 그럴 수밖에 없었소, 알아 두시오.

오래전에 우리는 일을 계획했소.
이제 그 일이 우리에게서 끓어오르고 있소.
호기가 우리에게 다가온 거요.
위대한 전쟁의 시간이 가깝소.

사랑스러운 자유와 명예 없이
우리는 바르샤바의 보호 아래
모스크바의 전제 군주 아래
오랫동안 고개를 숙였소. 하나 이미 590
우크라이나가 독립할
시기가 온 거요.
피 흘리는 자유의 깃발을
표트르를 향해 쳐드오.
모든 것이 준비되었소.
두 왕이 나와 교섭 중이오.
이제 곧 혼란 속에서, 전투 속에서
아마 내가 옥좌를 세울 것이오.
나는 믿을 만한 친구들이 있소.
둘스카야 공작부인과 그녀와 함께 600
내 제수이트회 교도, 그리고 그 거지가
내 계획을 완성해 가고 있소.
그들의 손을 통하여 칙서들,
왕들의 편지들이 내게 도달하고 있소.
이것이 당신에게 하는 중대한 고백이오.
당신 만족했소? 당신의 공상들이
사라졌소?

마리야 오, 내 사랑! 당신은
조국의 황제가 되겠네요!
당신의 센 머리에 황제의 왕관은
얼마나 잘 어울릴까요!

마제파 잠깐, 멈추시오. 610

모든 것이 다 이루어진 것은 아니오.

폭풍우가 울릴 거요.

뭐가 날 기다리는지 누가 알 수 있겠소?

마리야 당신 곁에 있으면 전 두려움을 몰라요.

당신은 그렇게 강하지요! 오, 제가 알지요,

옥좌가 당신을 기다리고 있어요,

마제파 만약 교수대가? …….

마리야 그렇다면 당신과 함께 교수대로 가겠어요.

아, 제가 어찌 당신보다 더 오래 살 수 있겠어요?

하나 아니에요. 당신은 권력의 표지를 지니고 있어요.

마제파 당신, 나를 사랑하오?

마리야 제가! 사랑하냐고요?

마제파 아버지와 남편 중에서 누가 더 620

당신에게 소중하오? 말하오.

마리야 사랑하는 이,

무엇 때문에 그런 질문을 하나요? 그 질문이

공연히 저를 불안하게 하네요. 저는 그저

제 가족을 잊으려고 노력해요.

저는 그들에게 수치가 되었어요. 아마도

(얼마나 무서운 생각인지요!)

저는 제 아버지에게서 저주받았을 거예요.

누구 때문이죠?

마제파 그러니까 내가 아버지보다

더 소중하단 말이지? 말하오…….

마리야 오, 하느님! 아!
마제파 뭐요? 대답하오.
마리야 당신 스스로 답해 보세요. 630
마제파 우리 둘 중에, 좀 들어 보오,
그 아니면 내가 죽어야 한다면
그런데 당신이 재판관이 되어야 한다면
당신은 누구를 희생시키겠소,
누구에게 당신을 보상으로 주겠소?
마리야 아, 됐어요! 심장을 어지럽게 하지 말아요!
당신은 유혹자예요.
마제파 대답하오!
마리야 당신 창백해요. 당신의 말은 잔인하고……
오, 화내지 말아요! 저는 모든 것, 모든 것을
당신에게 희생할 태세가 되어 있어요. 믿어요. 640
그러나 그런 말들은 제게 무서워요.
그만하세요.
마제파 마리야, 기억해 둬요,
당신이 내게 지금 말한 것을.

우크라이나의 밤은 고요하다.
하늘은 투명하다. 별들이 빛난다.
대기는 졸음을 이기려 하지 않는다.
은빛 버드나무 잎사귀마다

고요한 떨림이 인다.
하얀 교회 위 높은 곳에서
달은 고요히 빛나며 650
호사스러운 게트만의 정원과
낡은 성을 비치고 있다.
주위는 온통 고요하고 고요하다.
성안에 속삭임과 소동이 들린다.
한 성탑의 창문 아래 코추베이가
사슬에 묶인 채 앉아서
깊고 무거운 생각에 잠겨서
음울하게 하늘을 바라본다.

내일 처형이다. 하나 아무런 두려움 없이
그는 무서운 처형에 대해 생각한다. 660
목숨을 애석해하는 것이 아니다.
그에게 죽음은 무엇인가? 바라던 잠이다.
그는 피투성이 관 속으로 누울 태세가 되어 있다.
졸음이 엄습한다, 하나 아, 공정하신 신이여!
악당의 발아래 말 못하는 짐승처럼
말 못하고 쓰러지고
황제에 의해 권세가 주어진
황제의 적에게 모욕받으며
목숨을, 목숨과 함께 명예를 잃고
교수대로 친구들을 불러들이고 670
관 위로 그들의 저주를 듣게 되고

죄 없이 도끼날 밑으로 누워
적의 즐거운 시선을 마주하고
죽음의 품으로 달려 들어가다니,
그것도 아무에게도 악당에 대한
적의를 유언으로 남기지도 못한 채! …….

그는 자기의 폴타바를 떠올린다.
항상 함께하던 가족들, 친구들,
지난날의 부와 명예,
자기 딸의 노래들, 680
그리고 오래된 집, 그가 태어났고
일과 평화로운 잠을 알았던 곳,
그가 살면서 즐기던 모든 것,
그가 스스로 버린 모든 것을 떠올린다.
무엇을 위해서였나?

문득 녹슨 자물통에서
열쇠가 쩔렁인다……. 불행한 사람은
졸음에서 깨어나 생각한다.
그가 왔구나! 내 피투성이 길에서
십자가 깃발 아래 나를 이끄는 분,
죄를 사하는 강력한 분, 690
영혼의 고통을 치유하는 분,
우리를 위해 못 박힌 그리스도를 섬기는 이,
그리스도의 신성한 피와 살을

내게로 가져오는 분, 이제 나는
힘이 생겨 죽음을 향하여 용감하게
발을 내딛고 영원한 생명의 성찬을 받으리!

심장이 무너지는 불행한 코추베이는
가장 강력하고 무한하신 분 앞에서
자신의 애원의 슬픔을
쏟아 놓을 준비가 되었다. 700
그러나 그는 신성한 은자가 아니라
다른 손님을 알아보았다.
포악한 오를릭이 그 앞에 서 있다.
그러자 혐오감으로 괴로워하며
수난자는 쓰디쓰게 묻는다.
"자네, 잔혹한 인간은 왜 여기 있나?
무엇 때문에 나의 마지막 잠자리를
마제파는 아직도 흔들어 대는가?"

오를릭 심문은 끝나지 않았다. 대답하라.

코추베이 나는 이미 대답했다. 물러가라. 710
나를 가만두어라.

오를릭 게트만 나리가 아직
자백을 요구한다.

코추베이 하나 무슨 자백 말이냐?
오래전에 이미 나는 너희들이 요구하는 것을
다 인정했다. "내 언행은 다 거짓이다.
나는 교활하다, 나는 반란을

꾀했다. 게트만이 옳다." 자,
너희는 뭘 더 원하는 거냐?

오를릭 우리는 네가
헤아릴 수 없으리만큼 부자라는 것을 안다.
네가 디칸카[23]에 감춘 것은
한두 가지 보물이 아닐 거다. 720
너는 처형될 것이다.
너의 재산은 고스란히
게트만 군대의 자산으로 들어가게 된다.
법이 그렇다. 나는 네가 마지막 의무를
다할 것을 명한다. 밝혀라,
네가 감춘 보물들이 어디 있느냐?

코추베이 그래, 너는 잘못 생각했다. 이승에서
세 가지 보물이 내게 기쁨이었다.
첫 번째 보물은 내 명예였는데
고문이 이 보물을 앗아 갔다. 730
되돌릴 수 없는 또 다른 보물은
내 사랑하는 딸의 명예였다.
나는 밤낮으로 그 때문에 치를 떤다.
마제파가 이 보물을 앗아 갔다.
하나 마지막 보물을 나는 간직하였다.
내 세 번째 보물은 신성한 복수를
신에게 바치려고 준비하는 것이다.

오를릭 늙은이, 공연한 헛소리 집어치워.
오늘 이 세상을 떠나며

진지하게 생각해 봐. 740
농담할 시간이 없어. 대답해,
고문을 또 받고 싶지 않으면.
돈을 어디다 감춘 거냐?

코추베이 못된 노예놈아!
어리석은 심문을 끝내지 못해?
기다려라, 내가 관 속에 드러눕거든
마제파와 함께 직접 피 묻은 손가락으로
내 유산을 세러 가거라.
내 지하 창고를 파헤치고
집들이고 정원이고
다 부수고 불태워라. 750
내 딸을 데려가라.
딸은 직접 너희에게 모든 것을 말하고
보물들이 어디 있는지 알려 줄 거다.
그러나 제발 간청하니
지금은 나를 좀 가만두어라.

오를릭 돈은 어디다 감추었냐? 어딘지 말해라.
안 할래? 돈은 어디 있냐? 말해라,
아니면 좋지 않을 거다.
다시 생각해 봐. 우리에게 장소를 말해.
말 안 해? 그럼, 고문을 해야지. 어이, 망나니![24] 760

망나니가 들어왔다…….

오, 고통의 밤!

하나 게트만은 대체 어디 있나? 악당은 어디 있나?
양심의 뱀이 갉는 것을 피해
그는 어디로 갔는가?
아직 아무것도 모른 채
세상모르고 잠든 처녀의 방,
젊은 대녀의 침대 곁에
마제파는 머리를 숙이고
말없이 음울하게 앉아 있다.
그의 머릿속에 여러 생각들이 지나간다, 770
점점 더 어두운 생각들이.
'정신 나간 코추베이는 죽을 것이다.
그를 구하면 안 된다. 게트만은
목표가 가까울수록 더욱더 강하게
권력으로 둘러싸여 있어야 한다.
적은 그 앞에서 더욱더 고개를 깊이
숙여야 한다. 구원은 없다.
밀고자와 그 일당은 죽을 것이다.'
하나 침상으로 눈을 돌리며
마제파는 생각한다. '오, 맙소사! 780
이 치명적인 말을 듣게 되면
그녀는 어찌 될 것인가?
지금까지 그녀는 아직 평온하다.
하나 비밀은 더 이상
지켜질 수 없다. 아침에 떨어지는
도끼 소리가 온 우크라이나에

철거덩 울려 퍼질 것이다. 온 세상이
그녀를 둘러싸고 말하기 시작할 것이다! …….
아으, 이제 깨닫는다, 삶의 파란이
운명 지어진 사람은 790
홀로 폭풍우 앞에 서야지,
아내를 곁으로 부르면 안 되는 것을…….
한 마차에 말과 겁 많은 사슴을
동시에 맬 수는 없는 법.
나는 부주의하게도 자신을 잊었다.
이제 미친 짓의 값을 치른다…….
스스로도 가치를 모르는 모든 것을
삶의 모든, 모든 소중한 것을
가련한 처녀는 내게 선물하였는데,
나 이 어두운 노인에게, 그런데 이게 무슨 일인가? 800
나 그녀에게 어떤 타격을 준비하고 있는가!'
그는 바라본다, 고요한 침대 위
청춘의 평온함이 어찌나 달콤한지!
잠이 그녀를 어찌나 사랑스레 어르고 있는지!
두 입술이 살짝 벌어졌고
젊은 가슴의 숨결은 평온하다.
그러나 내일, 내일…… 떨면서
마제파는 시선을 떼고
일어나서 고요히 몸을 돌려
외떨어진 정원으로 나간다. 810

우크라이나의 밤은 고요하다.
하늘은 투명하다. 별들이 빛난다.
대기는 졸음을 이기려 하지 않는다.
은빛 백양나무 잎들도
거의 움직이지 않는다.
그러나 마제파 머릿속의
이상한 생각들은 어둡다. 밤 별들이
비난하는 눈처럼 비웃듯
그의 뒤를 바라본다.
백양나무들도 빼곡히 열 지어 서서 820
고요히 고개를 흔들며
재판관들처럼 서로 속삭인다.
무더운 여름밤의 어둠은
검은 감옥처럼 답답하다.

문득…… 약한 외침 소리…… 들릴까 말까 하는 신음이
성으로부터 들려오는 듯하다.
그것이 상상 속 소리이거나,
올빼미 울음이거나 짐승의 으르렁거림이거나
고문의 신음이거나 다른 소리이거나 간에……
노인은 자신의 불안을 830
이기지 못한다.
길고 약한 외침 소리에
다른 외침이 대답한다.
그가 자벨라, 가말레이 그리고

그…… 이 코추베이와 함께
전투의 불속을 달릴 때
대담한 쾌활함으로
전쟁터를 쩡쩡 울렸던 그 외침이.

붉은 아침노을의 빛살이
밝게 하늘을 둘러싼다. 840
골짜기와 산과 들이,
숲 꼭대기와 강의 물결이 반짝였다.
아침의 장난스러운 소리가 울렸고,
사람들도 깨어났다.

마리야는 아직 달콤하게 숨 쉰다.
꿈에 싸인 채 얕은 잠 사이로
누군가 그녀 방으로 들어와
그녀를 건드리는 것을 느낀다.
그녀는 깨어났다. 그러나 곧
아침 빛이 눈부셔 미소 지으며 850
다시 눈을 감는다.
마리야는 두 손을 뻗으며
지친 듯한 사랑스러운 목소리로 속삭인다.
“마제파. 당신이에요? …….” 그러나 그녀에게
다른 목소리가 대답한다……. 오, 맙소사!
몸을 흠칫 떨고 그녀가 보니…… 웬일인가?
그녀 앞에 어머니가……

어머니　　　　　　　　　　쉿, 쉿, 얘야,

우리를 파멸시키지 말아 다오, 야밤에 나
이곳으로 오직 한 가지 눈물 젖은 애원을
가지고 조심조심 몰래 들어왔다.　　860
오늘 처형이다. 너만이
그들의 잔인함을 누그러뜨릴 수 있다.
아버지를 구해 다오.

딸　　　　　　　　　　(경악하여) 어떤 아버지 말이에요?

어떤 처형 말이에요?

어머니　　　　　　　　　　혹 너 아직까지

모르고 있니? ……아니! 넌 사막에 있는 게 아니라
궁정에 있지 않니, 게트만의 힘이 얼마나 무시무시한지,
그가 자기의 적들을 어떻게 벌하는지,
황제가 얼마나 그의 말에 귀 기울이는지
너는 알아야 한다…….
그러나 내가 보니 너는 마제파를 위하여　　870
슬픔에 빠진 가족을 배척하는구나.
잔인한 심판이 행해지고 있는 지금
사람들이 사형 선고문을 읽고 있는 지금
아버지에게 도끼가 준비되어 있는 지금……
나는 잠자는 너를 만나는구나.
내가 보니 우리는 이제 서로 낯설구나…….
기억해라, 내 딸아! 마리야야,
달려가서 그의 발아래 쓰러져라,
아버지를 구해 다오, 우리에게 천사가 되어 다오.

너의 시선은 악당들의 손을 꼼짝 못하게 할 것이고 880
너는 그들의 도끼를 거두게 할 수 있다.
매달리고 요구하렴, 게트만은 거절하지 않을 것이다.
너는 그를 위하여 명예도,
혈연도 신도 잊었다.

딸 내게 무슨 일이 일어났나?
아버지…… 마제파…… 처형 — 내 어머니가
여기 이 성에서 애원하고 있다니 —
아니야, 아니면 내 정신이 나갔나?
혹 이것은 환상일까?

어머니 신이여, 이 아이를 보살펴 주소서,
아니, 아니, 환상도 꿈도 아니다.
아마도 너는 아직 모르는 모양이구나, 890
네 아버지가 그 격한 마음에
딸의 불명예를 견디지 못해
복수의 갈망에 휩싸여
황제에게 게트만을 밀고한 것을…….
또 피 흐르는 고문 속에서
교활한 계획이었다고 자백한 것을,
광란적인 모함의 모욕 속에서
용감한 정의의 희생양인 그가
적에게 머리를 내놓은 것을,
높으신 하느님의 손이 900
그를 보호하지 않으면
수많은 군사들 앞에서

그가 오늘 처형되어야 하는 것을,
그가 여기 아직 첨탑의 감옥 속에
앉아 있는 것을.

딸 하느님, 하느님! …….
오늘! ……불쌍한 나의 아버지!

그리고 처녀는 침대로 쓰러진다,
차가운 시체가 쓰러지듯이.

모자들이 울긋불긋, 창검들이 번쩍인다.
북이 둥둥 울린다. 카자크 보병[25]들이 뛰어다닌다. 910
연대들이 정렬한다.
군중들이 들끓는다. 모두의 심장이 뛴다.
뱀의 꼬리 같은 길은
사람들로 가득 차 술렁거린다.
들판 가운데에는 운명의 처형대.
그 위에서 망나니가 흥이 올라
탐욕스럽게 희생자를 기다린다.
하얀 손에 놀이하듯
무거운 도끼를 쥐기도 하고
흥이 오른 군중들과 농을 하기도 한다. 920
여자의 비명, 욕설, 웃음, 투덜거림,
모든 것이 우르릉거리는 말소리로 합쳐져 울렸다.
갑자기 외침 소리 높이 울리자
모든 것이 고요해졌다. 말발굽 소리만이

무시무시한 정적 속에 들렸다.
저쪽에 카자크인들로 둘러싸여
우두머리 게트만이 촌장들을 거느리고
흑마를 타고 달려간다.
저쪽에 키예프 길 따라
짐마차가 달려온다, 불안 속에 930
모든 시선들이 짐마차를 향했다.
그 속에는 세상과 하늘과 화해한
강한 신앙으로 무장한
죄 없는 코추베이가 앉아 있었다.
그 곁에는, 운명에 복종하는 어린 양인
말이 없고 무심한 이스크라가 있었다.
짐마차가 멈추었다. 열렬한 기도가
군중 속에서 천둥같이 울렸다.
향의 연기가 피어올랐다.
불행한 이들의 영혼의 안식을 위하여 940
사람들은 말없이 기도했다.
수난자들은 적을 위하여 기도했고.
코추베이는 성호를 그으며
처형대에 누웠다.
관 속에서처럼 수많은 사람들이
침묵했다. 휘번쩍 도끼가 빛나더니
모가지가 떨어져 굴러갔다.
온 들판이 앗, 소리냈다. 나머지 모가지도
눈을 껌뻑이며 뒤를 이어 굴러갔다.

풀밭은 피로 물들었다. 950
망나니는 악의에 넘치는 심장으로
기뻐하면서 두 모가지의 변발을 잡고
뻣뻣한 손으로 군중 앞에서
그것을 흔들었다.

처형이 행해졌다. 태평한 백성들은
흩어져서 집으로 돌아가고
이미 자기들 일상의 걱정거리에 대해
서로 이야기하고 있었다.
들판이 점차로 비어 갔다.
그때 얼룩덜룩한 길을 건너 960
두 여인이 달려 왔다.
지치고 먼지를 뒤집어 쓴
그들은 틀림없이 불안에 떨며
처형장으로 서둘러 온 것 같았다.
"이미 늦었어." 누군가 그들에게 말하며
손가락으로 들판을 가리켰다.
거기서는 운명의 처형대를 부수고 있었다.
검은 예복의 신부는 기도를 하고 있었고
두 카자크인이 참나무 관을
짐마차로 들어 올리고 있었다. 970

기마대 앞에 있던 마제파가
홀로 무서운 표정으로 처형대에서

멀어지고 있었다. 그는 어떤
무서운 공허감으로 괴로워하고 있었다.
아무도 그에게 다가가지 않았으며
그는 아무 말도 하지 않았다.
그의 말이 온통 거품을 물고 질주했다.
집으로 도착하자 "마리야는?" 하고
마제파가 물었다. 그는 머뭇거리는
웅얼거리는 대답만을 듣는다……. 980
어쩔 수 없는 공포에 사로잡힌 채
그는 그녀에게로 간다. 그녀의 방으로 들어가니
고요한 방은 비어 있다.
정원으로 나와 당황한 그는 서성인다.
넓은 호수 주위에도
풀숲에도, 평온한 복도에도
모든 것이 비어 있고 흔적조차 없다.
가 버렸다! ……그는 믿을 만한 하인들과
민첩한 카자크 보병들을 부른다.
그들이 달려온다. 그들의 말이 힝힝거린다. 990
말을 몰아 대는 사나운 외침이 울린다.
젊은이들은 말에 올라 전속력으로
이 세상 끝까지 달려간다.

금쪽같은 순간들이 지나간다.
마리야는 돌아오지 않는다.
아무도 왜, 어떻게, 그녀가

달아났는지 알지도 듣지도 못했다…….
마제파는 말없이 이를 갈았다.
하인들은 숨죽이며 떨고 있었다.
가슴속에 들끓는 독을 품고, 1000
게트만은 방에 틀어박혔다.
밤의 어둠 속에서 그곳 침대 옆에
눈을 감지 못한 채 앉아 있다,
세상을 뛰어 넘는 고통으로 괴로워하며.
아침에 보냈던 하인들이
하나둘씩 나타났다.
말은 거의 움직이지 못할 지경이었다.
말의 복대도, 편자도, 멍에도, 안장도,
온통 거품으로 뒤덮여 있었다.
피범벅이 되도록 얼빠지게 두들겨 맞아도 1010
아무도 그에게 가련한 처녀에 대해
소식을 전해 줄 수 없었다.
그녀의 종적 또한
공허한 소리처럼 사라졌다,
어머니만이 유배의 암흑 속에서
가난과 비참을 끌고 갈 뿐이다. 1016

세 번째 노래

영혼 깊은 슬픔도 여전히
우크라이나의 두목이 대담하게
앞으로 나가는 데 장애물은 아니다.
자기의 계획을 굳히면서 1020
그는 거만한 스웨덴 국왕과
관계를 지속한다.
다른 한편 적들의 의심하는 눈을
좀 더 믿을 만하게 속이기 위해
그는 의사들에 둘러싸여
아픈 척하며 침대에 누워
신음하며 낫게 해 달라고 간청한다.
열정, 전쟁, 노동의 결과물,
질병과 쇠약과 슬픔,
죽음의 예고들이 침상에 1030

그를 묶어 놓은 양,
곧 이승을 떠나려는 척한다.
그는 성스러운 의식을 거행하려고,
의심쩍은 임종의 침상으로
대주교를 부르니
교활한 백발에는
신비로운 향유가 흐른다.

하지만 시간이 흘렀다. 헛되이 모스크바는
매시간 손님들을 기다리고 있었고
오랜 적들의 묘지 가운데 1040
스웨덴인들을 위한 장례식을 준비하고 있었다.
갑자기 카를이 방향을 틀어
우크라이나로 전쟁을 몰고 왔다.

그날이 다가왔다. 마제파,
이 교활한 노인, 이 산송장,
어제만 해도 무덤가에서 힘없이 신음하던
그가 침상에서 일어난다.
지금은 표트르의 강력한 적으로서
활력에 넘쳐서 연대 앞에서
거만한 두 눈을 번쩍이며 1050
검을 휘두르며 빠르게
데스나 강을 향해 말달린다.
나이 들어 힘겹게 등이 굽었다가

로마의 교황관을 쓰자
등이 펴지고 건강하고 젊어진
그 교활한 추기경*처럼.

소식은 날개를 달고 날아갔다.
우크라이나는 당황하여 숙덕거렸다.
"그가 넘어갔어, 그가 모반했어,
카를의 발치에 공손하게 1060
카자크의 권표를 내려놓았어." 불길이 솟고
인민 전쟁의 피 노을이
일어난다.

누가 묘사할 수 있으리,
황제의 격분과 분노를?[26]
종교회의에서는 파문이 소리 높이 울리고
카트[27]는 마제파의 화상을 찢는다.
떠들썩한 인민회의는 자유로이 논쟁하며
다른 게트만을 만들어 세운다.
인적 없는 예니세이 강변으로부터
이스크라, 코추베이의 가족들이 1070
황급히 표트르에게 불려 갔다.
황제는 그들과 눈물을 흘린다.

---

* 로마 교황 식스토 5세(1520~1590)는 추기경 시절(당시 이름은 몬탈토) 병자로 여겨졌으나, 교황으로 선출되자 병이 가짜라는 사실이 드러났다. 반종교개혁기에 매우 왕성한 활동을 했다.

황제는 그들을 어여삐 여기시며
새로운 명예와 부를 흠뻑 내리신다.
마제파의 적, 성질 급한 안하무인
노장 팔레이가 유배의 암흑으로부터
우크라이나로, 황제의 진영으로 말달린다.
고아가 된 폭동은 떨고 있다.
카자크 본영의 대장, 대담한 체첼[28]은
처형대에서 죽어 간다. 1080
그리고 그대, 전투의 영광을 사랑하는 자여,
왕관을 벗어던지고 투구를 쓴 자여,
그대의 날도 가깝다, 그대는 폴타바의 성벽을
드디어 멀리서 보게 되었으니.

그리고 황제는 그리로 장군들을 급파했다.
그들은 폭풍우처럼 휩쓸고 들어갔다.
평원 가운데 두 진영은 서로서로를
교묘하게 포위하고 있었다.
대담한 교전에서 수차례 패배하여
벌써부터 피에 굶주린 1090
무서운 투사들은 드디어
원하던 적수를 만나게 된 것이다.
강력한 카를은 분노에 떨며,
이제는 이미 흩어지지 않는 구름 떼 같은
불운한 나르바의 도망자 무리,
또 정돈된 연대들의 번쩍이는 행렬,

온순하고 빠르고 안정된 행렬과
흔들림 없는 겹겹의 창검들을 본다.

그러나 그는 마음먹는다, 내일 전투다.
스웨덴의 진영이 깊은 잠에 빠졌다. 1100
오직 한 천막 아래서만
속삭이는 대화가 이어진다.

"내 오를릭, 안 돼, 보아하니, 안 되겠어.
때가 아닌데 우리가 서둘렀어.
함부로 잘못 계산한 거였어.
그러니 행운은 없을 거야.
내 목표가 이루어지 않을 것이 분명해.
어쩌겠나? 내가 큰 실수를 한 거야.
이 카를이란 작자를 잘못 본 거지.
그는 민첩하고 용감한 젊은이야. 1110
두세 차례 전투는 물론
성공적으로 해낼 수 있지.
저녁 먹으러 적을 향해 달려가고[29)]
웃으면서 폭탄에 대응할 수 있지.[30)]
러시아 사수 못지않게 훌륭하게
밤에 적의 진지를 향해 숨어들고
지금처럼 카자크를 쓰러뜨리고
상처에 상처를 더 입고 할 수 있지.[31)]
그러나 그는 거대한 전제 군주와

전쟁을 할 수는 없어. 1120
군대처럼 북을 두들겨
운명을 돌리기를 원하지.
그는 눈멀고 고집 세고 참을성 없고
경솔하고 거만하지.
그가 무슨 행운을 믿는지 몰라.
그는 적의 새로운 힘을
지난 성공으로만 재려 하니
자기 뿔을 다치게 되지.
부끄럽네, 늙은 나이에 내가
싸움쟁이 떠돌이에게 1130
마음을 빼앗긴 것이,
그의 용감함과 승리의 빠른 행운에
수줍은 처녀처럼 눈멀었었지……."

오를릭 전투를
기다려 보기로 해요. 표트르와 다시
관계를 맺을 시기가 지나가 버리진 않았소이다.
아직 재앙을 고쳐 볼 수 있습니다.
우리에게 패퇴한 황제가
분명 화해를 물리치지는 않을 겁니다.

마제파 아니, 늦었네. 러시아 황제가 나와
화해하는 것은 불가능하네. 1140
내 운명은 이미 오래전에
분명하게 결정되었네. 오래전부터
나는 숨 막히는 분노로 불탔다네.

아조프 부근 진지에서 언젠가 황제와
밤에 향연을 가졌네.
술잔이 샴페인으로 가득 끓어올랐고
술잔과 함께 우리의 대화도 끓어올랐네.
나는 대담한 말을 한마디 했지.
젊은 손님들이 당황했네.
황제는 화가 불같이 올라 1150
술잔을 떨어뜨리고 나를 위협하며
내 센 수염을 움켜잡았네.
그때 나 무력한 분노 속에 참으며
복수하기를 스스로에게 맹세했네.
어머니가 아이를 배 속에 키우듯
나는 그 맹세를 품고 있었네. 때가 왔네.
그러니 나에 대한 기억을 그는
죽을 때까지 보존할 걸세.
나는 형벌처럼 표트르에게 보내진 거지.
나는 그의 월계관 속 가시라네. 1160
다시 옛날처럼 마제파의 수염을
움켜잡기 위해서라면
그는 조국 도시들과
생애의 가장 멋진 순간들을 바칠 걸세.
그러나 아직 우리에게 희망은 있네.
누가 달아나게 될지는 아침이 결정하네.

러시아 황제를 배반한 자는

침묵하고 두 눈을 감았다.

동쪽이 새로운 노을로 불탄다.
벌써 평원에서 산들에서 1170
대포 소리가 울린다. 붉은 연기가
동그라미들을 그리며 아침 햇살을
마주하여 하늘로 올라간다.
군대는 자기 대열로 모였다.
풀숲에는 화살들이 흩어졌다.
포탄이 구르고, 총탄이 휘파람 불고
차가운 총검이 휩쓴다.
승리가 사랑하는 아들들,
스웨덴 병사들이 불 뿜는 참호들 사이로 돌격하니
흥분하여 기마대가 날아간다. 1180
보병대가 그 뒤를 따라 움직이고
무적의 확고함으로
기마대의 돌진을 엄호한다.
숙명의 전장은 포효하고
여기저기서 불탄다.
그러나 전투의 행운은 이미 우리에게
봉사하기 시작한다.
포격을 맞은 무사들은 뒤섞이며
먼지 속으로 쓰러진다.
로젠이 좁은 길로 도망간다. 1190
불같은 슐리펜바흐가 항복한다.

우리는 스웨덴 병력을 하나씩 몰아댄다.
그들의 깃발의 영광은 어두워지고
우리의 매 발걸음은 신의
전쟁의 은총으로 봉인되어 있다.
그때쯤 위에서, 감격한
표트르의 쩌렁쩌렁한 목소리가 울렸다.
"전투로! 신과 함께!" 표트르가
아끼는 부하들에 둘러싸여
천막에서, 나온다. 그의 두 눈이 1200
빛난다. 그의 모습은 무시무시하고
움직임은 빠르다. 그는 멋지고
그 전체가 신성한 뇌우 같다.
그가 나온다. 말이 대령된다.
충실한 말은 활기차고 온순하다.
말은 운명의 불을 느끼고
떤다. 말은 두 눈으로 비스듬히 보더니
힘센 기수를 자랑스러워하며
전투의 먼지 속으로 내달린다.

한낮이 가까이 왔다. 태양이 뜨겁게 불탄다. 1210
밭갈이 농부처럼 전투도 휴식한다.
여기저기서 카자크들이 말을 타고 재주를 피운다.
대열이 지어지며 군대가 정렬된다.
전투의 음악이 멈춘다.
산 위의 대포들도 온화해져

게걸스러운 포효를 멈춘다.
그리고 이들은 평원을 뒤흔들면서
멀리로 만세를 우렁차게 외친다.
군사들이 표트르를 보았던 것.

병사처럼 강하고 기쁨에 넘치는 1220
표트르는 군사들 앞을 질주한다.
그는 두 눈으로 온 전장을 삼킨다.
그의 뒤를 따라 무리를 지어
표트르 둥지의 이 어린 새들—
이 세상 운명의 변화 속에서
제국과 전쟁의 노동 속에서
함께한 그의 동지들, 아들들이 달려간다,
고귀한 형통의 셰레메테프도,
브류스도, 보우르도, 레핀도
그리고 제국의 반을 지배하는 1230
행운아, 부랑자도 모두.

자기 편 장군들의
푸른 대열들 앞에
충실한 하인들에 의해
들것에 들려 창백한 채 꼼짝 않고
상처로 괴로워하며 카를이 나타났다.
영웅의 사령관들은 그 뒤를 따른다.
그는 조용히 생각에 빠져 있다.

당황한 시선이 극심한
흥분을 나타낸다. 1240
희망했던 전투인데
카를은 회의하는 듯했다…….
갑자기 힘없는 손짓으로 그는
러시아군을 향해 군대를 움직이게 한다.

전장 가운데 연기 속에
황제의 장수들이 그들과 만났다.
전투가 요란하게 울렸다. 폴타바 전투!
화염 속에서, 뜨거운 우박 아래서
살아 있는 벽인 채 격퇴된 이들에게
쓰러진 대열 위에서 새로운 대열이 1250
총검을 휘두른다. 무거운 먹구름처럼
날아가는 기마 부대들이 이랑을 이루어
장검들을 쩔렁이며 서로 싸우고
팔을 휘둘러 내리치고 한다.
시체 더미들 위로 또 시체들을 던진다.
강철로 된 공들이 어디서나
그들 사이에 튀고 구르며 부수고
흙더미를 파헤치고 피범벅이 되어 쉭쉭거린다.
스웨덴인도 러시아인도 찌르고 때리고 벤다.
북소리, 비명, 삐걱거리는 소리, 1260
대포 소리, 말발굽 소리, 힝힝거림, 신음 소리,
사방에 죽음과 지옥이 널려 있다.

소란과 동요 가운데
침착한 사령관들은 전투를
감격한 시선으로 바라보고
무사들의 움직임을 뒤쫓으며
패배와 승리를 예견하고
조용히 담소를 나눈다.
모스크바 황제 가까이 있는
이 백발의 투사는 누구일까? 1270
두 카자크인의 부축을 받는,
진정한 열성으로 불타는 그는
영웅의 노련한 눈으로
전투의 동요를 관찰한다.
유배지에서 외로이 살며 노쇠하여
이미 그는 말 위로 오르지는 못한다.
그리고 카자크들도 팔레이의 외침에
사방에서 몰려들지도 않는다!
그런데 왜 그의 두 눈이 번쩍거리고,
분노가 밤안개처럼 1280
그의 늙은 이마를 덮고 있을까?
무엇이 그를 격분시켰나?
혹 그가 전투의 연기 사이로
숙적 마제파를 보았나, 이 순간
무기가 없는 이 노인은
자신의 나이를 증오하고 있을까?

반란한 카자크 무리, 친척들,
촌장들, 보병들에 둘러싸여,
마제파는 생각에 잠겨
전투를 바라본다. 1290
갑작스러운 총성. 노인이 돌아본다.
보이나로프스키의 두 손에 쥔
총신에서 아직 연기가 오르고 있었다.
몇 발자국 떨어진 곳에 총을 맞은
젊은 카자크가 피투성이가 되어 쓰러져 있었다.
말은 온통 거품과 땀으로 젖어서
자유의 몸을 느끼고 사납게 질주하여
불 뿜는 먼 곳으로 사라졌다.
젊은 카자크는 두 손에 장검을 들고
전투 사이로 게트만을 향해 돌진했었다, 1300
눈에는 미친 듯한 분노를 담고.
노인은 몸을 돌려 그에게 다가가며
물어보려 했다. 그러나 카자크인은
이미 죽어 가고 있었다. 흐릿한 동공이
아직 러시아의 적을 위협했다.
죽어 가는 모습은 음울했고
혀는 아직 마리야의 사랑스러운 이름을
겨우 더듬더듬 불렀다.

그러나 승리의 순간은 가까이, 가까이 왔다.
만세! 우리는 쳐부수고 스웨덴인은 굴복한다. 1310

오, 영광스러운 시간이여! 오, 영광스러운 모습이여!
한 번 더 강습하니 적이 달아난다.[32)]
기마대가 추격을 시작한다.
칼이 살해로 무뎌진다.
초원 전체가 검은 메뚜기 떼에 덮인 듯
쓰러진 자들로 덮였다.

표트르가 잔치를 한다. 그의 시선은
자신만만 밝고 영광으로 가득하다.
그의 황제다운 잔치는 멋지다.
그는 군대의 동지들과 함께 1320
자신의 천막에서 그의 사령관들과
적의 사령관들을 접대하고
명예로운 포로들을 위로하고
자신의 스승들을 위하여
축하의 잔을 들어 올린다.

가장 귀한 초대 손님은 어디 있나?
폴타바의 승리자가 풀어서 누그러뜨린
오래된 적의의 소유자,
가장 귀한 손님, 우리의 무서운 스승이 어디 있나?
또 우리의 마제파, 그 악당은 어디 있나? 1330
유다 놈은 공포 속에 어디로 도망쳤나?
어째서 왕은 손님들 사이에 없나?
어째서 배반자는 처형대에 없나?[33)]

벌거숭이 초원 깊은 곳에 말을 타고
왕과 게트만 둘이 달려간다.
도망을 간다. 운명이 그들을 묶었다.
신변의 위험과 분노가
왕에게 힘을 선사한다.
그는 자신의 무거운 상처를
잊었다. 그는 고개를 숙이고서, 1340
러시아인들에게 쫓기면서,
달린다. 신실한 종복들은 무리를 이루어
간신히 그를 쫓아갈 수 있었다.

그 옆에서 날카로운 시선으로
반원의 넓은 초원을 둘러보며
늙은 게트만이 말달린다.
그들 앞에 오막살이 한 채가……. 왜 갑자기
마제파가 놀란 듯한가?
왜 그는 오막살이 옆을
전속력으로 지나쳐 달리는가? 1350
혹 이 황폐한 마당,
집, 외떨어진 정원,
들판을 향하여 열려 있는 문이
그에게 잊힌 어떤 이야기를
기억나게 하는가?
신성한 순결함의 파괴자!
너는 이 고장, 이 집,

행복한 가족에 둘러싸여
식탁에서 술이 올라 농담을 하곤 했던
예전에 즐거웠던 이 집을 알아보았나? 1360
너는 평화로운 천사가 지내던
한적한 은신처, 그리고 그곳에서부터
깜깜한 밤에 네가,
처녀를 초원으로 데려 나온
그 정원을 알아본 건가……. 알아보았군, 알아보았군!

밤 그림자가 초원을 둘러싼다.
푸른 드네프르 강변, 바위틈에
러시아와 표트르의 적들이
설핏 잠들어 있다.
잠이 영웅의 평온을 지켜 준다. 1370
영웅은 폴타바의 상실을 잊었다.
그러나 마제파의 꿈은 혼란스럽다.
그 안의 어두운 영혼은 평온을 모른다.
그런데 갑자기 밤의 침묵 속에서
그를 부르는 소리. 그는 깨어났다.
보니 그 위로 손가락으로 위협하면서
고요히 누군가가 몸을 굽히고 있었다.
그는 도끼 밑에 있는 듯 화들짝 몸을 떨었다…….
그 앞에 머리를 풀어헤치고
핏발 선 눈을 번뜩거리며 1380
바짝 마르고 창백한 여자가 온통 누더기를 걸치고

달빛을 받고 서 있었다…….
"이게 꿈인가? ……마리야, 그대인가?"

마리야 아하, 가만, 가만, 친구여! ……막
아버지와 어머니가 눈을 감았어요…….
잠깐……. 우리의 말소리를 들으실 수도 있어요.
마제파 마리야, 불쌍한 마리야!
정신 차려! 맙소사! 무슨 일이야, 이게?
마리야 들어 봐요, 얼마나 교묘한지…….
이 무슨 우스운 이야기예요? 1390
어머니가 몰래 제게 말했어요.
내 불쌍한 아버지가 죽었다고요.
그리고 몰래 회색 머리를
보여 줬어요, ……하느님!
이런 비방을 피해 어디로 가야 하지요?
생각해 봐요. 이 머리는
전혀 사람의 머리가 아니었어요.
늑대의 머리였어요. —끔찍한 머리 말예요!
나를 그걸로 속이려 하다니요!
나를 겁나게 하는 게 부끄럽지도 않나요? 1400
뭐 때문에 그래요? 제가 오늘
당신과 도망치지 못하게 하느라 그런 거지요!
그럴 수 있을까요?

깊은 슬픔을 느끼며

잔인한 연인은 그녀의 말을 듣는다.
그러나 생각의 소용돌이에 휘말려,
그녀는 말한다. "그러나 저는 기억해요,
들판을…… 떠들썩한 잔치를……
군중들을…… 죽은 시체들을……
어머니가 잔치로 저를 불렀어요…….
한데 당신은 어디 있었어요?…… 당신과 떨어져서 1410
왜 나 홀로 밤에 헤매고 돌아다니는가요?
집으로 돌아가요. 어서…… 벌써 늦었어요.
아하, 이제 보니 내 머리가
헛된 흥분으로 가득하네요.
나는 당신을 다른 사람으로
여겼어요, 노인장. 나를 내버려 둬요.
당신의 시선은 조롱이 가득하고 무섭네요.
당신은 흉해요. 그는 아름다운데요.
그의 두 눈에선 사랑이 빛나고
그의 말은 그렇게 사랑스럽지요! 1420
그의 수염은 흰 눈보다 더 희죠.
한데 당신 수염에는 피가 말라 붙었네요! ……."

거친 웃음소리를 찢어지게 내며
젊은 산양보다 더 가볍게
그녀는 튀어 올라 달리더니
밤의 깜깜함 속으로 사라졌다.

어둠이 엷어졌다. 동녘이 붉어 왔다.
카자크의 모닥불이 피어났다.
카자크인들이 밀을 끓인다.
드네프르 강변에서 호위병들은 1430
안장을 내려놓은 말들을 먹인다.
카를이 깨어났다. "오호! 시간이 되었다.
일어나게, 마제파, 날이 밝아 오네."
그러나 게트만은 오래전부터 자지 않고 있다.
슬픔이, 슬픔이 그를 삼키고 있다.
가슴속 숨이 답답하게 차오른다.
말없이 그는 말에 안장을 올려놓는다.
그리고 도주하는 왕과 달려간다.
조국의 국경선과 작별하는
그의 시선은 무섭게 번뜩거린다. 1440

백 년이 지났다……. 이 힘세고 자신만만하고
그토록 의지에 의해 열정으로 가득 찼던
남자들로부터 지금 대체 무엇이 남았나?
그들의 세대는 지나갔다.
그리고 그와 함께 노고와 재앙과 승리의
피 묻은 흔적도 사라졌다.
북방 제국의 신민들 속에
제국의 전쟁의 운명 속에

그대, 폴타바의 영웅만이
자신의 거대한 기념비를 세웠다. 1450
물레방아들의 날개들이
열 지어 평화로운 울타리로써
벤데라*의 황량한 활주사면을 에워싸고,
장병들의 무덤 주위로
뿔 달린 물소가 거니는 나라에는
파괴된 제단의 잔해,
땅속으로 들어간 이끼 덮인
세 개의 계단만이
스웨덴 왕에 대해 말해 준다.
이 계단에서 정신 나간 영웅은 1460
집안의 종복 무리들 가운데 홀로
터키 무사들의 소란한 공격을 물리쳤고
권표 아래로 칼을 던졌다.
이곳에서 우울한 방랑자는
헛되이 게트만의 무덤을 찾으리.
마제파는 오래전에 잊혔다!
장엄한 성소에서 아직도 일 년에 한 번씩
대성당이 파문으로 위협하며
그에 대해 천둥처럼 울릴 뿐.
그러나 두 수난자의 유골이 1470
쉬고 있는 무덤은 보존되어 있다.

* 마제파가 죽은 곳의 지명.

옛날의 경건한 무덤들 사이에
교회가 평화롭게 그들을 안치하였다.[34)]
디칸카에는 친구들이 심은
오랜 참나무 대열이 꽃피고 있다.
그들은 처형당한 선조들에 대해
아직도 손자들에게 이야기한다.
그러나 죄지은 딸…… 전설은
그녀에 대해서는 말이 없다. 그녀의 고통,
그녀의 운명, 그녀의 종말은 1480
알 수 없는 어둠으로
우리에게 닫혀 있다. 가끔만
우크라이나의 눈먼 음유시인이
마을 사람들 앞에서
게트만의 노래를 발랄라이카로 켤 때
지나가는 말로 죄지은 처녀에 대해
젊은 카자크들에게 이야기할 뿐. 1487

푸슈킨의 주석

1) 바실리 레온티에비치 코추베이는 현재 백작들의 조상 중 하나인 총재판관이다.
2) 후토르는 교외의 집이다.
3) 코추베이에게는 딸이 몇 명 있었다. 딸 하나는 마제파의 조카인 오비도프스키에게 시집을 갔다. 여기에서 언급되는 그녀는 마트료나라고 불렸다.
4) 실제로는 마제파가 그의 대녀에게 청혼을 했으나, 거절당했다.
5) 아직 백성들의 기억에 남아 있는 몇몇 노래를 마제파가 만들었다는 전설이 있다. 코추베이는 밀고에서 마제파가 만들었다고 추정되는 두마*에 대해서 언급하고 있다. 이것이 역사적 의미에서만 주목할 만한 것은 아니다.
6) 깃발과 철퇴는 게트만의 위용을 나타내는 표식이다.
7) 바이런의 『마제파』를 보시라.
8) 고대 소러시아의 영웅 중 하나인 도로센코는 러시아 지배의 타협을 불허하는 적이었다.
9) 게트만의 아들인 그리고리 사모일로비치는 표트르 1세 통치 초기에 시베리아로 유배되었다.
10) 시메온 팔레이는 오만한 지휘관이자 빼어난 기수이다. 제멋대로 습격한다고 마제파가 탄원한 탓에 예니세이스크로 유배되었다. 이 마지막 자가 모반자라는 것이 밝혀졌을 때 그의 숙적으로서 팔레이는 유배에서 귀환하여 폴타바 전투에 참가했다.
11) 코스탸 고르데옌코는 자포로제 카자크의 단장으로 후에 카를 12세에게 투항했다. 포로로 잡혀 1708년에 처형되었다.
12) 2만 명의 카자크인이 리플랸디야로 보내졌다.
13) 마제파는 어느 편지에서 코추베이가 그의 거만하고 당돌한 아내에게 조종당하는 것을 두고 그를 비난했다.
14) 폴타바의 지휘관. 코추베이의 친구로서 그의 계획과 운명을 함께 나누었다.
15) 제수이트회 교도 잘렌스키, 둘스카야 공작부인, 조국에서 추방된 불가리아의 대주교가 마제파 모반의 주역들이었다. 불가리아의 대주교는 거지 차림으로 폴란

* 우크라이나의 애국적 서사시.

드와 우크라이나를 왕래했다.

16) 게트만들의 매니페스토가 그렇게 불렸다.

17) 필립 오를릭은 총서기로서 마제파의 친구인데 이 마지막 자가 죽은(1710년) 후 카를 12세로부터 소러시아 게트만이라는 공허한 칭호를 받았다. 후에 마호메트교를 받아들였고 1736년경 벤데라에서 죽었다.

18) 불라빈은 돈 카자크인으로서 당시 농민 봉기를 일으켰다.

19) 비밀 서기 샤피로프와 골로프킨은 동지로 마제파의 후원자들이다. 그들에게 무고죄에 대한 심판과 처형의 엄벌이 공정하게 내려져야 마땅하다.

20) 1705년, 반티슈-카멘스키의 『소러시아 역사』 주를 보시라.

21) 실패한 크림 원정 동안 카지-기레이는 그에게 자신과 연합하여 함께 러시아군을 공격할 것을 제안했다.

22) 여러 편지들에서 그는 무고죄를 범한 자들을 너무나 가볍게 고문했다고 불평했고 집요하게 그들을 처형할 것을 요구했으며 자신을 무법적인 촌장들로부터 죄 없이 모함받은 수산나에, 골로프킨 백작을 예언자 다니엘에 비교했다.

23) 코추베이의 마을.

24) 이미 사형 선고를 받은 후에도 코추베이는 게트만의 군대에서 고문을 당했다. 이 불행한 사람의 대답들로 판단할 때 그가 감추어 놓은 보물들에 대해 심문당한 것을 알 수 있다.

25) 게트만들이 독립적으로 후원하여 만든 군대.

26) 표트르의 으레 신속하고 박력 넘치는 강력한 조처들이 우크라이나를 식민지로 항복시켰다.

1708년 11월 7일 국가의 법령에 따라 카자크인들은 그들의 관습대로 자유 투표를 통해 스타로둡의 사령관 이반 스코로파드스키를 게트만으로 뽑았다.

8일에는 키예프, 체르니고프, 페레야슬라프 대주교들이 글루호프에 도착했다.

9일에는 그들 대주교들이 공식적으로 마제파를 파문했다. 바로 그날 그들의 배반자인 마제파의 형상(인형)을 내와서 견장을 떼고(견장은 리본으로 그 형상에 달려 있었다.) 망나니의 손안으로 던졌는데 망나니는 이를 잡아서 밧줄에 매어 거리와 광장의 교수형장까지 끌고 다니다가 목매달았다.

이 글루호프에서 10일에 체첼과 다른 모반자들을 처형했다…….

—《표트르 대제 연보》

27) 소러시아 단어로 '망나니'라는 뜻.
28) 체첼은 멘시코프 공작의 군대에 맞서서 목숨을 다하여 바투린을 방어했다.
29) 드레스덴의 아우구스트 왕에게로 향했을 때*. 볼테르의 『카를 12세의 역사』**를 보시라.
30) "아으, 전하! 폭격!" "폭격과 그대에게 쓰라고 불러 주는 편지 사이에 무슨 관계가 있나? 쓰라!"*** 이(폭격)는 훨씬 나중에 일어났다.
31) 밤에 카를은 직접 우리 편 진영을 정찰하면서 불가에 앉아 있던 카자크인들을 향해 말달려 왔다. 그는 곧장 그들을 향해 말을 몰았고 그들 중 한 명을 직접 쏘았다. 카자크인들은 그를 향해 세 발을 쏘았고 그의 다리에 심한 부상을 입혔다.
32) 멘시코프 공작의 훌륭한 전략과 행동의 덕분으로 주 전투의 운명은 미리 정해졌다. 두 시간도 안 걸렸다. 왜냐하면 (《표트르 대제 연보》에 언급되기를) 무적의 스웨덴인들이 곧 그들의 등을 보였고 우리의 군대에 의해 적군 전체가 심하게 와해되었기 때문이다. 후에 표트르는 많은 것을 다닐로비치에게 허락했는데 이는 장군 멘시코프 공작이 이날 행한 공적에 대한 대가였다.
33) 모스크바의 황제는 기쁨을 전혀 감추려고 하지 않고 속속들이 기쁨에 젖어 (기뻐할 이유도 있었다.) 전장에서 그에게로 데려오는 포로 무리를 맞이했으며 내내 물었다. "우리 형제 카를이 어디 있소?" ……그리고 포도주 한 잔을 들면서 말했다. "전술에 있어서 나의 스승들에게 건배!" 렌쉴드는 황제에게 이런 멋진 칭호로 누구를 기리느냐 물었다. 황제는 "그대들, 스웨덴의 장군들이오."라고 대답했다. "그렇다면 황제께서는 참으로 고마움을 모르십니다. 스승들을 이렇게 나쁘게 대하시니 말입니다."라고 백작이 대답했다.****
34) 이스크라와 코추베이의 목 잘린 시체는 친척들에게 전달되어 키예프 수도원에 묻혔다. 그들의 묘에 다음과 같은 비문이 새겨져 있다.

> 열정과 죽음이 우리에게 침묵을 명했으므로
> 여기 영원히 휴식하고 있는 우리에 대해
> 모르고 이곳을 지나가는 사람들에게

---

* 공격했을 때.
** 원전에는 프랑스어로 "Voltaire. Histoire de Charles XII."라고 쓰여 있다.
*** 신하와 카를의 대화로, 카를이 폭격 중에 신하에게 편지를 받아쓰게 한 상황.
**** 괄호 안에 적힌 '기뻐할 이유도 있었다.' 이외에는 모두 프랑스어로 되어 있다.

이 돌은 우리에 대해 알려 줄 것이니,
진실과 군주에 대한 우리의 충성을 위하여,
마제파의 악행으로 인하여 마신 고통과 죽음의 잔을 위하여,
우리가 영원히 정의로우며
도끼가 머리를 잔혹하게 내리쳤다는 것을.
우리는 그의 모든 종들에게 영원한 생명을 주시는
성모마리아의 이 장소에 잠들어 있도다.

1708년 7월 15일 총심판관 귀족 바실리 코추베이, 폴타바의 부대장 이오안 이스크라는 보르샤고베츠와 코프셰보이에서 벨라야 체르코프 뒤 군대 행렬 가운데 참수되었다. 그들의 시체는 17일 키예프로 이송되었으며 그날 성 페체르스카야 묘역 이 장소에 묻혔다.

서사시 편

안젤로

1부

1.

언젠가 행복한 이탈리아의 어느 도시를
지극히 선량하고 늙은 공작이 다스리고 있었다.
그는 백성을 사랑하는 아버지이자
평화, 진리, 예술 그리고 학문의 친구였다.
그러나 최고 권력은 유약한 손과는 상극인 법.
게다가 그는 한없이 선량하기만 했다.
백성은 그를 사랑했으나 전혀 두려워하지 않았다.
그의 법정에서는 징벌하는 법이 마치
이미 사냥을 못 하는 늙은 짐승처럼 졸고 있었다.
공작은 온유한 마음속에 이를 느끼고 10
자주 한탄했고 스스로 명백히 보게 되었다,
세월이 갈수록 손자들은 조부들보다 더 못쓰겠고
어린애가 벌써 유모의 젖가슴을 깨물고

공정한 재판은 나 몰라라 팔짱을 끼고 앉았고
게으른 재판은 어린애의 코끝도 건드리지 않는 것을.

2.
선량한 공작은 종종 후회하며 당혹한 심정으로
헝클어진 질서를 회복하고자 했다.
하나 어떻게? 오래전부터 참아 준 분명한 죄악이
재판의 침묵으로 이미 허용된 상태이니,
갑자기 죄악을 벌하는 것은, 특히나 20
먼저 묵인함으로써 죄악을 부추긴 그 자신이 그런다면,
전혀 공정하지 못하고 이상한 일일 것,
어찌 해야 하나? 공작은 오랫동안 인내하며 생각했다.
생각 끝에 드디어 그는 얼마간 다른 사람의 손에
최고 권력의 짐을 넘기기로 마음먹었다,
새 권력자가 새로운 제재로써 문득 질서를 세우고
단호하고 엄격하게 다스릴 수 있도록.

3.
통치가 처음이 아닌, 경험 많은 안젤로라는
사람이 있었는데, 그는 규율을 엄히 지키는,
일하고 공부하고 단식하느라 창백한, 30
엄격한 도덕성으로 온 곳에서 칭송받는,
온통 자기 자신을 법의 울타리 속에 가둬 버린,

찌푸린 얼굴과 불굴의 의지로 가득 찬 그런 사람이었다.
늙은 공작은 바로 이 사람을 총독으로 명해
통치자의 공포와 자비를 갖추도록 허락하고
그에게 무제한의 권한을 부여했다.
그리고 자신은 귀찮은 시선을 피해
백성들에게 작별의 말도 없이, 아무도 모르게,
마치 고대의 현자들처럼 홀로 방랑의 길을 떠났다.

4.

안젤로가 통치를 시작하자마자 40
모든 것이 당장 다른 질서에 따랐다.
즉, 녹슨 용수철이 다시 움직이기 시작했다는 말씀.
법이 일어나 사나운 발톱으로 악을 휘어잡았다.
겁에 질려 말도 못 하는 사람들로 가득 찬 광장에서
금요일마다 처형이 신명 나게 행해지니
백성들은 귀 뒷머리를 긁적이며 말한다.
"에크! 이 사람은 그 사람과는 딴판이네."

5.

당시에는 잊혀 버린 법들 가운데
가혹한 법이 하나 있었는데, 이 법은
혼외정사를 사형으로 벌하도록 명했다. 이 조문에 대해선 50
도시의 그 누구도 기억하지 못했고 들어 보지 못했다.

음울한 안젤로는 산더미 같은 법전 속에서
이 법을 찾아내어 도시의 난봉꾼들이 무서워 떨도록
다시 이 법을 집행하도록 했다.
그는 엄격히 자기의 신하들에게 일렀다.
"이제 죄악을 겁줄 때가 되었소. 문란한 백성들 간에
관습이 이미 권리로 변해 버려서
하품하는 사자 주위의 쥐들처럼
죄악이 법 주위를 마음대로 활개 치오.
법은 마침내 새들이 올라앉게 되는 60
걸레 조각으로 만든 허수아비가 될 수는 없소."

6.

이렇게 안젤로가 모두를 절로 소스라치게 하자
모두가 투덜거렸고 청년들은 비웃어 대며
엄격한 총독을 농담거리로 삼기까지 하고
심연 위의 바람처럼 위험천만 미끄러지다가
젊은 귀족 클라우디오가 최초로
도끼 밑에 무사태평 머리를 내놓게 되었다.
모든 불운이 시간과 함께 개선되리라는 희망 속에서
애인이 아니라 아내로서 세상에 내놓으려고
그는 사랑스러운 줄리에트를 유혹해 내어 70
비밀스러운 혼외정사로 이끌었다.
그러나 그 결과가 불행하게도 눈에 띄게 되었다.
목격자들은 젊은 연인의 현장을 붙잡았고

법정에서 그들의 상호적인 치욕을 떠벌렸다.
그러자 청년에게 법정 판결이 낭독되었다.

7.
불행한 젊은이는 가혹한 결정을 들은 후에
모두에게 절로 동정을 일깨우며
비통하게 한탄하며 고개를 떨어뜨리고
감옥으로 돌아가고 있었는데
갑자기 만사태평 난봉꾼에다 80
개망나니에 떠버리, 거짓말쟁이에
나서기 좋아하는 젊은이 루치오와 마주쳤다.
"친구여, — 클라우디오가 말했다 — 애원하네! 거절 말게.
제발 내 누이가 있는 수도원으로 가서 말해 주게,
내가 죽게 되었다고, 나를 서둘러 구해 달라고,
친구들에게 간청하거나 총독에게 직접 찾아가라고.
루치오, 그녀는 재주도 많고 지혜도 많다네.
신이 그녀의 말에 설득력과 달콤함을 주셨네.
게다가 그런 것 없이도 흐느끼는 젊은 여자는
사람들의 마음을 부드럽게 하는 법이지." 90
"그래, 말해 볼게." 난봉꾼은 대답하고
당장 수도원을 향해서 떠났다.

8.

젊은 이사벨라는
그때 위엄 있는 수녀와 앉아 있었다.
하루가 지나면 그녀는 수녀복을 입어야 했고
그것에 대해 원장 수녀와 이야기하는 중이었다.
갑자기 루치오가 초인종을 누르더니 들어온다. 담 옆에서
반은 수녀가 된 그녀가 묵주를 세면서
그를 맞이한다. "무슨 용무가 있으신가요?"
"처녀여(붉은 뺨으로 판단하건대
그대가 진정 처녀라고 확신하오.) 100
아름다운 이사벨라더러 그녀의 불행한 오빠가
그녀에게 나를 보냈다고 알려 줄 수 없겠소?"
"불행하다고요? ……어째서요? 무슨 일이에요? 거침없이 말해 봐요.
제가 클라우디오의 누이예요." "아니, 정말이오? 반갑소.
그가 진심으로 안부를 전하오. 한데 문제는 바로
그대 오빠가 감옥에 있다는 거요." "무엇 때문에요?"
"내, 미인이여, 나라면 그에게 감사할,
다른 어떤 벌도 내리지 않을 그런 일 때문이오."
(여기서 그는 상세한 묘사를 늘어놓았는데
이는 너무 노골적이어서 좀 거북했다, 110
젊은 은둔녀인 처녀의 귀에는.
그러나 처녀는 수치스럽고 화가 난다는 둥
수선 떨지 않고 모든 것을 주의 깊게 들었다.
그녀는 영혼이 천공처럼 맑았던 것.
그녀가 알지 못하는 세계가 그녀를

그 허망함과 공허한 말로써 혼란시킬 수 없었다.)
그가 말했다. "이제 남은 방법은 그저 당신이
애원하며 안젤로의 마음을 움직이는 것이오, 그리고 이것이
오빠가 당신에게 청하는 바요." "오, 하느님. — 처녀가 대답했다 —
제 말이 무슨 소용이라도 된다고 기대할 수만 있다면! 120
그러나 회의적이에요. 제 힘이 모자랄 거예요……."
그가 열을 올리며 대답했다. "회의 따위는 우리에게 적이오.
그런 배반자들이 우리에게 실패하리라고 겁주고
진정한 행복에 이르는 것을 허락하지 않는 거요.
안젤로에게 가시오, 그리고 내 말 믿으시오,
처녀가 무릎을 꿇고 남자 앞에서
애원하며 흐느끼면 뭐를 원하든지
남자는 신처럼 모든 것을 주게 된다오."

9.

처녀는 수녀원장에게 허락을 얻어 내어
열성적인 루치오와 함께 서둘러 고관에게로 가서 130
무릎을 꿇고 공손하게 간청하며
오빠를 위하여 총독에게 빌었다.
음울한 인간은 말했다. "처녀여,
그를 구할 수는 없소. 그대의 오빠는 명을 다했소.
그는 죽어야 하오." 울면서 이사벨라는
그 앞에 절을 하고 나오려 했다.
그러나 장한 루치오가 처녀를 제지했다.

“이렇게 물러나선 안 되오. — 그는 가만히 그녀에게 말했다 —
그에게 다시 청해 봐요. 무릎을 꿇고 몸을 던져요.
옷자락을 붙잡고 흐느껴요. 눈물, 한탄, 140
여성만이 할 수 있는 모든 수단을 다
지금 동원해야 돼요. 그대는 너무 차가워요,
무슨 하찮은 일에 대해 말하는 것 같아요.
그렇게 하면 물론 아무 의미가 없게 되지요.
물러서지 말아요, 아직!”

10.

또다시 그녀는 부끄러운 심정으로
가혹한 심장을 가진 법의 수호자에게
열성적 애원으로써 간청하러 갔다.
그녀는 말한다. “믿어 주세요. 황제의 왕관도
총독의 검도, 재판관의 법의도
총사령관의 지휘봉도 — 이 모든 영예의 징표들 중 150
그 어느 것도 자비처럼 지상의 통치자를
장식하는 것은 없어요. 자비만이 그들을 지고하게 하지요.
저의 오빠가 그대처럼 권력으로 둘러싸여 있다면
그대가 클라우디오였다면, 그대가 그처럼 파멸하게 된다면
오빠는 그대처럼 엄격하지는 않을 거예요.”

11.

그녀의 비난으로
안젤로는 당황했다. 음울한 시선을 번뜩이며 그는
그녀에게 조용히 말했다. "제발 나를 내버려 두시오."
그러나 조신한 처녀는 시시각각 더 열을 올렸으며
더 대담해졌다. 그녀가 말했다. "생각해 보세요.
공정하신 힘으로 용서하고 치유하시는 그분이 160
죄 많은 우리들을 자비 없이 심판하신다면,
말해 봐요, 우리는 어찌 될까요? 생각해 보세요.
생각해 보세요, 그리고 가슴속에 있는 사랑의 소리를 들으시면
부드러운 자비가 그대의 두 입술에서 숨 쉴 거예요.
그리고 그대는 새로운 인간이 될 거예요."

12.

그가 답했다.
"가시오, 그대의 애원은 쓸데없이 말만 허비하는 거요.
내가 아니라 법이 벌하오. 나는 오빠를 구할 수 없으니
내일 그는 죽게 될 거요."

이사벨라 뭐라고요? 내일이라니! 안 돼요, 안 돼요.
그는 아직 준비되지 않았어요. 그를 처형할 수 없어요…….
그런다면 아마 하느님께 너무 성급하고 부주의하게 170
제물을 바치는 걸 거예요. 그렇게 급히
처형하는 법은 없어요.

병아리도 때가 되기 전에는 잡지 않아요.
구해 줘요, 그를 구해 줘요. 사실 생각 좀 해 보세요,
군주시여, 그대도 불행한 오빠가
여태껏 용서받았던 죄에 대해
심판받은 걸 알고 계세요. 그가 처음으로 받는 거예요.

안젤로 법은 죽지 않았고 다만 졸고 있었을 뿐이오.
이제 깨어났소.

이사벨라 자비를 베푸세요.

안젤로 안 되오.
악을 옹호하는 것 역시 죄요,
나는 한 사람을 벌해서 여러 사람을 구하는 거요. 180

이사벨라 이 무서운 심판을 처음으로 행한 사람이
그대가 되겠지요?
저의 불행한 오빠가 첫 희생자가 될 거예요.
안 돼요, 안 돼요! 자비를 베푸세요!
그대의 영혼은 진정 전혀
죄가 없나요? 그대 영혼에 물어보세요.
진정 태어나 한 번도
죄스러운 생각이 영혼 속에서 사라지지
않은 적이 없나요?

13.

그는 자기도 모르게 몸을 흠칫 떨고, 고개를 떨어뜨린 채 자리를 뜨려고 했다. 그녀가 "멈춰요, 멈춰요!

제 말 좀 들으세요, 절 보세요. 제가 그대에게
큰 선물들을 주겠어요……. 제 선물들을 받아 주세요.
그 선물들은 무가치한 것이 아니에요. 순결하고 좋은 거예요. 190
그대는 하늘과 그것들을 나누게 될 거예요.
이 세상에서는 이미 죽은 이들, 신을 위해서만 사는 이들이
고독 속에서 드리는 영혼의 기도들을
사랑과 복종과 평화의 기도들을
신성한 하느님의 뜻에 따르는 처녀의 기도들을
아침 해 뜨기 전에, 한밤의 고요 속에서
그대에게 선물하겠어요." 하니
그는 당황하며 잠잠해지더니
그녀에게 내일 만날 약속을 정해 주고
외떨어진 거처로 서둘러 간다. 199

2부

1.

말이 없는 음울한 안젤로는 200
한 가지 생각에, 한 가지 욕망에 휩싸여서
종일 홀로 앉아 있었다. 밤새도록 피곤한 두 눈을
붙이지도 못했다. 그는 생각한다. '이게 뭐야?
내가 혹시 그녀를 사랑하나? 다시 그녀의 목소리 듣고 싶고
내 눈을 처녀의 아름다운 모습으로 위로하고 싶은 욕망이
이다지도 강하니……. 심장이 부드럽게 녹아 그녀를
그리워하는구나……. 혹 악마가 성자를 낚으려고
신성한 미끼로 낚시 바늘을 물도록 유혹하는 것일까?
부끄러움 없는 미녀들에게 여태까지
한 번도 유혹을 느낀 적이 없었던 내가 210
순결한 처녀에게 굴복당하고 말았어.
이제까지 사랑에 빠진 자가 내게 우습게 보였고

또 나는 그런 자의 무분별에 놀라기만 했는데
이제는! ……."

2.

묵상하고 기도하려 해 보았으나
묵상도 기도도 건성이다. 하늘에 대고
말을 하지만 의지와 생각은 그녀에게로만
쏠린다. 우울 속에 잠긴 채
빈말로 신의 이름을 되씹지만
가슴속에선 죄가 들끓는다. 영혼의 동요가
그를 덮쳤다. 통치는 그에게 질리도록 곱씹은 220
딱딱한 책처럼 지겨워졌다. 그는 권태로워했고
굴레에서 벗어나듯 자신의 직책을
벗어날 준비가 되어 있었다.
그가 그렇게도 자랑스러워하던, 온 백성이
뭣도 모르고 감탄하던 지혜로운 위엄을
그는 전혀 무가치한 것으로 여겼으며, 바람에 날려
공중에 이리저리 떠다니는 깃털과 비교했다…….
. . . .
아침 녘에 이사벨라가 안젤로에게로 나타나서
총독과 이상한 대화를 나누었다.

3.

안젤로 무슨 말을 하려는 거요?

이사벨라 그대의 의지를 알려고 왔어요.

안젤로 아, 그대가 그걸 추측할 수만 있다면! ……. 231

그대의 오빠는 살면 안 되오……. 혹 살 수 있을지도.

이사벨라 도대체 왜

그를 용서할 수 없나요?

안젤로 용서? 세상에 그보다 더 몹쓸

죄악이 어디 있소? 살인이 더 가벼운 죄요.

이사벨라 그래요.

하늘에서는 그렇게 심판하지요. 하나 지상에서

그런 적이 있나요?

안젤로 그렇게 생각하오? 그럼 여기 제안을 하나 하겠소.

만약 그대에게 결정하라고 한다면

오빠를 처형하도록 단두대로 끌고 가게 두겠소?

아니면 자신을 희생하여 죄에 몸을 던져

오빠의 죗값을 치르겠소?

이사벨라 영혼보다는 차라리 몸을 240

희생할 준비가 되어 있어요.

안젤로 내가 그대와 지금

영혼에 대해 이야기하는 건 아니오……. 중요한 것은

오빠가 사형 선고를 받은 거요. 죄를 지어 그를

구하는 것이 자비가 아니겠소?

이사벨라 신 앞에서 영혼을 걸고

대답할 준비가 되어 있어요. 그것은 죄가 아니에요.

믿어요, 정말 아니에요. 오빠를 구해 주세요!
그것은 자비이지 죄가 아니에요.

안젤로 자비와 죄악이 똑같은
무게를 가진다면 그대는 그를 구하겠소?

이사벨라 오, 제 죄가 오빠의 구원이 되도록 해 주셨으면!
(그것이 죄라면 말입니다.) 그것에 대해 밤이나 낮이나
기도할 준비가 되어 있어요.

안젤로 아니, 내 말을 들어 보오. 251
아니면 그대는 내 말을 전혀 이해하지 못하거나
일부러 내 말을 이해하는 걸 피하고 있구려.
더 쉽게 말하리다. 그대의 오빠는 선고를 받았소.

이사벨라 그래요.

안젤로 법은 단호하게 그에게 사형을 선고하오.

이사벨라 바로 그래요.

안젤로 그를 구하기 위해선 한 가지 방법이 있소.
(이 모든 말은 그 제안을 겨냥한 것이오.
그리고 그것은 단지 질문일 뿐 그 이상은 아니오.)
그를 구할 수 있는 유일한 사람이(재판관의 친구이거나
직책으로 볼 때 법을 해석하고 그 무서운 의미를 260
완화해 줄 수 있는 권한을 가진 자 말이오.) 그대를 향한
죄스러운 욕망으로 불타올라 그대에게 그대의 파멸을
대가로 오빠의 처형을 면하게 하라고 요구한다고,
그렇지 않으면 법대로 한다고 한번 가정해 봅시다.
어쩌겠소? 그대의 머릿속에서 어떻게 결정할 거요?

이사벨라 오빠와 저를 위하여 당장 결정하겠어요.

믿어 주세요, 제 자신을 수치스럽게 하느니 차라리
채찍의 상처를 루비처럼 두르고 침대로 눕듯이
피의 관 속으로
평온히 드러눕겠어요.

안젤로 그대의 오빠는 죽을 것이다.

이사벨라 그래서요?
그는 물론 최선의 길을 선택할 거예요. 270
그의 영혼은 동생의 치욕으로써 구원받지 못할 거예요.
제가 영원히 파멸하는 것보다 오빠가 한 번 죽는 게 낫지요.

안젤로 도대체 무엇 때문에 재판의 결정이 그대에게
비인간적으로 보였소? 그대는 우리를 냉혹하다고
비난했소. 그게 오래전이오? 방금 그대는
공정한 법을 폭군이라 불렀고
오빠의 죄를 거의 장난으로 여겼소.

이사벨라 용서하세요, 저를 용서하세요. 저도 모르게,
그때 제 마음이 교활해졌어요. 아, 제가 스스로에게
모순되는 짓을 했어요. 소중한 것을 구하고자 한 것이 280
증오하는 것을 위선적으로 용서했네요.
우리는 약하지요.

안젤로 나는 그대의 고백으로 힘을 얻었소.
그래, 여자는 약하오, 나 이것을 확신하니
그대에게 말하오, 여자가 되시오, 그 이상은 말고.
아니면 아무것도 되지 못할 거요. 그러니 그대 운명의
의지에 복종하시오.

이사벨라 그대의 말을 이해할 수 없네요.

안젤로 이해하게 될 거요. 그대를 사랑하오.

이사벨라 아! 무슨 말을 해야 할까?

오빠는 줄리에타를 사랑했어요, 그래서 그는

죽게 돼요, 불행한 사람.

안젤로 나를 사랑해 주오, 그러면 그는 살게 될 거요.

이사벨라 알아요,

권력자는 다른 사람들을 시험하고자 하지요, 그대도…….

안젤로 아니오. 맹세코 290

내 말을 한 마디도 취소하지 않겠소.

명예를 걸고 맹세하오.

이사벨라 오, 정말 대단한 명예로군요!

정말 명예로운 일이에요! ……사기꾼! 유혹하는 악마!

당장 내게 클라우디오를 방면한다고 서명해요. 아니면

그대의 행동과 검은 마음을 모든 곳에 알리겠어요.

이제 사람들 앞에서 당신이 위선을 떠는 것은

이게 마지막이 될 거예요.

안젤로 누가 대체 그 말을 믿겠소?

나는 엄격한 사람으로 세상에 알려져 있소.

세상의 평판, 내 지위, 내 모든 삶,

그리고 내가 그대 오빠의 머리 위로 내린 선고 자체가 300

그대의 고발을 터무니없는 중상으로 보이게 할 거요.

이제 나, 내 열정이 마음껏 휘몰아치도록 둘 것이오.

생각해 보고 내 의지에 복종하시오.

눈물, 애원, 수줍은 홍조, 이 모든 바보짓들을

버리시오. 그것들로 죽음과 고통에서

오빠를 구하지 못할 거요. 운명의 처형대에서
오빠를 구할 길은 그대가 복종하는 것뿐이오.
내일까지 그대의 답변을 기다리겠소.
그리고 알아 두시오, 나는 그대의 밀고가 두렵지 않소.
그대가 무슨 말을 해도 나는 꿈쩍 안 하오. 310
내 거짓이 그대의 모든 진실을 무너뜨릴 거요.

4.
그렇게 말하고 그는 당장 나갔다, 무구한 처녀를
공포 속에 남겨 두고. 그녀는 하늘을 향해
기도하는 밝은 시선과 깨끗한 오른손을 들어 올리더니,
혐오스러운 궁전을 나와 감옥으로 서둘러 갔다.
문이 열리고, 오빠가 그녀의 눈앞에
보였다.

5.
사슬에 묶여 깊은 우울 속에서
지상의 기쁨에 대해 애석해하지 않으려 노력하면서
죽음을 준비하면서도 아직 살기를 희망하며
그는 말없이 앉아 있었고, 그와 함께 검은 두건 아래 320
십자가를 두 손에 들고 넓은 사제복을 입은,
늙어서 허리가 굽은 사제가 이야기하고 있었다.
노인은 젊은 수난자에게 증명하려고 했다,

죽음과 삶은 서로 대등한 것이라고,
여기서나 저기서나 불멸의 영혼만이 있다고,
지상의 삶은 아무 가치가 없다고.
불쌍한 클라우디오는 슬프게 그의 말에 동의했지만
마음속은 사랑스러운 줄리에타 생각으로 가득했다.
은둔녀가 들어왔다. "그대에게 평화가 있기를!" 그는 문득
정신을 차리고 동생을 바라보았다. 순식간에 생기가 돌았다. 330
이사벨라가 신부에게 말한다. "신부님,
오빠와 둘이서만 이곳에서 이야기하고 싶은데요."
사제는 둘만 남겨 두었다.

6.

클라우디오 어떻게 됐니, 소중한 누이야,
말해 줄래?
이사벨라 소중한 오빠, 때가 됐어요.
클라우디오 그래, 구원은 없단 말이지?
이사벨라 없어요, 아니면 목을 사려고 영혼을
팔아야 한단 말인가요?
클라우디오 그러니까 방법이 있기는 하니?
이사벨라 그래요. 있어요. 오빠가 살 수는 있어요. 재판관이
누그러질 태세가 되어 있어요. 그의 안에
악마 같은 자비가 있어요.
그 자비란 영원한 고통의 몀엣값으로 오빠에게
생명을 선사하는 거예요. 339

클라우디오 뭔데? 영원한 감옥인가?
이사벨라 감옥이에요, 비록 울타리도
사슬도 없지만요.
클라우디오 설명해 봐, 그게 도대체 뭔데?
이사벨라 진정한 벗,
소중한 오빠! 무서워요……. 들어 봐요, 사랑하는 오빠,
칠팔 년 더 사는 게 오빠에게 영원한 명예보다
더 가치가 있나요? 오빠, 죽는 게 무서워요?
죽음의 느낌은 무엇일까요? 순간이지요. 고통을
많이 느낄까요? 짓밟힌 벌레나 거인이나
죽을 때 겪는 고통은 같아요.
클라우디오 누이야! 내가 겁쟁이냐?
죽을 힘이 내게 모자란다고 생각하니?
믿어라, 동요 없이 나 세상을 하직할 거다.
죽어야 한다면 사랑스러운 처녀를 맞이하듯 350
나 무덤의 밤을 맞이할 거다.
이사벨라 그래야 내 오빠지요!
관에서 아버지 목소리가 들리는 것 같네요.
맞아요. 오빠는 죽어야 해요. 고결하게 죽으세요.
들어 봐요, 아무것도 감추지 않고 말할게요.
엄격한 시선으로 모든 이에게 공포를 일으키고
정연한 말로 아이를 형틀로 보내는
그 무서운 재판관, 그 잔혹한 위선자,
그 자신이 악마예요. 마음속이 깊은 지옥처럼 검고
더러운 것들로 가득 차 있어요.

클라우디오 총독이?

이사벨라 지옥이

그를 무장시켰어요. 사악한 인간! ……. 360

제가 그의 뻔뻔스러운 욕망을 달래기로

마음먹으면 오빠가 살 수 있다는 걸 알아 두세요.

클라우디오 오, 안 돼, 그럴 것 없어.

이사벨라 그가 말한 대로

오늘 밤 음란한 밀회로 서둘러 가지 않으면

내일 오빠는 죽어요.

클라우디오 가지 마라, 누이야.

이사벨라 소중한 오빠!

하느님이 보시지만 단지 내 무덤값으로

오빠를 처형에서 구해 낼 수 있다면

내 목숨을 티끌보다 하찮게

여길 거예요.

클라우디오 고맙다, 소중한 벗아! 369

이사벨라 그러면 내일, 클라우디오, 오빠는 죽음에 대비하세요.

클라우디오 그래, 그런데…… 그의 속에서 그렇게 강하게 열정이

들끓다니! 그건 죄라고 할 수 없거나, 7대 죄악 중에서

가장 가벼운 것이지?

이사벨라 뭐라고요?

클라우디오 그런 파계는

그곳에서는 아마 벌하지 않을 거야. 한순간을 위해서

그가 영원히 자신을 파멸시키기로 결정했단 말이야?

아냐, 난 그리 생각하지 않아. 그는 영리한 사람이야.

아으, 이사벨라!

이사벨라 뭐예요? 무슨 말을 하려고요?

클라우디오 죽음은 끔찍해!

이사벨라 수치도 끔찍해요.

클라우디오 그래, 그래도…… 죽는 것,

어디로 가는지도 모르고 차갑고 좁은 관 속에서

썩는 것……. 아으! 세상은 아름답고 삶은 소중해. 380

이제, 적막한 어둠 속으로 곤두박질치며,

들끓는 유황천 속으로 들어가는 것,

아니면 얼음 속에 굳어지는 것, 아니면

사나운 돌풍에 실려

끝없는 공간 속으로 아찔하게 날려 가는 것……

이 모든 것들이 절망적인 생각 속에 떠오른다…….

아니야, 아니야, 지상의 삶은 아파도, 가난해도,

슬퍼도, 늙어도, 갇혀 있어도…… 무덤 뒤에서

우리가 기대하는 것에 비하면 천국일 거야.

이사벨라 오, 하느님!

클라우디오 내 벗아! 누이야! 나를 살려 다오.

오빠를 죽음에서 구하는 것이 죄라면,

자연이 용서해 줄 거다.

이사벨라 어떻게 감히 그런 말을 해? 390

비겁자! 영혼 없는 짐승! ……누이의 타락으로

생명 얻기를 기대하다니! …… 근친상간자! 아니,

내 아버지가 네게 생명과 세상을 주었다는 생각을

할 수도 없고 해서도 안 되겠어. 용서하세요, 하느님!

이럴 수가, 어머니가 아버지 침대를 더럽히며
널 임신했던 거야! 죽어. 널 내 의지만으로
구할 수 있을지 몰라도 이젠 나 이미
처형이 이루어지길 바라는 심정이야.
네 죽음을 위해서 천 번 기도를 올리겠어. 399
네 삶을 위해서는, 이젠 한 번도…….

클라우디오 누이야, 가지 마, 가지 마!
누이야, 날 용서해 줘!

7.

그리고 젊은 수감자는
그녀의 옷자락을 잡았다. 이사벨라는
분노를 억지로 식히고
불쌍한 오빠를 용서했다. 그리고 다시금
상냥하게 수난자를 위로하기 시작했다. 405

3부

1.

수도승은 그사이 열린 문 뒤에서
오빠와 누이의 대화를 들었다.
이제 이 늙은 수도승이 바로 다름 아닌
변장한 공작이라는 걸 말할 때가 왔다.
백성들이 그가 외국에 있다고 여기고 410
농담으로 그를 유성(流星)과 비교했을 때
그는 군중 속에 몸을 감추고 모든 것을
관찰하였고 눈에 띄지 않게 탐정처럼
궁전, 광장, 수도원, 병원 들을,
환락가, 극장, 감옥 들을 방문했다.
공작은 생생한 상상력을 지니고 있었고
소설들을 사랑했으며 아마도
칼리프 하룬 알라시드를 모방하려 했나 보다.*

젊은 은둔녀의 이야기를 다 듣고 나서 감동하여
그는 당장 그 잔혹함과 모욕적 행동을 420
벌할 뿐만 아니라 어떤 조처를 취할 것을
머릿속으로 결정하였다……. 그는 가만히 문으로 들어가서
처녀를 불러 구석으로 이끌었다. 그는 말했다.
"나는 모든 것을 들었소. 그대는 칭송받을 만하오.
그대의 의무를 신성하게 지켰소. 하나 이제는
내 충고를 따르시오. 안심하시오,
모든 것이 다 잘될 거요, 열심히 행하고 믿음을 가지시오."
여기서 그는 자신의 제안을 그녀에게 설명했고
작별의 축복을 해 주었다.

2.
친구들이여! 음울한 이마가, 430
잔혹하고 사악한 영혼의 비참한 거울이
여인의 욕망을 한평생 이끌어 내고
미인의 마음에 들 수 있으리라고 믿을 수 있겠소?
이상한 일이 아니겠소? 그러나 그랬다오. 이 거만한 안젤로,
이 사악한 인간, 이 죄인이
부드럽고 슬프고 공손한 영혼, 그에게서 고통 받고
버림받은 영혼의 사랑을 받았다오.

* 하룬 알라시드(?766~809)는 아바스 왕조의 전성기를 다스린 5대 칼리프로, 다른 사람에게 국정을 일임했다가 후에 직접 통치했다. 『천일야화』에도 등장한다.

그는 오래전에 결혼했다. 가벼운 날개를 가진 소문은
아무런 증거도 없이 비웃으며 질타하며
그의 젊은 아내를 봐주지 않았고, 440
그는 거만하게 말하며 그녀를 쫓아냈다.
"설사 소문의 비난이 옳지 않다 해도
소용없다. 의심이 제왕의 아내를
스쳐만 가도 안 되는 법." 이때부터 그녀는
슬프게 괴로워하며 홀로 교외에 살았다.
공작은 그녀를 기억해 냈고, 젊은 처녀는
수도승의 지시로 그녀에게로 갔다.

3.

마리야나는 창문 아래 베틀에 앉아
고요히 울고 있었다. 천사처럼, 이사벨라가
그녀 앞에 문가에 예기치 않게 나타났다. 450
은둔녀는 오래전부터 그녀와 아는 사이였고
불행한 여자를 위로하러 자주 방문했다.
그녀는 수도승의 계획을 당장 설명했다.
계획인즉슨 마리야나가 밤이 이슥해지면
안젤로의 궁전으로 찾아가서
정원 돌담 아래에서 그와 만나서
그에게 약조한 대로 보상을 지불하고 나서
떠나오며 들릴락 말락 한 목소리로 그저
"이제 오빠에 대해 잊지 마세요."라고 한마디 속삭이는 것이었다.

불쌍한 마리아나는 눈물 사이로 미소를 지었고, 460
마차가 준비되었으며, 처녀는 그녀와 헤어졌다.

4.

공작은 밤새도록 감옥에서 결과를 기다리며
클라우디오와 함께 앉아서 수난자를 위로하고 있었다.
날이 밝기 전에 다시 이사벨라가 나타났다.
모든 일이 제대로 되었다. 남편을 성공적으로 속이고
돌아온 창백한 마리아나가 지금
그녀 집에 앉아 있었다. 아침노을이 붉게 떴다.
갑자기 전령이 봉인된 명령서를 감옥장에게
가져왔다. 읽어 보니, 이게 뭐야? 총독이
수감자를 당장 처형하여 그의 머리를 470
궁전으로 가져오라 명령하는 것이었다.

5.

공작은 새로운 계략을 짜내서
감옥장에게 자신의 반지와 도장을 보여 주고
처형을 중지했고, 안젤로에게는
그 머리 대신 바로 어젯밤 감옥에서
열병으로 죽은 해적의 넓은 어깨에서
머리를 베어 머리칼과 수염을 민 후 보내라고 명령했다.
그리고 자신은 그토록 추악한 일을

어둠 속에서 저지른 사악한 고관을 세상에
폭로하고자 출발했다.

6.

클라우디오의 처형에 관한 480
소문이 막 들릴락 말락 퍼지자마자
다른 소식이 도착했다. 공작이 도시로 돌아온다는
것이었다. 백성들은 그를 맞이하러
무리를 지어서 몰려갔다. 당황한 안젤로도
양심의 가책을 느끼며 예감으로 불안해진 채
서둘러 그리로 갔다. 선량한 공작은
미소를 지으면서 주위에 몰려든 백성들에게 인사하고
안젤로에게 다정하게 손을 내밀었다.
그때 갑자기 외침 소리가 울려 퍼졌다. 곧장 공작의 발아래로
처녀가 엎드렸다. "군주여, 자비를 베푸소서……. 490
그대는 결백의 방패이시며 그대는 자비의 제단이시오,
자비를 베푸소서! ……." 안젤로는 창백해져서 몸을 떨었고
사나운 시선을 이사벨라에게 던진다…….
그러나 평정을 되찾고 정신을 차려 말했다.
"그녀는 사형된 오빠를 보고
정신이 나갔습니다. 이 상실이
그녀의 이성을 흔들어 버렸나이다……."

그러나 분노와
오랫동안 마음속에 감추어 두었던 격분을 터뜨리며

공작이 말했다. "다 아네, 다 알아! 마침내
죄악이 지상에서 보복을 받게 될 거네. 500
처녀여, 안젤로여! 나를 따르라, 궁전으로!"

7.
궁전에는 옥좌 옆에 마리야나와 불행한
클라우디오가 서 있었다. 악당은 그들을 보고
몸을 떨기 시작했으며 이마를 땅에 대고 엎드려 가만히 있었다.
모든 것이 밝혀졌고 진실이 안개로부터 모습을
드러냈다. 그러자 공작이 묻는다. "안젤로, 자, 말해 보라,
너는 어떤 벌을 받아야겠는가?" 안젤로는
눈물도 두려움도 없이 음울하고 확고하게 답한다.
"사형입니다. 바라는 것은 다만 되도록 빨리 죽이라고
명령해 주십사는 것입니다."
통치자가 말했다. "가라, 510
그대, 재판관, 장사꾼, 유혹자여, 파멸하라."
그러나 통치자의 발아래 불쌍한 아내가 엎드려 말했다.
"자비를 베푸소서, 그대는 남편을 제게 주셨으니
다시 앗아 가지 마옵소서. 저를 조롱하지 마옵소서."
공작은 그녀에게 말했다. "내가 아니라,
안젤로가 그대를 조롱했노라. 그러나 그대의 운명은
내가 직접 돌보리라. 그의 유산이
그대 몫으로 남을 거고 그대는 더 좋은 남편에게
상으로 주리라." "제게 더 좋은 남편은 필요 없나이다.

군주시여! 자비를 베푸소서! 제 청을 들어 주소서! 520
그대의 손이 나를 남편과 결합했나이다!
이러자고 제가 그렇게 오랫동안 수절을 했단 말인가요?
그는 인간으로서의 몫을 하였을 뿐이옵니다.
자매여, 나를 구해 줘, 소중한 벗, 이사벨라여!
무릎을 꿇든지 말없이 두 손을 들든지
그를 위해 청원해 줘!"

이사벨라는

천사처럼 마음속으로 죄인을 애석히 여기고
통치자 앞에 무릎을 꿇고 말했다.
"자비를 베푸소서, 군주시여, 저를 위해 그를
심판하지 마소서. 그는(제게 알려진 바로는, 530
그리고 제 생각에는) 제게로 눈을 돌리기 전까지는
정당하고 정직하게 살았나이다.
그를 부디 용서하소서!"

그리하여 공작은 그를 용서했다. 533

서사시 편

청동 기사

—페테르부르크 이야기

서언

이 이야기 속에 묘사된 사건은 사실에 기초한다.
홍수의 세부 사항들은 당시의 잡지들에서 따온 것이다.
호기심이 많은 사람들은 B. H. 베르흐가
기록한 기사에서 조회해 볼 수 있을 것이다.*

* 1826년에 베르흐는 어느 소책자에 1824년 상트페테르부르크에서 있었던 이 홍수에 관한 기사를 실으면서, 글 첫머리에 이 기사가 불가린이 작성한 것이라고 밝혔다. 베르흐는 실상 푸슈킨의 적이었던 불가린이 이에 대해 쓴 글을 약간 첨삭했다.

도입

황량한 파도 철썩대는 강기슭에 서서
그는 위대한 상념으로 가득 차서
먼 곳을 바라보고 있었다. 그 앞에는 도도히
강물이 흐르고 있었고, 초라한 통나무배 한 척
외로이 강 위를 떠가고
이끼 낀 질퍽한 강기슭 따라
여기저기 농가들, 가난한 핀란드인의 집들이
검은 형체를 드러내고
그 주위로 안개 속에 숨겨진
태양 때문에 빛을 모르는 숲이 10
웅성거리고 있었다.

그는 생각했다,
여기서부터 우리는 스웨덴을 위협하리라.

오만한 이웃에 대항하여
이곳에 도시가 세워지리라.
자연은 우리에게 이곳에
유럽을 향한 창을 뚫고[1]
해안에 굳센 발로 서라는 운명을 주었도다.
이리로 새로운 뱃길 따라
모든 배가 우리를 방문할 것이고
우리는 이 광활한 곳에서 잔치를 벌이리라. 20

이로부터 백 년이 지나자, 북국의
아름다움이자 경이인 이 젊은 도시는
깜깜한 숲에서, 질척한 늪에서
화려하고 자랑스럽게 솟아올랐다.
예전에 핀란드의 어부가 홀로
자연의 슬픈 의붓자식처럼
낮은 강기슭에 서서
알 수 없는 물속을 향해서
자신의 낡은 어망을 던지던 그곳에
지금은 활기찬 강변을 따라 30
궁전이며 탑들이며 빼곡히
균형 잡힌 거대한 건물들이 들어섰다.
대형 선박들이 무리 지어
온 세상 끝에서 부유한 부두로 몰려든다.
네바는 대리석의 옷을 입었다.
물 위엔 다리들이 걸리고

네바의 질척했던 섬들은
진초록의 정원들로 덮였다.
그리고 이 젊은 수도 앞에서
늙은 모스크바는 빛을 잃었다. 40
젊은 새 황후 앞에서
과부가 된 옛 황후가 빛을 잃듯이.

나는 너를 사랑한다, 표트르의 창조물이여,
나는 사랑한다, 너의 엄격한 균형 잡힌 모습을,
네바의 위풍당당한 흐름을,
너의 화려한 대리석 강변을,
너의 울타리의 주철 무늬들을,
너의 생각에 잠긴 밤의
투명한 어스름, 달 없는 빛을.
방에 앉아 등불 없이 50
글을 쓰고 책을 읽자면
인적 없는 거리에 잠든
거대한 건물들이 선명하고
해군성의 첨탑이 반짝거리고
금빛 하늘이 어두워지지 않고
반시간 겨우 밤을 허락하더니[2)]
저녁노을이 아침노을로
어느새 서둘러 바뀐다.
나는 사랑한다, 네 혹독한 겨울의
미동도 없는 공기와 그 차가움을, 60

넓은 네바 강 따라 달리는 썰매의 질주를,
장미보다 더 붉은 소녀들의 뺨을,
무도회의 번쩍임과 소란함과 말소리를,
독신들의 진탕한 술자리의
거품 이는 술잔의 식식거리는 소리와
펀치 술의 푸른 불꽃을.
나는 사랑한다, 즐거운 마르스 연병장의
전투적인 활기를, 보병대과 기병대의
일사불란한 아름다움을,
거기 잔물결처럼 흔들리며 70
정연하게 열 지어 있는
전쟁으로 낡은 승리의 깃발들을,
전쟁으로 구멍 뚫린
이 청동제 투구들의 번쩍임을.
나는 사랑한다, 군사의 수도여,
이 북국의 황후가
황궁에 태자를 안겨 주거나
러시아가 또다시 적들에게
승리한 것을 축하할 때,
또 네바 강이 봄기운을 느끼며 80
파란 얼음을 깨뜨려
바다로 흘려보내며 환호할 때,
네 성채의 연기와 우레 같은 굉음을.

아름다우라, 표트르의 도시여,

러시아처럼 확고하게 서 있으라,
하여 굴복당한 자연이 반란 없이
잠자코 너와 화해하도록 하라.
핀란드 만의 파도가
오랜 적의와 예속을 잊도록 하고
헛된 원한으로 표트르의 영면을 90
흔들어 깨우지 않게 하라!

끔찍한 시절이었다,
그 시절 기억이 아직 생생하다…….
친구들이여, 그대들을 위하여
그때 이야기를 시작하련다.
내 이야기는 슬플 것이다. 96

1부

어스름한 페트로그라드* 위로 11월이
늦가을 차가움으로 숨 쉬고 있었다.
높은 파도로 철썩대며
강둑을 때리며 100
네바 강은 불안한 침대에서 요동하는
병자처럼 뒤척거리고 있었다.
이미 늦은 시각이었고 날은 어두웠다.
비가 성난 듯이 창문을 때렸고
바람은 슬프게 울부짖었다.
젊은 예브게니는 저녁 모임에서
돌아와 집에 도착했다…….
우리는 우리의 주인공을

---

* 1914년에 개칭되어 불렸던 상트페테르부르크의 다른 이름.

이 이름으로 부를 것이다. 이 이름은
듣기 좋다. 게다가 내 펜은 이 이름과 110
친숙한 지 오래다.* 그의 성은 우리에게
필요 없다. 예전에 아마도
카람진의 펜 아래서도 빛났고
조국의 역사 속에서
명성이 높긴 했지만
현재 그 성은 세간에서
잊혔다. 우리의 주인공은
콜롬나에 살며 어딘가에 근무하며
명문 귀족들을 피하고
죽은 친척들에 대해서도 120
잊힌 옛날에 대해서도
한탄하지 않는다.

예브게니는 집에 들어와서
외투를 털어 걸고 옷을 벗고 누웠다.
하나 갖가지 상념에 마음이 흉흉해서
오랫동안 잠들 수 없었다.
그는 무엇에 대해 생각했나? 그는
자신이 가난하게 살아온 데 대해서,
혼자 힘으로 독립과 명예를

---

* 푸슈킨이 자신의 운문 소설 『예브게니 오네긴』의 주인공을 상기하게 한다는 의미에서 한 말.

얻어야 한다는 데 대해서, 130
신이 지혜와 돈을 그에게
좀 더 주실 수도 있지 않았나에 대해서,
생각이 짧고 한가한 행운아들,
게으른 사람들이
얼마나 잘 사는지에 대해서 생각했다!
그는 자신이 이제 겨우 이 년 복무한 것을,
또 날씨가 잠잠해지지 않고
강물이 내내 불어나기만 하는 것을,
다리를 겨우나마 거두어들였을까
하는 것을 생각했고 140
파라샤를 이삼 일 보지 못하게
되리라는 것을 생각했다.
그런 생각을 하자 예브게니는 가슴 깊이
한숨 쉬며 시인처럼 공상에 잠겼다.

"결혼할까? 왜 안 돼?
물론 쉽지는 않겠지.
그러나 난 젊고 건강하니 문제없어.
밤낮으로 일할 준비가 되어 있어.
소박하고 평범한 거처를
어떻게 해서라도 마련하고 150
파라샤를 편안히 살게 해야지.
아마도 한두 해 지나면
집을 마련하게 될 테지, 파라샤에게

가족을 돌보게 하고
아이들 교육을 맡기고……
무덤으로 갈 때까지
우리 둘이 손잡고 살아야지,
손자들이 우리를 묻어 주겠지…….”

그렇게 그는 꿈꿨다. 그날 밤
그는 우울했고 바람이 이렇게 160
구슬프게 불지 말았으면
그리고 비가 이렇게 성난 듯이 창문을
때리지 말았으면 바랐다…….
마침내
그는 졸린 눈을 감았다. 이제 막
지긋지긋한 밤의 안개가 성글어지며
창백한 아침이 벌써 다가오고 있다…….[3)]
끔찍한 날이여!
네바 강은 밤새도록
폭풍을 거슬러 바다를 향해 내달렸으나
폭풍의 거칠고 사나운 품을
이기지 못했고 도저히 170
맞설 수가 없게 되었다…….
아침 녘에 네바 강변에
미친 파도의 산더미와 거품을 보러
사람들이 무리지어 몰려들었다.
그러나 바람의 힘 때문에

만으로 흘러나가지 못하던 네바가
거꾸로 올라왔다. 성나서 들끓으며
섬들을 삼켜 버렸다.
날씨는 더욱더 심하게 성이 났고
네바는 끓어오르며 울부짖고 180
주전자처럼 들끓고 소용돌이치다가
갑자기 짐승처럼 격노하여
도시로 덤벼들었다. 네바 앞에
모든 것이 패주했고 주위의 모든 것이
갑자기 사라졌다. — 물이 갑자기
지하실로 들이닥쳤고
운하들은 울타리를 향해 쏟아지기
시작했으며 페트로폴*은 트리톤처럼
허리까지 물에 잠겨 버린 것이다.

포위! 돌격! 사악한 파도가 190
도둑 떼처럼 창문으로 기어들어 온다.
통나무배들이 세게 들이닥치며 유리창에
선미를 부딪친다. 젖은 천 아래 좌판들,
오막살이의 잔해, 통나무들, 지붕들,
무역 창고의 물건들,
보잘것없는 가난한 세간들,
폭우에 떠내려온 다리들,

* '페트로그라드'를 '세계적인 도시'라는 어감을 강조해 부르는 이름.

씻겨 내린 무덤에서 나온 관들까지
거리마다 떠다닌다!
　　　　　　　　백성들은
신의 분노를 보고 벌을 기다린다. 200
오호라! 모든 것이 없어지리니, 집도 양식도!
어디서 이것들을 가져와야 하나?
　　　　　　　　　　　　그 무서운 해에는
아직 선황제가 영광으로 러시아를
통치하고 있었다. 그는 발코니에 나와
슬프고 당혹스러운 모습으로
말했다. "황제도 신의 힘만은
어찌할 수 없소." 그는 앉아서
생각에 잠겨 비통한 눈으로
사악한 재난을 바라보았다.
광장들은 호수가 되어 버렸고 210
그 안으로 거리들이 큰 강이 되어
흘러들어 가고 있었다. 궁전은
보잘것없는 섬처럼 보였다.
황제가 말하니, 방방곡곡에서
가깝고 먼 길을 가리지 않고
폭풍우 치는 파도 사이로 위험한 길을 따라
그의 장군들[4]이 달려왔다,
공포에 휩싸여 있는
제 집에서 가라앉는 백성들을 구하려고.

그때, 표트르 광장에는 220
구석에 새로운 건물이 세워져 있었는데
높은 현관 위에
앞발을 들고 마치 살아 있는 것처럼
사자 두 마리가 지키고 섰고
대리석으로 된 짐승 위에
모자도 없이 팔짱을 꽉 끼고
무서우리만큼 창백해진 예브게니가
꼼짝 않고 앉아 있었다. 가련한 그는
무서워하고 있었는데 자기 때문이 아니었다.
그는 탐욕스러운 파도가 올라와 230
자기 장화를 적시는 것도
비가 자기 얼굴을 세차게 때리는 것도
바람이 사납게 울부짖으며
자기 모자를 앗아 간 것도 알지 못했다.
그의 절망적 시선은
오직 한곳만을 향한 채
움직일 줄 몰랐다. 그곳에는
분노한 심연으로부터 파도들이
산처럼 일어나 성을 내고 있었고
그곳에는 폭풍이 울부짖고 잔해들이 240
떠다니고 있었다……. 하느님, 하느님! 그곳엔……
슬프기도 해라, 파도치는 부근에
바로 만 입구에 버드나무와
칠하지 않은 나무 울타리,

그리고 오막살이가 있는데…… 그곳에, 그네들이,
과부와 딸이, 그의 파라샤가,
그의 꿈이 있는데…… 아니면 그가
꿈을 꾸는 걸까? 아니면 우리의 모든 삶이
공허한 꿈, 지상을 향한
하늘의 비웃음에 지나지 않는 것일까? 250

그는 말뚝 박힌 것처럼
대리석에 달라붙은 것처럼
떠날 수가 없었다! 그의 주위에는
물밖에 아무것도 없었다!
그리고 그에게 등을 돌리고,
흔들림 없는 높은 곳에,
성난 네바 강 위로
한 팔을 앞으로 뻗은 우상이
청동의 말 위에 타고 있었다. 259

2부

그러나 이제 파괴하는 데 싫증이 나고 260
뻔뻔스럽고 방자스러운 행동을 하는 데 지쳐
네바는 거꾸로 방향을 돌렸다,
자신의 분노를 즐기는 듯
되는 대로 자신의 노획물을
내던지며. 그렇게 악당이
잔인한 자기 무리들과 함께
마을에 침입하여 부수고 베고
짓누르고 도둑질한다. 외마디 소리, 쿵광 소리,
폭행, 욕지거리, 소동, 울부짖음! …….
그러고 나서 약탈이 지겨워지고 270
추격이 두려워지고 지쳐,
도적 떼들은 길가에 노획물을
떨어뜨리며 서둘러 돌아간다.

물이 빠지고 도로가
다시 통하자 우리의 예브게니는
정신이 아득하여 서둘러
겨우 진정된 강으로 다가갔다,
희망과 공포와 괴로움 속에.
그러나 승리의 환호로 가득 찬 파도는
아직 사악하게 들끓고 있었다, 280
마치 그 밑에 불이 타고 있듯이.
아직도 거품이 파도를 덮고 있었고,
네바는 무겁게 숨 쉬고 있었다,
마치 싸움에서 돌아온 말처럼.
예브게니가 살펴보니, 작은 배 한 척이 보인다.
큰 발견이나 한 듯이 배로 다가가
그는 뱃사공을 부른다.
그러자 태평한 뱃사공은
동전을 받고 기꺼이
무서운 파도를 넘어서 그를 데려간다. 290

노련한 뱃사공도 한참이나
사나운 파도와 싸웠고
배는 매순간 용감한 두 항해자와 함께
파도 사이로 깊이 사라질 것만
같았으나…… 드디어
강변에 이르렀다.
불행한 사람은

낯익은 거리를 따라 달려서
아는 장소로 갔다. 둘러봐도
알아볼 수 없었다. 끔찍한 광경이었다.
그 앞에 모든 것이 널브러져 있었다. 300
부서진 것들, 쓸려 나간 것들,
어떤 집들은 찌그러졌고, 어떤 집들은
완전히 부서졌고 어떤 것들은
파도로 밀려 나갔고.
주위에는 마치 전장에서처럼
시체들이 널려 있었다. 예브게니는
곤두박질치며 정신없이
괴로움에 어쩔 줄 모르며
운명이 봉한 편지처럼
알 수 없는 소식을 가지고 310
그를 기다리는 그곳으로 달려갔다.
여기 벌써 그가 부근으로 달려든다,
여기는 만이고, 근처에 집이 있는데……
그런데 이게 웬일인가? …….
그는 멈춰 서서
뒤로 갔다가 다시 돌아왔다.
바라보고…… 가다가…… 다시 바라본다.
그들의 집이 있던 장소가 여긴데,
여기 버드나무가 있고, 여기 대문이 있었는데……
대문은 쓸려 나간 모양이다. 그런데 집은 어디 있을까?
절망적인 근심에 가득 차서 320

그는 내내 주위를 걷고 또 걷는다.
혼자서 큰 소리로 말하고 하더니
갑자기 손으로 이마를 치며
큰 소리로 웃는다.
　　　　　　　　밤의 어둠이
떨고 있는 도시로 다가왔다.
그러나 사람들은 오랫동안 자지 않고
그날 낮에 대해서
서로서로 이야기했다.
　　　　　　　　　아침의 빛이
피곤하고 창백한 구름 뒤에서 나와
고요한 수도 위를 비추었고　　　　330
이미 어제의 불행은 자취를
찾을 수 없었다. 재난은 이미
붉은 빛 아래 감춰졌다.
모든 것은 이전의 질서로 이미 돌아가 있었다.
뚫린 거리마다 사람들이
특유의 차가운 무감각으로
다니고 있었다. 관리들은
자신의 밤의 안식처를 떠나
일터로 가고 있었다. 대범한 상인은
한탄하지 않고 네바 강에 노략질당한　　　　340
지하 창고를 열어젖히고
자기가 본 큰 손해를 이웃들에게
떠넘길 궁리를 했다. 궁전들로부터

배들도 치워졌다.
하늘이 사랑하는 시인,
흐보스토프 백작*은 이미
불멸의 시구로써
네바 강변의 불행을 읊었다.

그러나 불행한, 불행한 나의 예브게니……
아, 슬퍼라, 그의 혼란스러운 정신은
끔찍한 충격을 이겨 내지 못했으니. 350
네바 강의 성난 파도, 거센 바람,
그 반란의 소리가 그의 귀에
울렸다. 말없이 무서운 생각에 가득 차서
그는 이리저리 헤매고 다녔다.
어떤 악몽이 그를 갈가리 찢었다.
일주일이 가고, 한 달이 가도 그는
자기 집으로 돌아가지 않았다.
기한이 지나자 집주인은
예브게니의 빈 방을
어떤 가난한 시인에게 세놓았다. 360
예브게니는 자기 물건을 가지러
오지 않았다. 그는 곧 세상에
낯설어졌다. 하루 종일 헤매고 돌아다니다가

---

* 그렇게 빨리 불행을 읊은 것을 보면 이 백작 시인은 시인이라기보다는 백작 칭호가 더 중요한 이류 시인인 듯싶다.

강둑에서 자고, 창문으로 내던져 주는
빵 조각으로 요기했다.
그의 낡은 옷은 다 헤어져
나달나달 떨어졌다. 못된 아이들은
그의 등 뒤에 돌을 던졌다.
종종 마부의 채찍이
그를 후려쳤는데 그것은 그가 370
전혀 길을 살펴 가지 않기 때문이었다.
그 자신은 그것을 알아차리지도
못하는 것 같았다. 가슴속
불안의 소리 때문에 귀가 먹었던 것이다.
그렇게 그는 자신의 불행한 생애를
질질 끌고 갔다, 짐승도 인간도 아닌 채,
이것도 저것도 아닌 채, 이 세상 사람도 아니고
죽은 망령도 아닌 채…….

한번은 그가

네바 강변에서 자고 있었다. 여름날은
가을로 접어들고 있었다. 으스스하게 380
바람이 불었다. 거무스레한 파도가
탄식하듯 울부짖으며 강변의 매끈한 계단을
탕탕 두들기며 둑으로 철썩였다,
마치 탄원자가 문가에서
그를 내치는 재판관에게 그러듯.
불쌍한 사람은 잠이 깼다. 어두웠다.
빗방울이 떨어지고 있었고 바람은 구슬프게 울었다.

멀리 파수꾼의 외침 소리가
밤의 어둠 속에서 바람 소리에 실려 왔다…….
예브게니는 소스라쳐 일어났다. 그는 생생히 390
지나간 공포를 기억했다. 그는 황망히
일어나 헤매기 시작하더니 갑자기
멈췄다, 그리고 주위를 조용히
두 눈으로 둘러보았다,
얼굴에 걷잡을 수 없는 두려움을 담고.
그는 자신이 저도 모르게
입구에 사자들이 살아 있는 것처럼
앞발을 들고 보초 서고 있는
커다란 건물의 기둥 밑에 있는 걸 깨달았다.
맞은편 어두운 높은 곳에 400
울타리로 둘러쳐진 바위 위에
한 팔을 내뻗은 우상이
청동의 말 위에 앉아 있었다.

예브게니는 흠칫 떨었다. 그의 정신이
무서우리만큼 또렷해졌다. 그는 알아보았다,
홍수가 장난하던 장소를,
그의 주위에서 사악하게 들끓으며
탐욕스러운 파도가 밀려 왔던 장소를,
사자들을, 광장을, 그리고
어둠에 둘러싸여 미동도 없이 410
이 모든 것들 위로 청동의 머리가 높이 솟아 있는,

파멸을 부르는 의지로
바다 밑에 도시가 세워지게 만든 그 사람을…….
안개 속에 그는 무시무시하게 솟아 있었다!
얼마나 큰 생각이 그 이마에 나타나 있는가!
얼마만한 힘이 그 속에 감추어져 있는가!
이 말 속에 어떤 불이 타고 있는가!
너는 어디로 달려가느냐, 자랑스러운 말이여?
너는 어디에 네 발굽을 내려놓을 것인가?
오, 운명의 위대한 지배자여! 420
그렇게 그대는 바로 낭떠러지 위
높은 곳에 올라 쇠로 된 굴레로
러시아를 뒷발로 일으켜 세우지 않았던가?[5]

불쌍한 광인은 우상의
받침대 주위를 맴돌며
사나운 시선을 세상의 절반을
지배한 자의 얼굴로 던진다.
그의 가슴이 죄어 온다. 이마를
차가운 울타리 격자에 기대니
두 눈에는 안개가 씐 듯했고 430
심장에는 불이 지나가고
피가 끓었다. 그는 거만한 우상 앞에서
정신이 혼미해져서
마치 악마의 힘에 사로잡힌 것처럼
이를 갈고 주먹을 꽉 쥐고

분노에 떨며 중얼거린다.
"좋아, 기적의 건설자여,
두고 보자! ……." 그러고는 갑자기
곤두박질로 달아난다. 그에게는
무시무시한 황제의 얼굴이 440
순간적으로 분노에 불타
고요히 움직인 것처럼 보였다…….
그는 텅 빈 광장 위를
달려간다. 그의 뒤에서
들려온다, 천둥이 울리듯
말발굽 소리, 육중하게
흔들리는 보도 위에 울리며.
창백한 달빛을 받으며
공중으로 높이 한 팔을 뻗고
발굽 소리 요란하게 날쌘 말을 타고 450
청동 기사가 그의 뒤를 쫓아온다.
그렇게 밤새도록 불쌍한 광인이
어디로 발길을 돌리든지
그 뒤를 청동 기사가
무거운 말발굽으로 쫓아온다.

그리고 그때부터 그가
이 광장을 지나가야 할 때면
그의 얼굴에는 혼란이
보였다. 마치 고통을

진정시키려는 것처럼 460
황급히 가슴에 손을 대고
다 떨어진 모자를 벗고
당혹한 눈을 내리깔고
옆으로 비실비실 걸었다.

조그만 섬이
강기슭에 보인다. 가끔
때늦은 어부가 어망을 가지고
이곳에 배를 대고
가난한 저녁 식사를 끓이거나
일요일에 관리가 배를 타고 산책하다가
이 황폐한 섬을 방문한다. 그곳엔 470
풀 한 포기 자라지 않았다.
홍수가 장난하듯 그곳으로
오막살이를 쓸어 갔고
집은 물 위에 검은 관목처럼 떠 있었다.
지난봄 하천용 화물선에 집이
실려 나왔다. 오막살이는 비어 있었고
온통 부서져 있었다. 문지방에서
나의 광인이 발견되었다.
그리고 바로 여기 문지방에
그의 차가운 시체를
매장하여 신의 품으로 보냈다. 481

푸슈킨의 주석

1) 알가로티는 어디선가 말했다. "페테르부르크는 러시아가 그것을 통해 유럽을 보는 창이다."*

2) 뱌젬스키 공이 Z. 백작부인에게 보낸 시**를 보라.

3) 미츠케비치는 그의 가장 멋진 시 중 하나인 「올레슈케비치」***에서 멋진 시구들로써 페테르부르크 홍수가 있기 전날 모습을 묘사한다. 다만 그의 묘사가 정확하지 않은 것이 유감이다. 눈은 없었고 네바는 얼음으로 덮이지 않았다. 이 폴란드 시인의 선명한 아름다움이 없긴 해도 우리의 묘사가 더 진실하다.

4) 밀로라도비치 백작과 육군 중장 벤켄도르프.****

5) 기념비에 대한 미츠케비치의 묘사를 보라. 이 묘사는 미츠케비치 자신이 언급하듯이 루반*****에게서 따온 것이다.

---

* 원전에 프랑스어로 되어 있다. 알가로티(1712~1764)는 이탈리아의 예술가이자 과학자이다.

** 러시아의 시인 뱌젬스키(1792~1878)가 자바도프스카야 백작부인에게 헌정한 시 「1832년 4월 7일의 대화」에 이와 유사한 표현이 있다.

*** 이 시에 등장하는 폴란드 화가 올레슈케비치(그는 실제로 페테르부르크에 살았다.)는 홍수 전날 밤, 눈 덮이고 얼어붙은 네바 강으로 나가 물의 깊이를 재고 홍수가 임박했음을 예언한다.

**** 홍수로 인한 심각한 상황임에도 이 두 사람만 나타났다면 이는 국가의 대처가 충분하지 않았다는 것을 의미한다.

***** 루반의 시는 청동 기마상의 대석으로 쓰일 거대한 화강암을 핀란드 만에서 옮겨 온 것을 기념하기 위해 1770년에 쓰인 8행시이다. 미츠케비치는 이 기념비를 묘사할 때 압제자 표트르가 박차를 가하니 말이 질풍처럼 거대한 대석 위로 날아올라 다리를 들어 올렸다고 표현했다.

서사시 편

황금 수탉

옛날 옛적 아홉 바다 세 번 건너
열 고개 세 번 넘어 아주 먼 나라에
명성 높은 황제 다돈이 살았네.
젊었을 때부터 무서운 성격에
줄곧 이웃 나라를 겁 없이
함부로 공격하곤 했다네.
그러나 노년이 되어서는
전투에서 물러나 이제
편안히 쉬고자 했더니
곧 이웃 나라들이 그에게 10
무시무시한 해를 입히며
늙은 황제를 불안하게 했네.
자기 영토의 경계를
침략에서 지키기 위해

황제는 수없이 많은 병력을
거느릴 수밖에 없었네.
장수들도 잠자지 않았네만
아무래도 힘에 부쳤네.
남쪽에서 오리라고 대기하고 있으면, 어럽쇼,
동쪽에서 군사들이 기어들어 오고 20
여기서 평정하나 보다 하면 기세 좋은 손님들은
바다에서 왔다네. 화가 나서
황제는 가끔 울었고
가끔은 잠도 이루지 못했네.
이런 불안 속에서 사는 게 사는 건가!
그래서 현자이자 점성가이자
거세된 남자에게 도움을 청하고자
그를 모셔 오라고
예를 갖추어 사신을 보냈다네.

현자가 궁전에 도착해서 30
다돈 황제 앞에 서서
보따리에서 황금 수탉을 꺼내며
황제에게 말했네.
"이 새를 지붕 꼬챙이에
꽂아 놓으시오. 내 황금 수탉은
그대의 충실한 보초가 될 것이오.
주위가 모두 평화로우면
닭은 고요히 앉아 있을 것이나

이웃 나라에서 그대에게
전쟁을 일으키려 하거나 40
군사들이 쳐들어오거나
뜻하지 않은 다른 재난이 일어나려고 하면
그 즉시 당장 내 황금 수탉이
벼슬을 세우고
소리를 지르며 깨어 일어나
그곳을 향하여 몸을 돌릴 것이오……."
황제가 거세된 남자에게
감사하고 많은 황금을 하사하며
감격하여 말하네.
"이 같은 은혜에 보답하여 50
그대의 첫 번째 뜻을
나의 뜻처럼 행하겠소."

높은 꼬챙이로부터 닭은
황제의 국경을 감시하게 되었다네.
어딘가에서 위험이 조금이라도
보이기만 하면 충실한 보초는
몸을 움직이며 날개를 푸드덕거리며
그 방향으로 몸을 돌리며
소리를 질렀네. "꼬꼬댁 꼭꼭,
게을리 놀더라도 다스리기는 해야지!" 60
그러자 이웃 나라는 얌전해져서
이미 싸울 엄두를 못 내었네,

황제 다돈이 그들에게 사방팔방에서
공격을 가했으므로!

한 해, 또 한 해가 평화롭게 지나가니
황금 수탉은 내내 고요히 앉아 있었네.
그러던 어느 날 황제 다돈은
무시무시한 소리에 깨어났다네.
사령관이 외쳤네.
"그대 우리의 황제! 백성의 아버지! 70
군주여, 일어나시옵소서! 재난이옵니다!"
다돈은 하품하며 말하네.
"여보게들, 왜들 그러는가?
아, 거기 누구냐? ……무슨 재난인가?"
사령관이 말하길,
"닭이 다시 우옵니다.
온 나라가 공포와 소란으로 가득하옵니다."
황제가 창가로 가서 꼬챙이를 쳐다보니
닭이 동쪽으로 몸을 돌리고
기를 쓰고 있었네. 80
지체할 시간이 없었네. "어서 빨리!
다들 말 위로 오르라! 에이, 더 기운차게!"
황제는 군대를 동쪽으로 보내며
큰아들이 이끌도록 했네.
닭은 진정했고
소란이 잦아들었으며, 황제는 잠들었네.

이제 여드레가 지났는데
군대로부터 아무 소식이 없었네.
전투가 있었는지 없었는지
다돈에게 알려진 바가 없었네. 90
닭은 다시 울었네.
황제는 다른 군사들을 불러 모아
이제는 작은아들을 보내며
큰아들을 구하라고 했네.
닭은 다시 잠잠해졌네.
다시 그들에게서 아무 소식이 없었네!
또 여드레가 지났네.
사람들은 두려움에 떨며 날을 보냈고
닭은 또다시 울었네.
황제는 세 번째로 군사들을 모아 100
몸소 그들을 이끌고 동쪽으로 갔네,
무슨 소용이 있을지 스스로도 모르는 채.

군대는 밤낮으로 행군하여
지치고 힘이 빠졌는데
황제 다돈은 전투도
진지도 무덤 언덕도
전혀 볼 수가 없었네.
'이 무슨 변고야!' 그는 생각했네.
또 여드레가 다 지나가고 있었네.
황제는 군대를 산 위로 이끌었네. 110

그리고 높은 산들 가운데
비단 천막을 보았네.
천막 주위에는 모든 것이 기이하게
고요했네. 좁은 골짜기에
전멸한 군사들이 누워 있었네.
황제 다돈은 서둘러 천막으로 달려갔네…….
이 무슨 괴이한 광경인가!
그 앞에 두 아들이
투구와 방패도 없이
죽어 나자빠져 있었네, 120
서로서로를 칼로 찌른 채.
그들의 말들만 초원 가운데
짓밟힌 풀밭 위를
피 묻은 잔디 위를 이리저리 거닐고 있었네.
황제는 울부짖었네. "아으, 아들들아, 아들들아!
슬프도다! 우리 매 두 마리가
모두 그물에 걸렸구나!
슬프도다! 죽을 때가 되었도다."
다돈을 따라 모두가 통곡했네.
골짜기 깊은 곳이 130
깊은 한숨을 쉬며 신음했고
산의 심장이 흔들렸네. 갑자기 천막이
젖히고…… 처녀가,
샤마한의 공주가
아침노을처럼 온통 빛을 발하며

고요히 황제를 맞았네.
태양과 마주친 밤의 새처럼
황제는 그녀의 두 눈을 들여다보면서
침묵했고 그녀 앞에서 그는
두 아들의 죽음을 잊었네. 140
그녀도 다돈 앞에서
미소를 짓더니 반기며
그의 손을 붙잡고 그를
자기의 천막 안으로 이끌었네.
그곳 식탁에 그를 앉히고
갖가지 산해진미로 대접하고
깃털 침대에
쉬도록 눕혔다네.
그리고 꼭 일주일 동안
황제는 무조건 그녀에게 복종하며 150
마술에 걸린 채, 매혹에 빠진 채
그녀의 집에서 향연을 즐겼네.

마침내 자신의 군대와
젊은 처녀와 함께
황제는 궁전을 향하여
귀로에 올랐네.
그보다 앞서 벌써 소문이 재빨리
있는 일 없는 일 모두 떠벌렸네.
궁전 부근 성문 가까이에서

그의 백성들은 떠들썩하게 그를 맞이했네. 160
백성들은 모두 수레 뒤를,
다돈과 공주를 따라 달렸네.
다돈은 모두에게 인사했네…….
갑자기 군중 속에서 그는
사라센의 하얀 모자를 쓴,
온통 백조처럼 하얗게 센
그의 오랜 친구, 거세된 남자를 보았네.
"아, 안녕하신가, 내 사부."
황제가 그에게 말했네. "할 말 있나?
좀 더 가까이 오라. 뭘 명하겠나?" 170
현자가 대답하기를 "황제여!
이제 셈을 끝내기로 하오.
기억하시오? 내가 한 일에 대해
그대는 친구에게 하듯 약속했소,
내 첫 번째 뜻을
자신의 뜻인 것처럼 행한다고.
그러니 이제 이 처녀를,
샤마한의 공주를 내게 주시오."
황제는 심히 놀랐네.
그는 늙은이에게 말했네. 180
"뭐야? 귀신이 들렸나,
정신이 나갔나?
머릿속이 어떻게 된 거냐?
물론 내가 약속은 했지.

그러나 모든 것에는 한계가 있는 법.
너한테 뭐 때문에 처녀가 필요해?
됐어, 내가 누군지 알지?
차라리 내게 돈이나 귀족 칭호나
황제의 마구간에 있는
좋은 말을 요구해 봐, 190
아니, 왕국의 절반을 요구해 봐라."
"나는 아무것도 싫소!
내게 처녀를 주시오,
샤마한의 처녀 공주를."
현자는 대답했다.
황제는 침을 뱉었다. "사악하도다. 안 돼!
아무것도 줄 수 없어.
파계자, 너 자신이나 괴롭히렴.
몸 성할 때 꺼져라,
이 늙은이를 끌어내라!" 200
조그만 늙은이는 항의하려 했으나
황제와 맞서는 것은 해로웠네.
황제가 황봉으로
이마를 내리치니, 곧 땅에 쓰러져
숨이 끊겼네. 온 도시가
벌벌 떨었네. 그러나 처녀는
히히히 헤 하하하!
죄를 무서워하지 않았네.
황제는 심히 동요되었지만

그녀에게 상냥하게 웃었다네. 210
이제 그가 성안으로 들어가는데
갑자기 가벼운 소리가 나더니
온 도시 사람들의 눈앞에서
닭이 꼬챙이에서 날아와
수레로 가서
황제의 정수리에 앉았네.
푸드득거리며 정수리를 쪼더니
날아올랐네……. 그리고 그때
수레에서 다돈이 떨어져
신음 한 번 하더니 죽어 버렸네. 220
그러자 공주는 갑자기 사라졌네,
아무 일도 없었던 것처럼.
이야기는 꾸민 것이나, 그 안에는 암시가 들어 있으니!
우리 착한 청년들에게 주는 교훈이라. 224

작품 해설

알렉산드르 세르게예비치 푸슈킨은 러시아 문학의 아버지라고 불릴 만큼 서정시, 서사시, 희곡, 소설 모두에서 말 그대로 러시아 문학을 태동시켜 자신의 길을 갈 수 있게 한 작가이다. 푸슈킨은 고대 그리스, 로마 및 중세의 중요한 작품들과 중세 이후 13~14세기부터 단테와 페트라르카로 널리 알려진 이탈리아 문학, 15~16세기의 라블레와 몽테뉴의 전통 속에 있는 프랑스 문학, 16~17세기 말로와 셰익스피어가 대표하는 영국 문학, 세르반테스의 스페인 문학, 18세기부터 괴테, 실러로 널리 알려진 독일 문학 등의 영향을 받아 말 그대로 러시아 문학의 전통을 일구었다. 그리고 이를 토대로 19세기 고골, 도스토예프스키, 투르게네프, 톨스토이, 체호프, 나아가 20세기 부닌, 불가코프, 플라토노프, 파스테르나크같이 러시아 내에 머물렀던 작가들이나 나보코프, 솔제니친, 브로드스키 같은 망명 작가들을 배출하여 세계 문학에 커다란 기여를 하도록 한 작가이다.

이 책에는 푸슈킨의 대표 작품들을 희곡 편과 서사시 편으로 나누어 집필 연대순으로 수록했다. 이들 중 「『파우스트』의 한 장면」은 통상 서정시 편에 수록되나, 그 장르가 희곡인 까닭에 이 책에서는 희곡 편에 포함시켰다. 푸슈킨의 창작 생애 전체에 걸쳐 탄생한 이 작품들은 당시 아예 출판되지 못하기도 했고, 수정되어 출판되었다가 푸슈킨 사후에 복원되어 출판되기도 했고, 초판이 20세기에 들어서야 출판되기도 했다. 이들 중에는 100년 가까이 지나서야 제대로 복원된 것도 있다. 이 작품들에 대한 평론도 러시아 역사만큼이나 극에서 극을 달린다. 그러나 이것들이 소중한 가치를 지니는 영원한 고전이라는 점에는 모두가 동의한다. 러시아 문학의 핵을 이루는 소중한 자산인 이 작품들은 19세기 초에 태어나 유럽에서는 푸슈킨이 살아 있을 때부터 번역되기 시작해 널리 알려졌고 오페라나 발레 등 공연 예술들로 소개되어 유럽 문화의 일익을 담당해 왔다. 우리나라에서도 20세기 초 일본에서 유학한 사람들을 통해 푸슈킨의 작품이 소개되고 번역되기 시작해 독자들에게 그 이름이 친숙하다. 푸슈킨의 작품들은 21세기에 와서 점점 더 재미있고 풍성하게 읽힐 수 있게 되었는데, 그것은 과거에 유럽 상류 사회만이 즐길 수 있었던 오페라나 발레 등 질 높은 공연들이 상당히 대중화되었고 미디어가 발달하여 이들 공연을 영상으로도 쉽게 접할 수 있기 때문이다. 특히 푸슈킨의 작품들은 오페라로 만들어진 것들이 많은 데다 당시 푸슈킨이 관람한 오페라들, 또 푸슈킨 작품의 영향이 나타나는 유럽의 오페라들을 우리나라에서도 어렵지 않게 볼 수 있게 되었으니 참으로 행복한 일이다. 푸슈킨의 작품들은 당시 유럽 문화에 뒤늦게 진입한 러시아 문화의 수립 과정에서 그가 한 치열한 사유와 고민, 러시아에 대한 진정한 애정의 결과물로서, 유럽 문학 및 유럽 문화의 첨예한 문제들을 포섭하며 이들과의 연관 속에서 탄생시킨 것이다. 이러한 점을 염두에 두고 그의 작품들을 살펴볼 때 더욱 풍성한 의미를 찾을 수 있다. 우리나라의 번역 문학이 발달하면서 푸슈킨에게 영향을 주었거나 그와 영향을 주고받은 프랑스나 독일, 영국, 이탈리아의 작품들 다수를 우리말 번역으로 만날 수 있게 된 데다 더욱이 이들을 다른 예술 장르로 만든 것들까지 용이하게 접할 수 있어서 푸슈킨 문학을 이해하고 푸슈킨을 우리 독자에게 알리는 데 좋은 여건이 만들어져 간다고 하겠다. 러시아 문학의 아버지이면서 동시에 유럽 문학과 유럽 문화 한가운데 자리하는 푸슈킨에 대한 균형 잡힌 시각이 우리 독자들에게 자연스레 주어진다고 생각하니 여기 푸슈킨의 희곡과 서사시 들을 새로이 우리말로 옮기면서 든든하고 행복한 느낌이 든다.

Ⅰ. 희곡 편

1. 보리스 고두노프

장편 희곡 「보리스 고두노프」는 푸슈킨이 셰익스피어의 역사물을 읽고 자신의 역사 쓰기를 실험해 본 천재적인 작품이다. 「보리스 고두노프」에서 가장 중요한 점은 푸슈킨이 현실 정치에 대한 셰익스피어나 마키아벨리의 견해에 주목해 이를 러시아 역사물을 쓰면서 전면에 구체화했다는 사실이라고 여겨진다. 푸슈킨은 남부 유배 시절(1820~1824년)을 끝내고 1824년 8월부터 어머니의 영지인 북부 미하일로프스코예에 머무르면서 25장으로 된 이 장편 희곡을 1824년 12월에 시작해 1825년 11월 7일에 끝냈다. 이 수고(手稿) 완성본의 제목은 '보리스 황제와 그리슈카 오트레피에프에 대한 희극'이었는데 1831년에 한 권의 단행본으로 출판될 당시 제목이 『보리스 고두노프』로 바뀌었고 세 장면이 빠졌으며 군데군데 삭제 또는 수정되었다. 이렇게 된 곡절은 매우 복잡하지만 주된 원인은 1825년 판이 황제의 검열을 통과하지 못했는데 당시 푸슈킨이 황제의 제의를 받아들여 원고를 수정할 의사가 없었기 때문일 것이다. 푸슈킨이 자신을 사사건건 못살게 굴던 경찰 총감 벤켄도르프나 소설가 불가린의 방해로 출판을 포기하려던 차에 1831년 황제의 허락을 받아 이 작품을 출판할 당시에는 이것이 무대에 오르리라는 것을 기대하지 않고 독자에게 읽히는 희곡으로서의 기능을 더 고려했음에 틀림없다. 관객에게 사건의 진상을 좀 더 친절하게 구체적으로 보여 주는 장면이나 대사, 지문들을 뺀 점도 이와 무관하지 않을 듯하다. 그러나 이와 함께 작품이 전달하는 메시지 자체가 달라진 것도 틀림없는 사실이다. 푸슈킨 사후 이 작품은 『보리스 고두노프』라는 제목의 1831년 판에 1825년 판의 세 번째 장면을 첨가하여 23장으로 출판되는 경우가 많았고 스탈린 집권 이후 소비에트 시절에는 이를 정본으로 여겼다. 그래서 이 작품은 보통 23장으로 읽혀 왔다. 러시아의 푸슈킨 연구소에서는 1993년에 『보리스 황제와 그리슈카 오트레피에프에 대한 희극』을 제목으로 하여 1825년 판대로 25장으로 출판했고, 1996년에는 『보리스 고두노프』라는 제목에 비극이라는 부제를 붙여 1831년 판을 당시처럼 22장으로 출판했다. 이는 소비에트 시절 소위 정본이라고 여겨진 23장으로 된 『보리스 고두노프』를 푸슈킨의 원래 의도에 좀 더 가깝게 출판해 보려는 시도들이다. 거의 같은 내용의 작품을 푸슈킨이 희극으로 부르기도 하고 비극으로 부르기도 했다는 사실, 사후 출판에서 여러 가지 다양한 모습으로 출판되었고 특히 소비에트 출판에서는 두 판본의 절충인 23장으로 된 『보리스 고두노프』가 정본으로 여겨진다는 사실 등 상당히 복잡한 출판 역사를 가진 작품이니만큼, 무대 공연의 역사도 매우 복잡하고 해석이 다양하다. 따라서 좋게 말하면 작품의 메시지도 계속 풍성해져 왔다고 할 수 있다. 1866년까지는 이 작품의 상연이 완전히 금지되었고 그 후에도 이곳저곳 잘린 채 무대에 올랐다. 이 작품이 세계에 널리 알려진 것은 모데스트 무소르그스키의 오페라 「보리스 고두노프」를 통해서이다. 무소르그스키는 푸슈킨 희곡의 초고, 출판본, 카람진의 역사서를 모두 참고하여 오페라 대본과 음악을 만들었는데, 1869년 초판 공연을 거절당한 뒤 1872~1874년 사이에 개정판을 만들었다. 이 오페라는 1874년 페테르부르크의 마린스키 극장에서 초연되었다. 이후에도 이 오페라는 림스키코르사코프, 차이코프스키, 쇼스타코비치 등 많은 작곡가들에 의해 일부 변형되기도 했고 공연 때마다 다양한 연출로 신선한 충격을 안겨 주고 있는데, 역시 이 극이 함축하는 내용의 풍성함 덕분일 것이다.

푸슈킨은 사건의 진행을 카람진의 『러시아 국가사』(1816~1829년 사이에 출판)에서 따왔다. 「보리스 고두노프」의 1831년 초판본에는 푸슈킨이 제정 러시아의 소설가 카람진에게 부치는 다음과 같은 헌사가 포함되어 있었다.

니콜라이 미하일로비치 카람진에 대한 러시아인들의 소중한 기

억에 그의 천재성에서 영감을 받은 이 작품을 존경과 감사의 마음으로 바치며. — 알렉산드르 푸슈킨

푸슈킨은 카람진의 『러시아 국가사』 중 1824년에 출판된 10권 3장, 11권 1, 2, 3장을 참고했는데, 내용인즉 이러하다. 1598년 1월 7일 표도르가 사망하자 백성들은 그의 영혼이 유약했던 것을 잊고 그가 통치하던 행복한 시절에 대해 감사하고 그를 아버지라 부르며 죽음을 애통해한다. 옥좌가 주인을 잃고 비어 있자 황후 이리나는 남편의 유언인지 자신의 의사인지 아마도 보리스 때문인지 왕좌에 오르려 하지 않았고, 후계자가 될 디미트리 황태자를 이미 예전에 살해한 보리스는 미리 자기 사람들을 곳곳에 배치해 자신의 뜻대로 움직이게 한다. 이리나는 수녀원으로 들어가고 보리스도 같이 들어가는데, 2월 17일 전 러시아인의 대표가 보리스를 황제로 추대하기로 결정하고 2월 20일 통보하나 보리스는 거절하다가 결국 왕관을 받아들인다. 그런데 보리스 통치 중 위장 디미트리가 나타나 폴란드와 가톨릭 세력을 업고 러시아를 침공한다. 결국 1605년 6월 모스크바 폭동이 일어나고, 귀족들은 보리스의 아내와 아들 페오도르를 죽이고 위장 디미트리를 황제로 모신다.

작품에서 가장 눈에 띄는 특징은 스물다섯 개 장면들 가운데 거울이 위치하는 구조이다. 13장을 축으로 1장과 25장, 2장과 24장…… 이런 식으로 마주보는 두 장면이 대칭 구조를 이룬다. 이러한 대칭 구조는 작품의 제목과 이 작품의 맨 끝에 나오는 서술문의 유사 관계(처음에 희극이라고 시작하고 끝에도 희극이라고 말하며 끝나는 것)로 인해 더욱 강화된다. 위와 같은 정교한 대칭 구성에서

거울이 있는 의상실을 배경으로 하는 13장이 가장 정점에 위치해 대칭되는 두 장면을 서로 반사하는 거울 역할을 한다는 사실은 이 장이 의미적으로 중요한 무게를 지닌다는 것을 말해 준다. 이 장을 중심으로 하는 대칭 구조는 두 인물의 등가 관계를 증명할 뿐만 아니라 극이 전달하는 메시지에서 역사의 반복성과 순환성을 강화하는 역할을 한다. 이는 각 장면의 길이가 이루는 리듬에서도 나타난다. 이러한 틈 없는 대칭 구조에서 가장 두드러지는 장면은 5장, 13장, 21장이며 그중에서도 13장이 구조적으로 가장 두드러지고 가장 무거운 의미를 지니게 된다. 안드레이 타르코프스키가 연출한 모데스트 무소르그스키의 오페라 1872본 「보리스 고두노프」에서도 '마리나의 의상실' 장면의 합창이 210분가량의 전체 극에서 한가운데 위치하는 것은 우연한 일이 아닐 것이다. 그러면 가장 두드러지는 지점에 위치하는 13장에서 무슨 일이 일어나는가? 사건의 장소는 국경에 가까운 도시 산보르, 그것도 집 안 깊숙한 곳에 있는 옷을 갈아입는 공간이다. 이곳에서 마리나는 참칭자의 정체를 모두 아는 사람들에 둘러싸여 다이아몬드 관을 쓰고 옷 치장을 하면서 진상을 알아보고 자신의 욕구를 이루겠다는, 즉 참칭자를 유혹해 황후가 되겠다는 강한 의지를 보인다. 중요한 것은 어떤 옷을 입고 어떤 옷을 입은 사람을 만나느냐 하는 것이다. 그렇다면 그리고리의 정치적 행위와 의상실 및 옷의 관계는 무엇일까? 이 극에서 황제 되기와 옷 갈아입기는 무슨 관계가 있을까? 결론부터 말하면 황제가 되기 위해서는 옷을 갈아입으면 된다는 것이다. 누구든 황제의 옷을 걸치고 옥좌에 앉으면 통치자가 된다는 사실에 대해 푸슈킨은 깊이 생각한 것 같다. 정통성, 통치자에 대한 문제는 작품 집필 당시 푸슈킨이 깊은 관심을 가진 문제였다. 당시는 알렉산드르 1세가 옥좌에 오르려고 아버지를 살해했으리라는 소문이 아직 떠돌던 시기, 또 푸슈킨이 젊은이들과 함께 진보적 정치사상을 논하며 이상적인 정치 형태를 모색하고 통치자의 정체성에 강한 관심을 보이던 시기였다. 푸슈킨은 필시 카람진의 역사서를 이러한 관점에서 읽었을 것이다. 1825년을 전후하여 푸슈킨은 셰익스피어 문학에 심취하기 시작하는데, 그는 셰익스피어의 역사물들을 읽으면서도 역시 통치자 문제에 대해 골똘하게 생각한 것으로 보인다. 셰익스피어가 『맥베스』를 비롯한 역사물에서 찬탈자로서의 왕을 다루었듯 푸슈킨은 이 극에서 찬탈자 황제 보리스와 위장 디미트리인 그리슈카 오트레피에프를 다룬 것이다. 실상 이 작품 전체에서 가장 두드러지는 것은 왕의 실체와 외형의 괴리, 나아가 정치 무대에서 인간의 겉과 속이 다르게 나타나는 양상이다. 이 희곡은 비어 있는 옥좌에 오르는 것을 번거롭다 마다하며 연극을 하는 보리스와 속으로 반란을 꾀하면서도 겉으로는 신하의 역할을 연기하는 귀족들의 모습으로 시작된다. 극 전체에서 그리고리나 백성들, 귀족들의 행위의 특징은 연극과 가장이다. 정치 무대에서 실체와 외형의 괴리는 전제된 사실이며 통치 행위는 짜인 연극이라는 메시지가 이 극 전체에 배어 있는 것이다. 서두부터 빈 옥좌에 오르는 문제와 그 자리에 오를 사람의 자격 시비, 그리고 통치자가 될 사람의 위장과 연극에 대한 말이 전면에 부상된다. 보로틘스키가 슈이스키에게 이 소동이 어떻게 끝날 것 같으냐고 물었을 때, 슈이스키는 서슴없이 이 모든 것이 연극이며 모두가 그 안에서 역할을 맡고 있다고 생각하는 바를 밝힌다. 보리스는 자신이 탁월한 연기자일뿐만 아니라 다른 사람들까지 연기를 하도록 하는 게임의 명수이다. 슈이스키는 그렇게 하지 않을 경우 자신에게 다가올 위험을 잘 아는 사람이기에 함께 연극을 하는 것이다. 슈이스키는 보리스가 도살자의 사위이고 보리스 자신도 겉으로는 다르게 보일지 몰라도 도살자라고 말하며 그가 옥좌에 앉는 것보다 자신들이 옥좌에 앉을 권리가 훨씬 더 많다고 생각한다. 보로틴스키와 슈이스키는 보리스가 백성들에게 사랑과 공포를 불러일으켜 그들을 사로잡을 줄 알았다는 것을 인정하고 또 그 자리에 앉는 것은 그가 대담하기 때문이라는 것을 안다. 푸슈킨은 정통성이 통치자와의 혈연관계에서 나오는 것이 아니고 마키아벨리가 주장한 바 군주로서의 자질인 공포와 애정으로 백성들을 사로잡을 수 있는 기질과 능란한 거짓말과 위선으로서 강력한 통치를 할 수 있는 대담한 사람이 옥좌에 오른다는 것을 보로틴스키와 슈이스키를 통해 말하는 것이다. 이러한 생각은 극의 끝에 그리고리가 옥좌에 오름으로써 그 정당성이 증명된다. 보리스가 계속 옥좌에 오르기를 거절하다가 백성들이 애원하자 결국 못 이기는 척 받아들이는 1장에서 4장까지의 사건은 전체가 연극적인 성질을 띠고 있는데, 이는 극 전체의 음조를 지배하고 있다. 보리스나 귀족들, 성직자들, 백성들, 위장 디미트리까지 모두 거대한 드라마에서 하나의 역할을 담당하고 있고 또 그것을 의식하고 있다. 보리스가 권력을 위해 황태자를 살해한 이후 옥좌에 오르기를 거절하고 사양하는 것은 셰익스피어의 작품에서도 자주 나타나는 정통화의 전략이다. 그의 거절은 백성들이 그에게 옥좌에 오를 것을 애원하게 만들고 그가 백성들에 의해 정당한 방법으로 추대되었다는 말을 할 수 있게 한다. 그래서 보리스에게 울고 불며 애원하는 백성들을 그린 3장은 특히 이러한 아이러니를 강조하는 역할을 한다. 의미도 모르는 채 게임에 참여하느라 아이를 바닥에 내팽개치는 어머니, 또 양파를 눈에 문질러 눈물을 짜내려는 사람들…… 모두가 연극을 하는 것이다. 가장이 지배하는 정치 무대의 한가운데 위치한 보리스는 실체가 아니라 외양이, 내면의 진실보다 바깥에 보이는 것이 중요하며 정통성 자체보다는 정통화의 과정이 중요하다는 것을 잘 알고 있는 통치자이다. 그런 면에서는 그리고리도 마찬가지이다. 훌륭한 군주란 권력 투쟁을 효과적으로 수행하여 권좌에 이르고 그것을 잘 유지하는 사람이다. 진실이나 덕을 지니는 것보다 더 중요한 것은 그렇게 보일 수 있도록 게임을 잘하는 것이며 게임의 규칙을 이해하고 계산적으로 행동하는 것이다. 그리고리도 보리스만큼이나 통치자의 자질을 잘 알고 백성들의 속성은 물론 귀족들의 속성도 잘 알며 여론을 의식하는 점에 있어서도 그러하다.

1825년 9월 13일 푸슈킨은 뱌젬스키에게 보내는 편지에서 "정치적인 관점에서 보리스를 보았다."라고 했다. 그는 정치적 인물로서의 보리스에 관심을 가졌고, 여러 가지 사회 계층적 갈등 속에서 구제도를 파기하고 신제도를 도입하는 과정에 놓인 유능한 정치가로서 보리스를 바라본 것이다. 푸슈킨은 카람진이 이반 4세의 행위를 부정적으로 묘사하는 것이 유치하고 순진하다고 보았으며 살해도 정치적 투쟁의 일환으로 보았다. 타키투스가 전제 군주 티베리우스를 단죄하듯 묘사한 것에 그가 불만을 표한 것도 이러한 이유에서였을 것이다. 또 푸슈킨은 보리스가 아들에게 옥좌를 넘겨주는 장면에서도 마키아벨리적인 통치 수단의 필요 불가결성을 숙지한 유능한 통치자의 면모를 보여 준다. 보리스는 아들에게 정통성이 있는 옥좌를 넘겨준다는 사실을 강조하면서도 이것이 반역과 반란을 막는다는 보장을 전혀 할 수 없음을 경고하고 권력

유지에 대한 충고를 한다. 그는 아들에게 슈이스키를 고문으로 추천하고 유능한 바스마노프로 하여금 군대를 지휘하도록 하라고 유언한다. 보리스가 자신도 "믿을 수 없다."라고 말한 슈이스키, "공손하면서도 대담하고 교활한 자"인 슈이스키의 자질을 높이 사고, 일 처리에 있어 믿을 만하고 냉철하며 좋은 가문의 노련한 사람을 쓰라고 말하는 데서, 그가 인격과는 상관없이 겉으로 나타나는 특징을 높이 사면서 현실 정치의 능력만이 중요하다고 판단한다는 사실이 드러난다. 푸슈킨은 이렇게 현실 정치의 감각을 지닌 보리스가 파멸로 치닫는 것은 찬탈자로서의 정통성 부재 때문이라기보다는 그 자신이 통치자로서의 정체성을 상실한 데 있다고 여겼다. 자기 내부의 모순이 그를 결국 파멸로 이끌고 간 것이다. 이는 그리고리가 마리나의 사랑 때문에 모순된 행동을 하며 위기에 처하는 것과 비슷하다. 그리고리는 극이 진행되는 동안 계속 옷을 갈아입는다. 수도승의 두건 아래서 황제가 되려는 꿈을 꾼 후 평민의 옷을 갈아입었다가 황태자의 외관을 갖추며 드디어 황제의 옷을 입게 된다. 어전 회의에서 대주교는 그리고리가 황태자의 이름을 훔쳐 입은 옷처럼 입었다고 말하며 그 옷을 찢기만 하면 실체가 드러나리라고 말한다. 그러나 옷 자체는 아무나 걸칠 수 있는 것이라는 것을 독자들은 이미 보리스의 경우를 통하여 알고 있을 것이다. 보리스와 마찬가지로 그리고리 역시 외관과 실체 사이에서 분열을 겪는다. 사랑에 빠진 그리고리가 자신의 실체를 드러내는 것은 마리나에게 사랑을 고백하는 장면에서이다. 그는 자신의 모든 계획이 수포로 돌아갈 것을 감수하고 위장과 연극을 벗어 던진다. 그러나 13장에서 보듯 황후가 되려는 강한 목적의식을 가진 차갑고 계산적인 마리나는 그가 실체를 내보이는 것을 원하지 않는다. 그것은 게임의 법칙에 어긋나는 것이다. 그녀에게 중요한 것은 외관이지 그의 실체가 아니다. 그리고리가 우려한 대로 그녀는 그 자신이 아니라 그의 옷을 선택한 것이었다. 사실상 마리나뿐만 아니라 모든 사람들이 그리고리의 실체에는 관심이 없고 그의 외관으로 인해 일어날 수 있는 실제 이익에만 관심이 있다. 그리고 그것을 그리고리 자신이 알고 있다. 그리고리가 옥좌에 오르는 것은 어떤 영웅적 행위로 인해 이루어지는 것이 아니다. 그것은 그리고리가 기회를 포착해 연극 계획을 세우고 잘 연출하면 되는 것이다. 그래서 그는 전투에 패배한 뒤에도 편히 잠이 든다. 이제 필요한 것은 그리고리가 황제로 선언되는 절차뿐이다. 정통성의 외관을 갖추고 허구를 사실로 만들고 참칭자를 황제로 변하게 하는 성공적 연기만이 요구되는 것이다. 극에 나오는 귀족 푸슈킨이 이러한 계기를 만들어 낸다. 그는 그리고리를 황제로 선언하고 그리고리는 몇 마디 말과 몸짓으로서 참칭자에서 황제가 되는 것이다. 여기에서 다시 한 번 종교는 권위의 정통성을 위해 이용되고 그리고리는 정통성의 피를 갖는, 신이 인정한 군주가 된다.

이제 보리스가 잠시 차지했던 옥좌는 다시 그리고리에게로 넘어가고 그가 잠시 빌려 입었던 옷은 그리고리가 입게 된다. 그리고 이것이 모든 인물이 연기한 연극의 결과이다. 작품의 원래 제목이 '황제 보리스와 그리슈카 오트레피에프에 대한 희극'이듯이 이 작품은 두 통치자의 유사성과 그들이 이루어 가는, 또 그들과 함께 이루어지는 역사에 대해 아이러니한 웃음을 보내는 푸슈킨의 시선이 담겨 있다.

더욱이 과감한 것은 그리고리의 옷 갈아입기가 바로 피멘의 수도원에서 일어난다는 점이다. 피멘은 그리고리에게 왕관이 무거워지면 수도복으로 갈아입는 왕들에 대한 이야기와 친위대원까지 두건을 쓰고 수도복으로 갈아입는다는 이야기를 한다. 그가 군주와 수도승의 옷 갈아입기가 가능하다고 여긴다면 그 역도 가능하다고 보는 것은 아닐까? 피멘은 가장과 투쟁의 마키아벨리적인 세계에서 멀리 떨어져 있는 사람이 되기를 자처한다. 그는 이러한 세계에서 물러나 수도원으로 들어온 사람으로 그리고리가 보기에 객관적이고 편견 없는 모습으로 세상일을 판단하고 기록한다. 그러나 피멘 자신이 언급하고 있듯이 아직 세속에 대한 미련이 꿈에 나타나며 그의 기억은 불완전하고 지나간 것 중에서 그가 기록하는 것은 일부일 뿐이다. 그의 역사관은 매우 보수적이어서 황제가 신 바로 아래 존재하는, 보통 인간과는 다른 사람이며 그 인격은 신성하다는 견해를 보인다. 그러면서도 다른 한편 피멘은 군주가 옷을 벗고 수도승의 옷을 입을 수 있으며 군주와 수도승은 서로 역할을 바꿀 수 있다고 생각한다. 그는 이반 뇌제가 수도원장 같은 모습을 하고 이반 뇌제의 악명 높은 친위대원들이 수도승의 옷으로 갈아입은 것을 긍정적으로 평가한다. 자신이 스스로 의도하지 않았더라도 그리고리로 하여금 수도복을 평민 복장으로 또 황제의 옷으로 갈아입게 하는 사람도 바로 피멘인 것이다. 또 그는 신심이 깊은 황제를 훌륭한 황제로 보고 정통성이 없다는 이유로 보리스를 악당으로 여긴다. 여기서 우리는 군주의 권위와 통치자의 정통성이 신으로부터 부여받는 것이라는 군주관을 볼 수 있는데, 이러한 피멘이 결과적으로 그리고리를 참칭자로 변하게 하는 것은 그의 군주관에 정면으로 위배되는 모순이다. 그도 실체와 외형의 괴리가 지배하는 정치 세계를 벗어날 수 없을 뿐만 아니라,

오히려 세속에서 떨어진 수도원 승방이 현실 정치를 움직이는 중요한 지점이 되는 모순적 현실의 한가운데 있는 것이다. 성직자가 의식했건 하지 않았건 종교가 정치적인 수단이 되고 있음을 작품 이곳저곳에서 확인할 수 있다. 극의 시작에서 보리스가 수도원에 틀어박혀 옥좌에 오르기를 거절하는 것이나 아들에게 성당의 계율을 수호하라고 하는 것은 그가 종교의 세력이 정치에 미칠 수 있는 영향을 잘 알고 있음을 보여 준다. 보리스가 참칭자에 대처할 방안을 의논할 때 대주교가 디미트리의 유골을 크렘린으로 옮기자고 하자 슈이스키는 그것이 종교의 정치적 이용임을 간파하는데, 사실 이는 대주교 스스로가 종교를 권력 유지의 수단으로 삼으려 한 것이라고 볼 수 있다. 종교 및 성직자와 정치의 긴밀한 관계를 보여 주는 이러한 메시지는 1831년 판에는 빠진 6장, 즉 사악한 수도승이 직접적으로 그리고리에게 참칭을 사주하는 장면에서 더욱 뚜렷하게 전달된다. 카람진의 역사서에서는 드네프르 수도원의 수도승 피멘이 참칭자를 라트비아로 국경을 건네줬으며, 키예프의 수도원장 피멘에게 그 참칭자가 자신이 디미트리라고 고백했다는 기록이 있다. 이와 같이 카람진의 역사서에서 피멘은 그리고리가 국경을 건너가 참칭을 하도록 하는 인물의 이름이자, 참칭자로부터 자신이 디미트리라는 고백을 듣는 수도원장의 이름이기도 하다. 푸슈킨은 이러한 인물인 피멘을 역사를 기록하는 은둔자로 설정했다. 푸슈킨의 피멘은 잠잠해진 바다 같은 역사를 객관적으로 돌아보며 역사 쓰기만을 본분으로 알고 진실을 말한다고 자처하나, 시야의 한계를 보일 뿐만 아니라 그 자신이 역사의 소용돌이 속 태풍의 눈이 되는 양면성을 보인다. 6장에 등장하는, 수도승의 옷을 입었으나 황제가 되어 참칭을 하라고 그리고리를 사주하는 사악한 수도승은 따라서 피멘의 분신이라고까지 말할 수 있다.

이렇듯 이 작품에서 두드러지게 전달되는 메시지는 정치 무대에서의 실체와 외관의 괴리이다. 여기에 그려진 정치 무대란 통치자, 귀족, 백성, 성직자까지 모두가 실체와 외관의 괴리를 보이는 아이러니한 세계, 희극적인 세계이다. 그리고 이러한 희극이 역사적으로 반복된다는 점, 이 희극적인 세계 한가운데 옷 갈아입는 공간이 위치한다는 점을 푸슈킨은 강조하고 싶었던 것으로 보인다.

2. 『파우스트』의 한 장면

약강 4보격의 112행으로 된 「『파우스트』의 한 장면」은 1825년에 완성된 작품으로 괴테의 시극 『파우스트』와의 관계가 흥미롭다. 괴테의 『파우스트』 1부 '숲과 동굴'(3217~3373행)이나 '흐린 날, 벌판'(작품 전체에서 유일하게 산문으로 되어 있는 장면)을 연상시키는 이 작품은 푸슈킨이 괴테의 『파우스트』 1부(1808년 출판)를 스탈 부인의 『독일론』(1810)을 통해 알게 되면서 권태라는 문제에 주목했음을 보여 준다. 권태는 푸슈킨이 항상 관심을 가진 문제이나, 그가 청년 시절, 특히 1823~1825년 사이에 이 문제로 몹시 고통을 느꼈던 만큼 괴테의 『파우스트』 1부에서 특히 권태라는 문제에 주목한 것 같다. 푸슈킨의 파우스트는 그가 그토록 원하던 지식, 명예, 사랑을 얻었을 바로 그때 권태를 느끼기 시작하는데, 권태는 그의 마음에 흡족하지 않은 모든 것들을 전혀 참아 내지 못하고 그것들을 파괴하고 싶은 욕구로 이어지며 메피스토펠레스는 그의 명령을 받들어 이를 행한다. 그런데 흥미로운 점은 1831년에 완성된 괴테의 『파우스트』 2부에 푸슈킨의 「『파우스트』의 한 장면」을 연상시키는 부분이 있다는 사실이다. 예를 들어 '궁전'(11143~11287행)이 그렇다. 괴테가 푸슈킨을 알고 있었던 것은 확실하지만 이 희곡을 읽었는지는 의문이다. 어쨌거나 괴테의 『파우스트』나 푸슈킨의 「『파우스트』의 한 장면」 모두 인간의 속성 중 하나가 권태라는 것, 또 권태의 늪에서 무슨 일이 일어날 수 있는가 하는 것을 보여 준다는 점은 확실하다.

3. 작은 비극 네 편

작은 비극 네 편(「인색한 기사」, 「모차르트와 살리에리」, 「석상 손님」, 「페스트 속의 향연」)은 모두 1830년, 소위 '볼디노의 가을'에 완성된 작품들이다. '볼디노의 가을'은 푸슈킨이 결혼을 앞두고 볼디노에 가서 경제적 문제를 정리하려다 콜레라가 돌아 모스크바로 돌아가지 못하고 삼 개월간 그곳에 머물던 때를 말한다. 여기서 삼 개월을 보내는 동안 그의 창작은 만개를 이룬다. 마치 결혼한 후로 더 이상 작품을 많이 쓰지 못할 것을 예견이나 한 듯이 그는 인간과 세계에 대한 깊은 이해를 보여 주는 주옥같은 작품들을 수많이 썼다. 작은 비극 네 편을 비롯해 장편 운문소설 『예브게니 오네긴』이 거의 완성되었고, 단편집 『벨킨 이야기』, 서사시 「콜롬나의 작은 집」을 비롯해 아름다고 깊이 있는 많은 서정시들이 이때 탄생했다.

작은 비극은 푸슈킨의 희곡 연구이자 실험이다. 푸슈킨의 희곡

이해는 우선 프랑스 신고전주의가 주도한 당시 극장과의 투쟁에서 출발한다. 19세기 초까지 러시아 극장은 여전히 프랑스 신고전주의 연극과 그 수많은 모방작들이 지배하고 있었다. 관객은 악행이나 고통을 극화해도 이미 그것에 무뎌져 있었으며 살인과 처형에도 익숙해져 있었고 영혼의 열정을 분출하는 것도 냉담하게 바라보았는데, 관객들이 이미 신고전주의에 식상해졌기 때문이다. 푸슈킨은 희곡을 인간과 민중의 운명을 나타내는 것으로 보았고, 인간의 열정, 욕망의 본질, 그것으로 인해 분열된 자아의 모순을 드러내는 것, 즉 인간의 내적 갈등을 드러내는 것을 비극의 핵심으로 보았다. 푸슈킨은 자신의 희곡 실험에서 두 인간의 대립만이 아니라 한 인물 안에서의 갈등, 대립성을 보여 주며 이러한 내적 갈등이 외적 조건에 의해 촉발되는 양상을 빈틈없이 그렸다. 이 작품들에서 푸슈킨이 당시 유럽 문학 및 문화계의 첨예한 문제에 주목했다는 사실이 섬세하게 드러난다.

1) 「인색한 기사」에는 '첸스톤의 희비극 『인색한 기사』에서 몇 장면'이라는 부제가 붙어 있다. 몰리에르의 『수전노』(1668)가 러시아에서 1810년대에 번역된 데 이어 1828년 악사코프에 의해 새로 번역될 만큼 이 주제가 러시아 문단에서 흥미를 끌 무렵 「인색한 기사」가 탄생했다. 이 작품은 푸슈킨이 셰익스피어의 『베니스의 상인』에 등장하는 샤일록과 몰리에르의 『수전노』에 등장하는 아르파공, 골도니의 『진정한 친구』나 『질투쟁이 노랑이』 속 여러 인물들, 호프만의 『장자 상속』의 로데리히, 월터 스콧의 『퍼스의 아름다운 여인 혹은 밸런타인데이』에 등장하는 드와이닝과 같은 인색한 인물들을 평론이나 번역물을 통해 또는 원전으로 접하고 연

구하며 이 주제에 천착한 결과물로, 또 다른 인색한 인간의 유형을 보여 준다. 부제 '첸스톤의 희비극 『인색한 기사』에서 몇 장면'은 푸슈킨이 지어낸 말이다. 당시 잘 알려진 영국인 첸스톤이 인색함에 대해 쓴 글을 푸슈킨이 눈여겨본 후 쓴 이 희곡이 자신의 작품이 아니라 그의 작품이라는 것을 암시하려고 이런 부제를 붙였을 수 있다. 다른 한편으로 이 작품은 푸슈킨과 그의 아버지 간의 오랜 갈등을 보여 준다. 이 작품에서 알베르와 남작 둘 다 돈에 대해 정상적인 태도를 취하지 못한다. 알베르는 돈을 낭비하며 빚을 지고, 남작은 돈을 모으기만 한다. 알베르가 돌아다니며 무질서하게 돈을 소비하면서도 '인색함'이라는 행동 양식을 보이는 반면, 남작은 '인색함' 때문에 지하의 돈 궤짝 앞에서만 삶의 쾌락을 느끼는데, 그 쾌락은 돈이 가져다줄 수 있는 것들에 대한 무질서한 상상이다. 이러한 모순 속에 있는 아버지와 아들은 둘 다 소비와 인색함에 있어서 정상적인 태도를 취하지 못한다. 많은 인간들이 그렇듯이. 이들은 이러한 모순 때문에 인간으로서의 가치를 상실해 간다. 남작이 기사로서, 아버지로서의 본연의 자세를 잃듯이 알베르도 속으로 남작의 독살을 꿈꾸기에 기사로서, 아들로서의 자세를 잃게 된다. 부딪칠 수밖에 없는 상황에 있는 두 사람의 행동 양식이 대척적인 관계에 있기 때문에 둘은 결국 파멸로 치닫게 되는 것이다.

이 작품은 라흐마니노프에 의해 오페라로 만들어졌는데(1903년 초연) 푸슈킨의 원전을 그대로 리브레토로 썼다.

2) 「모차르트와 살리에리」는 모차르트에 대한 푸슈킨의 커다란 관심의 산물이다. 모차르트의 오페라 「돈 조반니」는 「석상 손님」

에 가장 큰 영향을 끼쳤으나 그 외에도 1830년대에 창작된 푸슈킨의 작품들에 강한 영향을 끼쳤다. 『벨킨 이야기』(1830)에도 곳곳에 오페라 「돈 조반니」를 상기시키는 표현들이 있으며, 1830년에 탄생한 작은 비극 네 편은 실상 이리저리 모두 오페라 「돈 조반니」와 연결된 것으로 보인다. 「모차르트와 살리에리」와 「석상 손님」은 물론이고 「인색한 기사」는 아버지와 아들의 대립과 결투를 다룬다는 점에서, 「페스트 속의 향연」에서는 죽음 앞의 향연이라는 삶의 진상을 날카롭게 보여 준다는 점에서 「돈 조반니」와 연결되어 있다. 오페라 「돈 조반니」는 1817~1819년에 페테르부르크에서 독일어로 공연되었고, 1825~1827년 이탈리아어로 수차례 공연되었으며 1828년에는 러시아어로 번역되어 공연되었다. 푸슈킨은 러시아어로 번역된 「돈 조반니」는 물론 독일어와 이탈리아어로 된 「돈 조반니」를 모두 보았고, 당시 모차르트에 열광하던 가까운 지기들 덕분에 모차르트나 그의 마지막 오페라 「돈 조반니」에 대해 상당히 깊이 알고 있었던 것 같다. 「모차르트와 살리에리」는 푸슈킨이 1825년에 살리에리가 죽으면서 자신이 모차르트의 죽음에 책임이 있다는 말을 했다는 잡지 기사, 모차르트의 죽음을 둘러싼 소문들, 그리고 오페라 「타라레」의 대본을 쓴 보마르셰가 자신의 전집 1권에서 이 오페라를 작곡한 살리에리를 격찬한 글(1828년), 유럽의 예술가 문학 작품들과 그 번역본을 읽은 결과가 응축된 작품이라고 할 수 있다.(예를 들어 1796년 베를린에서 익명으로 출판된 『빌헬름 바켄로더와 티크의 예술을 사랑하는 수도승의 고백』이 1826년 셰브료프 등에 의해 번역, 출판되었다. 이 책에는 요제프 베글링거라는 예술가의 이야기를 비롯해 화가 라파엘의 이야기가 들어 있는데, 푸슈킨의 작은 비극에 커다란 영향을 끼친 것으로 보인다.)

모차르트는 천상의 음악을 만들어 내지만 자신은 그것을 의식하지 못하고 자신의 소진해 버리는 천재 예술가이고, 살리에리는 금욕 속에서 자신에게는 부여되지 않은 천상의 음악을 추구하며 그것을 가진 자를 질투하는 예술가이다. 이런 의미에서 둘은 자기 내부에 모순을 가지고 있다. 금욕적 노력형의 예술가 살리에리와 삶을 즐기는 무방비한 천부적 재능의 예술가 모차르트, 두 예술가 유형의 부딪힘은 결국 두 사람 모두의 파멸을 가져오게 된다.

이 작품도 림스키코르사코프에 의해 1898년 오페라로 만들어졌다.

3) 「석상 손님」은 오페라 「돈 조반니」 중에서 제사를 가져왔으며 그 주인공인 바람둥이를 직접 소재로 다루고 있다. 푸슈킨의 텍스트에는 1825년에 있었던 이 오페라의 이탈리아어 공연에서 받은 영향을 뚜렷이 나타난다. 이탈리아어로 된 「석상 손님」의 제사 "오, 위대한 기사장님의 최고로/ 경애하옵는 석상이여! ……아, 주인님!(O statua gentilissima/ Del gran' Commendatore! ……Ah, Padrone!)"부터가 그렇다. 푸슈킨이 살리에리에 대해서 말할 때 "오페라 「돈 조반니」를 보고 비웃는 사람이라면 모차르트를 죽일 수도 있었을 것"이라고 한 데서도 알 수 있듯이 푸슈킨은 이 오페라를 매우 높이 평가했다. 한편 이 작품은 호프만과도 깊이 연관되어 있다. 호프만은 1820년대 중반부터 러시아 작가들에게 커다란 영향을 미치기 시작했다. 그의 단편 「돈 후안」은 푸슈킨의 「석상 손님」과 마찬가지로 모차르트의 「돈 조반니」에 영향을 받은 작품이다. 호프만은 오페라 「돈 조반니」를 "오페라 중의 오페라"라고 칭송했고, 이 오페라에 각별한 애정을 보였다. 괴테, 키르케고르,

바그너, 차이코프스키, 카뮈가 그렇듯 호프만도 그 매력에 빠졌던 것이다. 그는 오페라 「돈 조반니」의 악보를 구해 피아노곡으로 되풀이해 연주하기도 했고, 이 단편을 발표하고 삼 개월 후 베를린의 오페라 극장에서 이 오페라를 지휘했다. 호프만의 편지글이나 이 작품에 대한 몇 차례의 평론에서 보이듯 그는 「돈 조반니」의 완벽성과 높은 예술성에 대해 감탄했다. 푸슈킨이 「석상 손님」을 집필 중이던 1829년에 호프만의 단편 「돈 후안」의 프랑스어 번역이 《레뷰 드 파리》에 실렸는데, 이는 그해 5월부터 집중적으로 소개되던 호프만의 여섯 번째 작품이었다. 1829년 10월호에 호프만에 대한 평론이 실렸고, 1829년 12월부터 나오기 시작한 열아홉 권짜리 호프만 전집이 푸슈킨의 서재에 있었던 점으로 보아, 푸슈킨이 호프만이라는 이름을 거론한 적은 없지만 그가 「석상 손님」의 창작 과정에서 음악가이자 평론가, 소설가인 호프만의 「돈 후안」을 읽으며 모차르트의 오페라 「돈 조반니」에 대한 심도 있고 매력적인 해석을 접했을 것이고 이것이 푸슈킨의 「석상 손님」 창작에 영향을 끼쳤을 것이다. 푸슈킨은 이 두 작품에 나타난 돈 조반니와 돈 후안을 토대로 자신만의 고유한 인물인 돈 구안을 만들어 냈다. 그의 돈 구안은 자유를 추구하며 현재를 충만하게 살려는 원칙을 가진 남자이지만, 돈나 안나라는 여인을 진심으로 사랑하게 되었을 때 그녀에게 드리운 과거와 규범에 집착하여 석상에게 결투를 청하는 모순적인 행동으로 파멸에 이르게 된다. 돈나 안나는 '사랑'과 '규범 및 과거' 사이에서 '미소'와 '눈물'을 섞으며 사는 날카로운 모순을 보이는 여자이다. 둘의 만남은 결국 서로를 파멸로 이끈다.

오페라에 영향을 받은 이 작품 역시 다르고미쥬스키에 의해

1872년 오페라로 만들어져 초연되었다.

4) 「페스트 속의 향연」에는 '월슨의 비극 『페스트의 도시』 중에서'라는 부제가 달려 있다. 존 월슨의 『페스트의 도시』는 1816년에 출판되었는데 푸슈킨은 이 작품을 1830년에 읽은 것으로 보인다. 당시 콜레라 때문에 모스크바로 돌아갈 수 없었던 그가 이 작품을 읽으며 치명적인 전염병이라는 소재를 자신의 비극으로 재창작하게 된 것이다. 존 월슨의 비극이 페스트의 도시에서 사람들이 느끼는 죽음 앞의 공포, 죽음을 마주하는 사람들의 상반된 태도, 즉 경건하게 받아들이려는 사제와 신성모독적인 향연을 즐기는 사람들의 상반된 태도가 중심이라면, 푸슈킨의 작은 비극에서는 페스트의 도시에서 월싱엄이 죽음을 직시하며 그것과 싸우는 것 자체에 즐거움을 느끼는 것, 사제와 월싱엄의 상반된 태도에서 나아가 월싱엄이 사제의 말을 알고 있으나 이러한 모순 가운데 자신의 길, 즉 고통 받고 죽어 가는 사람들(그 자신을 포함하여)에게 죽음을 직시하며 그것과 싸우는 데서 즐거움을 맛보게 하는 길을 가야만 한다는 생각을 하는 것으로 의미의 무게 중심이 옮겨졌다. 이 작품은 1900년 큐이에 의해서 오페라로 만들어졌다.

푸슈킨은 「『파우스트』의 한 장면」을 비롯한 작은 비극 속에서 자신의 작품과 유럽의 고전들과의 연관을 드러냄으로써 당시 유럽 문학에서 화두가 된 문제에 대한 자신의 입장을 보여 준다. 그는 인색한 인간과 낭비하는 인간, 금욕적 몰두형의 예술가와 삶을 즐기는 천부적 예술가, 관습을 뛰어넘고 자유를 구가하려는 인간과 관습의 억압을 표상하는 인간, 죽음을 앞둔 인간들이 죽음에

임하는 대척적인 태도를 연구하여 이렇게 대비되는 인간들의 팽팽한 부딪침을 극화하고 있다. 그러나 좀 더 깊이 읽어 보면, 이 부딪침 속에 있는 인간들 모두가 돈이나 예술, 관습과 과거, 죽음을 보는 태도를 둘러싸고 스스로 모순적인 행동을 보인다는 것을 알 수 있다. 인간의 삶 자체가 보이는 이러한 모순성이 「『파우스트』의 한 장면」을 비롯한 작은 비극 속에서 푸슈킨이 궁극적으로 표현하고자 한 것이라고 여겨진다.

「보리스 고두노프」(산문으로 된 장면들도 있고 다른 율격을 사용한 장면들도 있으나 대체로 약강 5보격으로 각운이 없다.)와 작은 비극 네 편(모두 약강 5보격으로 각운이 없다.)을 번역할 때는 원문과 행수를 맞추었다. 「『파우스트』의 한 장면」(약강 4보격의 운문으로 각운이 있다. 첫 행과 맨 마지막 행을 제외하고는 대부분 4행의 각운 배열을 이루고 있다.)을 번역할 때는 원문과 행수를 맞추고 각운에도 나름대로 신경을 썼다.

번역은 「보리스 고두노프」의 경우 1993년 러시아의 푸슈킨 연구소에서 나온 『보리스 황제와 그리슈카 오트레피에프에 대한 희극』을 원전으로 하여 1935년 소련 학술원에서 나온 『푸슈킨 선집』 7권을 참조했다. 「『파우스트』의 한 장면」은 1975년에 모스크바에서 출판된 『푸슈킨 전집』 중 2권 서정시 편에 수록된 것을 원전으로 사용했고, 작은 비극 네 편은 1935년 소련 학술원에서 자세한 해설과 함께 나온 『푸슈킨 전집』 7권의 원전을 번역했다.

Ⅱ. 서사시 편

1. 가브릴리아다

「가브릴리아다」는 동정녀 마리아가 예수를 낳은 이야기(「누가복음」 1장 26~38절)와 아담과 이브의 원죄에 대한 이야기(「창세기」 3장 1~7절)를 패러디한 것이다. 천사 가브리엘이 마리아를 방문해 예수의 탄생을 알린다는 복음서의 내용이 푸슈킨의 이 서사시에서는 마리아가 사탄과 가브리엘과 신의 유혹을 동시에 받았다는 이야기와 그 후 탄생한 예수를 신이 자신의 아들로 인정했다는 이야기로 바뀌었다. 어찌 보면 과감하고 불경한 이 이야기는 푸슈킨이 페테르부르크에 머물던 시절의 생각이나 행동과 연결해 이해해 볼 수 있을 것이다.

1817년 18세에 귀족 자제를 위한 기숙 학교를 졸업한 푸슈킨은 외무성에 서기로 취직했고 페테르부르크의 콜롬나에 있는 좁고 평범한 집에서 부모와 함께 살았다. 그는 페테르부르크 사교계를 드나들며 재능 있고 재기 넘치는 젊은이로서 인기를 누렸다. 당시 그는 '초록 등'이라는 모임의 일원이었데, 이 모임은 자유사상의 온상이었다. 초록 등의 젊은이들에게 자유는 곧바로 기쁨과 연결되며 자유의 이상을 실현한다는 것은 삶을 축제로 받아들이는 것을 의미했다. 그들에게 있어 자유, 사랑, 술은 동의어였다. 이들은 아나크레온풍의 삶의 쾌락과 달콤함, 기쁨을 노래했고 감각적 사랑을 찬양했으며 금기를 우습게 여겼다. 자유를 방해하는 것들에 대한 증오는 신성모독, 반항적인 자유방임을 찬양하는 것에까지 이르렀고 모든 사회적 규범에 대한 도전으로까지 이어졌다. 이러한 경향을 적나라하게 드러내는 「가브릴리아다」를 쓴 후 푸슈킨은 이 작품을 가까운 지기들에게 보여 주었다. 1826년에 헌병대장 비비코프가 이것을 "종교의 신성함을 조롱하는 위험하고도 배덕적인 무기로 반란을 부채질하는 선동적인 시"라고 상부에 보고했고, 1828년 페테르부르크의 주교가 이 작품에 대한 조사를 의뢰했다. 그리하여 푸슈킨은 조사 위원회에서 심문을 받게 되었는데, 거기서 자신이 이 작품을 복사했을 뿐이라며 사실을 부인했다. 그러나 재조사 중에 그는 직접 황제에게 편지를 썼고 사건은 종결되었다. 편지는 123년 후인 1951년에 발견되었는데, 푸슈킨이 황제에게 자신이 이 작품을 썼다는 것을 인정하는 내용이다. 이 작품은 교회의 금기에 도전한 신성모독적인 성격 때문에 엄청난 파문을 일으킨 작품으로 20세기에 와서야 출판되었다. 육체적 사랑의 기쁨과 본성의 인정, 신비주의적인 것에 대한 반발, 정치적인 권위와 종교적인 권위에 대한 도전이 두드러지는 작품이다. 이런 신성모독적인 요소와 신비주의에 대한 반발은 푸슈킨의 작품이 패러디의 전통에 뿌리박고 있는 프랑스 작가 파르니의 작품 및 경외 성경들과 관계가 있다는 것을 보여 준다. 푸슈킨이 성서를 패러디하며 풍자한 것은 당시 알렉산드르 1세 치하에서 득세한 반계몽주의적 신비주의 종파와 기존 정교회 세력이었다. 도구화된 기독교의 신과 달리 그리스 신을 연상하게 하는 작품 속 신의 모습은 당시 정교회와 정치의 결탁이 가져온 억압적인 분위기에 대한 푸슈킨의 치열한 비판의식이 발현된 것이라고 할 수 있다.

2. 집시

푸슈킨이 1825년에 완성해 1827년에 출판한 「집시」는 그의 남부 시절을 청산하는 작품이다. 푸슈킨은 페테르부르크 시절 사교계에서 정신없이 지내다 어느덧 그 생활에 권태와 환멸을 느낀다. 게다가 그는 황제를 겨냥한 날카로운 풍자시를 썼다는 이유로 시베리아 유형까지 갈 뻔하나 친지들이 간원한 덕에 남부로 좌천되어 남부 키시뇨프, 크리미아, 오데사에 머무르게 된다. 이 시기에 그는 남부 지방의 풍광과 습속을 알게 되었고 유럽적인 세계와 다른 그들의 삶을 접하게 되었다. 이때 탄생한 소위 남부 서사시 네 편에는 이국 풍경, 바이런의 영향, 동방 요소가 공통적으로 나타난다. 이 작품들의 공통 관심사는 자유와 열정의 문제로, 문명사회의 부자유, 공식적인 사회의 부자유에 대한 인식과 더불어 문명사회가 아닌 다른 사회에는 자유가 있는가를 타진한다. 주인공들은 '다른 곳'을 추구하는 길 위의 인간으로 '다른 것'에 대한 동경과 지향을 지닌다. 자신의 세계에서 생긴 열정의 상흔과 권태감을 안고 다른 세계에서 자유를 추구하나 그곳에서도 역시 규범(법, 윤리)과 열정으로 인한 부자유에 부딪힌다. 「집시」의 알레코도 '다른 것'을 추구하나 결국 자신을 벗어나지 못하고 다른 문화와 부딪쳐 타인의 죽음을 부른다. 알레코에게 자유는 우선 문명의 속박, 사회의 위선과 정치적 억압을 벗어나는 것이었다. 자유를 찾으려던 그는 자신이 원하는 것을 찾지 못하지만 집시 사회에서 얼마간 행복을 느낀다. 그러나 가슴속 깊은 열정의 상처는 지울 수가 없었다. 그러다가 다른 문화와 충돌하고 갈등을 느꼈을 때 그리고 열정이 다시 일깨워졌을 때 다른 사람을 살인하게 된다. 결국 자신을 벗어날 수 없었던 것이다. 낭만주의적 도피 이후 자기 인식과 실제 사이의 괴리에 대한 회한이 맨 마지막 장면에서 나타난다. 결국 문화 충돌이란 나와 타인의 충돌일 것이다. 자신의 문화를 이해하고 다른 문화에 대해 생각하며 보다 큰 보편의 척도를 갖추어야 하겠으나 인간은 그렇지 못하기 때문에 고민하고 갈등하다 죽이고 자살하기에 이른다. 푸슈킨은 남부 시대 서사시 네 편에서 다른 문화에 속한 사람과의 갈등, 사회 규범으로부터의 자유와 보편 윤리의 갈등, 다른 세계를 추구하나 결국 실제의 벽에 부딪혀 겪는 갈등, 자유 추구와 자기 안의 한계의 충돌 등을 그리면서 자유에 대해서도 좀 더 복잡하고 심도 있는 생각을 하게 되는데, 그중 마지막 작품인 「집시」에서 열정이 어디서나 파국을 부른다는 점이 가장 두드러지게 나타난다. 1825년 북부 미하일로프스코예로 옮겨 와서 완성한 이 작품에는 복합적이고 불완전하고 불합리한 인간과 현실에 대한 푸슈킨의 깊어진 인식이 보인다.

이 작품은 오페라 「카르멘」과의 연관이 두드러지는 작품이기도 한데, 러시아 오페라단들이 이 오페라를 종종 단골 레퍼토리로 삼는 것도 푸슈킨과 무관하지 않을 것이다. 메리메의 소설 『카르멘』(1845년 발표)이 오페라로 만들어졌을 때 대본 작가들(메이야크와 알레비)이 메리메가 프랑스어로 번역한(1852년) 푸슈킨의 서사시 「집시」에서 몇몇 구절들을 가져다 썼다는 사실도 흥미롭다. 메리메가 「카르멘」을 쓰기 이전에 푸슈킨의 「집시」 프랑스어 번역본을 읽었을 수도 있지만(당시 두 종의 번역(1829년 판, 1833년 판)이 출판되어 있었다.) 확실한 것은 알 수 없다. 어쨌든 메리메가 푸슈킨을 매우 높이 평가했다는 것은 알려진 사실이다. 1880년 모스크바 푸슈킨 동상 제막식에 즈음하여 행한 축사에서 투르게네프는 메리메가 빅토르 위고 같은 대가와 함께 있는 자리에서 서슴없이 푸슈킨을 "당대의 가장 위대한 작가"라고 했다는 말을 전하며 메리메가 "푸슈킨에게서는 가장 건조한 산문에서 저절로 놀랄 만한 방식으로 시(문학성)가 꽃핀다."라고 한 말, 푸슈킨의 "곧장 쇠뿔을 잡는" 능력에 감탄하며 그런 예로 희곡 「석상 손님」을 꼽는다고 한 말을 인용했다.(메리메는 1849년에 푸슈킨의 단편 소설 「스페이드 여왕」을 번역했다.)

극작가이자 연출가인 네미로비치단첸코가 「집시」를 각색하여 오페라 리브레토를 만들었는데, 중요한 대사나 화자의 말들은 푸슈킨의 것을 그대로 살렸다. 오페라의 특성상 서사시의 화자가 말하는 부분이 여러 인물들에 의해 나뉘어 노래로 불리는데, 라흐마니노프가 곡을 붙였다. 이 오페라는 「알레코」라는 제목으로 1893년에 초연되었다.

3. 눌린 백작

「눌린 백작」은 푸슈킨이 발표(1827년)한 최초의 사실주의 작품으로 평가된다. 푸슈킨은 1824년 가을부터 남부에서 옮겨와 어머니의 영지가 있는 미하일로프스코예에 머물면서 그해 11월에 끝낸 「보리스 고두노프」와 『예브게니 오네긴』의 중요한 장들인 4장 '시골'과 5장 '명명일'을 썼는데, 이 역시 같은 시기에 나왔다. 이들과 마찬가지로 「눌린 백작」도 인간과 사회를 보는 폭이나 깊이에 있어서 성숙한 사유를 보여 주는 사실주의적 작품이다. 비록 이 작품이 이틀 동안에 쓴 것이긴 하나 푸슈킨이 무척 공들이고 아낀 작품 중 하나라는 것은 러시아 문학 비평가인 게르셴존 이래 연구자들의 공통된 견해이다. 또 푸슈킨이 그가 높이 평가하던 시인 바라틴스키의 「무도회」와 함께 이 작품을 출판한 사실로 보아도 이 작품을 자신의 중요한 작품으로 여겼다는 것을 알 수 있다. 푸슈킨은 이 작품에 대해 1830년으로 추정되는 언급에서 아래와 같이 썼다.

"1825년 말 나는 시골에 있었다. 셰익스피어의 다소 약한 작품인 「루크레치아」를 다시 읽으면서 나는 생각했다, 만약 루크레치아의 머릿속에 타킨의 뺨을 때리는 생각이 떠올랐다면 어떻게 되었을까 하고. 아마도 그것이 타킨의 욕구를 식게 했을 것이고, 그랬다면 그는 수치스럽게 물러날 수밖에 없지 않았을까? 루크레치아는 자신을 찌르지 않았을 것이고, 푸블리콜라는 분노로 떨지 않았을 것이고, 브루투스는 황제들을 몰아내지 않았을 것이고, 세계와 세계 역사는 달라졌을 것이 것이다. 그러니까 공화정도, 집정관도, 독재자도, 카토도, 시저도 모두 얼마 전 우리 이웃 노보루제프스키 현에서 일어난 유혹의 사건과 비슷한 결과인 것이다. 역사와 셰익스피어를 패러디하고 싶은 생각이 떠올랐고 이 이중적인 유혹을 이기기 어려워 이틀 아침 동안 이 단편을 썼다.

나는 내 원고들 위에 연도와 날짜를 써 두는 버릇이 있다. 「눌린 백작」은 12월 13일과 14일에 쓴 것이다. 정말 이상한 친화 관계다."

푸슈킨이 살아 있을 당시에는 이 언급이 알려지지 않았고, 당시 비평가 나데즈딘이 이 작품의 냉소적 성격을 비판한 데 대해

벨린스키가 이 작품의 사실적 성격을 옹호하며 맞섰을 때, 이 둘은 모두 셰익스피어와의 연관성을 생각하지 못했다. 이는 이들의 문학적 소양이 푸슈킨의 기대에 많이 뒤진다는 것을 보여 주기도 하지만, 다른 한편 그러한 연관성 없이도 이 작품이 당시 독자들에게 충분히 문제성 있는 메시지를 전달했다는 것을 말해 주기도 한다. 1855년 안넨코프에 의해 위와 같은 푸슈킨의 언급이 알려진 이후 이 작품은 셰익스피어와의 연관성 아래에서 연구되기 시작했다. 과연 푸슈킨은 셰익스피어 작품의 어떤 면을 패러디하고 싶었을까? 또 역사에 대한 패러디를 쓰고 싶다는 것은 어떠한 의미일까?

셰익스피어의 「루크레치아의 강간」과 푸슈킨의 「눌린 백작」, 두 작품의 공통된 줄거리는 남편이 부재중인 상황에서 부인이 다른 남자를 손님으로 맞아 저녁을 대접하며 서로 이야기하는 것, 그리고 그 남자가 부인에게 욕망을 느껴 그녀의 침실로 다가드는 것이다. 원작에서는 남자가 강제로 부인을 범하고 회한을 품으며 결국 파멸하지만, 패러디에서는 남자가 성공하지 못하고 아쉬워하다가 싱겁게 떠나고 만다. 셰익스피어 작품에서 가장 중요한 메시지는 여성의 정절을 강탈한 타킨이 시민의 분노를 사서 역사가 바뀌었다는 것이다. 푸슈킨은 패러디를 통해 이러한 사건은 흔히 일어나는 일상적인 이야기를 쓰듯 다루어야 한다는 것을 보여 주며, 셰익스피어가 역사에 전해 오는 대로 그 이야기를 믿은 것 자체를 공격한다고 하겠다. 그렇게 자연스럽지 못한 이야기를 서사시의 장르에 담아 비장한 어조로써 중요한 역사적 사건으로 이야기하는 셰익스피어 서사시 기본 구조를 패러디로 공격한 것이다.

'역사에 대한 패러디'라는 언급에서 역사는 역사 기술을 의미하기도 하고 역사 자체를 의미할 수도 있겠는데, 우선 역사 기술에 대한 패러디로 볼 때 푸슈킨의 패러디가 겨냥하는 바는 셰익스피어의 작품이 그렇듯 허위에 기반을 둔 로마사 기술 자체이다. 그는 정통성을 위한 신화 창조로서의 정통사에 도전하기 위해 신화와 전혀 다른 상황을 제시했다고 볼 수 있다. 신화와 달리 여인은 정절과 금욕의 화신도 아니고, 남자는 욕망 때문에 파멸하는 사람도 아니며, 또 정절의 문제 때문에 역사는 전혀 뒤집어지지 않는다.(나탈리야에게는 정부가 있지 않은가?) 나중에 나탈리야가 눌린에 대해 동네방네 이야기하고 자신의 정절에 대해 자랑하고 남편을 비롯하여 많은 사람들로 하여금 그대로 믿게 하지만, 진정한 사정(그녀에게 젊은 정부가 있는 사정)은 다르다는 것에서, 알려진 사실의 비진실성에 대한 푸슈킨의 견해가 다시 한 번 나타난다고 볼 수 있다. 역사 자체에 대한 패러디라고 본다면, 경직된 고대 인간 세계의 현실, 인간의 본성에 기반을 두지 않는 부자연스러운 현실에 대해서 유머러스한 태도를, 정통성을 내세우며 사실의 진위에 관계없이 움직이는 역사 진행에 대해서 비판적인 태도를 패러디로써 드러낸 것이라고 할 수 있다.

마지막으로 이 작품을 12월 13일과 14일에 썼다며 '12월 봉기'와의 연관을 조롱 조로 시사하는 푸슈킨의 언급은 그가 이 패러디로써 셰익스피어의 작품과 역사에 대해 공격적인 태도를 취하는 동시에 이 패러디를 도구 삼아 당시 러시아 귀족 사회를 겨냥한 풍자를 시도한 것이라고 할 수 있겠다. 작품 속에는 그 시대 귀족들의 일반적인 모습이 희화화되어 있다. 시골 지주들의 생활상, 외국식 교육을 받았거나 외국 물을 먹은 인텔리 귀족층의 공허하고 무의미한 삶, 지주 부인이나 눌린 백작이 받은 교육의 무용성,

러시아의 시골에서 외국 유행에만 관심을 기울이는 얕은 문화 의식, 그들에게 유용한 일을 제공하지 못하는 발달되지 못한 러시아 사회, 또 그 사회 속에서 의미 있는 일을 찾으려고 애쓰며 일하지 않는 귀족층의 무위도식, 금욕과는 거리가 먼 그들의 감정생활, 그들의 감정적 유희와 본능적 삶에 대한 애착이 적절한 세부 묘사를 통해 사실적으로 그려진다. 어쩌면 12월 당원들과의 연결에 대한 언급은 역사 왜곡의 문제에 대한 암시인지도 모른다. 민중에게 정통성을 확립시킬 수 있는 신화를 창조하고 유포할 현실적인 힘이 있느냐 없느냐에 권력이 바뀌느냐 바뀌지 않느냐 하는 문제가 걸려 있는데, 12월 당원들은 그렇지 못했고 그들의 드높은 이상은 묻힐 수밖에 없구나 하는 것을 푸슈킨이 말하려 한 것일 수도 있다. 아니면 푸슈킨은 오히려 당시(1825년 이전) 러시아 귀족층의 의식 및 행동과 12월 봉기의 실패 사이에 긴밀한 관계가 있다고 생각했을지도 모른다. 그는 러시아 귀족층의 의식이 아직 역사를 바꿀 수 없다는 것을 알고 있었던 것 같다.

4. 폴타바

1825년 12월 귀족 청년 장교들의 봉기가 실패하자, 푸슈킨의 가까운 친구들이 시베리아로 유형을 가게 되었고 잘 알고 지낸 다섯 명은 교수형을 받게 되었다. 얼마 후 니콜라이 1세는 푸슈킨을 모스크바로 불렀다. 자신의 재능에 대한 찬양가를 필요로 했던 것이다. 1826년 9월 8일 모스크바에서 황제와 만난 이후 그는 황제의 검열을 받으며 작품 쓰기를 허락받았다.

1828년에는 앞서 언급했듯이 푸슈킨이 1821년에 완성한 서사시 「가브릴리아다」의 신성모독성이 문제가 되었을 때로, 그가 황제에게 이 문제를 의논하여 대외적으로는 자신의 저작이 아니라고 부인하고, 황제가 이를 감싸 줌으로서 푸슈킨은 더욱 황제에게 매이게 되었다. 「폴타바」는 이 시기, 1828년에 집필하여 1829년에 발표한 작품이다. 영국의 낭만파 시인 바이런의 「마제파」와 달리 「폴타바」에서는 마제파가 악당으로, 표트르 대제가 긍정적인 인물로 그려졌으나 실상 두 사람의 복합적인 성격이 사실적으로 나타난다. 역사적 사건인 폴타바 전투에 대해 많은 주석을 붙여 가며 재현하려 한 이 작품에서 적국 스웨덴의 왕 카를이나 그를 도운 우크라이나의 통치자 마제파, 마제파를 사랑한 마리야, 마리야를 숭배하던 카자크 젊은이…… 모두가 실상 열정으로 인하여 파멸한다. 이로써 열정과 파멸의 관계는 개인사에나 역사에나 공히 통용된다는 메시지가 전달된다. 인물 설정이나 표현에 있어서는 부분적으로 셰익스피어의 『오셀로』나 『햄릿』의 영향이 나타나기도 한다. 이 서사시는 차이코프스키에 의해 오페라로 만들어졌는데, 제목은 '마제파'로 늙은 마제파와 마리야의 열정과 사랑, 마제파 자신의 권력과 사랑 사이의 갈등, 전쟁과 정치의 남성적 세계와 사랑의 원칙이 우세한 여성적 세계의 대립에 초점이 맞추어져 있다. 폴타바 전투 장면은 전혀 나오지 않지만 많은 대사를 푸슈킨의 작품에서 그대로 취했다.

5. 안젤로

「안젤로」는 「청동 기사」, 「황금 수탉」과 함께 푸슈킨의 창작 생애 마지막에 탄생한 걸작으로 꼽힌다.

푸슈킨의 마지막 창작 생애는 1831~1837년까지 결혼 생활을 한 육 년 정도에 해당한다. 결혼 생활에 불편을 느끼게 된 푸슈킨은 1833년 8월에서 9월까지 푸가초프 반란의 근거지들을 답사하고 10월 1일부터 두 번째 '볼디노의 가을'을 보낸다. 여기서 그는 단편 「스페이드 여왕」을 비롯하여 「안젤로」, 「청동 기사」를 쓰는데, 이 작품들에는 인간과 역사의 관계에 대한 깊은 관심이 드러난다.

「안젤로」는 푸슈킨이 셰익스피어의 「말은 말로 되는 되로」를 번역하다가 탄생한 작품으로, 1833년에 집필해 1834년에 발표한 작품이다. 「안젤로」나 「말은 말로 되는 되로」는 서로 시각 차이는 있으나 역사의 진행과 위정자의 통치 간의 관계에 대한 메시지가 들어 있고 두 작품 모두 인간이 스스로 설정한 절대적 원칙의 허구성을 다룬다. 규범과 관습이 현실의 복잡성, 본성의 진실 앞에서 힘을 잃는 것, 규범이나 법의 추상성과 현실의 구체성, 객관성과 주관성, 보편성과 개별성 사이의 문제를 보여 준다. 푸슈킨은 이러한 문제와 관련하여 개인이 어떻게 위기를 맞고 내면의 갈등이 표출되는가 하는 것을 셰익스피어의 「말은 말로 되는 되로」에서 읽어 냈다. 마치 옛날이야기를 하는 듯한 어조로 "행복한 이탈리아"라고 함으로써 비엔나의 어두운 분위기에 대비되게 밝은 느낌을 주는 동시에 시간과 공간이 그리 중요하지 않은 느낌을 주는 것 말이다. 셰익스피어의 「말은 말로 되는 되로」는 비엔나라는 부패와 방종과 윤리적 타락의 도시에 대한 이야기이고, 푸슈킨의 「안젤로」에서는 무대가 되는 사회의 성격이 뚜렷이 부각되지 않는다. 이는 푸슈킨이 구성과 장르를 변경한 것과 같은 이유로 인물들의 내면 문제에 집중하고 싶었고 사회 전체의 문제에 대해서 쓰려는 것이 아니었다는 점 때문인 것으로 보인다. 축약하는 과정에서 푸슈킨은 여러 부차적인 기능을 하는 구성을 없애 버리고 오보던 여사, 폼페이와 다른 소인물들이 나오는 장면을 없앴는데, 그 결과 사회와 인간의 타락상, 짐승 같은 본능의 세계가 푸슈킨의 작품에서는 전혀 두드러지지 않게 된다. 안젤로의 욕망도 푸슈킨의 경우에는 덜 어둡다. 푸슈킨이 그린 안젤로의 애정은 정신적인 것과 육체적인 것 둘 다를 포함하는데, 셰익스피어의 안젤로는 육체적인 욕구를 강하게 느끼고 스스로를 타락한 인간이라고 본다. 셰익스피어의 안젤로에게 정욕이 문제라면 푸슈킨의 안젤로에게는 열정과 사랑이 문제인 것이다. 셰익스피어의 이사벨라는 오빠와 다툰 후에도 계속 순결이 오빠의 목숨보다 중요하다고 절대적으로 말한다. 이러한 경직성이 푸슈킨의 이사벨라에게는 없다. 결과적으로 푸슈킨의 인물들은 셰익스피어의 인물들이 타락의 늪에서 허우적거리고 그것에 대한 극도의 경계심(자신에 대해서나 남에 대해서나)을 보이는 것과는 조금 다르게 인간을 사랑하는 마음과 용서하는 마음을 가진 사람들이라는 점이 두드러진다. 셰익스피어의 공작은 신성 로마 제국의 황제인 막시밀리안과 로마 황제 세베루스를 혼합한 것으로 보인다. 당시에는 로마 황제 세베루스가 가장을 하고 다녔다는 이야기가 널리 퍼져 있었다. 그래서 셰익스피어는 이 극의 무대를 독일적이면서도 로마적인 신성 로마 제국의 수도 비엔나로 택한 것이라고 하겠다. 셰익스피어 작품 속 신성한 통치자는 대행인 안젤로에 대비되고 있다. 푸슈킨은 공작을 덜 정치적인 인물로, 좀 더 낭만적이고 엄격하지 않은 인물로 그렸다. 셰익스피어의 공작이 현세적으로나 정신적인 측면에서나 통치자로 또한 중매인으로 완전한 권위를 갖고 있는 데 비해 푸슈킨의 공작은 그렇지 않은 것이다. 푸슈킨의 공작은 무엇보다도 자비로운 인물로서 예술과 학문을 사랑하고 덕치를 주로 하는 사람이지만 셰익스피어의 공작은 진정한 의미의 법과 정의를 실현하는 인물이다. 셰익스피어의 공작은 훨씬 더 강한 법의식을 지니고 있다. 셰익스피어의 공작은 말한다. "자비를 바탕으로 한 이 나라의 법이 이렇게 소리 높이 외치는 데야 어쩌겠소. '클라우디오는 안젤로에게 앙갚음하고 죽음에는 죽음으로 갚아야 하느니라. 또 급한 것에는 급한 것으로, 여유에는 여유로, 비슷한 것은 비슷한 것으로, 바로 말은 말로 되는 되로 갚는 것이 법의 정신이다.'라고 말이오."

결국 셰익스피어의 공작은 신성한 정의를 사용하는 사람이고 모든 면에 있어서 공정하려고 하며 정의와 자비를 조화하려고 한다. 법의 적용을 형평에 맞게 하겠다는 통치자의 법의식과 마찬가지로 셰익스피어의 이사벨라도 법의식을 드러낸다. 또 셰익스피어 극에서는 클라우디오와 줄리엣의 결혼, 안젤로와 마리아나의 결혼, 공작과 이사벨라의 결혼이 희극적인 해결을 가져오는데 이는 갈등과 뒤틀림의 해결과 조화와 질서의 세계로의 복귀를 의미한다. 희극적 결말의 원리는 모든 인물들이 정의와 자비의 균형 속에서 응분의 징벌이나 보상을 받는 것이다.(그러나 셰익스피어의 극에서 결말이 모순적인 것은 사실이다. 안젤로의 경우가 그러하다. 안젤로는 응분의 징벌을 받았는가? 그의 죄가 너무 가볍게 취급된 것은 아닌가?) 또한 공작과 이사벨라의 결혼이 어떤 의미에서는 좀 어색한 데가 있는데 푸슈킨 극에서는 그렇게 진행되지 않는다. 이는 공작이 늙은 사람이라는 점에서 이미 준비되어 있다. 푸슈킨은 결말의 정의에 관한 부분에 관여하지 않는다. 결말은 정의보다는 자비와 용서에 연관되어 있고 이 용서는 죄의 계량이나 응분의 대가의 성격을 지니기보다 무조건적이다. 법이란 인간사의 복잡성을 판단하는 데 부적합하다고 말하는 듯한 느낌이다. 두 작품은 공히 인간의 외면적인 삶을 규제하고 지탱하는 그릇된 이상이나 원칙이 무너질 수밖에 없는 것, 또 인간의 본성이란 어떤 경직된 코드로서 포괄될 수 없는 것이라는 생각을 드러내 보인다. 안젤로의 순결에 대한 자만심, 그의 독신 생활, 이사벨라의 순결, 클라우디오의 명예, 이 모든 것이 그들의 내면에 자리한 본성의 힘 앞에는 무력하다는 것을 보여 준다. 안젤로의 욕망이 이사벨라를 만나며 표면에 떠올라 갈등을 일으키는 것, 이사벨라의 말과 행위의 모순, 죽음 앞에서 클라우디오의 명예에 대한 의무가 눈 녹듯 사라지는 것, 이 모든 것은 본인 자신들에게도 놀라운 것이었으며 이는 인간의 본성을 작가가 그대로 조명한 것이다. 「말은 말로 되는 되로」의 주인공 안젤로라는 인물에 대한 푸슈킨의 관심과 「말은 말로 되는 되로」를 바탕으로 한 「안젤로」라는 작품의 창조는 그가 1825년 「눌린 백작」에서 셰익스피어의 「루크레치아의 강간」을 패러디했을 때의 관심과 그 바탕을 같이한다. 「눌린 백작」에서 푸슈킨은 정절의 화신으로 여겨지는 루크레치아의 신화를 폭로하려고 했다. 그는 루크레치아 신화가 인간의 본성의 진실에 기반을 두지 않은, 남자들에 의해서 만들어진 신화라는 것을 보여 주었다. 루크레치아의 강간과 그로 인한 죽음이 자신과 남편의 명예에 대한 옹호라는 측면에서 어색하게 제시된 이야기라고 파악한 푸슈킨은 이를 패러디함으로서 명예나 정절을 영광으로 만드는 것의 무의미함을 드러내려고 하였다. 또한 정절이 통치 이데올로기로 등장한 점, 정절이 사회화된 점에 대한 비판도 마찬가지로 읽을 수 있다. 마찬가지로 진실에 관계없이 통치하고 진실에 관계없이 역사가 진행될 수 있다고 믿는 안젤로의 허위성에 대한 폭로도 루크레치아 신화를 깨뜨리려는 의도의 연장으로 볼 수 있다. 푸슈킨은 「말은 말로 되는 되로」를 읽으며 이렇게 「눌린 백작」을 쓸 때와 동일한 문제를 생각했던 것으로 보인다. 즉 인간의 본성에 어울리지 않는 원칙이나 관념의 우상을 파괴하려는 의도를 가지고, 인간이 스스로 설정한 절대적 규준이나 그 둘이 추구하는 원칙들이 인간 본성에 비추어 볼 때 얼마나 거짓되고 잘못되었는가 하는 것을 보여 주고 싶었던 것이다. 그런 것들을 정식화하고 경직화하고 절대화하는 것은 그야말로 푸슈킨이 본질적으로 반대하는 바다. 푸슈킨은 항상 닫힌 인간의 아집, 허위의식, 고정관념을 부수려고 도전해 왔다. 그리고 셰익스피어의 「말은 말로 되는 되로」에서 푸슈킨은 다시 한 번 이러한 메시지를 표현할 기회를 보았던 것이다. 이번에는 경탄하면서. 그리고 그가 재창조한 작품에는 그 세계의 지혜를 자기화하여 자연스럽게 표현하는 능력 덕분에 러시아 독자들이 이해하기에 좀 더 친숙한 러시아성이 나타나게 되었던 것이다. 즉 사랑과 자비, 그리고 삶에 대한 경외가 나타나도록 보다 애정을 갖고 부드럽게 인간을 이해한 것이다.

바그너의 초기 오페라 「연애 금지」(1836년 초연)도 이 주제를 다루고 있는데 그가 푸슈킨의 「안젤로」에 대해 알고 있었는지는 알 수 없으나 두 작품의 연관이 두드러지는 것은 사실이다. 셰익스피어의 5막극을 푸슈킨이나 바그너는 대폭 축약하여 부차적인 기능을 하는 여러 사건들과 소인물들을 없애고 이사벨라, 안젤로/프리드리히에 초점을 맞춰 두 인물이 부딪치는 순간들에 집중했다. 사건의 무대도 셰익스피어의 작품에서는 비엔나인데 반해 푸슈킨과 바그너의 작품에서는 이탈리아인 점, 셰익스피어의 작품에서는 마리야나가 안젤로의 약혼녀였을 뿐 처녀이지만 푸슈킨이나 바그너의 작품에서 마리야나는 이미 안젤로/프리드리히와 결혼한 사이인 점, 푸슈킨이나 바그너의 작품은 결말이 정의보다 용서와 화해에 연관되어 있으며 이 용서는 죄의 계량이나 응분의 대가의 성격을 지니지 않고 무조건적이라는 점 등이 그러하다. 푸슈킨의 공작은 자비로서 안젤로마저 용서한다.(푸슈킨은 법이란 인간사의 복잡성을 판단하는 데 부적합하다고 말하는 셰익스피어의 메시지를 더욱 강화한 것으로 보인다. 셰익스피어의 작품 속 자비와 용서, 그리고 이사벨라와의 결혼은 전적으로 공작의 의사에 달려 있다.) 바그너에게 있어서는 모든 시실리 사람들이 본성을 인정하고 용서하는 것으로 끝이 난다. 푸슈킨이나 바그너가 셰익스피어의 작품에서 그대로 따온 부분들이 동일하다는 점도 눈에 띈다. 이사벨라와 안젤로/프리드리히가 만나는 두 차례의 장면에서 오간 대화, 그리고 이사벨라와 오빠 클라우디오 간의 대화, 안젤로/프리드리히의 독백은 안젤로/프리드리히라는 인물의 복합성을 드러내는 부분이 그러하다.

6. 청동 기사

481행으로 되어 있는 「청동 기사」는 1833년 집필되었으나 검열로 인해 발표되지 못하다가 푸슈킨 사후에 주코프스키가 고쳐서 발표한 작품으로 페테르부르크 및 그 건설자 표트르 대제, 1824년 대홍수와 관련된 러시아의 문학 작품 및 기사들, 당시 유명한 폴란드 작가 미츠키예비치가 이 주제에 대해 쓴 시들을 독자의 의식 속에 의도적으로 불러일으키며 이들과 대화하고 있다. 러시아의 역사적 영웅인 표트르 대제는 18세기 초 강력한 통치자로서 스웨덴의 위협을 물리치고(이는 「폴타바」에서 다루었다.) 유럽의 문물을 받아들여 러시아를 유럽의 강국으로 만드는 데 기초를 마련한 인물이다. 러시아를 서구 모델에 따라 개혁한다는 그의 서구화 정책의 중심에는 페테르부르크 건설이 있다. 늪지에서 화려하게 솟아난 수도의 그늘에는 많은 사람들의 고통이 있었고 특히나 배수가 안 되는 관계로 홍수 피해가 컸다. 푸슈킨은 이 작품에서 표트르가 건설한 도시의 아름다움과 웅장함을 그리는 동시에 1824년 대홍수의 피해를 그림으로써 화려하고 웅장한 수도 건설의 이면에 대해서, 나아가 권력과 민중의 관계, 이성과 자연의 관계에 대해서, 또 이들 요소가 어우러져 역사의 흐름을 이루는 것에 대해서 생각해 보도록 했다. 그런 의미에서 이 작품은 역사에 대한 푸슈킨의 끈질긴 사유가 응집된 결과물이라고 할 수 있겠다. 표트르의 의지와 그의 도시 건설로 인해 개인적 불행을 맞게 된 민중, 그 민중이 그에게 고개를 쳐들었을 때 그가 행하는 잔인한 응징, 자연력을 거슬렀을 때 분노하는 자연 등 통치자와 자연, 민중의 관계, 그리고 이들이 어우러져 역사의 흐름을 이루는 것에 대해 생각하게 만든다.

7. 황금 수탉

1834년 집필해 1835년 발표한 「황금 수탉」은 다른 우화들에 비해서 무엇을 말하려고 하는 것인지 뚜렷하게 알기 힘든 작품으로 여겨져 왔다. 확실한 것은 이 작품이 검열을 받았고 그 검열받은 부분으로 보아 이는 필시 푸슈킨과 황제의 갈등을 보여 준다는 사실이다. 발표하기 전에 검열로 고친 부분은 맨 마지막 "……우리 착한 청년들에게 주는 교훈이라."라는 부분을 첨가한 것, 그리고 "황제와 다투는 것은 해로웠다."라는 부분에 "황제" 대신 "그 어떤 사람"을 넣은 것이다. 이 작품이 검열 때문에 애를 먹은 것은 작품 속에 황제에 대한 비판이 들어 있었기 때문일 것이다. 훌륭한 무사였던 황제는 나이가 들어 예언자가 가져다준 황금 수탉에 의지하여 편안히 잠들다가 지붕 꼬챙이에 꽂아 놓은 황금 수탉이 울고 동쪽으로 몸을 돌릴 때마다 아들들을 보내거나 본인이 움직이게 된다. 황제는 수탉이 울어 아들들을 뒤쫓아 가 아들들이 샤마한의 공주 때문에 서로 싸우다가 죽은 것을 보았으나, 곧 죽은 아들들도 잊고 그녀에게 유혹당하여 그녀를 데리고 궁전으로 돌아온다. 황제는 결국 무엇이든지 들어 주겠다고 했던 약속도 무시하고 그녀를 요구하는 예언자를 죽인 탓에 황금 수탉에게 쪼여 죽는다. 당시 푸슈킨의 처지를 감안해 보면 아마도 이 작품이 황제와 푸슈킨의 아내와 푸슈킨의 관계를 어렴풋하게 암시하는 것일 수도 있겠다. 황제는 푸슈킨의 아내를 좋아했고 푸슈킨은 현자로서 황제에게 불려 온 사람이지만 황제에게 배반을 당했다고 느꼈을 수 있으며 특히 황제가 자신의 아내를 좋아하게 된 것을 과장하고 극화하여 황제와 샤마한의 공주의 관계에 빗대어 이야기한 것일 수도 있다. 황제는 푸슈킨의 말을 듣지 않았을 것이고 푸슈킨은 자신이 거세된 느낌을 받았을 수도 있겠다. 그럴 때 "우리 착한 청년들에게 주는 교훈이라." 하는 것은 우선 황제의 아들들에게 주는 교훈이겠으나 내용적으로 황제나 거세된 조그만 늙은이 예언자에게도 해당된다. 이는 당시의 상황(황제도 푸슈킨도 아직 젊다.)과 연관되어 흥미롭다. 가장 중요한 메시지는 황제의 본분과 약속, 여인에게 매혹당하여 눈멀게 되는 남자들에 대한 경고로 보인다. 지붕 위의 꼬챙이에 앉은 닭은 거창하게 말하면 역사 정신을 말하는지도 모른다. 이 작품의 내용이 결국 불가사의한 것처럼 이 작품의 화려하고도 정제된 표현도 불가사의할 만큼 신비롭다. 샤마한의 공주가 그렇듯이. 오페라는 벨스키에 의해 리브레토로 만들어져 1907년 림스키코르사코프 작곡으로 초연되었다. 오페라에서는 나라가 위기에 처했을 때 신하들의 우왕좌왕하는 모습, 샤마한 공주의 고혹적인 아름다움에 유혹당하는 황제의 모습이 구체적으로 그려졌다. 또 예언자와 황금 수탉이 그를 거스르는 황제를 파멸시키는 것에서 역사의 준엄한 심판이 생각나게 한다. 예언자와 그의 황금 수탉은 결국 같은 편, 황제가 예언자를 죽였을 때 황금 수탉이 황제를 죽이지 않는가?

「가브릴리아다」는 약강 5보격, 「안젤로」는 약강 6보격이고 나머지 서사시들은 약강 4보격이며 모두 각운이 있다. 각운 배열은 대부분 4행을 단위로 교대운이나 병렬운, 고리운으로 되어 있고 그렇지 않은 경우의 행들은 앞의 4행 중 각운을 이루는 두 종류의 어미들 중 하나와 동일하게 되어 있다. 간혹 2행이 쌍운으로 되어 있는 경우도 있다. 번역에서는 원문과 행수를 맞추었고 각운에도

할 수 있는 만큼 신경을 썼다.

번역에 사용한 원전은 1975년 모스크바에서 나온 열 권짜리 『푸슈킨 전집』 중 3권에 수록된 것들이다.

2011년 5월

최선

작가 연보

1799년 5월 26일(현재의 달력으로 6월 6일) 모스크바에서 600년 전통의 유서 깊은 러시아 귀족 가문의 장남으로 태어남.

1811년 육 년 동안 차르스코예셀로에 있는 리체이(귀족 기숙 학교)에 다님. 세계 여러 나라의 문학 작품을 접하고 여러 작품들을 모방하면서 자신의 창작 스타일을 모색.

1814년 서정시를 발표하기 시작.

1817년 페테르부르크에서 외무성 관리로 근무 시작. 사랑, 자유, 쾌락이 삶과 문학의 주제였음.

1820년 러시아의 옛날 이야기를 개작한 서사시 『루슬란과 루드밀라』를 발표. 황제에 대해 비판적인 시를 썼다는 이유로 좌천당해 남부로 가게 됨.

1821년~1823년 바이런을 읽음. 문화의 충돌, 가치관의 충돌, 자아 찾기 등을 주제로 하는 서사시 「캅카스의 포로」를 비롯하여 「바흐치사라이의 분수」, 「도적 형제」, 「집시」,

「가브릴리아다」를 씀.

1823년 키시뇨프에서 운문 소설 『예브게니 오네긴』 집필 시작. 오제사로 옮겨 보론초프 장군 밑에서 일함.

1824년 8월 북부 미하일로프스코예로 유배. 서사시 「집시」 완성.

1825년 서정시집 출판. 이 시기에 러시아 역사에 대한 관심과 셰익스피어의 영향이 두드러짐. 운문 희곡 「보리스 고두노프」, 서사시 「눌린 백작」을 통해 러시아의 과거와 현재에 대해 탐구함. 괴테의 작품에 영향을 받은 짧은 희곡 「『파우스트』의 한 장면」과 서정시 「삶이 그대를 속일지라도」, 「……에게」 등의 서사시를 씀.

1826년 8월 사면받아 모스크바로 돌아옴.

1827년 소설 「표트르 대제의 흑인」(미완성)을 쓰기 시작함.

1828년 우크라이나의 역사적 인물 마제파를 소재로 한 서사시 「폴타바」 완성.

1829년 당대의 길 잃은 상류층 사람들의 내면 세계를 묘사한 소설 「편지로 된 소설」(미완성)을 씀.

1830년 볼디노에서 운문 소설 『예브게니 오네긴』, 단편집 『벨킨 이야기』를 씀. 러시아 문학의 길에 대한 사색을 담은 서사시 「콜롬나의 작은 집」, 소설 「고류히노 마을의 역사」(미완성), 열정 및 집착과 죽음의 관계에 대한 사색을 담은 네 편의 운문 소비극(小悲劇) 「인색한 기사」, 「모차르트와 살리에리」, 「석상 손님」, 「페스트 속의 향연」을 씀.

1831년 2월 나탈리야 니콜라예브나와 결혼. 조국의 현실에 대한 혐오와 조국애 사이에서 갈등하는 여인을 주제로 삼은 단편 소설 「로슬라블레프」를 씀.

1833년 귀족 출신 도적을 다룬 소설 『두브로프스키』, 역사서 『푸가초프 반란사』, 단편 소설 「스페이드 여왕」을 비롯해 역사에 대한 사색을 담은 서사시 「안젤로」, 「청동기사」를 씀.

1834년 정체성 상실과 파멸에 대한 사색을 담은 우화시 「황금수탉」을 씀.

1835년 예술가의 정체성의 문제를 다룬 소설 「이집트의 밤」(미완성)을 씀.

1836년 소설 『대위의 딸』을 쓰고 '동시대인'이라는 뜻의 문학잡지 《소브레멘니크》 발간.

1837년 1월 27일 네덜란드 공사의 양아들인 프랑스인 단테스와 자기 아내 사이에 염문이 퍼지자 그와 결투하여 치명상을 입고 29일에 사망.

세계문학전집 272

푸슈킨 선집

1판 1쇄 펴냄 2011년 6월 3일
1판 13쇄 펴냄 2022년 6월 14일

지은이 알렉산드르 푸슈킨
옮긴이 최선
발행인 박근섭, 박상준
펴낸곳 (주)민음사

출판등록 1966. 5. 19. (제 16-490호)
서울특별시 강남구 도산대로1길 62(신사동) 강남출판문화센터 5층 (우편번호 06027)
대표전화 02-515-2000 팩시밀리 02-515-2007
www.minumsa.com

© 최선, 2011. Printed in Seoul, Korea

ISBN 978-89-374-6272-6 04800
ISBN 978-89-374-6000-5 (세트)

* 잘못 만들어진 책은 구입처에서 교환해 드립니다.

세계문학전집 목록

45 **젊은 예술가의 초상** 조이스 · 이상옥 옮김 서울대 권장도서 100선
46 **카탈로니아 찬가** 오웰 · 정영목 옮김
47 **호밀밭의 파수꾼** 샐린저 · 공경희 옮김 《타임》 선정 현대 100대 영문소설 | 미국대학위원회 선정 SAT 추천도서 | 《뉴스위크》 선정 100대 명저 | BBC 선정 꼭 읽어야 할 책
48·49 **파르마의 수도원** 스탕달 · 원윤수, 임미경 옮김
50 **수레바퀴 아래서** 헤세 · 김이섭 옮김 노벨 문학상 수상 작가 | 국립중앙도서관 선정 청소년 권장도서
51·52 **내 이름은 빨강** 파묵 · 이난아 옮김 노벨 문학상 수상 작가
53 **오셀로** 셰익스피어 · 최종철 옮김 서울대 권장도서 100선
54 **조서** 르 클레지오 · 김윤진 옮김 노벨 문학상 수상 작가
55 **모래의 여자** 아베 코보 · 김난주 옮김
56·57 **부덴브로크 가의 사람들** 토마스 만 · 홍성광 옮김 노벨 문학상 수상 작가
58 **싯다르타** 헤세 · 박병덕 옮김 노벨 문학상 수상 작가
59·60 **아들과 연인** 로렌스 · 정상준 옮김 《뉴스위크》 선정 100대 명저
61 **설국** 가와바타 야스나리 · 유숙자 옮김 노벨 문학상 수상 작가 | 서울대 권장도서 100선
62 **벨킨 이야기 · 스페이드 여왕** 푸슈킨 · 최선 옮김
63·64 **넙치** 그라스 · 김재혁 옮김 노벨 문학상 수상 작가
65 **소망 없는 불행** 한트케 · 윤용호 옮김 노벨 문학상 수상 작가
66 **나르치스와 골드문트** 헤세 · 임홍배 옮김 노벨 문학상 수상 작가
67 **황야의 이리** 헤세 · 김누리 옮김 노벨 문학상 수상 작가
68 **뻬쩨르부르그 이야기** 고골 · 조주관 옮김
69 **밤으로의 긴 여로** 오닐 · 민승남 옮김 노벨 문학상 수상 작가 | 미국대학위원회 선정 SAT 추천도서
70 **체호프 단편선** 체호프 · 박현섭 옮김
71 **버스 정류장** 가오싱젠 · 오수경 옮김 노벨 문학상 수상 작가
72 **구운몽** 김만중 · 송성욱 옮김 서울대 권장도서 100선 | 국립중앙도서관 선정 청소년 권장도서
73 **대머리 여가수** 이오네스코 · 오세곤 옮김
74 **이솝 우화집** 이솝 · 유종호 옮김 논술 및 수능에 출제된 책(1998~2005)
75 **위대한 개츠비** 피츠제럴드 · 김욱동 옮김 《타임》 선정 현대 100대 영문소설
76 **푸른 꽃** 노발리스 · 김재혁 옮김
77 **1984** 오웰 · 정회성 옮김 《타임》 선정 현대 100대 영문소설 | 《뉴스위크》 선정 100대 명저
78·79 **영혼의 집** 아옌데 · 권미선 옮김
80 **첫사랑** 투르게네프 · 이항재 옮김
81 **내가 죽어 누워 있을 때** 포크너 · 김명주 옮김 노벨 문학상 수상 작가
82 **런던 스케치** 레싱 · 서숙 옮김 노벨 문학상 수상 작가
83 **팡세** 파스칼 · 이환 옮김
84 **질투** 로브그리예 · 박이문, 박희원 옮김
85·86 **채털리 부인의 연인** 로렌스 · 이인규 옮김
87 **그 후** 나쓰메 소세키 · 윤상인 옮김
88 **오만과 편견** 오스틴 · 윤지관, 전승희 옮김 미국대학위원회 선정 SAT 추천도서
89·90 **부활** 톨스토이 · 연진희 옮김 논술 및 수능에 출제된 책(1998~2005)
91 **방드르디, 태평양의 끝** 투르니에 · 김화영 옮김
92 **미겔 스트리트** 나이폴 · 이상옥 옮김 노벨 문학상 수상 작가
93 **뻬드로 빠라모** 룰포 · 정창 옮김

94 차라투스트라는 이렇게 말했다 니체 · 장희창 옮김 국립중앙도서관 선정 청소년 권장도서
95·96 적과 흑 스탕달 · 이동렬 옮김 국립중앙도서관 선정 청소년 권장도서
97·98 콜레라 시대의 사랑 마르케스 · 송병선 옮김 노벨 문학상 수상 작가 | BBC 선정 꼭 읽어야 할 책
99 맥베스 셰익스피어 · 최종철 옮김 서울대 권장도서 100선 | 미국대학위원회 선정 SAT 추천도서
100 춘향전 작자 미상 · 송성욱 풀어 옮김 서울대 권장도서 100선
101 페르디두르케 곰브로비치 · 윤진 옮김
102 포르노그라피아 곰브로비치 · 임미경 옮김
103 인간 실격 다자이 오사무 · 김춘미 옮김
104 네루다의 우편배달부 스카르메타 · 우석균 옮김
105·106 이탈리아 기행 괴테 · 박찬기 외 옮김
107 나무 위의 남작 칼비노 · 이현경 옮김
108 달콤 쌉싸름한 초콜릿 에스키벨 · 권미선 옮김
109·110 제인 에어 C. 브론테 · 유종호 옮김 BBC 선정 꼭 읽어야 할 책
111 크눌프 헤세 · 이노은 옮김 노벨 문학상 수상 작가
112 시계태엽 오렌지 버지스 · 박시영 옮김 《타임》 선정 현대 100대 영문소설 | 《뉴스위크》 선정 100대 명저
113·114 파리의 노트르담 위고 · 정기수 옮김 미국대학위원회 선정 SAT 추천도서
115 새로운 인생 단테 · 박우수 옮김
116·117 로드 짐 콘래드 · 이상옥 옮김 《뉴스위크》 선정 100대 명저
118 폭풍의 언덕 E. 브론테 · 김종길 옮김 미국대학위원회 선정 SAT 추천도서
119 텔크테에서의 만남 그라스 · 안삼환 옮김 노벨 문학상 수상 작가
120 검찰관 고골 · 조주관 옮김
121 안개 우나무노 · 조민현 옮김
122 나사의 회전 제임스 · 최경도 옮김 미국대학위원회 선정 SAT 추천도서
123 피츠제럴드 단편선 1 피츠제럴드 · 김욱동 옮김
124 목화밭의 고독 속에서 콜테스 · 임수현 옮김
125 돼지꿈 황석영
126 라셀라스 존슨 · 이인규 옮김
127 리어 왕 셰익스피어 · 최종철 옮김 서울대 권장도서 100선 | 《뉴스위크》 선정 100대 명저
128·129 쿠오 바디스 시엔키에비츠 · 최성은 옮김 노벨 문학상 수상 작가
130 자기만의 방 울프 · 이미애 옮김
131 시르트의 바닷가 그라크 · 송진석 옮김
132 이성과 감성 오스틴 · 윤지관 옮김
133 바덴바덴에서의 여름 치프킨 · 이장욱 옮김
134 새로운 인생 파묵 · 이난아 옮김 노벨 문학상 수상 작가
135·136 무지개 로렌스 · 김정매 옮김
137 인생의 베일 서머싯 몸 · 황소연 옮김
138 보이지 않는 도시들 칼비노 · 이현경 옮김
139·140·141 연초 도매상 바스 · 이운경 옮김 《타임》 선정 현대 100대 영문소설
142·143 플로스 강의 물방앗간 엘리엇 · 한애경, 이봉지 옮김 미국대학위원회 선정 SAT 추천도서
144 연인 뒤라스 · 김인환 옮김
145·146 이름 없는 주드 하디 · 정종화 옮김
147 제49호 품목의 경매 핀천 · 김성곤 옮김 《타임》 선정 현대 100대 영문소설

148 성역 포크너 · 이진준 옮김 노벨 문학상 수상 작가 | 퓰리처상 수상 작가
149 무진기행 김승옥
150·151·152 신곡(지옥편 · 연옥편 · 천국편) 단테 · 박상진 옮김 서울대 권장도서 100선 | 미국대학위원회 선정 SAT 추천도서 | 국립중앙도서관 선정 청소년 권장도서 | 《뉴스위크》 선정 100대 명저
153 구덩이 플라토노프 · 정보라 옮김
154·155·156 카라마조프가의 형제들 도스토옙스키 · 김연경 옮김 서울대 권장도서 100선 | 국립중앙도서관 선정 청소년 권장도서
157 지상의 양식 지드 · 김화영 옮김 노벨 문학상 수상 작가
158 밤의 군대들 메일러 · 권택영 옮김 퓰리처상 수상 작가
159 주홍 글자 호손 · 김욱동 옮김 서울대 권장도서 100선 | 미국대학위원회 선정 SAT 추천도서
160 깊은 강 엔도 슈사쿠 · 유숙자 옮김
161 욕망이라는 이름의 전차 윌리엄스 · 김소임 옮김
162 마사 퀘스트 레싱 · 나영균 옮김 노벨 문학상 수상 작가
163·164 운명의 딸 아옌데 · 권미선 옮김
165 모렐의 발명 비오이 카사레스 · 송병선 옮김
166 삼국유사 일연 · 김원중 옮김 서울대 권장도서 100선
167 풀잎은 노래한다 레싱 · 이태동 옮김 노벨 문학상 수상 작가
168 파리의 우울 보들레르 · 윤영애 옮김
169 포스트맨은 벨을 두 번 울린다 케인 · 이만식 옮김
170 썩은 잎 마르케스 · 송병선 옮김 노벨 문학상 수상 작가
171 모든 것이 산산이 부서지다 아체베 · 조규형 옮김 《타임》 선정 현대 100대 영문소설 | 《뉴스위크》 선정 100대 명저
172 한여름 밤의 꿈 셰익스피어 · 최종철 옮김 미국대학위원회 선정 SAT 추천도서
173 로미오와 줄리엣 셰익스피어 · 최종철 옮김 미국대학위원회 선정 SAT 추천도서
174·175 분노의 포도 스타인벡 · 김승욱 옮김 노벨 문학상 수상 작가 | 《타임》 선정 현대 100대 영문소설
176·177 괴테와의 대화 에커만 · 장희창 옮김
178 그물을 헤치고 머독 · 유종호 옮김 《타임》 선정 현대 100대 영문소설
179 브람스를 좋아하세요... 사강 · 김남주 옮김
180 카타리나 블룸의 잃어버린 명예 하인리히 뵐 · 김연수 옮김 노벨 문학상 수상 작가
181·182 에덴의 동쪽 스타인벡 · 정회성 옮김 노벨 문학상 수상 작가
183 순수의 시대 워튼 · 송은주 옮김 《뉴스위크》 선정 100대 명저 | 퓰리처상 수상작
184 도둑 일기 주네 · 박형섭 옮김
185 나자 브르통 · 오생근 옮김
186·187 캐치-22 헬러 · 안정효 옮김 《타임》 선정 현대 100대 영문소설 | 《뉴스위크》 선정 100대 명저 | BBC 선정 꼭 읽어야 할 책
188 숄로호프 단편선 숄로호프 · 이항재 옮김 노벨 문학상 수상 작가
189 말 사르트르 · 정명환 옮김
190·191 보이지 않는 인간 엘리슨 · 조영환 옮김 《타임》 선정 현대 100대 영문소설 | 미국대학위원회 선정 SAT 추천도서 | 《뉴스위크》 선정 100대 명저
192 왑샷 가문 연대기 치버 · 김승욱 옮김 퓰리처상 수상 작가
193 왑샷 가문 몰락기 치버 · 김승욱 옮김 퓰리처상 수상 작가
194 필립과 다른 사람들 노터봄 · 지명숙 옮김

195·196 **하드리아누스 황제의 회상록** 유르스나르·곽광수 옮김

197·198 **소피의 선택** 스타이런·한정아 옮김 퓰리처상 수상 작가

199 **피츠제럴드 단편선 2** 피츠제럴드·한은경 옮김

200 **홍길동전** 허균·김탁환 옮김

201 **요술 부지깽이** 쿠버·양윤희 옮김

202 **북호텔** 다비·원윤수 옮김

203 **톰 소여의 모험** 트웨인·김욱동 옮김

204 **금오신화** 김시습·이지하 옮김

205·206 **테스** 하디·정종화 옮김 미국대학위원회 선정 SAT 추천도서 | BBC 선정 꼭 읽어야 할 책

207 **브루스터플레이스의 여자들** 네일러·이소영 옮김

208 **더 이상 평안은 없다** 아체베·이소영 옮김

209 **그레인지 코플랜드의 세 번째 인생** 워커·김시현 옮김 퓰리처상 수상 작가

210 **어느 시골 신부의 일기** 베르나노스·정영란 옮김

211 **타라스 불바** 고골·조주관 옮김

212·213 **위대한 유산** 디킨스·이인규 옮김 서울대 권장도서 100선 | BBC 선정 꼭 읽어야 할 책

214 **면도날** 서머싯 몸·안진환 옮김

215·216 **성채** 크로닌·이은정 옮김

217 **오이디푸스 왕** 소포클레스·강대진 옮김 서울대 권장도서 100선

218 **세일즈맨의 죽음** 밀러·강유나 옮김

219·220·221 **안나 카레니나** 톨스토이·연진희 옮김 서울대 권장도서 100선

222 **오스카 와일드 작품선** 와일드·정영목 옮김

223 **벨아미** 모파상·송덕호 옮김

224 **파스쿠알 두아르테 가족** 호세 셀라·정동섭 옮김 노벨 문학상 수상 작가

225 **시칠리아에서의 대화** 비토리니·김운찬 옮김

226·227 **길 위에서** 케루악·이만식 옮김 《타임》 선정 현대 100대 영문소설 | 《뉴스위크》 선정 100대 명저

228 **우리 시대의 영웅** 레르몬토프·오정미 옮김

229 **아우라** 푸엔테스·송상기 옮김

230 **클링조어의 마지막 여름** 헤세·황승환 옮김 노벨 문학상 수상 작가

231 **리스본의 겨울** 무뇨스 몰리나·나송주 옮김

232 **뻐꾸기 둥지 위로 날아간 새** 키지·정회성 옮김 《타임》 선정 현대 100대 영문소설 | 《뉴스위크》 선정 100대 명저

233 **페널티킥 앞에 선 골키퍼의 불안** 한트케·윤용호 옮김 노벨 문학상 수상 작가

234 **참을 수 없는 존재의 가벼움** 쿤데라·이재룡 옮김

235·236 **바다여, 바다여** 머독·최옥영 옮김

237 **한 줌의 먼지** 에벌린 워·안진환 옮김 《타임》 선정 현대 100대 영문소설

238 **뜨거운 양철 지붕 위의 고양이·유리 동물원** 윌리엄스·김소임 옮김 퓰리처상 수상작

239 **지하로부터의 수기** 도스토옙스키·김연경 옮김

240 **키메라** 바스·이운경 옮김

241 **반쪼가리 자작** 칼비노·이현경 옮김

242 **벌집** 호세 셀라·남진희 옮김 노벨 문학상 수상 작가

243 **불멸** 쿤데라·김병욱 옮김

244·245 **파우스트 박사** 토마스 만·임홍배, 박병덕 옮김 노벨 문학상 수상 작가

246 **사랑할 때와 죽을 때** 레마르크 · 장희창 옮김
247 **누가 버지니아 울프를 두려워하랴?** 올비 · 강유나 옮김
248 **인형의 집** 입센 · 안미란 옮김
249 **위폐범들** 지드 · 원윤수 옮김 노벨 문학상 수상 작가
250 **무정** 이광수 · 정영훈 책임 편집 서울대 권장도서 100선
251·252 **의지와 운명** 푸엔테스 · 김현철 옮김
253 **폭력적인 삶** 파솔리니 · 이승수 옮김
254 **거장과 마르가리타** 불가코프 · 정보라 옮김
255·256 **경이로운 도시** 멘도사 · 김현철 옮김
257 **야콥을 둘러싼 추측들** 욘존 · 손대영 옮김
258 **왕자와 거지** 트웨인 · 김욱동 옮김
259 **존재하지 않는 기사** 칼비노 · 이현경 옮김
260·261 **눈먼 암살자** 애트우드 · 차은정 옮김 《타임》 선정 현대 100대 영문소설
262 **베니스의 상인** 셰익스피어 · 최종철 옮김
263 **말리나** 바흐만 · 남정애 옮김
264 **사볼타 사건의 진실** 멘도사 · 권미선 옮김
265 **뒤렌마트 희곡선** 뒤렌마트 · 김혜숙 옮김
266 **이방인** 카뮈 · 김화영 옮김 노벨 문학상 수상 작가 | 미국대학위원회 선정 SAT 추천도서
267 **페스트** 카뮈 · 김화영 옮김 노벨 문학상 수상 작가 | 국립중앙도서관 선정 청소년 권장도서
268 **검은 튤립** 뒤마 · 송진석 옮김
269·270 **베를린 알렉산더 광장** 되블린 · 김재혁 옮김
271 **하얀 성** 파묵 · 이난아 옮김 노벨 문학상 수상 작가
272 **푸슈킨 선집** 푸슈킨 · 최선 옮김
273·274 **유리알 유희** 헤세 · 이영임 옮김 노벨 문학상 수상 작가
275 **픽션들** 보르헤스 · 송병선 옮김 서울대 권장도서 100선
276 **신의 화살** 아체베 · 이소영 옮김
277 **빌헬름 텔 · 간계와 사랑** 실러 · 홍성광 옮김
278 **노인과 바다** 헤밍웨이 · 김욱동 옮김 노벨 문학상 수상 작가 | 퓰리처상 수상작
279 **무기여 잘 있어라** 헤밍웨이 · 김욱동 옮김 미국대학위원회 선정 SAT 추천도서
280 **태양은 다시 떠오른다** 헤밍웨이 · 김욱동 옮김 《타임》 선정 현대 100대 영문 소설
281 **알레프** 보르헤스 · 송병선 옮김
282 **일곱 박공의 집** 호손 · 정소영 옮김
283 **에마** 오스틴 · 윤지관, 김영희 옮김
284·285 **죄와 벌** 도스토옙스키 · 김연경 옮김 미국대학위원회 선정 SAT 추천도서
286 **시련** 밀러 · 최영 옮김
287 **모두가 나의 아들** 밀러 · 최영 옮김
288·289 **누구를 위하여 종은 울리나** 헤밍웨이 · 김욱동 옮김 노벨 문학상 수상 작가
290 **구르브 연락 없다** 멘도사 · 정창 옮김
291·292·293 **데카메론** 보카치오 · 박상진 옮김
294 **나누어진 하늘** 볼프 · 전영애 옮김
295·296 **제브데트 씨와 아들들** 파묵 · 이난아 옮김 노벨 문학상 수상 작가
297·298 **여인의 초상** 제임스 · 최경도 옮김 미국대학위원회 선정 SAT 추천도서

299 **압살롬, 압살롬!** 포크너 · 이태동 옮김 노벨 문학상 수상 작가
300 **이상 소설 전집** 이상 · 권영민 책임 편집
301·302·303·304·305 **레 미제라블** 위고 · 정기수 옮김
306 **관객모독** 한트케 · 윤용호 옮김 노벨 문학상 수상 작가
307 **더블린 사람들** 조이스 · 이종일 옮김
308 **에드거 앨런 포 단편선** 앨런 포 · 전승희 옮김 미국대학위원회 선정 SAT 추천도서
309 **보이체크 · 당통의 죽음** 뷔히너 · 홍성광 옮김
310 **노르웨이의 숲** 무라카미 하루키 · 양억관 옮김
311 **운명론자 자크와 그의 주인** 디드로 · 김희영 옮김
312·313 **헤밍웨이 단편선** 헤밍웨이 · 김욱동 옮김 노벨 문학상 수상 작가
314 **피라미드** 골딩 · 안지현 옮김 노벨 문학상 수상 작가
315 **닫힌 방 · 악마와 선한 신** 사르트르 · 지영래 옮김
316 **등대로** 울프 · 이미애 옮김 《타임》 선정 현대 100대 영문소설 | 《뉴스위크》 선정 100대 명저
317·318 **한국 희곡선** 송영 외 · 양승국 엮음
319 **여자의 일생** 모파상 · 이동렬 옮김
320 **의식** 노터봄 · 김영중 옮김
321 **육체의 악마** 라디게 · 원윤수 옮김
322·323 **감정 교육** 플로베르 · 지영화 옮김
324 **불타는 평원** 룰포 · 정창 옮김
325 **위대한 몬느** 알랭푸르니에 · 박영근 옮김
326 **라쇼몬** 아쿠타가와 류노스케 · 서은혜 옮김
327 **반바지 당나귀** 보스코 · 정영란 옮김
328 **정복자들** 말로 · 최윤주 옮김
329·330 **우리 동네 아이들** 마흐푸즈 · 배혜경 옮김 노벨 문학상 수상 작가
331·332 **개선문** 레마르크 · 장희창 옮김
333 **사바나의 개미 언덕** 아체베 · 이소영 옮김
334 **게걸음으로** 그라스 · 장희창 옮김 노벨 문학상 수상 작가
335 **코스모스** 곰브로비치 · 최성은 옮김
336 **좁은 문 · 전원교향곡 · 배덕자** 지드 · 동성식 옮김 노벨 문학상 수상 작가
337·338 **암 병동** 솔제니친 · 이영의 옮김 노벨 문학상 수상 작가
339 **피의 꽃잎들** 응구기 와 시옹오 · 왕은철 옮김
340 **운명** 케르테스 · 유진일 옮김 노벨 문학상 수상 작가
341·342 **벌거벗은 자와 죽은 자** 메일러 · 이운경 옮김 퓰리처상 수상 작가
343 **시지프 신화** 카뮈 · 김화영 옮김 노벨 문학상 수상 작가
344 **뇌우** 차오위 · 오수경 옮김
345 **모옌 중단편선** 모옌 · 심규호, 유소영 옮김 노벨 문학상 수상 작가
346 **일야서** 한사오궁 · 심규호, 유소영 옮김
347 **상속자들** 골딩 · 안지현 옮김 노벨 문학상 수상 작가
348 **설득** 오스틴 · 전승희 옮김
349 **히로시마 내 사랑** 뒤라스 · 방미경 옮김
350 **오 헨리 단편선** 오 헨리 · 김희용 옮김
351·352 **올리버 트위스트** 디킨스 · 이인규 옮김

353·354·355·356 **전쟁과 평화** 톨스토이 · 연진희 옮김
357 **다시 찾은 브라이즈헤드** 에벌린 워 · 백지민 옮김
358 **아무도 대령에게 편지하지 않다** 마르케스 · 송병선 옮김
359 **사양** 다자이 오사무 · 유숙자 옮김
360 **좌절** 케르테스 · 한경민 옮김 노벨 문학상 수상 작가
361·362 **닥터 지바고** 파스테르나크 · 김연경 옮김 노벨 문학상 수상 작가
363 **노생거 사원** 오스틴 · 윤지관 옮김
364 **개구리** 모옌 · 심규호, 유소영 옮김 노벨 문학상 수상 작가
365 **마왕** 투르니에 · 이원복 옮김 공쿠르상 수상 작가
366 **맨스필드 파크** 오스틴 · 김영희 옮김
367 **이선 프롬** 이디스 워튼 · 김욱동 옮김 퓰리처상 수상 작가
368 **여름** 이디스 워튼 · 김욱동 옮김 퓰리처상 수상 작가
369·370·371 **나는 고백한다** 자우메 카브레 · 권가람 옮김
372·373·374 **태엽 감는 새 연대기** 무라카미 하루키 · 김연경 옮김
375·376 **대사들** 제임스 · 정소영 옮김
377 **족장의 가을** 마르케스 · 송병선 옮김 노벨 문학상 수상 작가
378 **핏빛 자오선** 매카시 · 김시현 옮김
379 **모두 다 예쁜 말들** 매카시 · 김시현 옮김
380 **국경을 넘어** 매카시 · 김시현 옮김
381 **평원의 도시들** 매카시 · 김시현 옮김
382 **만년** 다자이 오사무 · 유숙자 옮김
383 **반항하는 인간** 카뮈 · 김화영 옮김 노벨 문학상 수상 작가
384·385·386 **악령** 도스토옙스키 · 김연경 옮김
387 **태평양을 막는 제방** 뒤라스 · 윤진 옮김
388 **남아 있는 나날** 가즈오 이시구로 · 송은경 옮김
389 **앙리 브륄라르의 생애** 스탕달 · 원윤수 옮김
390 **찻집** 라오서 · 오수경 옮김
391 **태어나지 않은 아이를 위한 기도** 케르테스 · 이상동 옮김 노벨 문학상 수상 작가
392·393 **서머싯 몸 단편선** 서머싯 몸 · 황소연 옮김
394 **케이크와 맥주** 서머싯 몸 · 황소연 옮김
395 **월든** 소로 · 정회성 옮김
396 **모래 사나이** E. T. A. 호프만 · 신동화 옮김
397·398 **검은 책** 오르한 파묵 · 이난아 옮김 노벨 문학상 수상 작가
399 **방랑자들** 올가 토카르추크 · 최성은 옮김 노벨 문학상 수상 작가
400 **시여, 침을 뱉어라** 김수영 · 이영준 엮음
401·402 **환락의 집** 이디스 워튼 · 전승희 옮김
403 **달려라 메로스** 다자이 오사무 · 유숙자 옮김
404 **아버지와 자식** 투르게네프 · 연진희 옮김
405 **청부 살인자의 성모** 바예호 · 송병선 옮김
406 **세피아빛 초상** 아옌데 · 조영실 옮김
407·408·409·410 **사기 열전** 사마천 · 김원중 옮김 서울대 권장도서 100선

세계문학전집은 계속 간행됩니다.